Thomas Meinecke

Musik

Roman

Suhrkamp

Druck und Bindung: Freiburger Graphische Betriebe, Freiburg
Printed in Germany
Erste Auflage 2004
ISBN 3-518-41638-3

1 2 3 4 5 6 – 09 08 07 06 05 04

Musik

Ludwig I., König von Bayern. Lola Montez. Ludwig II., König von Bayern. Clara Bow. Ruby Keeler. Leonard Bernstein. Claudia Schiffer. Und ich. Sieben Figuren suchen einen Autor, suchen eine Autorin, suchen mich heim in meiner einsamen Blockhütte, zweitausend Meter oberhalb der fernen Meere, im Schatten des gegen Westen bizarr zerklüfteten, von Hexensagen umwobenen Schlern, hinter dem soeben die Sonne verschwunden ist. Gemsen durchstreifen das bläuliche Plateau, unmittelbar vor der schwindelerregenden Abbruchkante zur Schlucht, über der sich, wie ein Tableau, das gewaltige Felsmassiv erhebt. Seit Monaten hat es keinen Niederschlag gegeben, die Einheimischen rechnen auch im Januar nicht damit; sie sprechen davon, daß das Wasser auf der Alm knapp zu werden beginnt, die Schneekanonen tiefer unten, an den Pisten, an der Half Pipe, dürfen deshalb nur noch sporadisch in Betrieb genommen werden. Vor meiner Hütte schaut Erdreich aus der dünnen, von eisigen Winden abgetragenen Schneedecke; mühselig kratze ich etwas von dem Gefrorenen zusammen und bringe es in einem Topf auf dem Herd zum Schmelzen. Herr Hauser, der mich mit seinem Motorschlitten hierhergebracht hat, meint, daß die Wasserleitung, wenn ich ordentlich einheize, spätestens übermorgen aufgetaut sein dürfte. Dunkelheit fällt um mich herum, kein Mensch außer mir ist hier oben. Die Glühbirne über dem Tisch wird durch Solarzellen auf der Südseite des verwitterten Dachs gespeist. Letzten Winter habe ich beinahe täglich hinaufklettern müssen, um sie vom Neuschnee zu befreien. Es gibt nach wie vor keine Steckdose; abermals werde ich alles später zu Hause abtippen müssen. Ich packe meine Kartons aus, räume die Bücher ins Wandregal, aus dem ich sämtliche Suppenteller herausgenommen habe, lege die Notizbücher vor mir auf den Tisch. Ludwig I., Lola, Ludwig II., Clara, Ruby, Leonard, Claudia und Kandis, zwischen schwarz-weiß marmorierten Pappdekkeln. Was werden wir uns hier oben, jenseits der Baumgrenze, in der alpinen Todesstille, zu erzählen haben?

Das Feuer im Herd erlischt, die Wände sind noch nicht genügend durchwärmt, um die Temperatur auch nur fünf Minuten zu halten; empfindlichste Kälte macht sich rasch in der Stube breit. Ich entschließe mich, erneut Feuer zu machen. Die Zeitung, die ich zusammenknüllen und anzünden werde, um im Herd zunächst die Späne, dann die Scheite in Brand zu setzen, enthält einen Artikel darüber, daß die U.S. Air Force überhaupt nicht mehr aufhören will, Höhlensysteme in den afghanischen Bergen zu bombardieren. Außerdem eine sensationelle Fotografie des US-amerikanischen Präsidenten, der vor wenigen Tagen im Weißen Haus, in Betrachtung eines televisuell übertragenen Football-Spiels, ohnmächtig geworden und von der Couch auf den Fußboden gefallen ist. Auslöser seiner Absenz soll eine Pretzel gewesen sein, an der sich George Bush II. verschluckt habe. Nach Angaben des Arztes zog sich der Präsident eine Abschürfung an der linken Wange und eine Prellung der Unterlippe zu. Das Foto zeigt aber, neben der auffälligen Schürfwunde auf dem Wangenknochen, auch eine übel blau und rot verfärbte Nase. Bushs Mundpartie wurde wohlweislich gar nicht erst mit ins Bild genommen; womöglich hätte seine aufgequollene Unterlippe einen jämmerlichen Eindruck, Untröstlichkeit, evoziert. Stichworte, die ich notiere, bevor ich das Zündholz über die Reibfläche ziehe: Vagusnerv, Hustensynkope.

Abweisend kalt ist das Laken und klamm das Federbett, in das ich mich fest einzuwickeln versuche. Es wird 22 Uhr, 22 Uhr 30, 23 Uhr, Wind ist aufgekommen und rüttelt an den Fensterläden der Blockhütte. Auch Todestage sind Gedenktage, denke ich: Also könnte ich noch den Philosophen Friedrich Nietzsche, 1900, und die R&B-Sängerin Aaliyah, 2001, in das Personal meines Romans aufnehmen. Ich habe meine Hände, um sie zu wärmen, zwischen die Beine, in den Schritt, geschoben, unter den Pyjama meines Bruders. Der ist bequem, aus Flanell und rot-schwarz kariert. Sein elastischer Bund ist so weit, daß ich die Hose, wenn ich aufstehe, festhalten muß; als ob ich einen Rock raffen würde, fand Karol, sieht das aus. Auf der Reservebank, mich seit Stunden nicht einschlafen lassend: Iwan der Schreckliche, geboren 1530, Johann Gottfried Herder, 1744, Louis Saint-Just, 1767, Erich Honecker, 1912, Sean Connery, 1930, Gene Simmons, 1949, und Elvis Costello, 1954; allesamt am gleichen Tag geboren unter dem Sternzeichen der Jungfrau. Noch Todestage, brauchbare, auswendig: Christoph Wilhelm Hufeland, 1836, Karl Immermann, 1840, Alfred Kinsey, 1956, Stan Kenton, 1979, Truman Capote, 1984.

Flughafen Franz Josef Strauß, postlagernd: In welchem Jahr wurden Claudia Schiffers Aufnahmen für Hennes & Mauritz produziert? Und: Durch wen wurde dieser Tage in Umlauf gebracht, Bridget Fonda, das aktuelle Model für Unterwäsche der weltumspannenden Modekette, sei, im Gegensatz zu ihrer Vorgängerin Claudia Schiffer, deren Plakate von vielen als zu sexy empfunden wurden, nicht sexy genug, um den Umsatz von H&M weiterhin schamlos zu steigern? Seit ich Kandis zu ihrem letzten Geburtstag eine Liste mit Namen von Personen, die am gleichen Tag wie sie geboren wurden, überreicht habe, ist sie wie besessen davon. Beinahe täglich schreibt sie mir Postkarten, die mich an meinem jeweiligen Zielflughafen erwarten, und quetscht mich weiter und immer weiter aus, treibt mich, wohl oder übel, zum nächsten Computer, ins Internet. Meine heutigen Antworten lauten: Herbst 2000. Und: Die schwedische Modekritikerin Camilla Thulin. Heidi beugt sich über meine Schulter und liest mit. Ich kritzele alles auf eine Ansichtskarte des Maschinentyps, mit dem wir heute flogen, adressiere sie, frankiere sie und werfe sie ein. Meine Schwester hält sich seit Mitte Januar, abgesehen von einer Glühbirne ohne jedes elektrische Gerät, am Schlern, in den Dolomiten, auf, erzähle ich Heidi. Die möchte, bevor wir in die S-Bahn nach München steigen, noch einen Kaffee mit mir trinken gehen, von ihrem brennenden Liebeskummer berichten. Immer wenn sie traurig ist, muß ich ihr Trost spenden; was ich prinzipiell als Kompliment begreife. Frauen haben seit jeher einen Ebenbürtigen in mir gesucht; selbst meine intimen Freundinnen, noch beim Liebesspiel. Kandis behauptet, ich besäße in bezug auf Frauen eine mich anverwandelnde Art; ich sei, ganz offen ersichtlich, überhaupt nicht an geschlechtlicher Konfrontation interessiert. Tatsächlich habe ich schon als Dreizehnjähriger mit meinem ersten Schwarm Kiki ungeniert auf der frisch asphaltierten Straße vor ihrem Elternhaus Gummitwist gespielt, sowie drei Jahre später den Tonfall, das Augenrollen und weitere mehr oder weniger kokette Gebärden von meiner großen Jugendliebe Ella übernommen; tatsächlich sitze ich beim Flirten lieber neben meiner Partnerin als ihr gegenüber. Idealvorstellung: Sich mit einer attraktiven Frau, Schulter an Schulter, Knie an Knie, in die gemeinsame Betrachtung der Welt zu versenken. Wie auch jetzt, die Bordkoffer zu unseren Füßen, vor uns zwei Latte Macchiato, mit meiner langjährigen Kollegin Heidi. Übereinstimmend beobachten wir die vorübergehenden Flugreisenden und haben dabei unsere Köpfe konspirativ zusammengesteckt. Und haben schon fast ausgetrunken, als Heidi mit bebender Stimme zu erzählen beginnt, wie ihr Kapitän, seit Ewigkeiten unglücklich verheiratet in Wiesbaden, gestern abend am Cap Ferrat in einem sündhaft teuren Restaurant, bei Kerzenschein, mit ihr Schluß gemacht hat. Der Kinder wegen.

Zwei Stunden später sind wir bei Heidi zu Hause, in ihrem beige getünchten Schwabinger Appartement, haben unsere Uniformen ausgezogen und lungern übermüdet auf dem mit weinrotem Satin bezogenen, ovalen Bett herum. In Heidis tragbarem Fernsehgerät läßt Yves Saint Laurent noch einmal fast sämtliche Modelle vorführen, die ihn zu einem der einflußreichsten Designer der Geschichte gemacht haben: Durchsichtige Blusen, Smokings für Frauen, Mondrian-Kleider, Safari-Jacken. Heidi glaubt, einen gepinselten Schönheitsfleck auf Claudia Schiffers rechter Wange erkennen zu können. Auf dem benachbarten Kanal ist, für mich vollkommen überraschend, Pierre Bourdieu gestorben. Die Moderatorin erinnert daran, daß er einst vorgeschlagen hatte, alle Neoliberalen in den Favelas von Rio de Janeiro auszusetzen. Ich kann sogar einen Satz Bourdieus auswendig: Die Objektivierung des objektivierenden Subjekts läßt sich nicht umgehen: nur indem es die historischen Bedingungen seines eigenen Schaffens analysiert, vermag das wissenschaftliche Subjekt seine Strukturen und Neigungen sowie die Determinanten, deren Produkte diese sind, zu meistern. Super, antwortet Heidi gedehnt. Sie hat für derlei momentan eigentlich gar kein Ohr. Die letzte S-Bahn nach Wolfratshausen fährt in zwanzig Minuten vom Marienplatz ab. Heidi, die sich ihre Haare mit meiner Krawatte zu einem Pferdeschwanz zusammengebunden hat, schlägt vor, ich solle doch einfach hier übernachten, ihr Bett sei so gut wie ein Doppelbett; wir haben ja schon öfter gemeinsam auf dem selben Lager geschlafen, in allen möglichen Ländern der Welt, selten King Size, meistens Queen Size. Unter einer Decke. Und ohne, daß jemals etwas passiert wäre. Wie Freundinnen. Wie Kusinen. Wie Geschwister. Wie Bruder und Schwester.

Meine plötzlich wieder muntere Kollegin hat über meinen Körper hinweg nach der Fernbedienung gegriffen: Dolly Parton unterhielt eine langjährige sexuelle Affäre mit einem wesentlich jüngeren Mann namens Blaise Tosti, der zu Beginn des Verhältnisses knapp dreizehnjährig gewesen ist, Dolly Parton aber schon sechsundzwanzig und längst Superstar im nationalen Nashville Sound. Blaises Mutter Lucia arbeitete als Maskenbildnerin bei der Country Music Show, in der Dolly auftrat. Als Lucia Tosti ihren Sohn zum ersten Mal mit in die Garderobe brachte, starrte die Sängerin den Jungen wie verzaubert an. Beim Hinausgehen flüsterte sie ihm zu: Ich spüre, daß wir eine tiefe innere Verbindung haben. Danach küßte sie ihn immer, sobald die beiden allein waren. Zu Blaise Tostis dreizehntem Geburtstag schickte Dolly Parton seine Mutter und Großmutter ins Kino und entledigte sich, vor dem Kaminfeuer, vor dem Geburtstagskind, ihrer Kleider, bis sie nur noch in einem roten Büstenhalter, Slip, Strapsen und Strümpfen dastand. Dann riß sie dem Jungen die Kleidung vom Leib. Der erinnert sich heute: Wir rollten nackt über den Boden und verschmolzen miteinander. Ich war natürlich völlig naiv, und sie zeigte mir, was ich zu tun hatte. Ich konnte meine Augen nicht von ihrem riesigen Busen lassen. Er war hart und fühlte sich unecht an.

Heidi fällt dazu eine Anekdote ein, nach der Dolly Parton über ihre unmöglich aufgedonnerten Perücken gesagt haben soll: You'd be amazed how expensive it is to make a wig look this cheap. Heidi, die es auf Langstreckenflügen schon fertigbrachte, daß ihre eigenen Haare vor lauter Haarspray wie eine Perücke aussahen. Ich behaupte: Dolly Parton ist ein Female Impersonator. Ihre Texte sollen von stellenweise geradezu literarischer Qualität sein. Dolly ist ein ganzer Kerl, stimmt mir Heidi zu. Zweimal pro Woche mußte Blaise Tosti mit der triebhaften Prominenten ins Bett gehen. Er sagt aus: Sie stand auf Experimente, ich mußte sie fesseln und Sexspielzeug an ihr ausprobieren. Das er zuvor, von Dolly beauftragt, in einem Fetish Store hatte besorgen müssen. Nach dem Sex rauchten die beiden meistens Marihuana. Heidis Zwischenfrage: Warum nicht vorher? Als der Junge siebzehn war, stand seine Verführerin eines Tages vor seiner Tür und schluchzte: Ich bin schwanger, das Baby ist von dir, es wird mich meine Karriere kosten. Blaise Tosti: Als ich sie ein paar Wochen später wiedersah, hatte sie das Kind abtreiben lassen. Die Affäre der beiden dauerte beinahe zwanzig Jahre. Dolly Partons Ehemann Carl Dean, ein Asphalt-Unternehmer, soll die ganze Zeit über ahnungslos gewesen sein. 1976 sagte sie über ihn: He's good for me because he's so different in nature from me. Der heute vierundvierzigjährige Tosti fühlt sich von Parton ausgenutzt. Er wünscht sich, daß sie ihm nie begegnet wäre. Auch hart.

Die Schlucht des Schlerntals schloß uns immer enger ein, und der Bach sprudelte seine schmutzigen Kalkwasser an unsere Füße, schrieb Justina Ralf und legte diese Formulierung dem Leipziger Alpinisten Professor N.N. in den Mund. Wir standen endlich vor steilen Felsenwänden, verlegen still, wie am Ende der Welt; denn kein Weg in die Höhe schien möglich, bis wir nach einigem Suchen die Kluft zum Emporklettern gewahrten, die sogenannte Hölle, die gräßlichste Schlucht, die wir jemals in den Tiroler Bergen gesehen hatten, ein tiefer Bergriß durch die Schnee- und Sturmflut des Schlern, ins morsche Kalkgebirge eingewühlt, mit ungeheuren Steilwänden zu beiden Seiten, die, in barocksten Formen verwittert, ruinenhaft, himmelhoch aufstarrten und uns in die Öde einschlossen, die fast das Atmen schwer machte. Kein Vogel ließ seine Stimme hören, kein frischer Keim äugte aus den Bergritzen, nur ein schmaler Streifen Himmel zeigte uns das Schaurige unserer Lage.

Der Boden, auf dem wir gingen, war kein anderer als das Bett des eingezwängten Schlernbachs, das mit schlüpfrigen runden Baumstämmen belegt war und daher jeden Schritt unsicher machte. Zwei Stunden krochen wir langsam und lautlos durch diese wahrhaftige Hölle, bis wir endlich einigen Raum in tiefer Schlucht gewannen, wo uns ein dunkles ödes Waldleben mit zweifelhafter Miene begrüßte. Siehe: Weibliche Natur, weibliche Landschaften, weibliche Körper. Also: Männliche Kultur, männlicher Äther, männlicher Geist. Immer wieder und anhand aller möglichen Texte müssen wir uns Silvia Bovenschens philologische Frage nach der Demarkationslinie, dem phallologischen Todesstreifen, zwischen schreibenden und beschriebenen Frauen stellen. Müssen uns pausenlos selbst überprüfen, ob wir auch als schreibende Frauen womöglich nicht mehr als beschriebene Frauen sind; als in der Sprache des Mannes als das Andere des Mannes beschriebene Wesen. Wobei sich ja aus einer derartig exzentrischen bis exkludierten Position auch kulturelles Potential, eine politisch produktive Differenz gewinnen ließe. Kurzum: Diaspora als die Situation des sogenannten Weiblichen schlechthin.

Ich hole neues Brennholz aus dem Schuppen und beobachte einige Minuten lang das Treiben der Skifahrer am gegenüberliegenden Hang. Unterhalb des Goldknopfs, zu dem sich die Hochalm im Süden, gegen die Roßzähne hin, aufschwingt, stehen die Lifte still. Zwei Krähen haben sich auf dem mit schroffen Steinen beschwerten Dach meiner Blockhütte niedergelassen. Über den weit geöffneten, strahlend blauen Himmel zieht sich ein ganzes Geflecht von Kondensstreifen, von denen zwei, male ich mir aus, Karols heutiger Maschine entstammen könnten. Ich beginne zu frieren und gehe wieder nach drinnen, zu Thekla von Gumperts von körperpolitischer Bewußtlosigkeit beherrschtem Töchter-Album, 35. Jahrgang, 1889: Ermattet, schweißtriefend, erreichten wir die Ochsenweide des Schlern auf der Hinterseite des Gebirges, in hochgehenden Wellungen der Kalk- und Dolomitlager einerseits gegen Seis, andererseits gegen Völs absinkend, eine Art Einsattelung zwischen dem nördlichen Schlernrand und dem Höhenzug gegen die Nachbargrenze von Fassa. In der Mitte dieser Hochflur waren zwei Alphütten aufgebaut, am Sprudel eines herrlichen Quells, der von frischen Sommerkräutern umgrünt war. In der einen Hütte überraschte uns ein bisher nie genossener Anblick: In einem Raum von drei Klafter Länge lagen wohl vierzig bis achtzig Menschen, ein staffelförmiges Ansteigen von lauter Köpfen, tief ins Heu eingegraben, Tag und Nacht, ohne es je zu verlassen, außer um sich selbst die Suppe zu bereiten.

Themenschwerpunkt des aktuellen Aufbau, heute von Karol erhalten: Die Farbe des Menschen. Auf keinen Fall verheizen, schreibt mein Bruder. Was mich auf die Idee bringt, Wasser für die bereits dritte Kanne Tee des heutigen Nachmittags aufzusetzen. Karen Brodkin untersucht, wie Juden Weiße wurden: How Jews Became White Folks & What That Says About Race in America. Joel Katz' Dokumentarfilm Strange Fruit erzählt die bewegende Geschichte der gleichnamigen Ballade. Binäre Komponenten: Die afrikanisch-amerikanische, katholische Jazz-Sängerin Billie Holiday, der dieses Lied immer wieder zugeschrieben wird, und der jüdische Lehrer Abel Meerpol. Dieser, aktives Mitglied der Kommunistischen Partei der USA, Künstlername: Lewis Allan, hatte den Song unter dem Eindruck einer Fotografie, die einen in den Südstaaten der USA gelynchten Schwarzen zeigte, komponiert. Zuerst wurde er von seiner Ehefrau Anne auf einem Gewerkschaftstreffen vorgetragen. Dann begegneten sich Meeropol und Holiday 1939 im Café Society, angeblich dem damals einzigen New Yorker Nachtclub außerhalb Harlems, in dem Schwarz und

Weiß zusammenkamen. Katz behauptet, in fragwürdiger Dichotomie von Ernst versus Unterhaltung, bis dahin hätte jedwede schwarz-jüdische Kooperation lediglich Unterhaltungszwecken gedient; Strange Fruit sei aber ein Protest-Lied. Diese politische und kulturelle Reflexion sei ganz neu gewesen, und Meeropol stehe heute als Vermittler zwischen der weißen Gesellschaft und der schwarzen Gemeinschaft da. Es gebe keine große Bewegung ohne große Musik. Guter Satz, auch im Umkehrschluß gültig. Und also reifte Strange Fruit zu einer Hymne der Bürgerrechtsbewegung heran.

Im Deutschen Reich für ihr Stimmrecht streitend: Frauenrechtlerinnen, Wahnsinnswort. Illustrierter Bericht der Gartenlaube vom Frauen-Kongreß 1912, vierte Abendversammlung. Über die Bedeutung der Frauenbewegung für die persönliche Kultur sprach als erste Referentin Fräulein Dr. Gertrud Bäumer: Es sind zwei Tatsachen, um derentwillen manche einen Verlust an persönlicher Kultur befürchten, einmal wegen des Verlustes der Intuition, des Imponderabilen der Frau durch den Intellektualismus. Dagegen ist zu sagen, die Feinheit des innerlichen Erlebnisses, die Unmittelbarkeit des Gefühles werden die Frauen auch bei der höchsten Verfeinerung des Geistes nicht verlieren, sondern höchstens die, noch so ein Terminus, den es einmal näher zu untersuchen gilt: Sprunghaftigkeit, die nur einen Mangel an geistiger Disziplin darstellt. Für Karol und mich dagegen, seit unserer Jugend, eine Tugend. Bäumer: Die zweite Tatsache, auf Grund deren man die Verhäßlichung der Frau befürchtet, ist ihr Hinaustreten in den Kampf des öffentlichen und beruflichen Lebens. Wir, die wir in der Frauenbewegung stehen, wissen, daß diese Gefahr existiert, und wir wissen auch, daß es gerade die wertvollsten Frauen sind, denen es schwer wird, sich der Öffentlichkeit auszusetzen. Aber dieser Kampf muß gekämpft werden. Die Frau kann sich nicht abschließen vor den großen Geschehnissen, die ihr heute draußen im Leben entgegentreten. Wir müssen uns die Lebensformen im öffentlichen Leben so schaffen, daß sie den Stempel feiner weiblicher Kultur tragen. Ein Jahr darauf, im Jahrbuch der Frauenbewegung 1913, schrieb Else Wirminghaus: Für die Anhängerinnen der neuen Frauenkleidung hieß es jetzt, an Stelle der künstlichen Stütze des Korsetts die natürliche Muskelkraft zurückzugewinnen. Wenn wir uns heute der Schwierigkeiten der ersten Zeit kaum noch bewußt sind, verdanken wir das größtenteils einer Reihe gebildeter Frauen, die im richtigen Verständnis für die Frage der Frauenkleidung zum Schneidergewerbe übergingen und so für die Verbreitung unserer Ideen sorgten. Diese Art der Frauenkultur ist unerläßlich, weil ohne sie die Zukunft unserer Rasse geschädigt und den Bestrebungen zur Erweiterung der Frauenrechte der Boden entzogen würde. Wir brauchen eine Reform der Frauenkleidung, damit die Stellung der Frau in ethischer Beziehung gehoben wird. In ihrer Kleidung soll nicht ein übertriebener, auf Anreizung hinzielender Geschlechtscharakter zum Ausdruck kommen, sondern sie soll das Spiegelbild der nach höheren, allgemein menschlichen Maßstäben gerichteten weiblichen Persönlichkeit werden. Die demnach, notiere ich mir, immer noch eine Frau im Spiegel ist. Ebenso interessant, wenngleich verzweifelt, selbstredend hoffnungslos: Die im selben Zusammenhang gestellte Forderung nach einer Verlangsamung des Modetempos.

Unterstrichen: Ein Tischler, welcher in einem Damenpensionat Kleiderriegel anzubringen hat, wird sie sicher in Offiziershöhe befestigen. Es ist dies natürlich nichts weiter als ein Symptom der unaussprechlich drolligen Naivität des Durchschnittsmannes, der überall im Staat und im öffentlichen Leben das Männliche als Norm und das Weibliche als abweichend betrachtet. Für weiblich also gilt, was sich in Beziehung zum Mann setzt, weil der Mann sich ohne weiteres für den Generalnenner jeder weiblichen Ziffer hält. Andererseits haben wir eine Neigung, den Typus Mann, welcher sich in dauernder Beziehung zum generellen Weib befindet, als unmännlich zu fühlen. Er wird oft, wie das tierische Maskulinum, als Männchen bezeichnet, im verächtlichen Sinn und im Gegensatz zum Männlichen. Diejenigen weiblichen Typen, welche in der resultatlosen Hingebung an einen Mann zweifelhaften Wertes, nur weil er Mann heißt, eine Entwürdigung sehen, nennt man unweiblich, emanzipiert und so weiter. Verfaßt von Sabine Lepsius, 1913. Fotokopiert von Kandis in Wolfratshausen, vor ihrer Abreise nach Südtirol, nunmehr entsorgt als die beziehungsreiche, wohl kaum zufällige Rückseite eines mit Bleistift eng beschriebenen Briefbogens an mich, der ich heute einen freien Tag in Nizza habe, den ich, ohne meine Kolleginnen, zunächst auf der belebten Promenade verbrachte, dann zog ich mich hierher, an den grauen Kieselstrand zurück. Imogen und Tabita lassen sich leichtsinnig von neureichen russischen Geschäftsleuten in Monaco ausführen, und Heidi, wir haben uns an der Rezeption als Ehepaar eingetragen, ist im Hotelzimmer geblieben, telefoniert von dort aus wahrscheinlich auf dem gesamten Globus herum. Um sich angemessen in die geschlechterpolitisch aufschlußreichen Biographien ihrer literarisch quasi zu adoptierenden Geburtstagskinder Clara Bow und Ruby Keeler vertiefen zu können, arbeitet sich Kandis derzeit in die feministische Literatur des frühen zwanzigsten Jahrhunderts ein, welche wir, schreibt sie, viel zu schlecht kennten. Alle paar Tage rodelt meine Schwester mit unserem alten Schlitten nach Kompatsch hinunter, erwirbt dort Lebensmittel, holt meine Post ab und gibt ihre Post an mich auf. In einem längeren Fußmarsch gelangt sie zu ihrer Blockhütte zurück. Ansprache hat sie dort oben keine.

Das Leben meiner Mutter als einer der besten Titel aller Zeiten. In Gedanken an unsere Mutter lege ich Oskar Maria Grafs biographischen Roman beiseite und lasse Kieselsteine über die sanfte, mediterrane Dünung hüpfen. Die Februarsonne kommt mir überhaupt nicht wie eine Februarsonne vor. Ein Nordafrikaner, der sich zu meiner Linken niedergelassen hat und mich ganz offensichtlich für homosexuell hält, bietet mir eine gebrannte Mandel an, die er zuvor umständlich aus einer seiner Hosentaschen gefingert hat. Ein Kleinkind fällt mit seinem Gesicht voran in die Brandung. Einmal haben Ines, Felix, Kristina und ich hier unten am Strand einem internationalen Model-Wettbewerb zugeschaut. Wenn ich mich recht erinnere, hat Kristina damals über die Gemeinsamkeiten von Flugbegleiterinnen, obwohl sie im Dienst täglich das gleiche tragen müßten, und Mannequins, die beruflich jeden Tag die verschiedensten Sachen anzuziehen hätten, gesprochen. Davon erzählt, wie schwer es ihr in der Ausbildung für die Cabin Class zunächst gefallen sei, regelmäßig die Beine zu rasieren, auch anmutig in die Hocke zu gehen anstatt sich einfach zu bücken, und, mir fiel das, als Mann, besonders schwer, fast durchgehend zu lächeln. Ines: Ja, fand ich auch erst mal doof. Kristina: Vor allem in politischer Hinsicht. Außerdem ginge ihre Gesichtshaut von all der Schminke kaputt. Ines trägt bereits seit ihrem dreizehnten Lebensjahr Make-up, fand aber die für Stewardessen vorgeschriebene Gangart ausgesprochen affig. Ich wandte ein: Haben nicht Mannequins, sogar beiderlei Geschlechts, im Gegensatz zu Flugbegleiterinnen, immer wieder auch politisch fortschrittliche Versprechen auf den Laufsteg gebracht? Daraufhin beide: Ach, du wieder, Karol. Der Text der Lufthansa-Informationsbroschüre für die Cabin Class lautet jedenfalls bis heute: In der Kabine, die höchste aller Bühnen für einen besonderen Serviceauftritt, gestalten Sie den Aufenthalt für die Passagiere so, daß das Fliegen zum Erlebnis wird. Sie servieren nicht nur Menüs und Getränke, verteilen Magazine oder kleine Aufmerksamkeiten und managen den Duty Free-Verkauf bei Auslandsflügen. Sie sind auch, weibliche Anrede bei großem Binnen-I: kompetente GesprächspartnerIn für unsere Gäste und sorgen mit Ihrem professionellen Know-how für Sicherheit an Bord. Ihre Serviceaufgaben leisten Sie vor den Augen der Gäste. Sie sind souverän, gelassen, sympathisch, auch, wenn es mal turbulent zugeht. Außerdem sind Sie ein belastbarer Typ, verfügen über Biß und Zähigkeit im täglichen Einsatz und gehen mit Spaß an der Herausforderung auf jeden neuen Flug.

Vierfache Kondensstreifen am Himmel: Das könnten, laut Karol, auch US-amerikanische B52-Bomber auf ihrem Weg nach Afghanistan sein. Er will in letzter Zeit mehrere über das bayerische Oberland hinweg gegen Südosten fliegen gesehen haben. Ich beginne mir Gedanken über meine Abreise zu machen. Nie zuvor habe ich einen ganzen Monat auf der Alm zugebracht. Nie zuvor so viele Wochen ohne einen Spiegel: Ich habe mich beim Rasieren meiner Achselhöhlen verletzt und daraufhin aufgehört, meine Achselhöhlen überhaupt zu enthaaren. Die nachwachsenden Stoppeln haben zunächst Irritationen verursacht. Ich habe auch das gelegentliche Rasieren meiner Beine für beendet erklärt, hier oben, in der Einsamkeit. Weit bin ich nicht gekommen mit meinen Geburtstagskindern. Das Schreiben von Hand fällt mir schwer; ich kann mein unausgeglichenes Gekritzel nicht beurteilen. Aber ich habe viel gelesen. Mein Bruder verrät in seinem jüngsten Brief, endlich mit seiner Untersuchung über das Süße begonnen zu haben, dessen politische Ehre er retten wolle. Naturgemäß käme dabei auch dem Scharfen eine zentrale Bedeutung zu. Sweet versus Hot, und zwar anhand von Musik, sei das zentrale Motiv. Speisen würden dabei praktisch keine Rolle spielen, physiognomische Züge allenfalls eine nebensächliche. Das von Geheimnissen umwitterte Verhältnis der Geschlechter hingegen, so Karol, eine ganz zentrale. Er wolle sich mehrere Jahre Zeit für sein Projekt lassen. Lassen, aber nicht nehmen, denke ich. Ob er die fertige Arbeit denn später, wenn ich es erlaubte, meinem Lektor vorlegen dürfe. Gar keine Frage, schreibe ich zurück, wenn dir dein Beruf die nötige Zeit läßt. Seit seiner als hinreißend beurteilten Facharbeit über Sommersprossen, und zwar seine sowie meine, Unsere Sommersprossen überschrieben, halte ich Karol für einen außerordentlich begabten und potentiell ziemlich aparten Autor. Größere Aufmerksamkeit, über das damals reichlich verblüffte Lehrerkollegium hinaus, hätte er allemal verdient.

Sponsoren gesucht. Anläßlich des bevorstehenden hundertsten Geburtstags von Max Ophüls, geborener Oppenheimer, Emigration 1933, Vater von Marcel Ophüls, dem Verfasser des Dokumentarfilms Hotel Terminus über Klaus Barbie, soll dessen deutsch-französischer Spielfilm Lola Montez von 1955, damals die kostspieligste Kinoproduktion Europas, restauriert werden. Letztes Jahr konnte das Münchner Filmmuseum das rotstichige, seiner berühmten Blau- und Grüntöne verlustig gegangene, auf unzuverlässiges Nitromaterial kopierte Werk zum letzten Mal vorführen. Eine retuschierte Version für Fernsehen und Video existiert bereits, nun möchte Stefan Drößler, der Leiter des Filmmuseums, auch die deutsche Premierenfassung für Lichtspielhäuser wiederhergestellt sehen und gab deswegen eine Pressekonferenz im Lola-Montez-Haus an der Menterschwaige, dem historischen Liebesnest von König Ludwig I. von Bayern und der irischen Tänzerin. Montez wird in dem aufgeschlagen vor mir liegenden Zeitungsartikel als Femme Fatale apostrophiert; bester Satz: Die emanzipierte Frau rauchte in der Öffentlichkeit und tanzte ohne Unterwäsche. Ulrich Gregor und Enno Patalas heben Ophüls' Verzicht auf eine durchgehende, konventionell erzählte Handlung hervor: Das blau erleuchtete Zelt eines Riesenzirkus, in dem ein mystisches Dämmerlicht herrscht, ist der Rahmen des Films; hier wird das Leben der Kurtisane Lola Montez als szenisches Spektakel in einzelnen Episoden inszeniert, sarkastisch kommentiert von einem peitschenschwingenden Conférencier. Siehe auch: Max Ophüls' Faible für Arthur Schnitzler. Spendenkonto 381059800, Dresdner Bank, Bankleitzahl 70080000.

Contributed by b.seymour@juno.com: For the incredible facts of Lola's life, see my new biography, Lola Montez, A Life, published by Yale University Press. I spent four years traveling to archives and libraries on four continents to turn up hundreds of unpublished documents on Lola's life including her entire unpublished correspondence with King Ludwig I of Bavaria. As so often, truth turns out to be stranger than fiction. In der Bancroft Library der University of California zu Berkeley sollen von Bruce Seymour, in sechs Kartons und einer Kiste verstaut, ganze 46 Mappen über Lola Montez lagern. Contributed by sumit@intoday.com: Just for the record, Lola Montez was actually born February 17, 1821 in Grange, County Sligo, Ireland, and was christened Eliza Rosanna Gilbert. This information only recently came to light, and was supplied to me by Lola Biographer Bruce Seymour, who himself obtained it too late for inclusion in the first printing of his Lola Montez, A Life. The scope of contemporary Victorian and subsequent recorded misinformation regarding Lola is positively staggering, and many things about her we can simply never know. Wenn Lola, nach diesem Ausdruck Karols aus dem Internet, gar nicht an einem 25. August geboren wurde, gehört sie deshalb aus meinem dramaturgischen Personal eliminiert? Oder stellt sie nicht eine gänzlich unverzichtbare Größe für die Arbeit an meiner Romanfigur Ludwig I. dar, dessen Geburtstag sie, allem Anschein nach, als gleichzeitig ihren ausgab? Welcher von Ludwigs II. Busenfreunden war vom bayerischen Volksmund gleich wieder Lolus gerufen worden? Auf der Lola Montez Website http://www.uq.edu.au/~entjohns enden alle Beiträge mit einem Link zu dem Lied Lola der britischen Beat Band The Kinks: I'm not the world's most physical guy, but when she squeezed me tight she almost broke my spine. I'm not dumb, but I can't understand why she walked like a woman and talked like a man. I'm not the world's most masculine man, but I know what I am, and I'm glad I'm a man, and so is Lola.

Es sei doch nicht zu leugnen, meinte Leopold von Sacher-Masoch, daß Mann und Weib von Natur aus Feinde seien, welche die Liebe für kurze Zeit zu einem einzigen Wesen vereine, das nur eines Gedankens, einer Empfindung, eines Willens fähig sei, um sie dann noch mehr zu entzweien. Wer dann nicht zu unterjochen verstehe, werde nur zu rasch den Fuß des anderen auf seinem Nacken fühlen. Und zwar in der Regel den Fuß des Weibes, rief Frau Venus mit übermütigem Hohn, was Sie besser wissen als ich. Severin, unterwürfig, überglücklich: Gewiß, und eben deshalb mache ich mir keine Illusionen. Sein weiblicher Gegenpart, herrisch: Das heißt, Sie sind jetzt mein Sklave ohne Illusionen, und ich werde Sie dafür auch ohne Erbarmen treten. Querverweis auf die fragmentarische Marmorskulptur, welche Ludwig I. durch den Bildhauer Johann Leeb von Lola Montez' rechtem Fuß anfertigen ließ und die er wie einen Fetisch hütete. Die Füße der Tänzerin sollen jedoch dermaßen deformiert gewesen sein, daß eine Umsetzung nach dem natürlichen Vorbild überhaupt nicht in Frage gekommen wäre. Leo von Klenze: Leeb selbst gestand dies ganz offen und spottete über den Unterschied des nach der Natur abgeformten, verquetschten, durch enge Schuhe und Tanz fast verkrüppelten und durch Krähenaugen sowie Schwielen verunzierten Originals und seiner nach der Venus von Milo gefertigten Kopie. Venus im Pelz: Der Mann ist der Begehrende, das Weib das Begehrte, dies ist des Weibes ganzer, aber entscheidender Vorteil. Je hingebender das Weib sich zeigt, um so schneller wird der Mann nüchtern und herrisch werden; je grausamer und treuloser es aber ist, je frevelhafter es mit ihm spielt, um so mehr wird es die Wollust des Mannes erregen, von ihm geliebt, angebetet zu werden. So war es zu allen Zeiten, seit Helena und Delila, bis zur zweiten Katharina und Lola Montez herauf. Die dann aber, wie auf http://www.chwilson.demon.co.uk nachzulesen ist, in Amerika an der Syphilis verreckte, die ihr Ludwig I., neben zahllosen Juwelen und miserablen Gedichten, angehängt hatte. Behauptung oder bewiesen? Wird sich ein Skript der Broadway Revue Lola Montez in Bavaria, bei der sich die Skandalumwitterte drei Jahre nach ihrer Flucht aus dem Königreich Bayern selbst spielte, in Bruce Seymours Schachteln finden lassen?

Ein lyrisches Ich des Dichters Guillaume Apollinaire, den seine Mutter, Angelica von Kostrowitzky, Wilhelm Apollinaris rief, hat sich am 23. Februar 1912 im alpinen, von stürmischen Unwettern heimgesuchten Gebirge verirrt und ist in eine geheimnisvolle, verlockend von Musik durchströmte, elektrisch illuminierte Höhle geflohen, in der sich junge Männer an fremdartigen Apparaturen mit virtuellen Geliebten aus verschiedenen historischen Epochen vergnügen: Die Akteure banden sich eine Art Gürtel um, dessen eines Ende von dem Apparat festgehalten wurde, und es schien mir, sie müßten alle Ixion gleichen, als er die Wolke, in der sich unsichtbar Juno verbarg, liebkoste. Die Hände dieser jungen Leute gingen ins Leere, als streichelten sie weiche, angebetete Leiber, ihre Münder verteilten geliebte Küsse in die Luft. Bald wurden sie immer lasziver und ungestümer und vermählten sich mit der Leere. Laute kamen aus ihrem Mund, Liebesgestammel, wollüstiges Röcheln, altertümliche Namen, von denen ich den der weisen Héloise, der Lola Montez, einer gewissen Achtelnegerin verstand, die von irgendeiner Pflanzung aus dem Louisiana des achtzehnten Jahrhunderts stammen sollte. Jemand sagte etwas wie: Page, mein schöner Page. Dann tritt, in der Aufmachung seines Idols Le Roi-Soleil, Ludwig XIV., Le Roi-Lune, Ludwig II., auf, der, was ja, laut Oskar Maria Graf, sehr viele Bayern glaubten, gar nicht ertrunken ist, sondern, bei glänzender Gesundheit, auf einer Art Weltorgel Originaltöne aus Seoul und Papeete, Chicago und New York, Rio de Janeiro und Paris, Bonn, Koblenz, Neapel, Tripolis und so weiter zum besten gibt. Schließlich soll ihm der Erzähler die Originalpartitur von Richard Wagners Oper Das Rheingold herbeischaffen. Der Fremde ist, im Gegensatz zu den lüsternen Höflingen des bayerischen Monarchen, nicht maskiert. Woraufhin Ludwig aufbraust: Aber sag einmal, du Verbrechervisage, wo ist deine Maske? Ich will niemanden vor mir ohne Maske sehen. Man soll ihm die Hoden abschneiden. Her mit der Rheingold-Partitur, die Maske über deine Verbrechervisage, oder du kriegst die Hoden abgeschnitten. Dem Eindringling gelingt die Flucht; doch später, im Wald, beobachtet er den bizarren Hofstaat, der sich nun einer ganz neuartigen Musik hingibt, noch einmal aus der Distanz: Außer dem alten König, dessen Gesicht unverhüllt ist, sind alle maskiert. Er hat halb männliche, halb weibliche Kleidung angelegt, über sein Gewand im Stil des achtzehnten Jahrhunderts einen Reifrock gestreift, der aber vorn offensteht und mit einem Gürtel geschmückt ist, wie ihn die Feuerwehrleute tragen. Dann heben alle ab wie ein Zugvogelschwarm. Apollinaire nahm die französische Staatsbürgerschaft an und starb

1918 an den fatalen Folgen eines zwei Jahre zuvor in seinen Schädel eingedrungenen Granatsplitters.

Dr. Heißerer, der regelmäßig Führungen durch das literarische Oberbayern veranstaltet, empfiehlt Le Roi-Lune als eines der wenigen anspruchsvollen Stücke über Ludwig II. Von ihm weiß ich auch, daß der Mondkönig besonders für Edgar Allan Poe schwärmte: Poe hätte sowohl Genie wie Persönlichkeit besessen, ihm, Ludwig, fehle beides. Er sei einfach anders gestimmt als die Mehrheit seiner Mitmenschen. Gesellschaft sei ihm entsetzlich, und er halte sich ihr fern. Frauen machten ihm den Hof, aber er ginge ihnen aus dem Weg. Wäre er ein Dichter, könnte er vielleicht Lob ernten, wenn er diese Dinge in Versen sagte. Aber ihm sei die Gabe, sich auszudrücken, nicht gegeben, und so müsse er erleiden, daß er verlacht, verachtet und verleumdet werde: Man nennt mich einen Narren. Wird Gott mich, wenn er mich einst zu sich ruft, ebenso nennen? Lesezeichen: Ein Zeitungsausschnitt aus Karols Sammlung, darauf Michael Jackson, das Antlitz ganz auf sein Idol Diana Ross getrimmt, einmal nicht in prunkvoller Fantasieuniform, sondern in einem mit Ludwig II. bedruckten T-shirt. Karols Fußnote: Die als zu groß, zu grob empfundene Nase so lange zu einer süßen kleinen Nase umoperieren lassen, bis sie ganz zusammenfällt. In Klammern: Und damit geradezu syphilitisch wirkt. Siehe auch: Das Phantom der Oper, dekonstruiert von Sander Gilman in Creating Beauty to Cure the Soul, Race and Psychology in the Shaping of Aesthetic Surgery, Duke University Press, 1998. Zu klären: Weshalb gelten sowohl afrikanische als auch jüdische Nasen als überhaupt nicht süß? Fußnote zu meines Bruders Fußnote: Was finden die Leute eigentlich an Sommersprossen süß?

Auf dem Plattenteller dreht sich seit Stunden die Oops Oh My EP der R&B-Sängerin Tweet: Oops, there goes my shirt up over my head, oh my. Produziert für Missy Elliotts Goldmind Label von Timbaland unter dem hypnotisierenden Einsatz minimalistischer Beats; ich kann es kaum erwarten, daß Tweet ein ganzes Album draußen haben wird. Bürgermeister Berchtold, SPD, Kriminalkommissar, wurde gestern in seinem Amt bestätigt; der Kandidat der CSU, Dr. Fleischer, Förster, ehedem Chef der bayerischen Grünen, hat sich nicht gegen ihn durchsetzen können. Auf Kandis' Schreibtisch, neben dem, seit sich meine Schwester in die Einsamkeit verzogen hat, entstandenen Stapel ungeöffneter Liebesbriefe ihres Freundes Tom aus London, die ich ihr nicht nachsenden sollte, habe ich einen ganzseitigen, der Zeitung vom Wochenende entnommenen Artikel über den noch immer mysteriösen Tod Ludwigs II. ausgebreitet: Wurde Ludwig II. zum Mörder seines Arztes Dr. von Gudden? Die historischen Zeugnisse lassen diesen Schluß nicht zu; darüber wird sich meine Schwester freuen. Ich habe das Gefühl, daß sie mit ihrem Reigen vorformulierter Romanfiguren längst unter einer Decke steckt. Beziehungsweise diese unter eine, unter ihre, Decke gesteckt hat. Und bin gespannt, was daraus werden wird. Beim Staubwischen in Kandis' Wandregal, ganz oben, hinter den fragmentierten Barbie-Puppen, entdeckt: Sexualisierung der Körper, Argument-Sonderband, 1983, herausgegeben von Frigga Haug. Aus dem Vorwort der zweiten Auflage, 1988: Die Diskussion über AIDS überforme jene über die Sexualität. Vorüber die Zeiten, in denen Sexualität als neu zu durchdenkender Herrschaftszusammenhang befragbar gewesen sei. Aus dem Vorwort der dritten Auflage, 1991: Natürlich bliebe das Thema Weibliche Sexualisierung aktuell, auch wenn um uns herum Weltsysteme zusammenbrächen. Gerade weil es das kapitalistische Patriarchat sei, das als strahlende Alternative übrigbliebe, werde für diesen Glanz der Einsatz weiblicher Körper allgemeiner und damit unsere Analyse zur gleichzeitigen sozialen und körperlichen Unterwerfung von Frauen gewichtiger. Ich habe mir den Staubwedel unter den Arm geklemmt und mich mit Kandis' Bändchen auf dem Fußboden niedergelassen. Unser Wohnzimmer wird von Sonnenlicht durchflutet, in der Ferne grüßt majestätisch die schneebedeckte Benediktenwand. Als ich vorhin die Teppiche auf der Terrasse ausklopfte, empfand ich die Luft als frühlingshaft. Noch heute erwarte ich meine Schwester aus Südtirol zurück. In der Küche habe ich, als Überraschung, moderne Vorhänge aus Skandinavien angebracht.

Oops, there goes my skirt dropping to my feet, oh my. Sexualisierung der Körper? Kann Popmusik formal dermaßen avanciert und gleichzeitig politisch rückschrittlich sein? Eigentlich nicht. Kommt immer auf den Blick an, sagt Kandis. Auf den Blickwinkel. Die Blickrichtung. Der Text entwickelt sich denn auch zu einer ambigen, narzißtischen Träumerei: Die Protagonistin ist spät nachts in ihre Wohnung heimgekehrt, berauscht, zutiefst erregt von bohrenden Gedanken an einen Körper, dessen Oberfläche sie als braun wie Butter besingt. Sie verliert, huch und oh je, ihre Bluse und auch ihren Rock, wobei wir zunächst vermuten, daß sie, passiv, von einer unbekannten Person, wahrscheinlich männlichen Geschlechts, ausgezogen wird. Mit gespieltem Erstaunen säuselt Tweet: Ooh, some kind of touch caressing my legs, oh my. Ooh, I'm turning red, who could this be? Extemporiert: I tried and I tried to avoid, but this thing was happening. Swallowed my pride, let it ride, and partied, wenn ich das richtig herausgehört habe. Dann die Wende: But this body felt just like mine. Auftritt der Frau im Spiegel: I got worried, I looked over to the left. A reflection of myself, that's why I couldn't catch my breath. Da meldet sich Missy Elliotts unverwechselbare

Stimme zu Wort, die intime Szenerie dialektisch, ähnlich der Coda ihres bemerkenswerten, von Frankfurter Feministinnen als feministisch reklamierten Remakes des Labelle Songs Lady Marmalade im Zusammenhang mit Baz Luhrmanns Spielfilm Moulin Rouge, durchbrechend: I was looking so good, I couldn't reject myself. I was feeling so good, I had to touch myself. Tweet: I looked over to the left. Missy: I was eyeing my thighs butter pecan brown. Tweet: I looked over to the left. Missy: Coming out of my shirt and then my skirt came down. Episches Theater in Rhythm & Blues.

Sexualisierung der Körper, Projekt Beine, geleitet, dokumentiert von Barbara Nemitz und Renate Prinz: Alle Mitschreiberinnen notierten auf Zetteln, wie ein ihrer Ansicht nach schönes Frauenbein aussieht. Zunächst waren sie verblüfft, wie detaillierte Vorstellungen jede von ihnen besaß. Fast alle hatten das Bein noch einmal in Unterabschnitte gegliedert; in Fuß, Fessel, Wade, Knie, Oberschenkel. Die Füße sollten zart und möglichst klein sein, aber nicht winzig, die Waden gewölbt, aber doch schlank, fest, aber nicht muskulös, die Oberschenkel ohne Fett, aber auch nicht zu dünn, und oben sollten sie nicht auseinandergehen. Wie gemeißelt müsse das Bein wirken. Bemerkung einer Teilnehmerin: Nur wenige Frauen haben so schmale Oberschenkel wie sie eigentlich sein sollten, die wenigen sind dann meist auch noch zu mager, so daß wieder der schöne Schwung fehlt. Nehmen wir einmal an, dies wäre der männliche Blick, mit dem wir uns selbst sehen, hielten Nemitz und Prinz fest, dann wüßten sie immer noch nicht, von Kandis unterstrichen: wie er in ihre Köpfe kam. Nicht nur, daß keine der Teilnehmerinnen Beine wie die beschriebenen hatte, sie fühlten sich auch in endlose Aktivitäten zum Erlangen solcher Idealmaße verstrickt. Auf diese Weise seien sie ständig mit dem Herstellen und Korrigieren, Zurichten und Zurücknehmen idealer weiblicher Körpermerkmale beschäftigt; sie hätten das Gefühl, sie arbeiteten, sich sonnend, eincremend, enthaarend oder in Maßen Sport treibend, einem Ziel entgegen, welches, je mehr sie sich ihm annäherten, zunehmend entweiche. Tatsächlich ist, habe auch ich längst begriffen, das Herstellen der sogenannten Identität in erster Linie ein permanenter performativer Akt. Mit Kristinas Worten: Meine Beine werden zu weiblichen Beinen erst durch die Art, in der ich sie halte. Beim Sitzen, Stehen, Gehen, Tanzen. Judith Butler beschreibt ja seit zwölf Jahren sehr einleuchtend, wie unsere noch so offensichtlich real existierenden Gliedmaßen, besonders die sexualisierten, Kristina sagt: die schuldig gewordenen, bis hin zu unseren vermeintlich primären Geschlechtsorganen, in erster Linie sprachlichen Ursprungs, grammatischer Natur sind, Verträge verkörpern, politische Übereinkünfte, Ein- und also Ausschlüsse konstruierende. Binäre, gewaltsame, fatale.

http://www.cigaraficionado.com, Seite 1 von 12. Claudia Schiffer hält sich eine dicke, unübersehbar phallische Zigarre vor das Gesicht. Daneben kann ich auf meinem Bildschirm einen ellenlangen Text abrollen, in dem sich das bestbezahlte Supermodel der Welt zunächst despektierlich darüber äußert, daß so viele ihrer Kolleginnen wie Junkies aussähen, wo Mode doch für Schönheit und Gesundheit werben solle, um dann das Wort an Mervyn Rothstein, die Stimme der nordamerikanischen Zigarrenfreunde, abzugeben. Im Fließtext folgen weitere anmutig bis aufreizend inszenierte Studioaufnahmen der zum Zeitpunkt des Interviews Sechsundzwanzigjährigen, in zweierlei leichten Aufmachungen, einmal von Armani, einmal von Ralph Lauren, mit diversen, offenbar brennenden Zigarren hantierend, für den Umschlag der Zeitschrift Cigar Aficionado. Rothstein, eigentlich bei der New York Times beschäftigt, rekapituliert die Lebensgeschichte des deutschen Laufstegwunders, das Karl Lagerfeld, mehr oder weniger ehrfürchtig, als all work, very serious, essentially a smooth-running German business machine beschrieb. Claudia gibt dem Journalisten ein aktuelles Beispiel: Once in Monaco I started work at 9 in the morning and worked all through the night until 6 a.m. I didn't know in advance I would be doing that, but if the photographer decides artistically that he doesn't have what he needs, you just keep on going until you have it. And it can take all night. So we finished at 6, and I had to take a 7 a.m. plane from Nice to Paris and catch the Concorde to New York. I didn't get any sleep. And when I arrived in New York I had to go straight to the studio.

Can a Supermodel do Feminism? Abgesehen von der zunächst frivolen Kombination Frau mit Zigarre bietet mir das vorliegende Interview kaum Neues. An einer Stelle bekennt Claudia, daß sie nicht raucht, in eckigen, redaktionellen Klammern hinzugefügt: Zigaretten. Wie die feministische Literaturwissenschaftlerin Barbara Vinken: Die raucht nur Zigarillos. Da kommt Karol ins Zimmer und legt mir, aus der vorgestrigen Zeitung, eine Fotografie Sigmund Freuds vor, wie dieser 1928 in Berlin-Tempelhof ein Verkehrsflugzeug besteigt, über ein fragil wirkendes, wie aus Teekisten gezimmertes Treppchen, das die Aufschrift Deutsche Luft Hansa trägt. Spontaner Gedanke: Freud, Zigarrenraucher, Krebsbefall der Mundhöhle. Karols Frage: Ob die Person im Hintergrund, auf der Tragfläche, vor dem Einstieg, eine Stewardess oder ein Steward sei. Merkwürdige Uniform, stelle ich fest: Die Mütze, eine Art Fez, sitzt hoch auf dem Kopf wie ein Kapotthütchen. Die Joppe eng anliegend und weich, Stehkragen. Die Bundhose im Hüftbereich gebauscht. Kniestrümpfe, Schnürstiefel. Keine Ahnung, antworte ich, die damaligen Frauen, mit ihren flach abgebundenen Brüsten, ihren eingeölten Bubiköpfen, stellen wirklich ein Phänomen dar. Dann einige ich mich mit Karol darauf, daß wir hier wohl doch einen Mann sehen, der, in eindeutig effeminierter Haltung seiner Hände, auch seiner Füße, finden wir, eigentlich seines ganzen Körpers, den doppelt so massiv wirkenden Doktor Freud empfängt. In welchem Zusammenhang wird Karol für dieses Foto Verwendung finden? Seinen letzten freien Tag verbrachte er heute überwiegend damit, telefonisch nachzurecherchieren, ob das erste historisch belegte AIDS-Opfer tatsächlich ein Flugbegleiter gewesen ist. Claudia Schiffer gibt unterdessen auf meinem Bildschirm an, den Duft einer guten Zigarre zu lieben und wie toll sie sich überhaupt anfühlt. Sie schätzt die Kameraderie derer, die Zigarren rauchen, das gute Gefühl, das Gelächter, die aufgeregte Stimmung. Mervyn Rothstein: For five hours on the day of her Cigar Aficionado photo shoot she puffed away contentedly at a passel of the finest Cubans, Cohiba Robustos and Siglo IVs, Montecristos No.1 and 2. The elegance of the cigars seemed a perfect accompaniment to the grace of her slender hands; the smile on her face enhanced her pervasive sensuality, and the aromatic smoke drifting gently overhead added just a touch of mystery to her magical beauty.

Auf meinem Plattenteller zirkuliert eine Kompilation mit dem Titel Flappers, Vamps and Sweet Young Things. Zeitraum: 1924 bis 1931, Hot to Sweet, Tomboy to Girlie. Flapper's delight: Knallige Klamotten, schwere Schminke, renitentes Rauchen in der Öffentlichkeit, ausgelassener Konsum neumodischer alkoholischer Mixgetränke. Äußere Kennzeichen: Die nach Möglichkeit knabenhaft betonte Figur, kurzer Bubikopf, kurzer Rock, vorzugsweise mit Fransen, sichtbar hinabgerollte Strümpfe, um anzuzeigen, daß keinerlei Korsage getragen wird, das lange, der mildernden Abkühlung des nikotinhaltigen Rauchs dienende

Zigarettenmundstück als symbolische Waffe im zugespitzten Kampf der Geschlechter, dessen trojanisches Pferd die Flappers bilden. Dr. Alfred Kind, Die Weiberherrschaft von heute, Verlag für Kulturforschung, Wien und Leipzig, 1931: Als der Mann in der jüngsten Vergangenheit die Kraft nahezu allgemein verlor, das Weib wie bisher nach seinem Willen zu formen, wurde aus dem bis dahin dichterisch verherrlichten Gretchentyp, wurde aus dem verschüchterten Backfisch der kecke Flapper, die nicht nur beruflich sondern auch erotisch Aktive. Während ich Kandis das Abendbrot zubereiten höre, überfliege ich noch eben die folgende Anekdote: Ein bekannter amerikanischer Kricketmeister hatte einen eindrucksvollen Sieg errungen, woraufhin sich die Sportbegeisterung seiner jungen Verehrerinnen dazu verstieg, ihn, auf ihren Händen sitzend, im Triumph davonzutragen, ein Verhalten, das noch ein Jahrzehnt vorher von der Gesamtheit einfach als shocking bezeichnet worden wäre. Ich drehe meine Anlage lauter und gehe in die Küche hinüber. Marion Harris, Flapper, Jazz Baby, trällert: Classics don't mean a thing at all, give me a hot band in a hall. Sie liebt es, when a cornet goes ooh-wah, und sie bekennt: I like my music hot. Titel des laufenden Lieds: The Blues Have Got Me Now. Aber kann diese Aufnahme vom November 1924, selbst aus damaliger Sicht, überhaupt als hot bezeichnet werden?

Was ging nicht nur verloren, sondern wurde womöglich andererseits gewonnen, als Paul Whiteman mit seiner zickigen, quadratischen, gigantischen Big Band, wie er nicht müde wurde zu betonen, a lady out of Jazz machte? Wie mag sich das angefühlt haben, Kandis? War das Resultat, auch gegen den Strich, als Pop entzifferbar? Worin lag das revolutionäre Potential des Swing? Welcher universale Fortschritt errungen wurde, als Jazz abermals explosiv, scharfgemacht, nämlich Swing zu Be-Bop, How

High the Moon zu Ornithology, dekonstruiert wurde, steht ja fest. Doch was, als sich Charlie Parker, genannt Bird, von überzuckerten Streichorchestern begleiten ließ? Was, als Disco die süßliche Swing Music eine Generation später zu einem in den Koordinaten von High Camp ausgesprochen avancierten Soundtrack sexuell dissidenter Subkulturen resignifizierte? Und Sun Ra sich mit seinem intergalaktischen Free Jazz Arkestra zur selben Zeit, geradezu liebevoll, und doch ganz anders, vertikal, wilder als der konservative Wynton Marsalis, der sie auf ewig als afrikanisch-amerikanische Repertoire-Musik, was eigentlich gar nicht geht, gepflegt wissen möchte, der selben altgedienten Swing Standards annahm? Wie schwierig es doch im nachhinein ist, jammere ich meiner Schwester vor, die innovativen Momente, in denen sich gesellschaftliche Errungenschaften sonisch, nämlich immer zuerst in der Musik ankündigen, auch ihre produktiven Widersprüche, weniger retrospektiv als in historisch zeitgenössischer Perspektive, nachzuvollziehen respektive, in Anspielung auf mein endlich zu realisierendes Buchprojekt, narrativ zu rekonstruieren. Kandis: Und doch liegt in dieser aufwühlenden Art von Trauerarbeit der eigentliche Antrieb für deine andererseits ewige Sehnsucht nach musikalischen Neuerungen. Auch sie sei geradezu süchtig nach jenen Glücksmomenten, die bislang ungehörte Musiken in ihr ausgelöst hätten.

Die afrikanisch-amerikanische Musik als diasporische Kunstform ist per se exzentrisch, asymmetrisch, von ihren Anfängen an gleichsam notgedrungen differenziert, im literarischen Sinn ironisch, sagen wir ruhig: postmodern, und deshalb auch Impulsgeber der Geschichte der Popmusik schlechthin. Spätestens House respektive Techno Music lieferte hierzu den schockierenden Beweis: Huch und oh je, schwarze Rhythmen, mit Hilfe von Maschinen fabriziert. Mein Plan setzt aber bereits hundert Jahre früher, bei Minstrelsy, Ragtime und Blues, an: Aufräumen mit dem sentimentalen, entwürdigenden Mythos von der körperlichen Ursprünglichkeit sogenannter Black Music, ihrer vermaledeiten Authentizität, ihrer vermeintlichen Primitivität. Die Schwarze Musik der Amerikas war immer schon zutiefst kompliziert kodiert. Eventuell anführen: Oliver Nelsons Konzeptalben aus den frühen 1960er Jahren, The Blues and The Abstract Truth und More Blues and The Abstract Truth, außerdem Wynton Marsalis' reich bebildertes Buch Sweet Swing Blues on The Road von 1994. Aus dem Nebenzimmer herüber dringt jetzt, eher Sweet Young Thing als Flapper, Helen Morgan im Juni 1927 mit ihrem Lied You Remind Me of a Naughty Springtime Cuckoo.

Billy Wilder, in der Nacht zum Donnerstag hochbetagt verstorben, letzter der großen Emigranten in Hollywood, beschrieb 1929 in der Berliner B.Z. am Mittag den süßen Alltag eines Gigolos: Ich lebe einen guten Tag. Bis in den späten Mittag schlafe ich, so bis 3 Uhr. Ich habe mir sofort nach meinem Engagement eine Weckuhr gekauft, sie geht tadellos. Meine Toilette dauert jetzt eine gute Stunde, und sie ist von so grotesker Kompliziertheit, daß ich mich vor der Wirtin zu schämen beginne. Eine ganze Reihe von Neuanschaffungen steht im Zimmer herum. Verschönerungsmittel und Pflegeelexiere, wie man sie nur auf Damen-Spiegeltischchen vermutet: Parfümflakons, französische Salben, Teintsalben, weißes Eau de Cologne, violettes Eau de Cologne, Hautcreme in allen Farben, Puder in allen Nuancen, Lavendelwasser, Pomaden, Augenbrauenpinsel, Fingernagellack, Haarfixativ. Das Bad ist mit Massage verbunden. Meine Beine schwimmen in dem seifigen Wasser, und ich merke, daß der neue Beruf ihren Muskeln guttut. Meine braven Beine, meine Brotgeber. Dann: vier

Minuten Rasieren, vier Minuten Frisieren, zehn Minuten Wäsche, zehn Minuten Schlips, acht Minuten Anzug, fünf Minuten letzter Blick in den Spiegel. Logisch: Gefallen als weiblich kodierte Angewohnheit. Billy Wilder, der als Medienberater der Paul Whiteman Big Band nach Berlin gekommen war. Hier könnte ich Whitemans berühmtes Bekenntnis, den Jazz zu einer Dame gemacht zu haben, anbringen und mit mehr oder minder unwissentlich dekonstruktivistischen Zeilen aus Pop Songs wie He made a woman out of me kurzschließen. Stichwort: Queer. Nachgeschlagen: The word is relatively new, dating only from 1508. It seems to be a hybrid of the German quer, meaning crosswise, or not aligned with the majority, and the Middle High German twer, crooked, having no scruples. Auf Männer mit vermeintlich abweichendem Sexualverhalten wurde der Begriff erstmals 1922 angewandt. The U.S. Labor Department believed that a male of delicate facial features and refined sensibilities, Klammer auf, a sense of color coordination, an eye for design, an instinct for tastefulness, love of opera, Klammer zu, had the makings of a criminal, as well as perverse sexual tendencies.

Einfügen: Die süßen Jackson Boys. Mein vorgestern in Barcelona nach einem Saunabesuch mit Genoveva auf dem Laptop skizzierter Exkurs über die von englischen Revuebühnen ausgegangene zeitweilige Verdrängung der Girls durch die Boys; durch blasse, schmale, bildhübsche Jungen von zarter Haut und biegsamen Gliedern. Der schamfreie Flapper und ihre ältere Schwester, erläutert Sigmund Freuds enger Mitarbeiter Alfred Kind, wollen, wie früher schon der Mann, auf ihr Recht, Begeisterung, Bewunderung und Verliebtheit unverhüllt zu bekunden, nicht mehr verzichten. Die Jungen, welche die Jacksons nach strenger Musterung für die Boy-Karriere ausgewählt hätten, würden nach denselben Prinzipien erzogen, die den Erfolg der

Jackson Girls sicherten, hatte Kind der Frankfurter Illustrierten vom 20. März 1930 entnommen, die meisten kämen sogar aus Girl-Familien. Diese Brüder der Jackson Girls seien alle fein und distinguiert, elegant und diszipliniert, wohnten in einem gemeinsamen Heim, jeden Sonntag würden sie in die Kirche geführt und jeder ihrer Schritte werde streng kontrolliert. Der kolossale Erfolg der Jackson Boys führte rasch zur Gründung von Konkurrenzunternehmen. In Großstädten wie New York, Berlin, London, Paris, wurden Schulen für Boys eröffnet, in deren Vorzimmern gebadete und sorgfältig gekämmte Jungen beklommenen Herzens auf das Ergebnis ihrer Musterung warten, vermeldete die Frankfurter Illustrierte. Alle hätten dieselbe Figur, dieselbe schlanke Linie, dieselbe Nase und dasselbe mit Brillantine geglättete Haar. Wie lange diese neue Mode andauern werde, sei schwer vorauszusagen; die Jacksons in England sollten sich aber schon mal ihren Kopf zerbrechen, wenn sie, in der Nachfolge der Girls und der Boys, einen neuen Exportartikel lancieren wollten, da die menschliche Rasse zur Zeit ja lediglich aus zwei Geschlechtern bestehe.

Check Your Man: Karol hat die CD einer neuen R&B-Sängerin namens Nivea aus der Drogerie Müller mitgebracht. Pseudofeministisches Sample: James Browns This Is a Man's World, das mich an eine fatale, oft kolportierte Anekdote erinnert, in der Frauenrechtlerinnen dem männlichen Vorwurf, ihr Geschlecht hätte noch kein Genie wie Shakespeare hervorgebracht, mit der Replik zu begegnen versuchten: Wer außer einer Frau soll ihn denn dann hervorgebracht haben? Blues and The Abstract Truth: Tweets Oops Oh My befindet sich derweil auf dem besten Weg in die oberen Plätze der US-Hitparaden. Erste Interviews mit ihr lassen sich auch in deutschen Musikzeitschriften nachlesen. Interviewer: Gab es bei euch zu

Hause viel Musik? Tweet: In meiner Familie sind alle Musiker. Nach meinem Auszug aus dem Elternhaus gehörte ich lange einer Band namens Sugah an. Sugah, Girl Group, dreiköpfig; ihr Debut Album sollte von Devante Swing für Def Jam produziert werden. Leider ist es nie zu dem Vertrag gekommen, der uns immer wieder versprochen wurde. Eines Tages nahm ich in Timbalands Studio einfach eine Gitarre in die Hand und begann, eines meiner Lieder zu singen. Daraufhin schleppte mich Missy Elliott zu Sylvia Rhone, und tags darauf hatte ich meinen Vertrag in der Tasche. Rhone, Managerin bei Elektra Records, die Missy Elliott mit Goldmind eine eigene Plattenfirma einräumte; Elliott, auf deren Album So Addictive Tweets attraktive Stimme zum ersten Mal zu hören war. Noch im Frühjahr soll ihr Debütalbum mit dem ornithologisch anmutenden Titel Southern Hummingbird erscheinen, worauf sich auch ein, laut Quincy Jones' Vibe Magazine, politisch unkorrekter Song namens Smoking Cigarettes befinden wird. Tweet, von einem Journalisten mit Namen Jason King als dressed to kill in a fringed skirt and tan boots eingeführt, bekennt: It dropped my voice some. But I don't even want to smoke. It's just a habit. King: In fact, her sexy, dog-eared alto is partly a result of her addiction to Marlboro Ultra Lights. Und schiebt aber gleich eine Entschuldigung nach: She started smoking a few years ago during a difficult relationship.

Ein Anruf im Verlag. Ich berichte von Fortschritten, an die ich selbst noch nicht glauben mag. Womöglich werde ich drei Jahre an diesem Buch sitzen. Ich könnte mich um ein Stipendium beim Literaturfonds bewerben. In der Küche brühe ich mir ein Glas Kaffee auf. Draußen ist es sonnig, aber windig und für die Jahreszeit zu kalt. Siehe da: Sean Connery ist in der Zeitung, im Kilt, die Knie gerade eben frei, grüne Kniestrümpfe mit breiten Fransen dran, auf

New Yorks 6th Avenue, Tausenden von Dudelsackspielern voranmarschierend. Nein, denke ich, das reicht nicht, Connery bleibt weiterhin auf der Wartebank, und werfe mich auf die Couch, um Silvia Bovenschens und Peter Gorsens 1976 in der Zeitschrift Ästhetik und Kommunikation abgedruckten Aufsatz über Biologismus und Antifeminismus zu studieren. Seit Stunden läuft keine Musik. Wenn Karol zu Hause ist, läuft ständig Musik. Während seiner letzten freien Tage haben wir uns nur einmal gestritten, und zwar über Musik; Michael Jacksons Musik, die ich, im Gegensatz zu meinem Bruder, vor allem im Constant Replay, eher geringschätze. Fest steht: Wir zanken uns immer seltener. Als wir Kinder waren und gemeinhin als ein Herz und eine Seele galten, mitunter sogar miteinander verwechselt wurden, haben wir uns häufiger gegenseitig beschimpft, und doch bei weitem moderater als andere Geschwister, finden wir. Daß ich zwei Jahre älter als Karol bin, ist nie negativ ins Gewicht gefallen. Die meisten von mir abgelegten Kleidungsstücke trug er ohne jede Beanstandung auf. Meine Freundinnen haben mich immerzu um meinen Bruder beneidet. Mit meiner besten Freundin Marie hatte er seinen ersten Sex.

Ortega y Gasset formulierte: Wenn die Frau nicht bezaubert, so wählt der Mann sie nicht zur Gattin, zur Mutter von Töchtern, welche die Schwestern seiner Söhne sind. Die Art, in der Bovenschen und Gorsen bemängelten, daß der Geschlechtergegensatz in einer dichotomischen Zuordnung substanzialisiert werde, in der dem Mann Tugenden wie Produktivität und Kreativität, der aus dem aktiven Geschehen ausgeschlossenen Frau dagegen Rezeptivität und Inspiration zugeschrieben würden, deutete schon an, daß eine der hervorragendsten Errungenschaften der von Bovenschen wegweisend mit eingeleiteten feministischen Dekonstruktion des autonomen Subjekts in einer Suspension des vermeintlichen Gegensatzpaars Aktiv versus Passiv liegen würde. Der Empfängnis zugeordnete Eigenschaften, wie Anschauung, Reflexion und Erkenntnis, sind demnach nicht nur höher zu bewerten als die immer irgendwie blinde und aggressive Aktion, sondern vergleichendes und prüfendes Nachdenken erscheint selbst als autonome Handlung: Wir schreiben in friedlicher Absicht. Wie in meiner allerersten Erzählung: Sanftmütige Landung der Schriftstellerinnen auf dem Planeten Mars. Natürlich, merkte Chantal Akerman an, hört man immer wieder: Ach, das hat eine Frau gemacht. Oder: Frauen sind so weich und so süß wie Honig. Doch wenn Frauen ihren Blick konkretisierten, sei das sehr heftig, sehr gewalttätig. Diese Gewalt drücke sich nur eben nicht wie bei Männern aus. Merksatz: Die Gewalttätigkeit der Frauen ist nicht kommerziell.

Im Anschluß an ihren mit Peter Gorsen verfaßten Aufsatz führte Silvia Bovenschen aus: Um die Jahrhundertwende war der Satz: Wir Frauen können ebensoviel wie die Männer, ein Fanal. Er ist heute nicht mehr gar so beeindruckend. Selbstverständlich könnten wir ebensoviel. Die Frage stellt sich aber anders: Wollen wir ebensoviel oder das gleiche können? Der Geschlechterpolarität traditionell zugeordnete Gegensatzpaare wie Rezeptivität versus Produktivität oder Sensitivität versus Rationalität könnten nicht einfach im umgekehrten Verhältnis fortgeschrieben werden. Jeans seien zwar okay, Röcke aber auch, und wenn rot gefärbte Haare Feministinnen gegenseitig als Erkennungsmerkmal dienten, dürften dies rot lackierte Fingernägel ebenso leisten. Apropos Ästhetik und Kommunikation: Bovenschen gehört ja, wenn auch nur ihrem Alter nach, einer heute zutiefst verkommenen Generation an, jener, die uns regiert, in niederträchtige Kriege stürzt und sich sowohl im politischen als auch privaten Alltag ganz und gar nicht zu benehmen weiß. Ich male mir die glamouröse Literaturwissenschaftlerin auf der Hülle einer Roxy Music LP aus, oder, einige Jahre früher, als hedonistische Studentin Theodor Wiesengrund Adornos. Sie beobachtete, wie Frauen, von anderer Möglichkeit ausgeschlossen, die Kunst in ihre Körper verlängerten, respektive verlegten, ihre Körper gar als Kunstprodukte einsetzten, und machte das an Marlene Dietrich fest. Ist sowieso verrückt, denke ich, wie wir den Männern einerseits als urmütterliche Verkörperung der Natur herzuhalten haben und diese andererseits gleichzeitig künstlich, kulturell, merke: Kunst und Kultur als männlich markierte Areale, durch aufwendige Kleider, ausgefeilte Frisuren und entsprechend elaboriertes Make-up konterkarieren. Obwohl auch dies überwiegend nach männlichem Diktat geschieht, läßt sich hier wahrscheinlich tatsächlich, wie einst im Weben, dem Schreiben von Tagebüchern, von Briefen, von Briefromanen, ein weiblicher Freiraum erkennen, überlege ich, verlasse die Couch, steige in meine Clogs und baue mich vor dem Spiegel auf. Wen könnte ich in dieser häuslichen Aufmachung empfangen? Nicht einmal den Postboten.

Flughafen Charles de Gaulle, den 20. April 2002. Liebe Kandis, nach vielen Wochen flog ich heute endlich wieder einmal in einem Umlauf mit Heidi, die in diesem Augenblick auch neben mir in der Lounge sitzt und herzlich grüßen läßt. Zwischen uns, auf meinem Bordkoffer, liegt Heidis Discman, in dem Full Moon, die neue CD von Brandy, die Du uns sogleich bei Müller besorgen solltest, zirkuliert. Wir haben den Kopfhörer geteilt; in meinem rechten Ohr läuft der linke Kanal, in Heidis linkem der rechte. Natürlich sind wir uns bewußt, auf diese Weise in weniger als die Hälfte des streckenweise wirklich großen Kunstgenusses, den dieses Album bietet, zu gelangen, aber wir können gar nicht davon ablassen, einzelne Songs wieder und wieder anzuhören. Vor allem die von Rodney Jerkins, alias Darkchild, der schon auf Michael Jacksons Invincible glänzte, produzierten. Heidi, deren Frisur heute stark, beinahe beißend, nach Haarspray duftet, zeigt sich ganz euphorisch darüber, daß die momentan, wie sie es feierlich ausdrückt, fortschrittlichste Musik unserer widersprüchlichen Zivilisation gleichzeitig deren populärste und erfolgreichste ist. Korrekt, stimme ich zu, der Mainstream des Rhythm & Blues hat sich binnen weniger Jahre zum Epizentrum der Popmusik entwickelt; von männlichen Wesen digital objektiviert, durch weibliche Wesen subjektiv repräsentiert: Cyborgs, Bitches, Hummingbirds.

Ashley fliegt von Frankfurt aus und überwiegend Langstrecken. Wir sind offenbar nie zuvor in der selben Crew gewesen, stellten wir fest. Ich soll auch die kommenden Tage mit ihr zusammenarbeiten und könnte mir vorstellen, mich ein bißchen in sie zu verlieben. Ashley sieht irgendwie asiatisch aus und ist dabei auffallend groß. Eben ging sie vor Heidi und mir in die Hocke und blätterte, betont lasziv auf einem Kaugummi, den ich ihr in der Kabine zugesteckt hatte, kauend, in dem Booklet, das Brandys CD beiliegt. Sie fragte: How can this girl do Feminism? Was mich natürlich auf der Stelle an Dein spezielles Problem mit Claudia Schiffer erinnerte. Sollte es passive Aktivistinnen des Feminismus geben? Manchmal fühle ich mich verleitet, daran zu glauben. Wir sprachen ja schon darüber, daß der Körper zuweilen mehr weiß als der Geist. In diesem Zusammenhang ziemlich sensationell finde ich Claudia Schiffers Auftritte als aufreizende Kulturwissenschaftlerin mit durchtriebener Vorliebe für afrikanisch-amerikanische Männer in James Tobacks Spielfilm Black and White. Vielleicht beginne ich allmählich zu verstehen, Kandis, warum Du sie zu einer produktiven Protagonistin Deines nächsten Romans ausbauen willst. Euphemistisch ausgedrückt: Womöglich habe ich Schiffers transgressives Potential unterschätzt. Immerhin war sie die langjährige Verlobte eines wiederholt in den Ruf homosexueller Neigungen geratenen Zauberers. Sie könnte auch Ludwig II. gefallen.

Welttag des Buches: Shakespeares Geburtstag ist gleich Shakespeares Todestag. Zum Frühstück habe ich mir die Hey Kandi CD der Sängerin Kandi herausgesucht, überwiegend produziert von Kevin She'kspere Briggs. Kandi sieht auf der Hülle dieser zwei Jahre alten CD exakt aus wie Brandy, die damals bereits sehr erfolgreich war. Im Kleingedruckten dankt Kandi ihrer Kollegin Katrina: You are the hottest new songwriter out. When I was going through my little writer's block, you helped inspire me to write the fire again. Kandi könnte ich auch als erfolgreiche Autorin von Liedern für Mariah Carey, Destiny's Child, TLC und NSYNC kennen. Nachdem ich meinen Kaffee ausgetrunken habe, setze ich mich vor meinen Laptop, schalte ihn ein und rufe meine gestrigen Notizen auf. Um 1994 herum zeigte das People Magazine Claudia Schiffer mit einer Schachtel Marlboros in der Hand. 1996 rauchte sie in einem Sketch der VH1 Fashion Awards. Im selben Jahr schrieb The Guardian, daß sie in ihrem wirklichen Leben nicht rauche. 1997 gab es ein Foto von ihr mit Zigarettenmundstück in der Wochenendbeilage der Times; außerdem den bewußten Artikel im Cigar Aficionado. 1998 behauptete Bizarre: She smokes in real life. 1999 rauchte Claudia in dem Film Desperate But Not Serious. 2000 konnten wir sie im Esquire Magazine rauchen sehen. Ich atme tief durch und seufze. Rauchende Frauen kommen mir gegenwärtig nur mehr bedingt bedeutsam vor, wodurch das ganze Motiv in emanzipatorischer Hinsicht allenfalls als historisches, anno Tobak, sinnvoll bleibt. Womöglich befriedigen Raucherinnen heutzutage nichts weiter als eine spezielle Spielart des männlichen Sexualempfindens, schließe ich und verschiebe gleich mal alle Daten aus der Female Celebrity Smoking List in den Papierkorb. Dann gebe ich, auf eine Anregung Karols aus seiner elektronischen Post vom Wochenende hin, James Tobacks Black and White als neue Suchwörter ein.

Im Netz ersteigert und mit der Post erhalten: Die 1974er LP Zuckerzeit von Cluster, namentlich Moebius und Roedelius, die Kraut Rock mit Glam vermählten und kurz darauf ganz logisch mit dem effeminierten Brian Eno, ex Roxy Music, zusammengingen. Einzelne Titel heißen: Caramel, Rote Riki, Rosa, Marzipan. Auf dem rückwärtigen Foto, Heidi hält es soeben in ihren Händen, sitzt einer der beiden Musiker quer auf den Oberschenkeln des anderen; wie auf einem Hochzeitsbild, finden wir. Rock erscheint plötzlich als weibliche Kunstform, sagt Heidi, deren Fingernagelspitzen heute schwarz lackiert sind, und wird damit eigentlich zu Pop. Auch in diesem Punkt gibt es, weiß ich hinzuzufügen, einen Querverweis zu Roxy Music, die es zwei Jahre zuvor gewagt hatten, ein super feminines Model, Kari-Ann Moller, auf dem Cover ihres ersten Albums zu plazieren. Auf den Hüllen leichtverständlicher Jazz-Schallplatten waren provokativ hingegossene Frauen schon lange verkaufsfördernde Tradition, im Zusammenhang mit Rock jedoch besaß Kari-Ann etwas Verunsicherndes bis Abschreckendes, etwas Entartetes, die Aura männlicher Authentizität, welche Rock Music bis dato attestiert worden war, zerstörendes. Es wurde sogar immer wieder vermutet, hinter Kari-Ann verberge sich Bryan Ferry, der Sänger der Gruppe. Tatsächlich hatte das Abbild dieser Frau eine, bei allem Glamour, auch das Feminine zerlegende Qualität des Unbequemen, Gebrochenen. Und folglich diente die spätere Disco Queen Amanda Lear, die in dem zunächst von ihr selbst gestützten Verdacht stand, das Geschlecht gewechselt zu haben, als das Covergirl der nächsten Langspielplatte, auf der Ferry eine aufblasbare Spielgefährtin mit den Worten besang: I blew up your body but you blew my mind. Während ich rede, zieht Heidi sich ungeniert, wie so häufig, wenn wir uns gegenüber sitzen, mit ihrem Lippenstift, unter Zuhilfenahme eines kleinen Schminkspiegels, die Lippen nach. Mich irritiert dies jedesmal: Tun Frauen das auch im Angesicht von Männern, die sie begehren? Hätte Heidi nicht zwischenzeitlich auf der Toilette verschwinden müssen? Oder besteht die Wirksamkeit ihres Make-up gerade in der Vorführung seines Zustandekommens? Die aufsehenerregende, in den USA sogar zensierte Hülle der vierten Roxy Music LP, fahre ich, während Heidi ihre Utensilien wieder in der Handtasche verstaut, fort, veröffentlicht im Zuckerjahr 1974, zierten Evaline Grünwald und Konstanze Karoli, zwei Begleiterinnen Michael Karolis, des kürzlich verstorbenen Gitarristen der Kölner Gruppe Can, nachts, vor einer Hecke, unbarmherzig angeblitzt in aufreizend durchsichtiger Unterwäsche. Roxy Music Stylist Anthony Price, den unsere Eltern regelmäßig in einem Schwabinger Club namens Klappe herumstehen sahen, erinnert sich: Those two Valkyries walked in. That's the only way to describe them. I remember we went on boat rides, sailing through these sea caves, and Konstanze, the one on the right, with her massive shoulders, was sitting in the front of the boat, she just looked like a figurehead on this boat. I was stoned off my tits. She was an incredible creature.

Wir sitzen im Bergwald, am Kreuzweg, auf einer Bank, und blicken durch das zart sprießende Blätterwerk auf das Dach der Laube, in der sich Lou Andreas-Salomé mit dem um dreizehn Jahre jüngeren Rainer Maria Rilke vergnügte. Tom schiebt seine linke Hand unter mein Kleid, fährt zärtlich mit dem Mittel- und Ringfinger über meine Klitoris und redet von unserer Zukunft. Wenn ich partout nicht nach London ziehen wolle, könne er auch nach Deutschland übersiedeln. Wir würden dann zusammen in Berlin leben. Ich möchte aber nicht in die Reichshauptstadt umziehen, entgegne ich und entwinde mich Toms kompromittierender Liebkosung. Mein Freund findet es zu wenig, wenn wir uns nur alle paar Monate sehen. Ich bin mir nicht sicher, ob unsere Beziehung so harmonisch wäre, wenn wir gemeinsam in einem Anwesen lebten. Toms deutsche Großmutter war Internatsschülerin an der 1934 bis 1938 im ehemaligen Hotel Reisert untergekommenen jüdischen Frauenfachschule. Deren Schulleiterin, Käthe Meier, hatte immer stolz darauf hingewiesen, daß Goethe auf einer seiner Italienreisen in ihrem Haus Station gemacht hätte; inzwischen wissen wir, daß er neben der heutigen Pizzeria am Obermarkt eingekehrt war. Bis zu einhundert Schülerinnen zugleich konnte die Wirtschaftliche Frauenschule aufnehmen. Sie erlernten das Waschen und Bügeln, die Säuglingspflege und die Geflügelzucht, studierten Gesundheitstheorie und Nahrungsmittelchemie. Auch ein Schnellkurs für die Flucht ins Ausland stand auf dem Lehrplan. Englisch war Pflichtfach. Ab 1936 veranstaltete Fräulein Meier kaum noch Ausflüge in die Umgebung. Sie wolle niemanden in Verlegenheit bringen. Am 10. November 1938 um 4 Uhr morgens stürmten fünfzig SS- und SA-Leute das Gebäude an der Beuerberger Straße. Binnen zwei Stunden mußten die Schulleiterin, ihre Lehrkräfte sowie die sechzig, zwischen vierzehn- und siebzehnjährigen Mädchen Wolfratshausen verlassen haben. Einigen gelang tatsächlich die Flucht. Käthe Meier konnte den mörderischen Deutschen über Frankreich nach Israel entkommen. 1955 kehrte sie nach München zurück.

Tricky hat einen Remix von Strange Fruit hergestellt. Acid Maria wird heute im Ultraschall auflegen. Während Tom noch unter der Dusche steht und sich für unsere Fahrt ins Nachtleben der Landeshauptstadt frisch macht, blättere ich, zur Hälfte angezogen auf meinem zerwühlten, befleckten Bett liegend, in der vorletzten Ausgabe des Aufbau, America's only German-Jewish publication, founded in 1934. Zunehmende Zweisprachigkeit, entsprechende deutschsprachige Erklärung auf der Titelseite. Leitartikel sowie zahlreiche Kommentare und Interviews zur aussichtslosen Lage Israels. Die Motive der Attentäter. Auf wessen Landkarten Israel gar nicht erst eingezeichnet wurde. Israels Immigranten aus dem Deutschen Reich wandern nicht aus. Ein Nachruf in deutscher Sprache auf Billy Wilder. Eine englischsprachige Besprechung von Ruth Ellen Grubers Virtually Jewish, Reinventing Jewish Culture in Europe. Weiter hinten: Die vierundneunzigjährige Selma Koch ist eine New Yorker Dessous-Legende. In ihrem Geschäft am Broadway, Ecke 81st Street, präsentiert sie dem Aufbau-Fotografen einen monströsen Spitzen-BH. Selma Koch behauptet: Wir führen Büstenhalter bis zur Körbchengröße J, die sehen aus wie Zelte, in denen ließe sich sogar wohnen. Die agile Alte, seit 1928 in der Branche, gibt an, die ausgefallensten Oberweiten ihrer Kundinnen auf Anhieb zu erkennen. Ihr zweiundsiebzigjähriger Sohn Peter darf die Anprobekabinen nicht betreten; er kümmert sich um die Buchhaltung. Nächsten Sommer wollen die beiden mit ihrem aus allen Nähten platzenden Laden in größere Räumlichkeiten umziehen.

Während sie in Europa selbst alternden Schürzenjägern zur unverfänglichen Verfügung steht, wird House Music an ihrem Ursprungsort bis heute als eine überwiegend von der Queer Community geschätzte Gattung eingestuft: Miss Thing Choruses, Drama Queen Strings, Girlie Pianos. Das gleiche Phänomen gewissermaßen schon bei Disco, noch im transatlantischen Umkehrschluß: Von schnauzbärtigen

Machos in München oder Berlin am Fließband produzierte Eurodisco Tracks erblühten im nokturnen San Francisco respektive New York zu verbindlichen Hymnen der sexuellen Dissidenz. Disco war von Anfang an eine Diva und damit, sozusagen naturgemäß, antimachistisch, weshalb Kandis ihr auch einen femininen Artikel verlieh. Ich tippe: In den 1970er Jahren trat Disco in subversiver, kosmetischer Eleganz gegen das verschwitzte, masturbatorische, phallozentrische Gitarrenspiel der rockistischen Super Groups an, besser noch: auf, wodurch sich auch ihre vielbeschworene Gegnerschaft zu Punk als Trugbild erwies. Mit exzentrischen Formationen wie Dr. Buzzard's Original Savannah Band existierte sogar eine afrikanisch-amerikanische Disco-Ableitung zu Roxy Music. Discos hedonistisches Konzept war nicht auf Authentizität oder Glaubwürdigkeit angelegt, sondern auf Verführung. Disco war hybride und darin genuin, nämlich Pop. Zitierwütig wiederverwertete sie die Glanzlichter glamouröser, honigsüßer Tanzmusik vergangener Epochen für ihre lüsternen, alles andere als nostalgischen Zwecke und war damit high und low zugleich kodiert. Dabei kannte Disco keine Grenzen, war immer antichauvinistisch, international, internationalistisch. Disco als, und jetzt komme ich auf den Punkt: politisch-korrekte Bewegung glaubte weder an nationale Zuschreibungen noch an ethnische, vermochte auch sexuelle Identitäten zu pulverisieren. Viele Jahre vor dem erlösenden Aufkommen der feministischen Dekonstruktivistinnen offerierte diese Musik der Queer Nation und deren Sympathisanten respektive Sympathisantinnen ein zutiefst raffiniertes performatives Zeichensystem.

Eine öffentliche Gesprächsrunde zu dem Massaker, das ein bewaffneter Schüler vorgestern an einem Gymnasium in Erfurt angerichtet hat, reißt mich, der ich leichtfertig den Fernseher laufen ließ, aus meinen Notizen: Die Moderatorin, Sabine Christiansen, eine ehemalige Stewardess, findet es wiederholt uninteressant, daß in unserer Gesellschaft lediglich Jungen derartige Mordtaten realisieren. Kandis und Tom gehen seit Tagen allabendlich aus; meistens in München, doch ich weiß gar nicht, wohin sie heute ausgeflogen sind. Ich verlasse meinen Arbeitsplatz, ziehe die Alben von Dr. Buzzard's Original Savannah Band aus dem Regal und nehme mir einzelne Titel vor: Cherchez La Femme, Mitte der 1970er Jahre, ihren größten Erfolg, ein einzigartiges High Camp Disco Opus über zickigen Swing-Elementen, das klingt, als liefen zwei Radiosender gleichzeitig; nach zwei Jahrzehnten wurde es von DJ Sneak erneut in die Clubs lanciert. Dann Sour and Sweet, Lemon in the Honey, das ich an Bitter-Sweet von Roxy Music messe, in dem gesungen wird: Nein, das ist nicht das Ende der Welt. Gestrandet an Leben und Kunst. Das Spiel geht weiter, wie man weiß. Noch viele schönste Wiedersehen. Was ich wiederum mit dem irren Refrain des so dissonanten wie germanophilen Auf Wiedersehen, Darrio von Dr. Buzzard's Original Savannah Band vergleiche: Auf Wiedersehen. Such a sweet sorrow. Beware Liebchen, because dragons waylay tomorrows. Darrio, too hot to rue. Comrade, go faster than lightning. Wir verstehen. Yeah, yeah. Inge, Dieter and I, wir verstehen. Auf Wiedersehen, Darrio. Mein Lehrer, la-di-da. Savannah Band is waiting for you, American. Afro-Germanic auch das Stück Once There Was a Colored Girl, ein opulent discofizierter, kandierter Walzer der Savannah Band von 1979, wo es gleich in der zweiten Strophe heißt: And then there was a German boy. Refrain: The Yankee. Humbug. Neo-Nazi. The Yankee? Stumblebum. Neo-Nazi.

Disco Sucks. Eine Dia-Präsentation der Ereignisse um den 12. Juli 1979, die Disco Demolition Night in Chicagos Comiskey Park auf http://www.deepdisco.com. Dort lese ich: The Disco Sucks campaign was a white, macho reaction against gay liberation and black pride more than a musical reaction against drum machines. Only by killing Disco could Rock affirm its threatened masculinity and restore the holy dyad of cold brew and undemanding sex partners. Disco Sucks was the first cry of the angry white male. Disco sucks immer auch als Disco sucks cock lesen; Rock als cock lesen: Rock fucks, Disco sucks. Kopieren und konsequent einfügen. Ashley ruft aus Kapstadt an; ihre Stimme klingt am Telefon ebenso affektiert wie an Bord, wenn sie das Anlegen der Schwimmwesten erläutert. Wir haben zwar gelernt, unsere Stimmen melodisch einzusetzen, doch Ashley übertreibt in diesem Punkt ganz entschieden. Auch verwendet sie überschwengliche Ausdrücke, die gar nicht angebracht sind, wünscht den Passagieren bei der Verabschiedung einen wunderschönen Tag anstatt einfach nur einen schönen Tag. Oder kündigt an, worüber ich mich bereits mehrfach bei ihr beschwert habe: Meine charmanten Kolleginnen werden Sie jetzt mit den Sicherheitsvorkehrungen vertraut machen. Auch will das Adjektiv formschön nicht so recht mit dem Substantiv Sauerstoffmasken zusammengehen. Auf der mit hellblauem Plüsch überzogenen Rückbank ihres sandfarbenen Fiat Punto kutschiert Ashley andauernd einen rosa Hula-Hoop-Reifen durch die Gegend. Felix läßt diesen inzwischen länger um seine Taille wirbeln als ich, sagt Ashley, die glaubt, drauf und dran zu sein, unseren athletischen, schnauzbärtigen, an den Schläfen bereits silbrig grauen Kollegen zur heterosexuellen Liebespraxis bekehren zu können. Dabei besitzt Felix eigentlich gar keine Taille. Felix, der mir, nach unserem ersten gemeinsamen Flug, im Morgendämmer, auf dem Flügel einer von, außer uns, allen Gästen bereits verlassenen französischen Hotelbar, Friedrich Nietzsches Klavierstück Édes titok, Süßes Geheimnis, aus dem Kopf vorspielte. Und noch auf dem Gang zu unseren Zimmern des musikalischen Nihilisten Hymnus auf die Freundschaft trällerte, zunächst nur fürs Klavier geschrieben, nachträglich von Nietzsche mit einem ihm zugeeigneten Text der so unterwürfigen wie dominanten Lou Andreas-Salomé, der Frau seiner Träume, die er auch heiraten wollte, unterlegt.

Lieber Karol, schade, daß Du gestern abend nicht dabei sein konntest. Tom hatte es tatsächlich noch geschafft, uns auf die Gästeliste setzen zu lassen. Die Veranstaltung fand auf dem alten Loden-Frey-Gelände am Englischen Garten statt, in den Westpark Studios, neben MTV Deutschland, von denen der gesamte Auftritt mitgeschnitten wurde. Die Westpark Studios könnten ebensogut in Los Angeles liegen, derartig geschmacklos ist ihr Interieur; ich weiß gar nicht, wie die MTV-Leute daran vorbeifilmen konnten. In einer Broschüre, die an die ausschließlich geladenen Gäste verteilt wurde, bewerben sie ihren Betrieb als neuen Ort für anspruchsvolle Post Production und Events mit Sentenzen wie: Bist du schon mal im Traum mit Delphinen auf der Milchstraße geflogen? Hast du schon mal mit Seepferdchen Schach gespielt? Wenn du Schmetterlinge lachen hören kannst, weißt du auch, wie Wolken schmecken. Tweet war mit ganzer Band angereist, auch ihre sympathische, intellektuell wirkende, leicht ergraute Managerin ist afrikanische Amerikanerin. Der deutsche Promoter, sichtlich aufgeregt, in Camouflage-Jacke, kündigte die nun auch hierzulande unmittelbar bevorstehende Veröffentlichung von Oops Oh My an, das wir ja als bei Optimal erworbenes US DJ Promo schon seit Monaten im Haus haben. Im Vereinigten Königreich sei die Single gerade eben erschienen, in den Vereinigten Staaten habe sie bereits die vorderen Plätze der Charts erobert. Die charismatische Künstlerin trug einen mit schwarzem Fell bezogenen Cowboyhut. Verwaschene, hoch an den Oberschenkeln abgeschnittene und ausgefranste Blue Jeans, die Tom als Hot

Pants bezeichnete; er fand auch, daß Tweets Beine ein bißchen ins Violette spielten. Wir standen höchstens drei Meter von der Sängerin entfernt unter einer scheußlichen Lampe aus Straußeneiern, in einer Traube windiger, peinlich kostümierter, aus dem ganzen Land eingeflogener Musikjournalisten, als sie mit ihrem circa halbstündigen Set begann. Tweet trug überwiegend Balladen vor, zutiefst beseelte, mit einer Klasse, die an große historische R&B-Sängerinnen wie Dinah Washington oder Ann Peebles erinnerte. Zu Smoking Cigarettes forderte sie das gesamte Publikum auf, sich eine anzustecken, was in den USA die momentan wahrscheinlich revolutionärste Geste ist, die du vollziehen kannst. Tweets Managerin reichte ihr während des Songs gleich mehrere brennende Zigaretten auf die Bühne. Auch die Hintergrundsängerinnen qualmten. Zudem wurde seitlich ein Rauchentwickler angeworfen.

Apr-10 1:45 am. From: LILKISS05. To: All. I'm reading a lot of talk about Ashanti & Mariah, not that much on Tweet, so I'm going to end all confusion about R&B females right now. Ashanti: Can't sing, not that cute, and is nothing but hype, no long-term career. Mariah: Can sing, too old to act like a ho, career over. Beyoncé: Can sing, played out, has future career if sticks with R&B and stops Pop. Brandy: Can sing, on a comeback, needs maternity leave, long-term career. Alicia Keys: Can't sing, acts like a dyke, nothing but hype, no long-term career. Tweet: Can sing, fresh face, original, potential to stick around. Apr-10 12:20 pm. From: MISSCOOCA. To: LILKISS05. Mary J.: Can sing, and set a performance off, that's my girl. Apr-10 1:45 pm. From: LILKISS05. To: MISSCOOCA. Sorry to disappoint you, but Mary J. Blige can not sing. I like Mary though because she has had many jams over the years, but as far as vocal talent, no. She does a good job at hiring the right people to work for her, so that she could trick a nation into thinking that she can actually sing. Apr-11 2:02 pm. From: QUEEN. To: LILKISS05. I agree with you except for what you said about Alicia Keys, because she can sing and she is very talented, especially with the piano. She's not the best singer out but she does have some vocal talent. And she is not a dyke, just because she is tomboyish. Don't response with ignorance, if you don't want me to reply because yes, I will have the last word. Apr-13 8:12 am. From: SEXYMAMIKAY. To: LILKISS05. Ashanti and Alicia Keys can sing and Ashanti can't perform live but she can sing and Alicia Keys do her thing. Don't reply with no ignorant shit.

Apr-22 9:14 am. From: DESIRA3. To: All. Why in the hell is Tweet saying some shit about her turning red when she is so black she is almost purple? I just think it's dumb. Apr-22 1:14 pm. From: TWEETCUZ. To: DESIRA3. Have you ever heard of a figure of speech, asshole? She may have a dark complexion but she is beautiful. What color are you? What does it have to do with anything? This is a Tweet site anyway. If you don't like her stay the hell off. Apr-24 7:15 am. From: NANAHKISS. To: DESIRA3. The blacker the berry the sweeter the juice, you racist bitch. Apr-24 3:16 pm. From: BEINME. To: DESIRA3. Hey, moron, it's just a song, I don't know why you are hating on her. She has a lovely voice and a very lovely skin tone. Why don't you just concentrate more on her music than the freaky color of her skin. What's wrong with you? Don't you have better things to do than hate on the girl that's making more money than you will ever have? Apr-28 6:13 pm. From: SPKDATRTH. To: DESIRA3. Why the hell you come on the website talking your racist trash, you bitch? First of all, dark is beautiful, in fact all colors is. And Tweet's skin tone is hot. May-1 10:17 am. From: BLKBEAUTYONE. To: DESIRA3. First of all let me say: How you gonna be on Tweet's site tryin' to clown? Like somebody said: Tha darker tha better. Why don't you just leave and stop comin' on Tweet's site? 'Cause at least she's pretty and dark.

Claudia Schiffer, alias Greta, in Black and White, auf einem Bett, King Size, kniend, mit ihrem kleinen, eingeschalteten Laptop, der mich an meinen eigenen erinnert, der auch aus den späten Neunzigern stammt, die folgenden Sätze, die sie offenbar gerade in den Flüssigkristall gehämmert hat, laut und nicht ohne Stolz vom Bildschirm ab- und ihrem afrikanisch-amerikanischen Geliebten, einem Basketball Star, vorlesend, der in Gedanken jedoch ganz woanders, nämlich bei einem verdeckten Ermittler weißer Hautfarbe ist, der ihn soeben in eine fatale Falle gelockt hat und sich später als ein verstoßener, rachsüchtiger Liebhaber Gretas, der hier überhaupt zunehmend die Rolle der Femme fatale zufällt, herausstellen wird: Wenn die Kulturanthropologie in der Rassendebatte eine sinnvolle Funktion erfüllen soll, dann muß sie Scheinkategorien wie negride, europide, mongolide eliminieren. Die Lippen der Schauspielerin bewegen sich allerdings nicht synchron zu diesen Worten. Also gehe ich auf das Menü und lasse den englischen Originalton laufen: If Cultural Anthropology is to serve a useful function in the debate on race, it must eliminate bogus categories like Negroid, Caucasoid and Mongoloid. Race must be viewed not as a set of people defined strictly and separated each from the other but rather as a series of color gradations. Deutsch: Rasse darf nicht als Menschengruppe betrachtet werden, die streng definiert ist und sich von anderen abhebt, sondern eher als eine Reihe von Farbabstufungen. Das schwärzeste Schwarz kommt dem hellsten Braun nicht annähernd so nahe wie das hellste Braun dem durchschnittlichen, normalen Weiß. Ich gehe abermals auf das Menü und wähle den Kommentar des Regisseurs an. James Toback führt Claudia Schiffer, die er, auch in ihrer

Rolle als Germanic Greta, andauernd Claudia nennt, mehrfach auf Friedrich Nietzsche, ihre durch Nietzsche geprägte Herkunft, zurück. Ob ihm bewußt ist, daß sie an seinem siebzigsten Todestag geboren wurde?

Karol findet Black and White, vom Drehbuch her, es geht in erster Linie um eine Clique weißer Teenager aus den saturierten Schichten der New Yorker Gesellschaft, die ihr Freizeitverhalten an durch unterprivilegierte Schwarze auf der Straße repräsentierten Rollenmodellen ausrichten, eher schwach. Was ihn, wie mich, fasziniert, ist, daß Toback fast alle zentralen Parts mit Prominenten besetzt hat, die immer zugleich als ihre Ikone in Erscheinung treten; bis hin zu dem afrikanisch-amerikanischen Boxer Mike Tyson, der sogar in dem Film Mike Tyson heißt, zur Zeit der Dreharbeiten, nach seiner Verurteilung wegen der Vergewaltigung einer Frau, gerade auf Bewährung aus der Haft entlassen wurde und im Abspann als Gretas nächste Liebesbeziehung angedeutet wird. Karol: Der also Claudia Schiffer vergewaltigen, ihr zumindest ein Ohrläppchen abbeißen wird. Ich finde, es muß möglich sein, Mike Tyson vorkommen zu lassen, ohne ins Spiel zu bringen, daß er einem seiner Gegner ein Ohrläppchen abgebissen hat. In meinem Roman soll dieser Hintergrund jedenfalls keine Verwendung finden. Weil ihn sowieso jeder kennt, entgegnet Karol. Toback redet ebenfalls darüber. Aber nur in seinem DVD-Kommentar. Er bezeichnet Claudia und Mike als ultimate iconographic match, the unity of Germany and Africa in New York. Toback berichtet auch davon, daß Tyson sich auf einen Arm Malcolm X und auf den anderen Mao tätowieren ließ. Karol: Wen auf den rechten und wen auf den linken? Ist Tyson eher für eine starke Rechte oder für eine starke Linke berüchtigt? Keine Ahnung, antworte ich, auf jeden Fall ist er homophob. Also rechts. Die wahrscheinlich berühmteste Szene in Black and White geht folgendermaßen: Brooke Shields, alias Sam, wir sollten, finde ich, auch nur noch die Originalnamen verwenden, Pretty Baby, Miss America, deutlich in die Jahre gekommen, sagt Karol, Toback läßt sie Dreadlocks tragen, einen Nasenring, schwarzen Nagellack, dreht ein dokumentarisches Video über adoleszente weiße Fans schwarzer Rap Culture. Ihr schwuler Ehemann, entsprechend phonetisch ambiger Vorname: Terry, macht sich dabei an Mike Tyson heran; deutlich improvisierte Szene, wir erkennen die innere Anspannung der Darsteller. Tyson versucht sein Gegenüber zunächst höflich abzuwimmeln, erklärt ihm: I'm on parole, brother. Als dieser dennoch nicht abläßt, prügelt er ihn impulsiv zu Boden und läßt auch dort zunächst gar nicht von ihm ab, wendet sich dann Shields' Handkamera zu und spricht relativ ruhig, von Gesten des Bedauerns begleitet, die Worte: Listen, I'm from a different culture. Sie solle ihn in Ruhe lassen. Das hier sei keine Tierschau. Guter Schauspieler, bei alledem, dieser Mike Tyson, findet Karol. Genauso, vielleicht noch erstaunlicher, Claudia Schiffer, wie sie etwa dem, neben Raekwon und Method Man, dritten mitwirkenden Wu-Tang Clan Member, Power, der gerade Wasser läßt, bevor sie ihn sexuell verführt und seinen besten Freund, ihren bisherigen Geliebten, ans Messer liefert, unverwandt auf den Penis blickt. Bemerkenswert, sagt mein Bruder, daß sie ihre Stimme sowohl im Englischen als auch im Deutschen synchronisieren ließ.

Ein Foto von Claudia und ihrer Schwester am Set von Black and White, entdeckt auf einer Website namens MODELS.com. Dort wird Tobacks Werk als moralisch abwegig eingestuft und in dieser Hinsicht mit Andy Warhols frühen Filmen, auch mit Larry Clarks Kids, verglichen, zugleich aber als erster großer Kultfilm der nuller Jahre des einundzwanzigsten Jahrhunderts bezeichnet. Schiffer plays an anthropology student named Greta and her closing scene, where she schools Mike Tyson, is by itself worth your price of admission. In essence Claudia expounds that women ruled society in ancient human civilization and Tyson sagely nodding, makes a toast and declares: They still do, baby. They still do. Ich lese Karol die erste Begegnung der Schauspielerin mit dem Regisseur, auf ihre spektakuläre Nebenrolle in Abel Ferraras Spielfilm Blackout hin, vor. In Claudias Worten: We spoke for a long time. It was hours really and later he said: I'm offering you the part of Greta. And I said: I'll do it. And he said: You can invent the background life of the character. So after thinking about it and trying to justify her, I decided she was going to be an anthropologist. Karol: Wow. MODELS.com: Interesting, because the film has the fascinating feel of an anthropological study gone out of control. Claudia: That's very true.

Angeregt zieht mein Bruder mehrere Versionen von Charlie Parkers und Dizzy Gillespies Anthropology aus seiner Sammlung. Charlie Parker, alias Bird, siehe auch seinen Titel Ornithology, sagte: Sie wollen dir weismachen, das Reich der Kunst sei von einer Grenze umgeben, aber, Menschenskind, die Kunst hat keine Grenze. Wir wenden uns, zu zweit auf einen Stuhl gedrängt, erneut dem kleinen Bildschirm meines Laptop zu. MODELS.com: Did you personally feel the pressure of touching the racial taboos that James Toback confronted through Greta? Claudia: No. Actually I didn't. I must say that I like that these issues are being addressed. I mean people have very strong feelings about the whole question of race and are so delicate when it comes up, but I think that is very powerful and very courageous of James to say out loud what most people feel, but never confront. This movie provoked a lot of emotions and extreme reactions in people but I think that is good.

A movie should raise issues. It should make you think and reflect and decide where you stand. Alle Achtung, sagt Karol anerkennend. Ich weiß, gebe ich zurück, denn ich hatte Claudia solch dezidierte Worte vor Beginn der Arbeit an meinem neuen Text ebensowenig zugetraut. Claudia: I learnt a lot in the course of making Black and White. As research for my role I listened to a lot of HipHop Music and, stell Dir mal vor, Karol, hung out with the Wu-Tang Clan and learnt a lot. I learnt there are some very real racial problems still alive today but nobody wants to talk about it. There's just this uncomfortable silence. Karol schüttelt seinen Kopf und murmelt: Deine eigenartig ergebene Vorliebe für politisch ambige Heldinnen und Helden der Gegenwart. Wenn ich daran denke, welch lästige Verwicklungen dir die Recherchen zu deinen bis heute nirgendwo aufgeführten Einaktern über, erstens, Peter Handke in Den Haag und, zweitens, Ernst August Prinz von Hannover einbrachten, würde ich doch mal erwägen, die eine oder andere Figur ganz simpel zu erfinden.

In der S-Bahn, in meiner Uniform, auf dem Weg zum Briefing für LH 410, München, Franz Josef Strauß, nach New York, John F. Kennedy. Meine Lektüre: Brünette heiraten, ein Flapper-Roman von Anita Loos, Nachfolger ihres Welterfolgs Blondinen bevorzugt, aus dem reichhaltigen Antiquariat des Wolfratshauser SPD-Stadtrats Fritz Schnaller. Mein Lesezeichen, aus der Zeitung gerissen, mit schwarzem Rand, zunächst unbemerkt auf den Boden des Waggons geglitten, von einer rothaarigen Frau, die mir seit dem Ostbahnhof gegenübersitzt und mich unablässig mustert, aufgehoben sowie, wofür ich mich mit einem Lächeln bedanke, auf den freien Sitz neben mir gelegt: Christopher Lockett de Baviera gibt im eigenen Namen sowie im Namen seiner Gemahlin Martha Lockett de Baviera, geborene Herdt, seines Bruders Miguel Lockett von Wittelsbach,

Frau Elfi Seidel mit Kindern David Seidel und Roman Seidel, seines Bruders Alexander Lockett von Wittelsbach, seiner Schwester und Schwagers Marie-Isabel von Saldern, geborene Lockett von Wittelsbach, und Gemahls Jakob von Saldern aus dem Hause Wilsnack, den Kindern Charlotte von Saldern und Hilaria von Saldern, seinen Tanten Irmingard Prinzessin von Bayern, und ihrem Gemahl Ludwig Prinz von Bayern, Editha Schimert, geborene Prinzessin von Bayern, und Gabrielle Herzogin von Croy, Prinzessin von Bayern, und Carl Emanuel Herzog von Croy, Sophie Herzogin von Arenberg, Prinzessin von Bayern, und Jean-Engelbert Herzog von Arenberg und allen Neffen und Nichten, Großneffen und Großnichten geziemend Nachricht, daß es Gott dem Herrn gefallen hat, seine innigst geliebte Mutter, Großmutter, Schwester, Tante und Schwiegermutter, Ihre Königliche Hoheit Hilda Hildegard Marie Gabrielle Lockett, geborene Prinzessin von Bayern, Ehrendame des Bayerischen Theresien-Ordens, Dame des Elisabethen-Ordens, im 76. Lebensjahr am 5. Mai 2002 in die Ewigkeit abzuberufen.

Komisch, daß alle Mädchen Tagebuch schreiben, unter den Männern aber nur die sogenannten Genies. In Klammern: Und ich; seit meinem siebzehnten Lebensjahr, zunächst mit roter Tinte, wie meine Schwester, später mit blauer, worin mir wiederum Kandis folgte. Die Literarische Welt bemerkte beim Erscheinen von Blondinen bevorzugt: Dieses Tagebuch einer berufstätigen Dame hat alle Vorzüge der modernen amerikanischen Literatur. Die knappe Bildhaftigkeit, die Präzision der Sprache, die kalendarische Sachlichkeit der Erzählung, die völlige Unsentimentalität der Betrachtung, erhebt das Stoffliche zur völligen Plastik. Der Zug von Bar zu Bar, von Bahn zu Schiff, von Hotel zu Hotel, von Zimmer zu Zimmer, von Portemonnaie zu Portemonnaie, und damit von Mann zu Mann, das alles erzählt ein amerikanisches Nuttchen in schauerlichem Slang, mit der kühlen Sachlichkeit, mit der Julius Cäsar im Bellum Gallicum von einem Kapitel zum andern geht. Brünette heiraten eröffnet mit den folgenden Sätzen: Ich spüre den Drang in mir, wieder ein Tagebuch zu beginnen, weil ich gerade freie Zeit habe und nichts zu tun für eine ganze Weile. Erstens bin ich sehr ehrgeizig, zweitens finde ich, daß eigentlich fast jede verheiratete Frau eine Carriäre, ein Wort, das Anita Loos ihre Heldin, wie alle Fremdworte, falsch buchstabieren läßt, haben sollte, wenn sie reich genug ist, die Sorge um ihre häusliche Gemütlichkeit ihren Dienstboten zu überlassen. Besonders, wenn eine Frau einen Mann wie Henry geheiratet hat, denn Henry ist ein Heimchen am Herd, und wenn seine Frau auch so wäre, würden sie sich ja andauernd in die Arme laufen. Also versuche ich etwas zu tun im Leben, damit nicht alles aufhört, nur weil ich den Mann meiner Wahl geheiratet habe.

Vergleiche, noch auf dem Flughafen, kurz bevor wir an Bord gehen, auf dem von Sonnenlicht überströmten, deshalb kaum leserlichen Bildschirm meines Laptop, mit Johann Heinrich Zedlers Großem vollständigen Universal-Lexicon aller Wissenschaften und Künste, Halle, 1739: Mann heisset überhaupt einen Bedienten, noch in etwa in denen zusammen gesetzten Wörtern an, als in Amt-Mann, Fuhr-Mann, Hauß-Mann, Thür-Mann, Boots-Mann etc. ja auch selbst in dem Worte Lehns-Mann. Und Zedler fügt hinzu, daß das Wort Mann, in Lehn-Sachen, nicht so wohl den Unterschied des Geschlechts, als vielmehr die Eigenschafft eines Vasallen überhaupt und also bey weiblichen Lehnen so wohl Weiber als Männer anzeige. Ein halbes Jahrhundert später war mit der Französischen Revolution eine bürgerliche, maskulin kodierte, öffentliche Sphäre entstanden, die von der nicht-öffentlichen, häuslichen, intimen, nunmehr weiblichen Sphäre, der Privatsphäre, in welcher bis heute Tagebuch, und sei es auch ein elektronisches, geführt wird, streng abgegrenzt wurde. Während ihre Mannsbilder lärmend durch die Straßen marschierten, ins handliche Horn stießen und auf umgeschnallte, aufgespannte Felle droschen, durften sich die Frauenzimmer allein auf Musikinstrumenten zum Ausdruck bringen, welche sie quasi ans Haus fesselten, die sie kaum mit hinaus nehmen konnten: Massive Klaviere, monströse Harfen, fragile Glasharmonikas. Frauen, die öffentlich auftraten, als Schauspielerinnen, Tänzerinnen, Sängerinnen oder, ab Mitte des neunzehnten Jahrhunderts, als Musikerinnen in Damenkapellen, galten als lose, als allgemein sexuell verfügbar. Womit ich nichts gegen die Bürgerliche Revolution gesagt haben will, aber auch meine Schwester meint: Eine Sexuelle Revolution, die logisch nur eine feministische sein kann, in der das Private und das Politische neu arrangiert werden, steht nach wie vor aus. Bei Anita Loos fiel mir, vorhin in der Bahn, noch folgende Stelle auf: Es scheint, daß Charlie Breenes Mutter sich schon lange gewünscht hatte, er möge heiraten und sich zur Ruhe setzen und sich zu Hause betrinken anstatt in Nachtklubs, wo alle Leute ihn sahen und er den alten Familiennamen nur schändete. Aber es schien, daß Frau Breene und Charlie sich nie in der Wahl des Mädchens einigen konnten. Denn Frau Breene zog ein Mädchen vor, das Muriel Devanant hieß und deren Vorfahren aus der gleichen Sfäre wie die Breenes stammten, und Muriel würde eine ideale Frau sein, weil sie sich gar nicht um Jungens kümmerte, sondern nur Freundinnen hatte. Aber ich glaube, daß Muriel doch etwas für Jungens übrig hatte, denn alle ihre Freundinnen hatten etwas ausgesprochen Männliches.

Auf dem Plattenteller: Eine neue, französische Maxi mit, einerseits, Clusters Hollywood von der 1974er LP Zuckerzeit, Stilbezeichnung: Visionary Kraut Rock, andererseits

John Tejadas diesjährigem Present Pretense, Stilbezeichnung: Leftfield Deep Techno. Auf unseren Frühstückstellern: Croissants aus modifiziertem Laugenteig. Karol, der vier Tage am Stück unterwegs gewesen ist, neckt mich seit Beginn der Mahlzeit mit Fragen zu Claudia Schiffers Hochzeit. Ohne Antworten abzuwarten: Warum wurde die Braut durch hochgehaltene Decken, die ich als rosig, fast hautfarben, bezeichnen würde, von den im strömenden Regen stehenden Schaulustigen abgeschirmt? Welche Farbe, welches Weiß, hatte das Brautkleid? Wie lang war die Schleppe und um wieviel länger der Schleier? Wie verlief das Fußballspiel zwischen den männlichen deutschen und den männlichen englischen Hochzeitsgästen? Dabei kann mir Karol nicht einmal erklären, was ein Abseits ist. Endlich, eindringlich: Erwartet Claudia Schiffer etwa ein Baby von Matthew Vaughn? Du machst dich über mich lustig, über das stets dem Plötzlichen ausgelieferte Prozeßhafte meiner Belletristik, deren protokollarische Treue, über die Prominenz meines romanesken Personals, entgegne ich ein bißchen gespreizt, aber auch gereizt, und verlasse die Küche, stolpere mit meinen Flip-Flops beinahe über die Hüllen der beiden gestern per UPS eingetroffenen, im Netz ersteigerten antiquarischen Langspielplatten, Jazz For The Thinker von Yusef Lateef und Like Tweet, Jazz Versions of Authentic Bird Calls, von Joe Puma, verlasse auch das Haus, setze mich in den Wagen und fahre über den Höhenzug zum See hinunter, dessen Wasser allenfalls fünfzehn Grad Celsius mißt, und nehme das erste Bad des Jahres im Starnberger See. Ich denke an den jüngeren Ludwig, der zehn Kilometer nördlich von hier ertrank, und schwimme weit hinaus, dem anderen Ufer, Sissis Ufer, dem Westufer, entgegen. Noch als ich wieder am Schreibtisch sitze, spüre ich, wie meine Haut prickelt. Den Sommersprossen haben sich unregelmäßige, rötliche Irritationen hinzugesellt, die mich an die als hektisch bezeichneten

Flecken im Gesicht unseres Vaters erinnern. Keine Ahnung, wohin Karol ausgeflogen ist.

Donnerstag, 13. Juni 2002. Vor der enormen Hitze bin ich mit Ingrid und Kim ins Innere des Schweizer Landesmuseums geflohen, wo wir uns die Ausstellung Remember Swissair, 1931 bis 2002, anschauten. Das Simulationsmodell für den komplizierten Landeanflug auf Hongkong. Die verschiedenen Kostüme der Flugbegleiterinnen. Zwischen 1970 und 1977 waren das beispielsweise türkisfarbene Minikleider gewesen, die zu schrecklichen weißen Strumpfhosen getragen wurden. Auch weiße Lackstiefel gehörten damals offenbar zur Ausrüstung. Wir studierten den Wortlaut einer Zeitungsmeldung über Nelly Diener, die historisch erste Stewardess der Swissair und überhaupt Europas, aus dem Jahr 1934: Die Veramerikanisierung unseres Luftverkehrs macht rapide Fortschritte. Zu den neuen amerikanischen Schnellflugzeugen ist nun auch die Stewardess hinzugetreten. Es handelt sich um eine blonde, lockige, langbewimperte junge Dame, deren Aufgabe es sein soll, den Fluggästen in ihren kleineren und grösseren körperlichen und seelischen Nöten nach Kräften beizustehen. Besagter Engel trägt einen blauen, todschicken Hosenrock und eine überaus freche Studentenmütze. Am 27. Juli 1934 starb Nelly Diener, die mich an die Fotos von Ruby Keeler über Kandis' Schreibtisch erinnert, bei dem ersten Flugzeugabsturz der Swissair irgendwo zwischen Zürich und Berlin. Ingrid erwarb ein ganzes Set Silberbesteck aus den Restbeständen der vor wenigen Monaten unvermittelt, aus geradezu gespenstisch heiterem Himmel, nämlich jenem über der Schweiz, niedergegangenen Luftfahrtgesellschaft. Vor einem Jahr war das noch völlig undenkbar. Ingrid, bange: Könnte so etwas denn auch unserer Lufthansa passieren?

Später saßen wir im schattigen Hof des Museums und tranken Eistee. Eine attraktive Frau unbestimmbaren Alters, die sich aus freien Stücken als Regula, langjährige Flugbegleiterin der Swissair, vorstellte, erkundigte sich, ob unser vierter Stuhl noch frei sei. Sie trug antike Hot Pants der texanischen Southwest Airlines und einen sehr dicken blonden Zopf. Kim begann sofort mit ihr zu flirten, und binnen weniger Minuten hatten die beiden ihre Mobiltelefonnummern ausgetauscht. Gleich für den heutigen Abend haben sie sich zu einem Bollywood-Spielfilm in dem Barackenkino am Helvetiaplatz verabredet. Regula begleitete Kim und Ingrid auch zum Hotel, während ich noch eine Stunde sitzenbleiben und Tagebuch schreiben wollte. Und mir, der ich fast ohne Unterlaß, unwillkürlich, letztendlich unverzeihlich, auf Regulas unbekleidete Beine geblickt hatte, Gedanken darüber machen wollte, was Hot Pants eigentlich zu sagen hatten, was sie, aus heutiger Sicht, politisch bedeuteten und was denn, in einem denkbaren Gegenpart, Sweet Pants gewesen wären: Eher girlie als horny, wahrscheinlich. Weniger auf den Po fixiert. Beide könnten auch gegen den Strich, quer, gelesen werden. Siehe James Browns Hit Hot Pants von 1971: She got to use what she got to get what she wants. Der Aufmacher des gleichnamigen Albums heißt Blues & Pants. The Godfather of Funk exklamiert darauf Zeilen wie: Hot Pants, I got to have 'em, Hot Pants will make the difference. Was mich daran erinnert, wie ich mich im Alter von zehn, elf Jahren geweigert habe, Kandis' türkisfarbene New Wave Shorts aufzutragen. Wenn ich hot nicht mit scharf, sinngemäß auch rauh, sondern mit heiß übersetze, nennt sich dessen Anderes cool. Dürften eventuelle Cool Pants auch kurze Hosen sein? In Klammern: Können Cool Pants ausschließlich straight kodiert sein? Cool Jazz verstehe ich als die geglättete Adaption, Zähmung, des widerspenstigen afrikanisch-amerikanischen Be-Bop durch weiße, akademisch ausgebildete Musiker mittels einer geradezu mathematischen Übertragung ästhetischer Errungenschaften aus der gehobenen europäischen Konzertmusik. Ich fertige eine Skizze an, auf der Hot, Sweet und Cool die Seiten eines Triangels bilden: zwei, Hot und Sweet, die ich vorläufig als weiblich markiere, und eine, Cool, die ich als eher männlich begreife. Andererseits werden Hot und Cool in sexistischer Absicht häufig gleichbedeutend verwendet: Look at that hot chick, look at that cool chick. Wonach Sweet der sichere Gegenpol zu beidem wäre. Und eine wiederum ganz andere Zeichnung zur Geometrie der Geschlechter angefertigt werden müßte.

Eine Schulklasse bezieht sämtliche Plätze um mich herum und zieht auch die drei verwaisten Stühle von meinem Tisch ab. Bei einer Schülerin, respektive einem Schüler, kann ich partout nicht erkennen, ob sie ein Junge, respektive, ob er ein Mädchen ist. Unsere Mutter wurde ja von ihren Kolleginnen ständig befragt, nicht welcher, sondern welche von uns beiden der Junge sei. Heißt dies: Das Andere, und sei es selbst das Andere des Weiblichen, ist immer weiblichen Geschlechts? Steht das so bei Judith Butler? Hatte schon Simone de Beauvoir darauf abgehoben? Ich erinnere mich, wie Kandis und ich noch während unserer Pubertät, ihrer meiner um mindestens unseren Altersabstand vorangehenden, doch auch noch, während ich sexuell heranreifte, wenn das überhaupt die passende Formulierung sein kann, und wir beide kurze Haare hatten, andauernd für Schwestern gehalten wurden. Wie wir von unseren Eltern gemeinsam in einen Volkshochschulkurs für Selbstverteidigung geschickt wurden, um uns vor sexuellen Übergriffen seitens der Männer schützen zu können. Einen Kurs, den auch Kandis' beste Freundin Marie, das extrem aufreizende, heute in Hannover lebende Mädchen aus der Nachbarschaft, absolvierte. Wie Marie mich später in ihrem Elternhaus, ihrem Kinderzimmer, über eine ihrer zierlichen Schultern aufs Kreuz legte und entjungferte. Wo stecken die Fotografien, die ich in jenem Sommer von ihr, wie früher so treffend gesagt wurde: abgenommen habe? Die ich immer weniger in Deckung mit der mittlerweile verheirateten, ihres Sex Appeal gänzlich verlustig gegangenen Marie bringen kann, die ich alle Jahre, meistens an Weihnachten, beim familiären Kirchgang, wiedersehe. Von der, nein: ihrem in juveniler, besser: frühreif aparter Schönheit eingefrorenen Bildnis ich aber bis heute regelmäßig äußerst süß träume.

Was heute morgen alles ungeordnet auf mich einströmt: In der Zeitung die Berichterstattung zum einhundertsechzehnten Todestag Ludwigs II. Dazu ein aktuelles Foto aus Berg am Starnberger See: Vorn das Kruzifix am Ufer, von Königstreuen umgeben, hinten dasjenige im Wasser, mit Blumen geschmückt. Abgeschnitten: Das andere Ufer, an dem sich Uschi Obermeier und Marquard Bohm in Rudolf Thomes 1969er Spielfilm Rote Sonne gegenseitig erschießen. Thome: Wir haben keine Kaufhäuser angesteckt, wir haben Filme gemacht. Günter Weinzierl, Vorsitzender der Königstreuen, verkündet, Ludwig II. habe mit seinen Prachtbauten einen Beitrag zur Völkerverständigung geleistet. Neben der aufgeschlagenen Zeitung liegt eine zusammengefaltete Papierserviette aus dem Café Cristallo, auf der ich, mit meinem Augenbrauenstift, einen tollen Satz von Dr. Heißerer über Rainer Maria Rilke und Lou Andreas-Salomé in Wolfratshausen gekritzelt habe: Unter dem Einfluß seiner Freundin ändert Rilke in diesem Sommer seinen Vornamen René in Rainer um und formt seine Handschrift zu einer gleichmäßigen Kunstschrift aus. Sowieso irre: Die Namen dieser beiden Liebenden. Unter der Serviette, als Ausdruck aus dem Internet, das berühmte Foto des Luzerner Fotografen Jules Bonnet von 1882:

Friedrich Nietzsche und sein Freund Paul Rée, ins Geschirr gespannt wie zwei Maultiere, vor einen possierlichen Leiterwagen, in dem, die Peitsche schwingend, Lou Andreas-Salomé sitzt. Titel dieses Projekts: Dreifaltigkeit. Dreieinigkeit? Endlich bei Missing Link bestellt: Womanizing Nietzsche, Philosophy's Relation to the Feminine, von Kelly Oliver, New York, 1995. Auf einem hellblauen Zettel, der seit Wochen herausfordernd vor meinen Augen an meiner Schreibtischlampe haftet, steht: Ich weiß ein schönes Spiel, ich mal mir einen Bart, und halt mir einen Fächer vor, daß niemand ihn gewahrt. Wo könnte ich Adornos und Eislers Anmerkungen zu diesem sexuell ambigen Kinderreim finden? Im Fernsehen, gleich auf mehreren Kanälen: Tweets Video Clip zu Oops Oh My, der in einer eisigen, quecksilbrigen Cyber World spielt. In der aktuellen Nummer der dezidiert linken Zeitschrift Konkret wird Tweets Texten Sozialer Realismus attestiert, Southern Hummingbird firmiert dort als Album des Monats.

Frisch aus dem Drucker, noch feucht: Ein elektronischer Brief von Tom, zu unserem Jubiläum, voller Liebesbekundungen, mit folgendem Anhängsel für Karol: Often, Eric Dolphy would sit outside the studio and practice on his horn, and the birds would chime in, and then he'd play with them. Dolphy: I would stop what I was working on and play with the birds. Birds have notes in between our notes. Zweites Anhängsel: Ein Foto von mir auf der Michigan Avenue, mit zerzausten Haaren und einem freundlichen, aber fragenden Gesichtsausdruck. Toms Kommentar: Die Kamera liebt Dich. In seinem Brief erinnert er sich, erinnert er mich, an unser Kennenlernen in Chicagos Goethe Institut, im Anschluß an meine dortige zweisprachige Lesung aus meinem ersten Roman. Daran, wie wir seiner damaligen Freundin die Aussprache des ch in dem Wort Dachau beizubringen versuchten. Wie wir später, etwas abseits, in einem Flur standen und er mir von seiner Reise erzählte, die ihn und Kathy und ein weiteres Pärchen von New York über Chicago bis nach Los Angeles führte. Im kalten Neonlicht hätte ich zu ihm gesagt: You are so sweet. Und gleich darauf vorgeschlagen: Let's drink a glass of wine together. Und ihn mit meiner Hand am Bein berührt. Und dann ein Glas Wein organisiert, und wir hätten gemeinsam, abwechselnd, daraus getrunken. Tom schreibt: Ich konnte Deinen Lippenstift schmecken, weil wir stets an der selben Stelle nippten. Vielleicht sei es auch ein Plastikbecher gewesen; kann ich mir aber nicht vorstellen bei einem, wenn auch in den USA gelegenen, Goethe-Institut.

Ich frage mich, warum Tom unser erstes Zusammentreffen so genau rekonstruieren will. Ich erinnere mich, daß er meinen Roman gelesen hatte; entfernte Verwandte aus Deutschland hatten ihm das Buch geschickt gehabt. Ich war ziemlich unzufrieden mit dem Verlauf meiner Lesung, fand die Stellen unpassend, die ich hatte übersetzen lassen; sie ergaben, in der Summe, ein ganz falsches Bild meiner Arbeit. Ich begann mich Tom gegenüber zu rechtfertigen, und plötzlich redeten wir gar nicht mehr über uns, sondern nur noch über meine Art zu schreiben, welche meiner Texte wo erschienen seien und so weiter. Irritiert habe ich Tom gefragt, ob er etwa vorhätte, mich zu interviewen. But I'm a fan, sei seine aufrichtige Antwort gewesen, und ich hätte entgegnet: I wish you weren't. Tom: Und dann begannst Du mich zu interviewen. Als das Institut geschlossen wurde, Kathy und die anderen waren längst abgezogen, schlugst Du vor: Let's go to a bar. Deine Kollegen nahmen einen Aufzug, wir nahmen den nächsten. Und als sich dessen automatische Tür hinter uns schloß, beteuerte ich verlegen, keinen weiteren Anlauf zu einem Interview zu unternehmen. Genau; und ich fand das komisch, aber auch anrührend. Unten, auf der Straße, im abweisenden, vom Lake Michigan her wehenden Wind, mußte ich dann doch mit den Berliner Schriftstellern weiterziehen. Unzählige Male haben wir uns voneinander verabschiedet. Ich hätte Tom dabei tief in die Augen geschaut und mit leiser Stimme gefragt: Are you crying? Und, als er nicht antwortete, noch leiser, nahezu tonlos, befunden: You are crying. Ist das wirklich so abgelaufen? Was ich mich Tom ebensowenig zu fragen getraue: Welches Ereignis, genau, weist den heutigen Tag als unser Jubiläum aus? Vielleicht besser in meinem eigenen Tagebuch nachlesen. Respektive gegenlesen.

Felix sagt, Frankie Knuckles sagt: There's Rap, which is sexist, macho and obsessed with hate and violence. And there is House, which is sexy, sensual and obsessed with love and sex. Rap is straight. House is gay. Gay people have always set the standard in popular culture. End of story. Stimmt. Jon Savage fand: It's the business of Pop to be unmanly. Und dennoch widerspreche ich Felix, daß auch Rap unsere Popmusik vorangebracht hätte und das Fortschrittliche unserer Kultur vielleicht in einem gar nicht mehr als dichotomisch zu bezeichnenden Oszillieren zwischen femininen und maskulinen Zuschreibungen zu suchen wäre. Aber ich habe keine Chance: Felix findet meine Argumentation heterosexistisch, und damit basta. House gehört für ihn zu Pop, Rap zu Rock. Schwule kaufen keinen Rock, behauptet Felix. Schwierig. Der Popsänger Barry Manilow hat sich beispielsweise darauf eingelassen, daß sein heterosexuell weibliches, durch und durch bürgerliches Publikum vor allem seine sogenannte Unmännlichkeit erotisch anziehend findet. Das als effeminiert geltende Wackeln mit dem Po muß er dabei zwar, quasi von sich aus, angeboten haben, heute jedoch klagt er: I do it because they want it. Wiggling my ass, that's the bit I really don't like. I've never enjoyed that part of it. The only way I can think to get round the problem is by camping it up and fooling around. Felix: Und wenn Frauen nun genauso darüber dächten? Barry Manilow: That Liverpool gig was uncomfortable for me. They wouldn't allow me to do the job. They wanted me to be cute and wiggle my ass and tell dirty stories. Meine Frage: Wackelt Barry Manilow mit seinem Po für seine Verehrerinnen oder mit ihnen? Wie sollten wir sagen: Weinte Johnnie Ray auf der Bühne für die Frauen oder weinte er mit den Frauen? Zu: Homosoziale Heterosexualität.

Felix, über der Getränkekarte, die wir gemeinsam studieren, sagt: Jetzt kommen nur noch die süßen, die zu süßen, die damenhaften Cocktails. Und blättert zurück. Und kommt auf unser kompliziertes Thema zurück, indem er davon erzählt, wie Little Richard die Liedzeile Tutti frutti, good booty in Tutti frutti, oh rooty abändern mußte und mich fragt: Wie fügt sich denn überhaupt der Blick auf den Po, etwa der, den du soeben der Kellnerin hinterherwarfst, den die meisten männlichen Passagiere tagtäglich auf unseren Kolleginnen ruhen lassen, in deine heterosexuelle Matrix? Und gibt sich selbst die mir geradezu essentialistisch vorkommende Antwort: Niemand wird widerlegen können, daß der Blick auf den Po ein ursprünglich homosexueller Blick ist. End of story. Differenzierung der Körper: Wie Kandis und ich als Kinder mit nackten Oberkörpern und nur unseren dreieckigen, seitlich zu schließenden Badehosen angetan, ihre rot, meine blau, am Strand herumtollten. Und sie, auf Korsika, ich mag zehn, Kandis etwa zwölf Jahre alt gewesen sein, der Mann, der die Liegestühle aufstellte, eines Tages, im Vorübergehen, in eine ihrer Brustwarzen kniff, woraufhin meine Schwester nie mehr von ihrer Brust, sondern nur noch von ihren Brüsten sprach und sie auch öffentlich, logisch, nicht mehr offenbaren wollte. Bereits am folgenden Tag wurde ein modischer Bikini für Kandis angeschafft. Gleichzeitig erhielten wir T-shirts, deren Brustpartien unsere Eltern mit Kandis und Karol hatten bedrucken lassen.

Heute im Netz: Die Pariser Haute Couture. Das Haus Christian Dior überspitzt weibliche Formen, skulpturiert diese in bizarr überzogener Manier mit Hilfe gewaltiger metallischer Panzerkonstruktionen: Spitze Brüste, enorm gewölbte Bäuche und Pobacken. Außerdem: Aggressiv aufgeblähte Armee-Parkas werden zu Damenmode umfunktioniert, wie einst, umgekehrt, in den Schützengräben des Ersten Weltkriegs, die bis dato ausschließlich als feminin geltende Armbanduhr zu einem maskulinen Utensil. Ich höre Aaliyahs Alben noch einmal durch, sehe mir die Bilder von ihrem Flugzeugabsturz auf DVD an. Finde, ihr balladesker Gesang ähnelt demjenigen Tweets. Noch im Netz: Neue Fotos von Claudia Schiffer, wie sie, vor und in einem Privatflugzeug, Stewardessen-Uniformen, respektive an Stewardessen-Uniformen angelehnte Kleider, vorführt. Ich habe mir ihre Gymnastik-Videos aus den mittleren neunziger Jahren schicken lassen. Erster Satz: Meinem Bauch wollte ich schon immer etwas Definition geben. Nicht lippensynchron, wahrscheinlich im Original auf englisch, aber eindeutig von der Protagonistin selbst, nämlich in ihrem unverkennbaren nasalen Nuscheln, nachsynchronisiert. Ich frage mich: Wer sieht sich eigentlich solche Videos an? Für wen wurden sie gedreht? Für dickliche Hausfrauen, die des schlanken Models Übungen an einsamen Vormittagen in ihren stickigen Wohnzimmern nachvollziehen wollen? Oder nicht doch abermals in erster Linie für den eher nokturnen männlichen Blick? In Klammern: Der von uns Frauen längst fatal verinnerlicht wurde. Was aber wäre denn überhaupt ein weiblicher Blick? Der gespiegelte, gebrochene männliche, wie in dem Video Clip zu Missy

Elliotts Lady Marmalade? Mögliches Fazit: Es gibt nur einen Blick, den männlichen. Es gibt nur ein Geschlecht, das weibliche. Tonspur aus dem Nebenzimmer: When my Sugar walks down the street, all the little birdies go tweet tweet tweet.

Im zwar variablen, jedoch ständig erneut festgeschriebenen Unterschied der Geschlechter scheint mir nach wie vor die fundamentale Differenz innerhalb der Menschheit zu liegen, tippe ich etwas unschlüssig in den Flüssigkristall. Solche Sätze, bemäkeln viele meiner Kollegen und Kolleginnen, machten sich in einem Roman eher nicht so gut. Mein Lektor läßt sie hingegen, zu meinem Glück, beinahe sämtlich durchgehen; außerdem habe ich immer das letzte Wort. Die Lesereise der letzten Woche hat mich ein bißchen aus dem ohnehin reichlich improvisierten, narrativer Eigendynamik anvertrauten Konzept gebracht, und ich muß direkt nachrechnen, am wievielten Geburtstag Claudias Aaliyah tödlich verunglückte. Wie ewig lange Claudia mit ihrem Zauberer verlobt war und wie lange Ludwig mit seiner Prinzessin, bevor sie sich wieder entlobten. Ich vertiefe mich abermals in die Stills von Ruby Keeler aus 42nd Street, 1933. Raymond Durgnat schrieb vor fast vierzig Jahren in seiner Abhandlung über den Film als Sittengeschichte: Buffalo ist ein beliebtes Reiseziel von Flitterwöchnern, und Dick Powell und Ruby Keeler sind die Jungverheirateten, die in dem Pullman-Waggon das Fegefeuer der Anspielungen und des verständnisinnigen Augenzwinkerns durchzustehen haben. Dick Powell benimmt sich dabei so unbeholfen und kindisch wie möglich. Alle anderen Abteile des Schlafwagens sind mit strahlenden jungen Glücksrittern besetzt, was ich als etwas seltsam aus dem Englischen übersetzt empfinde, denn diese Glücksritter sind, mögen auch Jack Lemmon und Tony Curtis in Billy Wilders Some Like It Hot noch ein Vierteljahrhundert später unübersehbar an sie erinnern, weiblichen Geschlechts. Sie philosophieren: Matrimony is baloney, she'll be wanting alimony in a year or so. Still they go and shuffle, shuffle off to Buffalo. Zwei der Glücksritter machen sich einen Jux daraus, mit Creme im Gesicht und Lockenwicklern im Haar zu erscheinen; so wird eine weitere Junggesellenabneigung gegen den Ehestand erweckt. Später folgt ein melancholischer Kontrapunkt zu den munteren Scherzen über scheue Bräutigams und neugierige Bräute: Bei einer Fahrt erfaßt die Kamera einen alten, einsamen Neger-Schaffner, der einnickt, während er dabei ist, Frauenschuhe zu putzen. Ewig nicht geputzt, im Keller verstaubend: Meine Buffalos. Niemand trägt heute mehr Schuhe mit Plateausohlen.

Raymond Durgnat: Wirft die Buffalo-Sequenz einen Schatten auf das Glück der Flitterwöchner, entführt uns die nächste Szene in ein Märchenland der Jugend und Begierde. I'm young and healthy, full of Vitamin A, singt Dick Powell und bahnt sich frohgemut seinen Weg durch eine Galerie von Busby Berkeley Girls, die weiße Pelze und sonst nichts tragen. Seine Partnerin ist nicht, wie es die Logik verlangen könnte, Ruby Keeler, sondern eine anonyme Choristin, eine Art blonder Milchmagd, die nicht viel mehr tut als ihm und der Kamera zuzulächeln. Sie wirkt wie eine Personifizierung des Girl Chorus, der auf schwarzen, kreisenden Scheiben steht. Als die Kamera unvermittelt steil von oben auf die Szene sieht, formen die prachtvollen Glieder der Revue Girls Blätter und Gynözeum einer weißen Blume. Schließlich fährt die Kamera durch eine halbkreisförmige Arkade aus Mädchenbeinen geradewegs auf einen Zylinderhut zu, hinter dem Dick Powell und seine blonde Braut erscheinen und durch den Triumphbogen aus gespreizten Beinen grinsen. Durgnat: Das Element der Anonymität in dieser Nummer feiert nicht einfach die Heirat zweier Individuen, sondern besitzt obendrein auf freundliche Art eine animalische Qualität.

Candy J, The Saga of Sweet Pussy Pauline, Seite 2, Stück 2: Desirable Revenge, in Candy's Big Dick Mix. Candy Js frivole Hot Mix 5 Maxi von 1988 läßt mich über das mitunter dialektisch Ambige dessen nachdenken, was wir, im durchaus gerechtfertigten Glauben an den Sinn Politischer Korrektheit, als Sexismus zu diskreditieren gelernt haben. In der rauhen House Music Chicagos, dem Ghetto Style der desolaten South Side, hingegen sind es Kavaliere, die sich der misogynen Anrede stellen, welcher durch ihre konträre Resignifizierung eine geradezu dekonstruktivistische Qualität zuwächst. Also treten hier männliche Sexualorgane in der Rolle weiblicher Sexualorgane auf. Afrikanisch-amerikanische House Music ist logisch Queer Music, sagt auch Felix. Ich gehe an mein Schallplattenregal und ziehe einige 12-inches aus Chicago, die mir gerade einfallen, heraus. DJ Chip, 1997: Smack My Ass. DJ Slugo, 2001: Bounce That Ass. DJ Deeon, 2001: Work That Pussy. DJ Deeon, 2002: Shake That Butt. Was ja auf der South Side eine gewisse Tradition hat. Bereits 1929 nahm der falsettierende Frankie Half Pint Jaxon mit Tampa Red's Hokum Jug Band schlüpfrige Lieder wie Boot It Boy oder My Daddy Rocks Me auf, 1936 spielten die State Street Swingers im gut ungeschliffenen Ghetto Style in mehrfacher Hinsicht explizite Titel wie I Kept On Rubbing That Thing, gesungen von Leonard Scott, oder Whippin' That Jelly, gesungen von Washboard Sam, ein. Seltsame Männergesellschaft, mal wieder, findet Kandis.

Ernestine Tiny Davis, Johnnie Mae Stansbury, Nora Lee McGee und Floye Breyer an den Trompeten, Julia Travick, Helen Jones und Ina Belle Byrd an den Posaunen, Viola Burnside, Willie Mae Lee, Jacqueline Dexter, Colleen Murray und Myrtle Young an den Saxophonen, Jackie King am Klavier, Carline Ray an der Gitarre, Edna Smith am Kontrabaß und Pauline Braddy am Schlagzeug. The International Sweethearts of Rhythm aus den vierziger Jahren des zwanzigsten Jahrhunderts, organisiert von Rae Lee Jones, dirigiert von Anna Mae Winburn, sind die einzige US-amerikanische All-Black All-Girl Big Band, die ich kenne. Sie gelten heute als die beste aller damaligen, einerseits wegen des durch den Krieg bedingten Mangels an Männern in der Heimat, andererseits zu deren Unterhaltung an der Front weitverbreiteten, in der von Männern verfaßten Geschichte des Jazz unterschlagenen All-Girl Bands. Sie spielten Swing Music im Harlem Bounce, vergleichbar mit Jimmie Lunceford, Lionel Hampton, Lucky Millinder, Buddy Johnson, Billy Eckstine, du konntest auch R&B dazu sagen. Drei ihrer Kurzfilme habe ich auf Video; zusammen mit älteren Clips von Ina Ray Hutton and her Melodears, die weiß waren und zuckersüß, musikalisch aber auch eher hot als sweet, wenngleich sie auf dem Zelluloid sehr geschwollen angekündigt werden von einem mir unangenehmen, geradezu väterlichen Ansager. Siehe auch das Mädchenorchester in Some Like It Hot, dessen Star, gespielt von Marilyn Monroe, Sugar heißt.

Drüben im Ammersee stießen badende Jugendliche auf eine aus dem Zweiten Weltkrieg stammende Panzerfaust. Das sei aber gar nichts Besonderes, im Freistaat Bayern würden pro Tag noch immer drei Handgranaten, zwei Artilleriegranaten sowie zwei Bomben gefunden. Abgeordnete lassen anfragen, ob ich im Bundestagswahlkampf öffentlich Partei für sie ergreifen könnte, Zeitungsredaktionen bitten mich, in ihren Feuilletons etwas Unterhaltsames über eine Wahlkampfveranstaltung meiner Wahl zu fabulieren. Es wird aber keine Wahlkampfveranstaltung meiner Wahl geben. Werden meine Berliner Kolleginnen und Kollegen für den Fortbestand der bestehenden Koalition eintreten? Es würde mich kaum mehr wundern. Anläßlich einer Einladung zu einer politischen Gesprächsrunde in der Hauptstadt wurden mir vorletzte Woche, deutlich konsterniert, Fragen gestellt wie: Ach, Sie leben gar nicht in Berlin? Sie benötigen, allen Ernstes, ein Hotelzimmer? Ein kostspieliges Flugticket, auch noch? Ich lasse die Heimatzeitung in den Schoß sinken und schicke meinen Blick aus dem Fenster, in Richtung Herrnhausener Drumlinfeld und der dahinter thronenden Benediktenwand, über die sanft gewellte, im sommerlichen Abendlicht liegende voralpine Endmoränenlandschaft, die mir plötzlich gar nicht zu Deutschland zu gehören scheint, nicht zu dem immer wieder schrecklichen Deutschen Reich mit seinen martialischen Denkmälern, seiner finsteren Rüstungsindustrie, seinen endlosen Weltkriegen und hinterlistigen aktuellen Eroberungszügen, sondern zu dem so märchenhaften wie friedlichen, weltpolitisch unwichtigen, in den Köpfen seiner im produktiven Umgang mit Widersprüchen sehr virtuosen, katholischen, monarchistischen, anarchistischen Bevölkerung phantomhaft fortbestehenden Königreich Bayern, dessen Regenten, weltweit außer München nur in Barcelona zu haben, von einer zwar kurzlebigen, aber herrschaftsfreien Räterepublik abgelöst wurden. Bereits im Revolutionsjahr 1848 hatte König Ludwig I. wegen einer Frau, meiner trotz ihres frisierten Geburtsdatums von ihrer tragenden Rolle nicht suspendierten Romanfigur Lola, abdanken müssen. Karol: Und als vor einem Vierteljahrhundert in anderen deutschen Städten Punk Rock wütete, amüsierte sich die bayerische Landeshauptstadt auf ihre Art königlich mit einer weitaus epochaleren Musik: Munich Disco. The Sound of Munich.

Unsere Großmütter: Treue sei das Alltagskleid der Liebe. Lola Montez: Die Treulosigkeit in Person. La Grande Horizontale, bis sie auf den Straßen New Yorks verreckte. Sie wurde wegen Bigamie festgesetzt und weil sie einen Mann erstochen hätte. Sie wurde angeklagt, einen Mann auf einem Schiff, das vor den Fidschi-Inseln ankerte, umgebracht zu haben; und sie wurde der Teilnahme an einer Schwarzen Messe, inklusive Ritualmord, bezichtigt. Sie war die Mätresse von Franz Liszt und von Alexandre Dumas. She was the Belle of the Californian Gold Rush. Kalifornien sollte nach seiner Unabhängigkeit von Mexiko in Lolaland umbenannt werden, and Lola would be the Queen of Lolaland. Könnte Lolaland einen guten Romantitel abgeben? Karol kann sich das lebhaft vorstellen, findet aber auch International Lola toll. Lola Montez, blauäugig, dunkelhaarig, gebürtige Irin, vorgebliche Spanierin, aufgewachsen in Indien, England und Schottland, trug eine Peitsche bei sich, die sie regelmäßig über die Gesichter von Männern zog. Sie rauchte; rauchte in der Öffentlichkeit. Karol fragt: Rauchte sie auch bereits die sprichwörtliche Zigarette danach? Als Lola, nach von aufsehenerregenden Affären und Skandalen umwitterten Aufenthalten in London, Sankt Petersburg, Warschau, Berlin, Dresden und Paris, in München angekommen, vom dortigen Hoftheater abgewiesen worden und in Ludwigs Privatgemächer eingedrungen war, stahl sie eine Schere von seinem Schreibtisch und schlitzte sich das Kleid bis zur Taille auf. Und preßte ihren Busen auf des alternden Königs Gesicht. Und bekam ihr erwünschtes Engagement am Theater. Und ließ sich von Ludwig in den Adelsstand erheben. Und ließ ihn einen hübschen Palast für sie erbauen. Und machte Liebe mit ihm im Englischen Garten. Und ließ sich sein Zepter überreichen. Und führte Napoleons Gesetze in Bayern ein. Und regierte das Königreich geradezu liberal. Was den österreichischen Prinzen Metternich dazu veranlaßte, Studenten gegen sie aufzuwiegeln. Was Lola wiederum dazu bewog, Münchens Universität schließen zu lassen. Was zusätzlich Tausende von Bürgern gegen sie mobilisierte, den König aber ausrufen ließ: Ich werde Lola niemals aufgeben. Meine Krone für Lola. Woraufhin diese München mit dem nächsten Nachtzug verließ, um niemals zurückzukehren. Bis heute erhalten geblieben: der Rest der letzten Zigarette, die Lola Montez in München rauchte. In der Stuttgarter Zeitung fand ich dazu den folgenden Satz: Maximilian Graf von Arco-Zinneberg erhaschte vor ihrer überstürzten Abreise Lolas letzten Stummel. Welche leidenschaftliche Verbindung erregte mehr Aufsehen, fragt Karol, welche markiert den größeren Skandal: diejenige Ludwigs I. mit Lola Montez oder diejenige Ludwigs II. mit Richard Wagner, der von der bayerischen Bevölkerung Lolus getauft wurde?

Why Can't I Be Treated Like a Man? Das Protestlied eines Vietnam-Heimkehrers, zu hören auf der Langspielplatte For Sweet People From Sweet Charles, produziert von James Brown, 1974, ein Geschenk meiner musikverliebten Kollegin Heidi. James Brown: His name is Sweet Charles and we have just finished a whole album on him. He plays seven or eight instruments really well, he's a Vietnam war veteran, he's a soft, gentle type of guy and he's a pleasure to work with. Meine Schwester und ich sahen Sweet Charles einmal, als wir Heranwachsende waren, gemeinsam mit unseren Eltern, auf einem Open-air Festival, live, in James Browns Band: Einen dünnen, hoch aufgeschossenen Kerl im eleganten, weißen, wie Kandis ganz genau erinnert: nabelfreien Hosenanzug, Leiter der sensationellen Rhythm Section, Keyboarder, ehedem Bassist und als solcher Vorbild für Bootsy Collins, der ihn in dieser funky Funktion beerbte. Gesprochenes Intro der LP; zunächst James Brown: This is a tall and handsome and good-looking dude. The girls know who he is. Und fragt: Who is he, girls? Die Girls antworten, sehnsüchtig seufzend: Sweet Charles. James Brown hakt nach: Who? Die Girls: Sweet Charles. Und so weiter. In den Pausen zwischen den Stücken stoßen weibliche Stimmen lasziv Sentenzen wie He's a sweet Soul Brother hervor. Kandis neulich: Ist dir schon aufgefallen, daß auf heutigen Rhythm & Blues Tracks eher die Männer, oft sogar die Produzenten, orgiastisch stöhnen, seufzen, keuchen, hecheln, und nicht mehr die Mädchen? Klar, weil die Mädchen das Singen haben.

Edward Kennedy Ellington schrieb: Hot and Bothered, 1928. Flaming Youth, 1929. Sweet Mama, 1929. Sweet Dreams of Love, 1930. Sweet Jazz O'Mine, 1930. Sweet Chariot, 1930. It Don't Mean a Thing If It Ain't Got That Swing, 1932, mit der Zeile: It makes no difference if it's sweet or hot. Das Buch von Don George: Sweet Man, The Real Duke Ellington, New York, 1981, bislang nicht aufgetrieben. Wynton Marsalis: Sweet Swing Blues on The Road, New York, 1994, auf deutsch Sweet Swing Blues, Hamburg, 1995, Mängelexemplar, Modernes Antiquariat, vor mir, neben einer Tasse kalt gewordenen Tees, aufgeschlagen: Eine Mrs. Martin erinnert sich an die Band von Duke Ellington. Sie erinnert sich auch daran, als Bop aufkam. Sie hat an Dizzy Gillespie oder Charlie Parker nie Gefallen gefunden. Das Lied eben klang zu sehr nach ihnen. Jetzt ist es an der Zeit, etwas Langsames, Süßes zu spielen. Das nächste Stück ist eine Komposition von Hoagy Carmichael: Stardust. Na ja, denkt Mrs. Martin, er hat einen guten Ton, aber ich fand Shorty Bakers Ton viel schöner. Dafür ist dieser Marsalis viel niedlicher. Mrs. Martin fährt mit dem Bus nach Hause. Sie hat seit Monaten gespart, um heute abend dabei zu sein. Sie wohnt mit drei Enkelkindern in den Hill-Sozialwohnungen. Ihre Tochter ist auch da. Ihr Taugenichts von einem Schwiegersohn ist allerdings nirgendwo in Sicht. Als sie die Tür öffnet, findet sie ihre acht-, elf- und zwölfjährigen Enkel vor dem Fernseher. Sie schauen zu, wie Frauen in Unterwäsche halbpornographische Posen einnehmen, während Männer mit den Händen an ihren Genitalien sich reimenden Dreck zu einem erbarmungslosen Beat herunterleiern. Rap, House, zeitgenössischer Ghetto Style: Wynton Marsalis ein Greuel.

Frage: Was hältst du von Rap Music? Antwort: Rapper haben interessante Frisuren. Frage: Aber sie reden doch über Sachen, die heute passieren. Antwort: Was, zum Beispiel? Frage: Rassismus. Antwort: Welche Lösungen haben sie dafür? Frage: Daß er falsch ist. Antwort: Das ist eine Lösung? Frage: Welche Lösung hat denn der Jazz? Antwort: Erstens lehrt er dich, weiter als über eine Spanne von fünfundzwanzig Sekunden zu denken. Zweitens lehrt er dich, mit anderen zu kommunizieren. Drittens kannst du durch Übung und Kontemplation deine Persönlichkeit entwickeln. Viertens bringt er dich mit einigen der bedeutendsten musikalischen Köpfe dieses Jahrhunderts in Berührung. Fünftens klingeln deine Ohren nach dem Gig nicht. Sechstens mußt du dir nicht immer in der Öffentlichkeit an den Sack fassen. Frage: Was hat das mit dem Leben in der Großstadt zu tun? Antwort: Wo kommst du her? Frage: Von der Straße. Antwort: Du meinst, du lebst auf der Straße? Frage: Nein, aber ich weiß, was auf der Straße los ist. Antwort: Wenn du das weißt, weißt du auch, daß man genau das meiden sollte. Frage: Mann, du bist nicht hip. Antwort: Hip, wozu? Dieser billige Slang, das ganze Fluchen, Posieren und Jammern, Mädchen Schlampen zu nennen, dieser monotone Beat, unsoziales Verhalten und eine Denkweise, die jeden ausgrenzt, der nicht so denkt und sich verhält wie du?

Neues von den Bahamas: Der Pilot der Maschine, mit der Aaliyah am 25. August 2001 abstürzte, hatte Alkohol und Kokain im Blut. Karol fliegt heute nach Chicago. Und von dort aus sonstwohin weiter. Ich werde ihn erst nächste Woche wiedersehen. Die feierliche Einweihung des AIDS Memorial, erstes seiner Art in ganz Deutschland, von Wolfgang Tillmans, gestern, am Sendlinger Tor, im strömenden Sommerregen. In Rufweite zu den Schauplätzen von Rainer Werner Fassbinders Spielfilmen, zu seinen legendären Stammlokalen. Eine türkis und hellblau gekachelte Säule, wie wir sie aus Münchens freundlichen U-Bahnhöfen kennen. Felix, den wir dort trafen, flüsterte Karol, während Bürgermeister Ude redete, zu: Ich liebe Kacheln. Inschrift: AIDS. Den Toten, den Infizierten, ihren Freunden, ihren Familien. 1981 bis heute. Tillmans, Rheinländer, der seit vielen Jahren im europäischen und amerikanischen Ausland lebt, bekennt: An München haben mich von Anfang an die U-Bahn und die ganze Siebziger-Jahre-Olympia-Ästhetik fasziniert. Es ist ja eine für Deutschland ungewöhnlich leichte und farbintensive Gestaltung, die von einem optimistischen Glauben an die Zukunft zeugt: Wir gestalten eine offene, bessere Welt. Ich selbst gehöre einer Generation an, die nicht mehr an einem ungebrochenen Fortschritts- und Utopieglauben teilhaben konnte, und ich blicke sentimental auf die Zeit davor zurück. Die Zeit davor, das war auch die Zeit vor AIDS. Auf unserem Heimweg, der über die U-Bahnhöfe Goetheplatz, Poccistraße, Implerstraße und Harras, wo wir in die S-Bahn umstiegen, führte, erzählte Karol, der, wie ich, bis auf die Haut durchnäßt war, viele seiner männlichen Kollegen betonten immer wieder, daß München eine ausgesprochen homosexuellenfreundliche Stadt sei. Auch zu Wolfratshausen und seinem lauschigen Lustwäldchen im Dreieck, wo Loisach und Isar zusammenfließen, würden, ob in Köln, Hamburg, Berlin oder Frankfurt, tolldreiste Geschichten, zumeist mündlich, überliefert. Literaturhistorisch manifest wurde eher der Bergwald oberhalb der Altstadt, in dessen Lauben und Villen Lou Andreas-Salomé mit Rainer Maria Rilke, Else Jaffé, geborene von Richthofen, mit Edgar Jaffé und Alfred Weber sowie Frieda von Richthofen mit David Herbert Lawrence vor bald hundert Jahren divergente Spielarten bürgerlich heterosexueller Liebespraxis ausprobierten. Und Kathi Kobus, ehedem Wirtin des Schwabinger Simplicissimus, 1909 heimisch geworden am steilen Wolfratshauser Berghang, in ihrem neuen Domizil Kathis Ruh, ehedem Café Panorama, heutige Adresse: Kathi-Kobus-Steig 1, literarische Stammgäste aus München, Thomas Mann, Frank Wedekind, Joachim Ringelnatz, empfing. Auch den aus der näheren ländlichen Umgebung stammenden Oskar Maria Graf, Anarchist, Aufrührer, Auswanderer, Autor des Heimatromans Das Leben meiner Mutter.

O'Hare International Airport. In meinem Handgepäck stecken zwei zerbrechliche, über ein halbes Jahrhundert alte, in einem Laden an der Damen Avenue erworbene Picture Discs: The Hour of Charm All-Girl Orchestra auf Vogue Records, unter der väterlichen Leitung von Phil Spitalny. In meinen Händen halte ich die Fernkopie eines handschriftlich auf einer improvisierten Unterlage in der Galley ihres Langstreckenflugzeugs verfaßten Briefs von Regula, der mich schon gestern abend erreichte und, nicht zuletzt seiner unzweideutigen sexuellen Anspielungen halber, die mir beinahe angst vor dieser Frau machen, ganz eigenartig berührt. Ihre Affäre mit Kim hat keine vier Wochen gedauert, die beiden haben sich nur dreimal getroffen, von Anfang an hätte ihr sehnsüchtiges Augenmerk meiner Erscheinung gegolten, der enormen Niedlichkeit meiner Sommersprossen und so weiter. Regula schreibt: Sollte es klappen, dass wir uns bald wiedersehen, werde ich den Fotoapparat dabei haben. Ihr zunächst nichts weiter als aufgesetzter Flirt mit Kim sollte mich eifersüchtig stimmen, ihr rascher Aufbruch mit Kim und Ingrid ins Hotel mich dazu bewegen, neugierig zu folgen. Ich hätte mich gern in Deinem Zimmer mit Dir betrunken, schreibt Regula und fragt nach, was ich denn eigentlich im Hof des Landesmuseums noch angestellt hätte. Wie sie meinem aktuellen Umlauf bei der Lufthansa, der ihr von Kim zugespielt wurde, und ihrem eigenen bei der Swiss entnehme, könnten wir uns übermorgen, endlich, in Frankfurt wiedersehen und, malt sie sich einfach so aus, die Nacht zum Sonntag miteinander verbringen. Trau Dich, fordert meine unverhoffte Verehrerin am Ende ihres Briefs, und setzt souverän hinzu: ich warte, und zeichnet ein lächelndes Gesicht, ihr lächelndes, mit wenigen Strichen charakterisiertes, selbst in dieser simplifizierten Form bildhübsches Zürcher Gesicht, daneben. Und quetscht noch den Satz darunter: Nun, süsser Karol, muss ich wieder an meine Arbeit, Passenger Call, Seat 38C. Ich falte das Faksimile zusammen, schiebe es zwischen die bunten Scheiben von Phil Spitalnys Mädchenorchester und stelle mir Regulas lange, braune Beine vor, wie sie meinen des Winters wie Sommers blassen, ihr hingegebenen Körper in einem sterilen Frankfurter Hotelzimmer umschlingen.

MTV: Nelly, eigentlich ein Mädchenname, unter angloamerikanischen Landwirten synonym für alte Kuh, auch als Spitzname für effeminierte männliche Homosexuelle bekannt, rappt, Karol findet: singt, in einer neuen Produktion der Neptunes: It's gettin' hot in herre, so take off all your clothes, und eine weibliche Stimme antwortet ihm: I am gettin' so hot, I wanna take my clothes off. Mein Bruder, mit nichts als seinen Bermudas angetan, erzählt von Nelly Diener, der ersten europäischen Stewardess, ihrer Karriere, ihrem tödlichen Absturz, und liest dann eine Nachricht aus der heutigen Zeitung vor: Claudia Schiffer,

Top-Model, ist die Namensgeberin eines Flugzeugs. Die Gesellschaft Virgin taufte ihren ersten Airbus A340-600 als Hommage an die schöne Blondine Claudia Nine. Auf dem Londoner Flughafen Heathrow malte Schiffer ihren Namen höchstpersönlich an den Rumpf des brandneuen Flugzeugs und taufte es dann auf seinen beziehungsweise ihren Namen. Zielstrebig zieht Karol das Cloud Nine Album der Temptations aus dem Regal, ein Stück unseres Vaters, das er uns überließ, als er seinen Plattenspieler abschaffte, und legt es mir auf den Schoß. Ich habe ein dünnes italienisches Trägerkleid und nichts darunter an. Die Vorhänge zugezogen, damit es hier drinnen nicht so heiß werden kann. Neben Karol sitzt, geradezu an ihn geschmiegt, meine Münchner Freundin Ursula. Sie trägt einen braunen Tankini und hat, wie versprochen, Syberbergs Filmbuch, Nymphenburger Verlagshandlung, 1976, mitgebracht. In ihren Haaren steckt eine teure Sonnenbrille, vor ihr auf dem Tisch liegt ihr Autoschlüssel. Ursula fährt einen Volvo. Wie die Staatsratsvorsitzenden der Deutschen Demokratischen Republik, sagt sie neckisch und will gar nicht glauben, daß Erich Honecker und König Ludwig II. am selben Tag Geburtstag hatten. Und Ludwig I. auch noch, füge ich hinzu, und Louis Saint-Just und Iwan der Schreckliche, alle unter dem Sternzeichen der Jungfrau. Ich erhebe mich, um den Fernseher, über dessen Bildschirm jetzt irgendein Euro Trash flimmert, auszuschalten und die Temptations aufzulegen. Psychedelisches Design, späterer Motown Soul, hot, funky, ziemlich zerkratztes Vinyl. Dann decken wir gemeinsam den Tisch ab, und während Karol und Ursula zum Starnberger See fahren, mache ich mich voller Neugier, obgleich ich eigentlich gerade, ausgehend von der diesbezüglich gespenstischen Gertrud Bäumer, über den zu Nazi-Müttern mutierten Frauenrechtlerinnen des Deutschen Reichs brütete, an Hans Jürgen Syberbergs Requiem für einen jungfräulichen König.

Er war eine Diva, der die Frauen zu Füßen lagen; he was a Queen. Was für eine Coiffure, was für ein Augenaufschlag: Fotos von Harry Baer in schwerem Evening Makeup, inklusive aufgemaltem Schönheitsfleck, als Ludwig II., im Veröffentlichungsjahr der ersten Roxy Music LP. Le Nouvel Observateur fand: Syberberg hält uns im Gleichgewicht zwischen Alcazar-Revue und Bayreuth. Klassischer Fall von gegenseitiger deutsch-französischer Befruchtung, notiere ich. Siehe auch Charles Baudelaires Begeisterung für Richard Wagner. Dessen ergebener, von Friedrich Nietzsche abgeschriebener Brief an Baudelaire. Nietzsche, der Baudelaires intime Tagebücher in seinen Notizbüchern, zumeist in Nizza, über weite Strecken auf französisch, zitierte. Walter Benjamins in seinem Passagenwerk verschriftlichte Lektüre Baudelaires. Deren Wirkungsgeschichte in Frankreich, and so forth, bis hin zu der Frankfurter Tagung über Michel Foucault, die ich im November 2001 besuchte, und auf der einige Wissenschaftler nicht hatten erscheinen können, weil sie zur selben Zeit in Paris über Karl Marx konferieren mußten. Der Motor für diesen bilateralen Mechanismus mag ohnehin auf der anderen Seite des Rheins liegen. In der US-amerikanischen Romanistik wurde er als French re-reading of German texts hochgeschätzt, und so kam es in den achtziger Jahren des zwanzigsten Jahrhunderts zu dem Phänomen, daß Romanistinnen aus den USA die Speerspitze des internationalen dekonstruktiven Feminismus bildeten. Nun denn. Voilà. Well. In Le Point stand 1973, Syberbergs zwischen barockem Underground und Brechtschem Pamphlet oszillierendes Requiem Pour Un Roi Vierge stelle einen ungewöhnlichen Kommentar zu Ludwig II. dar, zumal er vor Viscontis Film realisiert worden sei. Bei seiner Geburt auf Schloß Nymphenburg von der walkürenhaften Lola Montez, Mätresse seines Großvaters, verflucht, verfolgt vom senilen Gespenst eines verfrühten Hitlers sowie von imaginären Mohikanern, bewege sich Ludwig durch eine dem Pariser Cabaret Alcazar würdige Atmosphäre. L'Art Vivant urteilte: Großes Wagner- und Brecht-Werk, priesterlich, prachtvoll, ironisch.

Ich lege ein Bild aus der Venus-Grotte des Schlosses Linderhof auf den Scanner: Hitler mit Röhm in der Gestalt seines Lakaien und Hoffriseurs, im Hintergrund die Wittelsbacher Prinzen, der preußische Kronprinz und der deutsche Kaiser. Hitler und Röhm, Tango tanzend. Auch: Der Auftritt des Schriftstellers Karl May, über den Syberberg 1974 einen eigenen Spielfilm drehen wird, als blinder Seher Teiresias, von dem überliefert ist, er hätte zwei Schlangen, die sich paarten, beobachtet. Als sie ihn angriffen, schlug er mit seinem Stab auf sie ein und tötete das Weibchen. Da wurde Teiresias in eine Frau verwandelt, die eine berühmte Hure wurde. Doch sieben Jahre später sah er, eigentlich sie, am selben Ort den gleichen Vorgang wieder. Als sie nun die männliche Schlange tötete, wurde sie wieder zum Mann. Andere behaupten, daß, als Aphrodite und die drei Chariten, Pasithea, Kale und Euphrosyne, sich einmal stritten, welche von ihnen die Schönste sei, Teiresias Kale den Preis zugesprochen und Aphrodite ihn daraufhin in eine alte Frau verwandelt habe. Wonach Kale ihn, sie, mit nach Kreta nahm und ihr ein liebliches Lockenhaupt schenkte. Eines Tages machte Hera ihrem Gatten Zeus Vorwürfe wegen seiner Treulosigkeit. Zu seiner Verteidigung gab er vor, daß sie, wenn er ihr Lager teile, auf jeden Fall die größere Freude habe. Hera behauptete das Gegenteil. Da riefen sie Teiresias herbei, damit er diesen Streit nach seinen persönlichen Erfahrungen schlichte. Teiresias urteilte: Wenn die Teile der Liebesfreude als zehn gezählt werden können, so erhält die Frau dreimal drei, während dem Mann nur eins zukommt. Hera war darüber so erzürnt, daß sie Teiresias blendete; doch Zeus machte den

Schaden insofern wieder gut, als er ihm das innere Sehen verlieh und ein Leben, das sieben Generationen währte. Also kündigt Karl May die nahenden Untaten Adolf Hitlers an. In Klammern: Auch den erneuten Überfall des Deutschen Reichs auf die République Française.

Valeurs Actuelles: Das Gesicht von Harry Baer drückt schon für sich allein die Obsessionen Ludwigs aus, seine Ängste und Exaltationen. In einer der schönsten Sequenzen des Films gleitet er in seinem Schlitten durch die bläulichen Wälder Bayerns. Syberberg zeigt nur sein Gesicht, aber seine Züge und sein Blick verraten eine pathetische Reihe innerer Metamorphosen. Auch L'Express greift diese winterliche Szene auf und schwärmt: Diese wahre Einsamkeit, während Lola Montez, Buffalo Bill, Adolf Hitler, in ihren Zirkussen, Ludwig von Bayern verfluchen und seine Nachkommen, die einzigen Kinder, die er je hatte, Poetenkinder, Poeten, die Kinder sind, Wahnsinnige, die die einzig Weisen sind, Sie, ich, wir alle, Könige unserer Wüsten, in den seltenen Augenblicken, in denen auch wir nein sagen zu all diesen Leuten, die umherhasten und seltsames Zeug schwätzen. Le Monde: In Syberbergs Film ist Bayern blau und gold wie in Lola Montez von Max Ophüls. Und Lola Montez, die aus München verjagte königliche Favoritin, verflucht das Kind, das Ludwig II. werden wird, weil es, ursprünglicher Name: Otto, am gleichen Tag wie Ludwig I. geboren wurde, während die Stimme von Marlene Dietrich aus Josef von Sternbergs Spielfilm Der blaue Engel singt: Ich bin die fesche Lola. Le Nouvel Observateur: Ein aufregender Film mit heimlichem Glanz und schwer auszudeutenden Geheimnissen, voller Überraschungen. So wird die Figur Wagners von zwei Schauspielern verkörpert, von einem Zwerg und einer Frau, und auch Hitler tritt auf. Warum nicht?

Walter Sedlmayr, München, Freistaat Bayern, homosexueller Volksschauspieler, prominentes Mordopfer, stellte, ebenfalls 1972 für Syberberg, mit dem gemeinsam er auch das monologische Drehbuch verfaßte, in Theodor Hierneis oder Wie man ehemaliger Hofkoch wird, einen Hofkoch, zunächst noch Hofkücheneleven, Ludwigs II. dar. Beim Schlafen tropfte es von oben in sein Bett, aus dem See, in dem der König, auf dem Dach seiner Münchner Residenz, in einem Glashaus voller Palmen, vor künstlichen Opernbildern, Kahn fuhr. Hierneis: Irgendwie muß der See ein Loch gehabt haben, denn es tropfte andauernd auf uns herunter, so daß wir nur mit dem aufgespannten Regenschirm ins Bett gegangen sind. Syberberg: Das ist nun sehr die Welt von unten, naß und mit dem Regenschirm über dem Bett des Küchenjungen. Märchenstimmung, Domestikenschicksale, Lakaiendiplomatie, alles schlüge immerfort um im mitdenkenden und mitfühlenden Publikum. So berichtet der Autor und Regisseur des filmischen Requiems für einen jungfräulichen König auch davon, daß das Publikum, wenn Ludwig, der in diesem Film drei Tode sterben muß, nach seiner Wiederauferstehung vom Schafott der Geschichte den Königsmantel aufschlägt und vor dem Alpen-Himalaja-Panorama auf dem Dach der Residenz, High Camp, zu jodeln beginnt, immer wieder in spontanen Beifall ausbricht. Vor allem in Frankreich, wo Leute seinen Spielfilm, gibt Syberberg an, bis zu dreißigmal gesehen haben. Ich wurde, erinnert er uns, zu einem Theaterabend der kommunistischen Partei in einem Vorort von Paris eingeladen beziehungsweise, klingt noch besser, man gab dort einen Sektempfang für den Macher des Ludwigsfilms aus Deutschland. Giscard d'Estaing kam in das kleine Marais-Kino, obwohl er zur gleichen Zeit Gelegenheit hatte, den Visconti-Ludwig anzusehen. Es ging also nicht um das Thema, sondern um die neue und besondere Machart des Films, und nicht allein, was Syberberg dann aber doch unbedingt hervorheben muß: um die kultische Akklamation einer Cineastensekte, die nun, statt Godard oder Ford, Syberberg ansieht.

Cahiers du Cinéma, abgetippt: Ausgehend von einer mystifizierenden Erzählung, in Klammern: der eines Domestiken, Autor der Memoiren, der vom Bild der Macht fasziniert ist und besessen vom Ehrgeiz, in der Hierarchie aufzusteigen, wird eine Demystifikation der Geschichte erreicht, dank einer richtigen Kombination von Ausgesagtem, dessen Träger und Umgebung. Fügen wir noch hinzu, daß in der französischen Fassung die Überlagerung einer gesprochenen Übersetzung, in Klammern: eine Frauenstimme, ein bißchen rauh, mit leichtem deutschen Akzent, noch zum Vergnügen am dialektischen Spiel zwischen Bild und Wort beiträgt. In der Süddeutschen Zeitung stand zu lesen: Die Küchengeheimnisse, die der ehemalige Küchenjunge, spätere Hofkoch und Feinkosthändler, so detailbeflissen ausplauderte, wurden keineswegs kritisch gebrochen. Theodor Hierneis als Prototyp des Kleinbürgers und dessen Geschichtsverständnis zu zeigen, die einzige Möglichkeit, die Ausgrabung dieses entlegenen Stoffes zu legitimieren, wurde von Syberberg vertan. Der dandyistische, heute als Nationalist und Antidemokrat in Verruf geratene Regisseur aus München, jener widersprüchlichen Stadt, in der und dem sie umgebenden Oberland ebenso Alexander Kluge, Volker Schlöndorff, Rainer Werner Fassbinder, Rudolf Thome, Werner Herzog, Wim Wenders, Klaus Lemke, Michael Verhoeven, May Spils und Werner Enke, später auch Herbert Achternbusch, drüben am See, in Ambach, wo er in Sepp Bierbichlers Gasthaus zum Fischmeister logierte, ihre Filme drehten, bedankte sich bei den Parisern mit einem verschwenderischen Diner für zweihundertfünfzig Personen, wobei einzelne Speisen und Getränke den verschiedenen, überwiegend in grandios abgelegenen Regionen des bayerischen Voralpenlands teilweise nur fragmentarisch errichteten, elektrisch illuminierten, von Walt Disney, Michael Jackson bewunderten Residenzen Ludwigs zugeordnet waren, Märchenschlössern, Fabelhütten, utopischen Lauben, realisierten Nicht-Orten eigentlich. Consommé de Paon: Château Neuschwanstein. Filet de Truite Fumée: Château Hohenschwangau. Jambon d'ours fumé: Hutte de Hunding. Vin aromatisé Pyramide: Château de Linderhof. Oeufs de Kiebitz: Hutte de Schachen. Selle de Renne de Kurland: Résidence de Munich. Da kommen Karol und Ursula vom Schwimmen zurück. Verstört beschreiben sie, wie, nur wenige Meter neben ihren Handtüchern und abgelegten Kleidungsstücken, ein toter Mann aus dem Starnberger See geborgen wurde.

In der Renaissance zeugte Effeminiertheit bei Männern von sexueller Lüsternheit gegenüber Frauen, nicht gegenüber Männern. In lesbischen Liebesbeziehungen stellt oft gerade die Femme den aktiven Part dar; mit den Worten meiner Kollegin April, die Menthol-Zigaretten der selben Marke wie Silvia Bovenschen raucht und auf der ganzen Welt nach Zigarettenspitzen sowie Monokeln fahndet: Femme zu sein heißt, die Butch zu entdecken und zu erobern, zu wissen, wie du ihr die Kleider vom Leib holen kannst. Butch dagegen bedeute, genau zu wissen, wie du nachts an der Straßenecke zu stehen hast, um den Blick der Femme auf dich zu ziehen. Vergleiche: Madonna mit Monokel auf ihrer Blond Ambition World Tour. Generell ist das Verhältnis des Blicks zu dem, was man sehen möchte, ein Verhältnis des Trugs, formulierte Lacan, mit den Mitteln der Verkleidung begegneten sich Männliches und Weibliches in der zugespitztesten Form. Wir sollten hier, schlug Kristina vor, von einer Differenz innerhalb desselben ausgehen. Die virile Frau bilde deshalb kein Oxymoron, und auch der sensible Mann nicht. Kristina: Wenn eine Frau viril genannt werden könne, ohne daß damit ihre Weiblichkeit angefochten werde, wäre sensibel das Adjektiv, mit dem sich Männer, die sogenannte Attribute der Fraulichkeit besäßen, belegen ließen, ohne damit als effeminiert diskriminiert zu werden. Doch sollte nicht auch ein Adjektiv wie effeminiert als Binnendifferenz durchgehen dürfen?

Als ich wieder in Wolfratshausen war, umschrieb unser Webster's New World Dictionary die Vokabel effeminate mit unmanly, not virile, having the qualities generally attributed to women, nämlich weakness, timidity, delicacy, was bei Männern als schwach, weich und dekadent erscheine. Oxford erklärt effeminate, weniger negativ, mit unmanly, womanish, aber auch voluptuous, was wiederum als gratification of the senses beschrieben wird. Webster vermerkt voluptuous als full of pleasure, characterized by sensual delights and pleasures, fond of or directed toward luxury, elegance, and the pleasures of the senses, außerdem: sexually attractive because of a full, shapely figure. Im todsicher gleichfalls von Männern verfaßten Collins English-German Dictionary wird voluptuous, auf eine Frau bezogen, mit sinnlich übersetzt, auf Kurven bezogen, mit üppig, auf einen Körper mit verlockend, wenn das Leben gemeint ist, mit ausschweifend, und bei einem Kuß mit hingebungsvoll, wie Kristina und ich uns vorgestern im Ultraschall einander hingaben, während Acid Maria ihre super tollen Platten spielte, von denen ich mir gleich heute eine, deren Titel ich bei der DJ selbst, nach ihrem mitreißenden Set, vor dem geöffneten Kofferraum ihres roten Sportwagens, in Erfahrung bringen konnte, telefonisch bei Optimal Schallplatten zurücklegen ließ. In neuen Wörterbüchern als obsolet angeführt: die explizite Gleichsetzung von effeminiert und sanft, zärtlich, mitfühlend.

Notizbuch: Die Effeminiertheit des Dandys hatte gegen Ende des neunzehnten Jahrhunderts nicht darin bestanden, daß er sich als Frau kleidete, sondern wie eine Frau, die sich wie ein Mann kleidete. Neue Seite. Damals galt Rosa als die für Jungen passende Farbe und Hellblau als Farbe für Mädchen. Hellblau wurde als zart, fein, delikat, zierlich, anmutig betrachtet. Rosa gab dagegen einen deutlich stärkeren, entschlossenen Farbton ab. War Rosa damals kein dezidiert mädchenhafter Mädchenname? Anmerkung: Robin und Lee, als Unisex-Namen, wirken eher männlich auf mich, Ashley und Leslie dagegen sehr weiblich. Zweite Anmerkung: Meine rosa Kordhose fiel bei meinen Mitschülern als unnatürlich, mädchenhaft durch, mein rosa Oberhemd aber nicht. Heute kommt allen mein hellblaues T-shirt ziemlich fraulich vor, mein hellblaues Oberhemd aber nicht. Neue Seite. Als Kristina mein Haar vergangene Nacht als seidig bezeichnete, empfand ich das als merkwürdig. Neue Seite. Während unserer Kindheit wurden Kandis und ich in den Sommerferien immer sehr schnell braun. Gleichzeitig bleichten unsere Haare stark aus. Was unsere Mutter wiederum dazu veranlaßte, unsere kaum mehr sichtbaren Augenbrauen, damit wir nicht zu ätherisch, in Klammern: wie Engel, aussahen, mit ihrem Augenbrauenstift nachzuzeichnen. Neue Seite. Die annähernde Durchsichtigkeit meiner Augenlider läßt ihre Oberfläche noch heute violett, ein wenig wie Perlmutt, schimmern, weshalb Leute, die ich kennenlerne, sogar Kolleginnen, immer wieder annehmen, ich hätte Make-up aufgetragen. Als Sarah die, nach ihrer Einschätzung, ungewöhnlich zarte Haut meiner Lider daraufhin einmal, in einem Mailänder Hotelbadezimmer, unter die Lupe nahm und, versuchsweise, im Farbton meines sonstigen Teints überpuderte, sah das total unmöglich aus. Neue Seite. Wir waren unserer Mutter wie aus dem Gesicht geschnitten. Ständig achtete sie darauf, daß wir unsere, wie es in der

Verwandtschaft hieß, präraffaelitischen Locken frisierten, wir sollten unsere Schultern nach hinten ziehen, die Brust hinausdrücken und unsere Pullover über den Po hinunter ziehen. Niemand hielt mich zurück, als ich mich wie Kandis und ihre pubertierenden Freundinnen zu halten begann, Stand- und Spielbein affektiert einsetzte, meine Hände in die Hüften stemmte, die Arme verschränkte oder mit ihnen gestikulierte wie sie, mich putzig hinsetzte wie Kiki oder lasziv hingoß wie Marie, wenn ich, wie diese, meine Zungenspitze ganz langsam über meine geöffneten Lippen gleiten ließ, meine Augen, gekünstelt schläfrig, romantisch aufschlug. Es hat mich später einige Anstrengung und manches an den Haaren herbeigezogene, virile Rolemodel, Seefahrer und dergleichen, gekostet, die schlimmsten dieser Grillen wieder abzulegen.

Um mir dann, während meiner heißen Liebesbeziehung zu Ella, die Kandis als von der Struktur her lesbisch bezeichnet, einige ähnliche, zumindest in Teilen und vielleicht auch etwas abgemildert, erneut anzueignen. Wobei meine Schwester eben behauptet, ich sei nicht effeminiert, sondern geradeheraus feminin gewesen. Der mein Selbstverständnis damals stark irritierende Umstand, daß ich bei Tanzveranstaltungen regelmäßig und hartnäckig von heterosexuellen Männern in Verlegenheit gebracht wurde, mag für Kandis' These sprechen. Wie werden sich meine eigentümlichen juvenilen Verhaltensmuster in mein Gehirn eingeschrieben haben? There is a gradation of brain structures in men as there is in women, faßte Phyllis Burke den Stand der Forschung 1996 in ihrem Buch Gender Shock zusammen, and the differences are more significant among men, and among women, than between men and women. Scientists are beginning to report that, when at rest, the brains of men and women are indistinguishable from each other. It is only when the brain is awake and involved with its environment that they find there to be two exceptions: the ancient and primitive regions involved with action seem to have more activity in men, and the newer and more complex areas involved in symbolic action seem to have more activity in women, was mir nicht nur um einiges sympathischer ist, sondern auch die höhere kontemplative Entwicklungsstufe der weiblichen Sphäre wissenschaftlich erklärt. While men and women do have the same brain capacities, those resources are not necessarily being tapped.

Differenzierungen à la Wynton Marsalis, wie sie mir Kristina, in ihrem Liegestuhl, am dritten Tag ihres intimen Hausbesuchs, aus der aktuellen Ausgabe der afrikanisch-amerikanischen Frauen- und Musikzeitschrift Upscale vorliest: It's hard for me to get my mind around a term as inaccurate as Black Music. I recently gave a speech at the University of Akron where I said a lot of Rap Music shared an uncanny resemblance to the Minstrel Show. The next day an article reported I said I love Rock, but hate Rap. I have never and will never claim a love of Rock and Roll or Rap. I listen to the Blues, Ragtime, Spirituals, Gregorian Chant, Afro-Cuban Music, Indian Ragas, European Classical and traditional African Music. Because it played White against Black, this self-hating misquote was trumpeted all around the country, beschwert sich der Trompeter, der auch für Disco und House nichts übrig haben wird, sage ich, nichts für die beseelt maschinellen Strategien der Gruppe Kraftwerk aus Düsseldorf, die so großen Einfluß auf die Entstehung schwarzer Detroit Techno Music hatte und damit, ganz nebenbei, wir sind ihr zutiefst dankbar dafür, unter Beweis stellte, wie wenig Black Music die ihr von der weißen Gesellschaft andauernd angedichtete Erwartung, sie habe authentisch, Roots Music, zu sein, erfüllt. Die produktiv gemachte Abwesenheit von Wurzeln, Eigentlichem, Routes anstatt Roots, das Diasporische und dadurch Intelligente, auf jeden Fall Nicht-Authentische der stets progressiven afrikanisch-amerikanischen Musik bleibt aber, über alle Stile hinweg, ihre dann doch ureigenste und stärkste Tugend, fasse ich, mittlerweile wieder am Klapptisch, vor meinem Laptop, dem gläsernen Krug mit Eistee, die Essenz meiner bisherigen Aufzeichnungen zusammen. Weshalb ihr auch keinerlei die Spuren von Blut, Schweiß und Tränen noch so verfremdender Zuckerguß, ob Swing, Disco oder die synthetischen Techno-Streicher aus Detroit, etwas anhaben konnte, stimmt mir Kristina, die sich inzwischen auf unseren Rasen, mein Handtuch, und ihr glossy Magazine beiseite gelegt hat, zu. Ob Cherchez La Femme, Strings of Life oder From Disco to Disco: Das Andere, das Fremde, regiert.

Des Filmemachers Harun Farockis kritische Einwände gegen Disco, vor fünfundzwanzig Jahren in einer Radio-Dokumentation für den Westdeutschen Rundfunk vorgebracht: Die perfide Ausbeutung aufrichtiger Tanzlust. Die in Phasen zerlegte Arbeit, Entfremdung. Warum nehmen die Musiker nacheinander auf? Die Streicher kommen ihm wie eine Arbeitskolonne vor. Eine zunächst wilde Querflöte wird in musikalischer Meterware erstickt. Wo ist die namentliche Autorschaft des singenden Subjekts, im vorliegenden Fall: der so unvorbereiteten wie unterbezahlten Disco Chanteuse Sharon, respektive der Gruppe von Musikern, die wir später auf der Schallplatte vermeintlich miteinander musizieren hören, abgeblieben? Wo die Identifikation der beteiligten Solisten mit dem fertigen Produkt? Harun Farockis, aus heutiger Sicht, erstaunliches Erstaunen. Vielspurige Tonbänder, Stichwort: Fließbänder, und Mischpulte, Stichwort: Mischmasch, erscheinen ihm als industriell gesteuerte Gegner der um individuellen Ausdruck ringenden Musiker. Die Stimmen der kreativen Produzenten und musikalischen Ingenieure erreichen sein Ohr nicht.

Dabei könnte es doch, finde ich, gerade interessant sein, popgeschichtliche Fortschritte auch als in ihrer Ambivalenz reizvolle Resultate widersprüchlicher gesellschaftlicher Konstellationen beziehungsweise, worauf Farocki wohl abzielte, kapitalistischer Produktionsbedingungen erkennen zu lernen. Mit den schläfrigen Worten meiner zierlichen, bäuchlings vor mir liegenden Kollegin Kristina: Disco als eine Kerze zu erleben, deren beide Enden brennen.

Die Bunte: Claudia ist im sechsten Monat schwanger. Ja, wir freuen uns, Claudia auch, sagen ihre Mutter Gudrun und Vater Heinz Schiffer. Der Bunten liegen aktuelle Fotos aus Los Angeles vor, die eindeutig beweisen sollen, daß Claudia ein Baby erwartet. Britische Zeitungen veröffentlichen erste Fotos der Schwangeren. Unsere Heimatzeitung schreibt darüber: Sie zeigen das Model in einer knappen weißen Bluse, die den Blick auf ihren deutlich gewölbten Bauch freigibt. The Daily Mail titelt: Claudia führt stolz ihren Bauch vor. Es wird erwartet, daß sie ihr Kind in London zur Welt bringt. Schlagzeile des Daily Express: Claudia ist jetzt eine werdende Model-Mama. T-Online hält gegen die Bunte: Claudia Schiffer ist noch nicht im sechsten Monat, das Baby kommt erst nächstes Jahr. Bildbeschreibung: Die zarte Bluse bedeckt sanft den gewölbten Bauch. Nun möchte ich das Foto aber auch einmal sehen und rufe es auf: Ein breiter, brauner, tiefsitzender Gürtel mit drei Schnallen hängt unter Claudias Bauch. T-Online: Mittlerweile wird spekuliert, daß zum Zeitpunkt der Hochzeit bereits erste Anzeichen einer Schwangerschaft zu sehen waren und die Trauung deshalb unter Ausschluß der Öffentlichkeit stattfand. Im Angebot: Mehr zum Thema. Foto-Show: Claudia in Weiß. Foto-Show: Claudia zeigt Wäsche; abermals die Aufnahmen für H&M. Claudias Eltern: Vorfreude aufs Enkelkind. Ärger um Nacktfotos:

Claudia verbietet Abdruck. Geheime Hochzeit: Claudia versteckt sich vor den Fotografen. Matthew Vaughn: Claudia heiratet einen Weiberhelden. Ich klicke alles der Reihe nach an. Mir wird langsam bewußt, daß ich in den kommenden Monaten, wohl oder übel, über eine werdende Mutter zu schreiben haben werde.

Wir hatten Margarete und Dieter bei Optimal getroffen, und sie hatten uns mit in ihre Wohnung über dem Arena Kino genommen. Wir tauschten Anekdoten über gemeinsame Bekannte aus und bekamen gekühlte Getränke serviert. Wir hatten uns ewig nicht gesehen. Dieter machte den Fernseher an, was Margarete ziemlich unhöflich fand. Dieter unterdrückte den Ton und schaltete sich, die Fernbedienung in der Hand, während er weiterhin mit uns redete, durch die Programme. Plötzlich lag da, deutlich hervorgehoben, weil von sämtlichen anderen Requisiten räumlich abgesetzt, die Hülle der Roxy Music LP Country Life auf einem Fußboden, der sich als der Fußboden einer Zelle erwies, der karge Fußboden in dem für gefangengenommene Mitglieder der Rote Armee Fraktion, dem erklärten Staatsfeind der BRD, gebauten Hochsicherheitstrakt des Gefängnisses von Stuttgart-Stammheim. Das Gesicht eines Mannes kam ins Bild, schob sich über den Estrich, es sollte, wie wir, unsererseits prompt verstummt, dem nun wieder zugeschalteten Ton der ARD entnehmen konnten, die Züge von Andreas Baader tragen. Total irre: Andreas Baaders Gesicht sprichwörtlich am Boden neben den leicht bekleideten, sexualisierten Körpern von Evaline Grünwald und Konstanze Karoli. In Klammern: Baader, der Münchner Guerillero, den Silvia Bovenschen, die ihn als freien Mann kennenlernte, als einfältigen Macho schildert. Wie gebannt starrten wir auf den Bildschirm: Hanns Martin Schleyer irgendwo in Belgien als politischer Gefangener der Rote Armee Fraktion. Die Landshut auf einem Rollfeld in der flirrenden Hitze Afrikas. Das Innere des Flugzeugs. Die vollbesetzte Kabine. Im Cockpit die beiden Lufthansa-Piloten, von denen einer erschossen und über die Notrutsche aus dem Flugzeug befördert werden wird. Die mutige Lufthansa-Stewardess. Die entführten Passagiere, zunehmend entkräftet. Der Anführer der Entführer spricht eine deutsche Passagierin auf ihren Füller an: Dessen Markenzeichen kommt ihm wie ein Davidstern vor. Er schlägt auf sie ein. Die Frau beteuert verzweifelt, sie sei keine Jüdin. Dann die Betroffene selbst, im Rückblick: Ich kam einfach nicht auf das Wort Montblanc. Später eine ganz ähnliche Szene mit einem der Piloten, der beinahe exekutiert wird, weil der Flugzeugentführer ein Symbol auf dem Zifferblatt seiner Armbanduhr für den Davidstern hält. Auch er, flehentlich, auf den Knien: Ich bin kein Jude. Dann muß er seine Uhr mit dem Fuß zertreten.

Nach der Befreiung der Geiseln und der Erschießung fast aller palästinensischen Entführer durch die neu geschaffene Schutzstaffel GSG 9, die überlebende Palästinenserin befindet sich unter den rückblickend Interviewten, bekommt die mutige Stewardess, on the spot, in Mogadischu, einen Heiratsantrag unterbreitet. Ihr Bräutigam, ebenfalls bei der Lufthansa, erinnert sich daran noch ein Vierteljahrhundert später mit Tränen in den Augen. Altbundeskanzler Helmut Schmidt bekennt, er habe sein Bonner Amtszimmer, die um ihn Versammelten, nach Bekanntwerden der erfolgreichen Geiselbefreiung kurzzeitig verlassen müssen, weil er feuchte Augen bekommen habe. Die Terroristen hätten sich in ihm als ehemaligem Angehörigen der Deutschen Wehrmacht getäuscht gehabt. Das gleiche sagt stolz sein Vertrauter und Mitarbeiter Hans-Jürgen Wischnewski, alias Ben Wisch, Freund der gegen Israel gewandten arabischen Welt. In Klammern: Allerdings sah sich die deutsche Staatsräson in diesem Fall momentan gezwungen, ihre Interessen mit denen des Judenstaats pragmatisch gleichzuschalten. Wir waren, komischerweise, sagte Margarete, alle für Palästina und gegen Israel, wir waren auch gegen die USA eingestellt. Wer auf den Straßen der Bundesrepublik Deutschland als progressiv gelten wollte, trug ein Palästinensertuch um den Hals, pflichtete Dieter seiner Frau bei. Da werden sich eure entnazifizierten Eltern aber klammheimlich gefreut haben, spottete Kandis. In diesem Augenblick steigt der Gefangene Schleyer, irgendwo im Elsaß, an der französischen Grenze zu Deutschland, aus einem Kofferraum und wird von einem Mitglied der Rote Armee Fraktion mit einem Schuß in den Hinterkopf exekutiert.

Hanns Martin Schleyer, einst ranghohes Mitglied der Schutzstaffel Adolf Hitlers, später Vorstandsmitglied bei Daimler-Benz, Präsident der Bundesvereinigung der deutschen Arbeitgeberverbände und des Bundesverbandes der Deutschen Industrie. Seine Hinrichtung, wenn sie hier auch nur die unmittelbare Konsequenz dessen darstellt, daß Helmut Schmidt partout keine Gefangenen der Rote Armee Fraktion freilassen wollte, wirkt auf Kandis und mich, wenn ich momentan auch Mitleid mit dem alten Mann, der von dem Münchner Volksschauspieler Hans Brenner gespielt wird, habe, in politischer Hinsicht logischer als die Entführung der Landshut, von der sich auch Andreas Baader in Stammheim vor hochrangigen Vertretern der Staatsmacht, in diesem Fernsehspiel, explizit distanziert. Für Margarete und Dieter, die beide bereits in ihren Vierzigern sind, bedeuten die Ereignisse von 1977, die Entführung Schleyers und der Landshut, der nie aufgeklärte Tod der durch Isolationshaft gefolterten Gefangenen Baader, Ensslin und Raspe, schließlich der sogenannte Deutsche Herbst, in dem auch ihre Telefone von der Polizei abgehört wurden, die entscheidende Phase ihrer Politisierung. Als Andreas Baader in seiner Gefängniszelle den Boden seines Plattenspielers öffnet, uns damit noch einmal an den süßen Hedonismus von Roxy Music erinnert, und eine Pistole herausnimmt, um sich, in einer unmöglichen Verrenkung, nämlich mit dem auf seinen Hinterkopf angesetzten Lauf, zu erschießen, geraten sie in helle Aufregung. Auch mir ist es schleierhaft, warum sich die Fernsehanstalt so eindeutig für die neuerdings besonders eifrig von ehemaligen Linken verbreitete Selbstmordtheorie entschieden hat. Schlußbild: Schleyer ist für das deutsche Vaterland gefallen, Staatsbegräbnis. Der amtierende Bundeskanzler kondoliert der Witwe des einstigen SS-Mannes, SS-Mann bist du eigentlich für immer, denke ich, wahrscheinlich selbst in der Hölle noch, reicht ihr feierlich die Hand. Auch sie wird interviewt, berichtet ergriffen davon, wie fest er ihre Hand gedrückt hätte. Sie nimmt ihm, der kaltblütig auch die unschuldigen Menschen an Bord der Landshut geopfert hätte, seine tiefe innere Bewegung ab. Eine Schwarz-Weiß-Fotografie: Herr Schmidt und Frau Schleyer vereint in heroischer Erhabenheit angesichts der abermals tragischen Größe nationalen deutschen Handelns.

Sintflutartige Regenfälle seit Tagen. Ein langer, handschriftlicher Brief von Tom, in dem er mir die Behauptung seiner indischen Nachbarin auseinandersetzt, die Psychiatrischen Anstalten ihrer Heimat würden in enormem Ausmaß von Deutschen und Israelis frequentiert. Auf dem Plattenteller: Sugar. Nancy Sinatra sings Sugar Town and sweet, soulful serenades from the old timey years. Erscheinungsjahr 1966, rosa Cover, aus der Sammlung unserer Eltern. Ausgeliehen und nicht zurückbekommen: Nancy Sinatra, Woman, 1972. Beim Aufräumen fällt mir das fette i-D Magazine vom September 2001 wieder in die Hände. Aaliyah vorn drauf, ein Auge, wie gewohnt, durch ihre Haare verdeckt, in Schwarz-Weiß, und auch keinerlei

Schlagzeile außer ihrem Namen, Weiß auf Schwarz. Als Karol das Heft letztes Jahr vom Flughafen mitgebracht hatte, war mein erster Gedanke gewesen, das Cover stelle eine rasante Reaktion auf den erst eine Woche zurückliegenden Tod der R&B-Sängerin dar. Technisch nicht möglich, hatte Karol eingewendet. Thematischer Schwerpunkt: The Bedroom Issue. Ich lege mich auf mein Bett und blättere die Zeitschrift noch einmal durch. Großformatige Anzeigen für Gap, Prada, Emporio Armani, Balenciaga, Paul Smith, Calvin Klein, Yves Saint Laurent und Cartier, dann das Inhaltsverzeichnis, unterbrochen durch weitere ganzseitige Inserate der Firmen Gucci und Jil Sander, und so geht es auch, einerseits kommerziell, andererseits hedonistischer als in jedem redaktionellen Beitrag, weiter: Das Mannequin für Chanel im Kleinen Schwarzen, das für Diesel am Bildschirm generiert, das für Helmut Lang in Trauer. Sadomasochistische Fantasien bei Moschino und Sisley, lesbische bei Replay. Dazwischen das Impressum, gefolgt von einigen Leserbriefen. Die einundzwanzigjährige Amy Jankowicz schreibt: To me, questioning the gender roles in society and examining the opportunities and aspirations of young women, Klammer auf, and, in contrast, those of young men, Klammer zu, is an extremely relevant feminist subject. Moreover, the kind of people who are concerned with these issues and are willing to discuss them could generally be called feminists. It's not such a bad word. Stimmt. Redaktionelle Strecken ab Seite 64, inspiriert durch den Boudoir Style der letzten Comme des Garçons Show: Bedtime Stories, Stars und Sternchen, in ihren Schlafzimmern fotografiert, Beauty mit dem Geisha Girl Rika Okamoto sowie dem sommersprossigen New Yorker Model Mini Anden; auch sie posieren jeweils in ihren eigenen Betten. Dann, endlich, auf den Seiten 190 bis 194, Aaliyah, zweiundzwanzig, kurz vor ihrem tragischen Tod. Alija, hebräisch für Aufstieg, ist, nach meinem Philo-Lexi-

kon von 1936, auch der jüdische Begriff für die Einwanderung nach Palästina. Welche wiederum, ab 1936, auch ein Unterrichtsfach an Wolfratshausens Wirtschaftlicher Frauenschule bildete.

Redaktionell respektive typographisch hervorgehoben: Being female, you're raised to be a good, sweet girl and not flip out. So I had to give myself permission to be mean and evil. It's tough. But I've always been drawn to the darker side of things. Als Jugendliche mußte Aaliyah regelrecht dazu gezwungen werden, ein Kleid anzuziehen. She wore a pair of men's jeans to her school prom. She modeled for Tommy Hilfiger, her female appropriation of men's boxers and baggy jeans propelling her into the role of poster child for black urban America. Heute ist sie dagegen ganz Eva, ganz aufreizende Verführerin, heute verehrt sie Roberto Cavalli, einen über fünfzigjährigen Italiener, der ihr damenhafte, mit Papageien und Flamingos besetzte Kostüme auf den Leib schneidert; für den vorliegenden Artikel hat er sich einen bodenlangen Pelzmantel und Schaftstiefel mit Pfennigabsätzen einfallen lassen. Von ihrem Produzenten Timbaland wird Aaliyah Babygirl gerufen, but Babygirl has become a woman, mit dem Titel eines ihrer Songs sogar More Than a Woman. i-D Interviewer Glenn Waldron: The first thing to take in is her eyes. Whilst her voice is a breathless whisper, gentle, playful and assured, and her small, elegant gestures are open and warm, Aaliyah's eyes are guarded and untelling. In the vast encyclopedia of Aaliyah hearsay, there's a whole chapter dedicated to them: that the singer dons dark glasses to hide her blindness; that she wears her hair Veronica Lake-style over her cheek to cover a lazy eye; that she may even have a glass one. Face to face and the rumors, like the majority that swarm around the Brooklyn-born singer, prove unfounded. Vision intact, pupils present and correct. Yet still,

the eyes hold something else. The suggestion of a life less ordinary. Of Aaliyah's dark twin, perhaps.

Neu im Flugplan der Lufthansa: Dreimal täglich nonstop von München in die Schweizer Hauptstadt Bern. Viermal täglich nonstop von München nach Basel. Seit dem 1. August auch abends nonstop von München nach Lissabon. Felix' Mutter Beate findet sich darin bestätigt, von Düsseldorf nach München umgezogen zu sein. Sie interessiert sich selbst mit fünfundfünfzig Jahren noch für die Charts und kann Tweets neuen Hit Call Me, der gerade im Radio läuft, mitsingen. Sie sagt: Unterhaltungskunst bietet uns Alternativen zum Kapitalismus an, die wiederum vom Kapitalismus zur Verfügung gestellt werden. Sie erkannte die Marke meines Rasierwassers, Helmut Lang, bereits unter der Haustür. Sie hat ein mehrgängiges Gericht gekocht und wundert sich, wo Felix denn nur bleibt. Die dreifach geschiedene Mutter meines Kollegen ist barfuß, trägt einen Zehenring aus Indien, einen anliegenden schwarzen Hosenanzug und eine purpurfarbene Federboa. Sie duftet intensiv nach fremdartigen Essenzen. Beinahe jeder ihrer Antworten setzt sei ein Du voran. Sie sagt: Du, toll. Oder auch: Du, ganz schlimm. Wir nehmen in dem der Küche benachbarten Zimmer Platz, alles Souterrain, alles etwas feucht, und reden, wie schon beim letzten Mal, über die Psychoanalyse. Beate hat sich zurückgelehnt, ihre langen Beine übereinandergeschlagen und zündet sich ein Zigarillo an. Wir sitzen im Rauchzimmer, vergegenwärtige ich mir den Wortgebrauch meiner Großeltern. Rauchzimmer ist gleich Herrenzimmer. Dann blättern wir in einer auf dem mit entsprechenden Utensilien bestückten Rauchtisch liegenden Ballett-Zeitschrift. Es sei doch irre, wie zierlich, wie femme, sagt Beate sogar, die meisten choreographierten Bewegungen aussähen, und doch würden sie in erster Linie von Männern entworfen. Und wie muskulös, wie butch, weiß ich zu ergänzen, letzten Endes sowohl die Tänzer als auch Tänzerinnen sein müßten, die diese delikaten, aber anstrengenden Choreographien realisierten. Du, Muskeln, die ja erst richtig sichtbar, signifikant werden, wenn du sie anspannst, wenn sie hart werden, sind grundsätzlich phallisch, sagt Beate. Als sie eben dazu angehoben hat, mich nach meiner Einschätzung der Beziehung zwischen Ashley, die sie offenbar überhaupt nicht ausstehen kann, und ihrem Sohn auszufragen, klingelt dieser an ihrer Tür.

Als Disco aufkam, saß Beate in bereits zweiter Ehe an ihrer nie fertig gewordenen Doktorarbeit über Franziska Gräfin zu Reventlow unter besonderer Berücksichtigung von Herrn Dames Aufzeichnungen, die in Anspielung auf Stefan George, Karl Wolfskehl und Franz Hessel entstanden waren, dessen verrückte spätere Liebesabenteuer im Isartal, eine deutsch-französische Ménage à trois in Hohenschäftlarn, in dem Haus Heimat, das ich heute regelmäßig von der S-Bahn aus, auf meinem Weg nach München, drei Stationen hinter Wolfratshausen, ausmachen kann, wiederum die Blaupause für Henri-Pierre Rochés autobiographischen Roman Jules et Jim sowie François Truffauts gleichnamigen Spielfilm abgaben. Truffaut besetzte die germanische Helen Hessel, der Roché verfiel, mit Jeanne Moreau, die später eine Liebesaffäre mit Peter Handke haben würde. Auch Frieda von Richthofen, an die der sechs Jahre jüngere David Herbert Lawrence, mit dem sie durchbrannte, sein Herz verlor, ganz maßgeblich im Isar- und Loisachtal, eine Bahnstation weiter südlich, nahe Ebenhausen, in Edgar Jaffés Irschenhauser Sommerhaus, in Alfred Webers Ickinger Ferienwohnung sowie in Beuerbergs Gasthaus zur Post, war eine eher stattliche Frau. Wie Konstanze Karoli. Einem Standbild gleich: Statuesk und fragil. Kapriziös. Diffizil. Lawrences Heldinnen faszinierten mich bereits als Schüler ausnehmend. Ich konnte mich ihrer Art anverwandeln, Kandis konnte sich mit ihnen identifizieren. Unsere jugendlichen Liebesaffären waren stets die denkbar kompliziertesten. Jaffés Wolfratshauser Villa Vogelnest können wir heute von unserem Dachboden aus sehen. Rekapitulieren mit Beate und Felix, über zierlichen Kristallschalen voller Mousse au Chocolat: Edgar Jaffé, Geliebter der Gräfin Reventlow, verheiratet mit Friedas Schwester, der Frauenrechtlerin Else von Richthofen, Freund von Max Weber in Heidelberg, von Otto Groß in München, Professor der Nationalökonomie und, auf den Regierungsverzicht König Ludwigs III. hin, Finanzminister in Kurt Eisners revolutionärem Freistaat Bayern. In D.H. Lawrences autobiographischem Roman Mr. Noon heißt Frieda, nach, beziehungsweise mit, einem ihrer realen Vornamen, Johanna. Herr Liebtrau, unser Wolfratshauser Buchhändler, wollte Mr. Noon zunächst gar nicht bestellen, da das Manuskript zu Lebzeiten des Verfassers überwiegend unveröffentlicht geblieben war. Und überhaupt unvollendet blieb. Der Text schließt mit einer opulenten Aufzählung sprichwörtlich komplizierter weiblicher Kleidungsstücke, gekrönt durch einen nackten Doppelpunkt.

Zennor, Cornwall, 19. August 02. Lieber Karol, meine vor einigen Wochen durch unseren gemeinsamen Spaziergang nach Beuerberg ausgelöste neuerliche Lektüre der Romane und Erzählungen Lawrences findet hier eine völlig überraschende Einlösung. Tom hatte mich, wie versprochen, in Heathrow abgeholt; auf der Fahrt hierher besichtigten wir Sehenswürdigkeiten wie Stonehenge, die Kathedrale des von der deutschen Luftwaffe bombardierten Exeter sowie das wildromantische Dartmoor. Zennor, von wo aus wir nun unsere täglichen Ausflüge zu den diversen Buchten der bezaubernd zerklüfteten Küste Cornwalls unternehmen, ist ein winziges Dorf, westlich von Saint Ives gelegen, gegen Land's End hin, von ehemaligen Zinnminen umgeben, mit einer Kirche aus dem dreizehnten Jahrhundert und, dieser gegenüber, einem Landgasthaus namens The Tinners' Arms, in dem Tom und ich gerade sitzen, Fish Pie gegessen haben, Cider trinken, unter schummrigen Lampen in unseren mitgebrachten Büchern blättern, und in dem Lawrence, Lorenzo, mit seiner Ehefrau Frieda während des Ersten Weltkriegs anderthalb Jahre lang fast jeden Abend einkehrte, bis die beiden als vermeintliche Spione aus Cornwall ausgewiesen wurden: Sie hätten, so wurde ihnen vorgeworfen, deutschen U-Booten von ihrem Haus aus Lichtsignale gegeben.

Wir haben dieses Anwesen, es wird Higher Tregerthen genannt, über einen schmalen Pfad, der gleich hinter der Kirche beginnt, an einem größeren Gehöft vorbeiführt und, wobei er sich immer wieder zu verlieren droht, zahlreiche Viehweiden durchkreuzt, ausfindig gemacht. Genau genommen besteht es aus mehreren Gebäuden; eines davon, das eher unscheinbar parallel zum Fahrweg liegende, war Lorenzos und Friedas Wohnsitz. Es besitzt einen Anbau, der oben herum, glaube ich, rot angestrichen ist; keine Ahnung, ob es den schon 1916 gegeben hat. Das Haus daneben ist größer, an einer Seite turmartig aufgestockt, und Katherine Mansfield bezog darin mit ihrem Mann, John Middleton Murry, dem Literaten, Literaturkritiker und Literaturwissenschaftler sowie Herausgeber einer Zeitschrift namens Rhythm, Quartier. Ihre Räume waren von Lorenzo, der Handarbeiten überaus schätzte, er putzte zum Beispiel gern Friedas Hüte auf, liebevoll hergerichtet, ausstaffiert, dekoriert worden. Die befreundeten Paare verstanden sich aber, so nah beieinander, nicht gut, und nach sechs Wochen zogen Katherine und John Middleton an die auch klimatisch, respektive landschaftlich, weniger herbe Südküste Cornwalls weiter. Higher Tregerthen sei zu feucht, zu unruhig, Katherine könne dort nicht schreiben, sie sei melancholisch geworden, merkte Murry an, der, nachdem Lawrence und Mansfield jeweils an Tuberkulose verstorben waren, kurzzeitig zu Friedas Liebhaber werden sowie in einem Buch namens Son of Woman mit dem Autor von Women in Love und Sons and Lovers abrechnen würde. Katherine hatte in Cornwall beunruhigenden Szenen zwischen Frieda und Lorenzo beigewohnt: Ich ging hinüber zu ihnen zum Tee. Frieda sagte, Shelleys Ode an eine Lerche sei falsch. Lawrence sagte: Du gibst an; davon verstehst du überhaupt nichts. Dann fing sie an: Jetzt habe ich aber genug. Hinaus aus meinem Haus. Ich habe genug von dir. Willst du wohl jetzt den Mund halten. Lawrence sagte: Ich gebe dir gleich eins auf die Backe, damit du still bist, du dreckige Göre. Darauf verließ ich das Haus. Was mich an eine Episode aus Mr. Noon erinnert, in welcher der englische Held über Goethe, dessen Kälte, herzieht, bis Professor Sartorius, eigentlich Alfred Weber, seinen Hut nimmt und das Haus verläßt. Ein andermal, Catherine Carswell berichtet davon, um die explosive Haßliebe zwischen beiden zu veranschaulichen, soll Frieda einen schweren Steingutteller auf Lorenzos Hinterkopf zerschlagen haben. In ihren Worten: Wir hatten viele Kämpfe auszutragen, so viel loszuwerden, viel zu überwinden. Wir waren beide gute Streiter. Nur der heiße gemeinsame Wunsch, eine neue Art des Lebens zu schaffen, konnte uns so eng verbinden. Was ich merkwürdig finde: D.H. Lawrence und Frieda von Richthofen müssen in Zennor wiederholt lauthals deutsche Volkslieder abgesungen haben.

Jawohl, Tom und ich hatten von Higher Tregerthen aus einen grandiosen Blick aufs freie Meer. Besonders Frieda soll sich mit Vorliebe am Wasser, auf den Klippen, herumgetrieben haben. Auf dem benachbarten Bauernhof Lower

Tregerthen soll sich Lorenzo in einen Jungen namens William Henry Hocking verliebt haben. Während unseres Rückwegs zum Tinners' Arms, von dem aus das befremdliche englisch-deutsche Ehepaar sein neues Heim gesucht hatte, dessen Wirt uns Directions gegeben hatte und hinter dessen Garten derzeit adoleszente Army Cadets beiderlei Geschlechts kampieren, mußte ich bei nahezu jedem unserer Sprünge über die groben, mittelalterlichen, teils zu Bruch gegangenen, steinernen Cattle Grids daran denken, wie der kränkliche englische Dichter, zumeist im grünen Kord, und seine kräftige deutsche Muse im blauen Kleid, mit leuchtend gelben oder roten Strümpfen, diese Hindernisse allabendlich, oft in der Dunkelheit, überwunden haben mögen, wer voran sprang, wer die Hand zur Hilfe reichte. Dabei fühlte ich mich dem Lieblingsdichter unserer mittleren Jugend, Women in Love soll hier entstanden sein, Karol, ungemein nahe. Als wir das Dorf in der Abenddämmerung, der Weg dauert etwa zwanzig Minuten, wieder erreichten, sahen wir uns in der aus grauem Granit erbauten Kirche den Mermaid Chair an, von dem uns im Gasthaus lebhaft berichtet worden war. Die kunstvoll geschnitzte Meerjungfrau soll fünf- bis sechshundert Jahre alt sein. Im Mittelalter seien Meerjungfrauen Symbole für die zwei Naturen des Heilands gewesen: Sowohl menschlich als auch göttlich. Tom, ehrfürchtig, beinahe flüsternd, im jeglicher Farbtöne verlustig gegangenen Zwielicht des Gotteshauses: Meerjungfrauen hätten aber doch immer auch etwas Animalisches an sich. Diese hier hält einen Kamm in der einen und ein Glas, mein Freund glaubt: einen Spiegel, in der anderen Hand. Ihr schuppiger Schwanz sitzt tief wie ein moderner Hüftrock, Tom findet: eindeutig unterhalb der Gürtellinie, tatsächlich ungefähr dort, wo bei Männern der Schwanz sitzt, unter ihrem sehr deutlich ausgeprägten Nabel. Als wir gerade gehen wollten, kam der Küster, eigentlich, um die Kirche zur Nacht abzuschließen, und machte uns für einige eindringliche, fast fromme Minuten elektrisches Licht.

Friedas Vater, fällt mir zu Kandis' Brief ein, Baron Friedrich Carl Louis Ernst Emil von Richthofen, hatte 1912 in Metz zu seinem späteren Schwiegersohn gesagt: Vous êtes à Munich, ma fille m'a dit. La Bavière vous plaît? D.H. Lawrence, alias Mr. Noon, antwortete: Oui. Oui. Beaucoup. Et la peuple est très intéressante. Le peuple, oui, said the Baron. And that put the stopper on it. Ich beschäftige mich momentan mit einer einschlägigen Fußnote zum bilateralen deutsch-französischen Verständnis: Kamen die ersten so genannten Diskotheken in Paris auf, weil die Tanzenden dort bereits zur Zeit der deutschen Besatzung stark auf Schallplatten angewiesen waren? Noch in den 1960er Jahren wurde Disco ein feststehender Begriff im zunächst schwarzen schwulen Untergrund der USA, dann auch im weißen. Wie konnte sich Disco gegen Mitte der 1970er Jahre zu einem soliden Markenartikel im heterosexuellen Mainstream der westlichen Welt auswachsen? In der ersten Hälfte der 1980er Jahre wurde die allgemein als im rasanten Niedergang befindlich empfundene Disco Culture dann von dem selben subkulturellen Milieu einerseits aufrechterhalten, andererseits fortgeführt und zu etwas aufregend Neuem, zu Garage und House, transformiert, sagen wir ruhig: transkribiert, dem sie ursprünglich entsprungen war, nämlich jenem junger, nicht allzu junger, denn wir reden hier, wohlgemerkt, nicht von Jugendkultur, überwiegend einer homosexuellen Liebespraxis zugeneigter, in großer Mehrzahl afrikanisch-amerikanischer sowie lateinamerikanischer Männer.

US-amerikanische Modetänze des zwanzigsten Jahrhunderts, ob Cakewalk, Charleston, Jitterbug, Twist, Bionic Boogie, Breakdance oder Vogue, waren eigentlich alle von einer im musikalischen Signifying traditionell äußerst elaborierten afrikanisch-amerikanischen Herkunft und deshalb bereits sui generis explizit exzentrisch. Sexuelle Dissidenz konnte diese politisch dislozierte Position immer wieder, denken wir etwa im klassischen Rhythm & Blues an Little Richard, in der Disco Music an Sylvester, in der House Music an RuPaul, allesamt genetisch männliche Diven, schwarze Walküren, Drama Queens des subversiven Nachtlebens, besonders produktiv machen. Logisch: Sylvesters You make me feel mighty real als der sozusagen essentielle Refrain der internationalen Disco-Bewegung, die immer wieder, denken wir nur an den erst zwei Jahre zurückliegenden, vielschichtigen Hit Your Disco Needs You des super zierlichen, genetisch weiblichen, von schwulen Männern angehimmelten Female Impersonators Kylie Minogue, soziale Slogans sondergleichen hervorzubringen und, mehr noch, an die Oberfläche der Popkultur zu zaubern imstande ist. Kurzum: Realness wurde auf afrikanisch-amerikanischen Tanzböden bereits als gesellschaftliche Konstruktion vorgeführt, als der akademische Betrieb noch an eine vordiskursive Unschuld glaubte. Wobei House in den USA bis heute beinahe ausnahmslos im homosexuellen Untergrund läuft. In unseren europäischen, weitgehend von einem heterosexuell gestimmten Publikum bestimmten Clubs betreten bei solcher Musik, meiner Erfahrung nach, zuerst die Frauen die Tanzfläche.

Carol Cooper führte 1994 aus: Cryptosexuality is the art of pretending to be what you aren't because no one can come up with a satisfactory definition of what you are. In the black community, blended gender roles are a normal manifestation of the survival instinct. Gefunden in Kai Fikentschers Traktat über Underground Dance Music, Wesleyan University Press, 2000. Begriffe aus der weißen angelsächsischen protestantischen Arbeitsethik begannen die House Music in multipel invertierter Bedeutung zu durchziehen: Work It to the Bone von LTR, 1987. Work That Mutha Fucker von Steve Poindexter, 1989. Work It Girlfriend von Jack and Jill, 1992. Nicht zuletzt: RuPauls musikalischer Ausruf You better work in seinem Bestseller Supermodel, 1992. Als Ausdrucksmittel dienten der hedonistischen House Community dabei in zunehmendem Maß der lateinamerikanischen Sphäre entlehnte Stilelemente, wodurch sonische Szenarien voller süßlicher Signale entstanden, die ihren Sündenfall lustvoll in geradezu archetypisch katholischer Moral ausstellten, Signals of Queerness, die jenen der vermeintlichen Authentizität strikt entgegenstanden: Miss Thing Choruses, Drama Queen Strings, Girlie Pianos.

Einfügen, vor House, und auch noch vor Salsoul: Das Klavier im katholischen New Orleans als ausgesprochen mädchenhaftes Instrument, von, mögliche Kapitelüberschrift: Sons of Women, Ferdinand Joseph La Menthe alias Jelly Roll Morton, der zunächst nur in Bordellen aufspielte, bis zu Allen Toussaint, der seine anfänglichen Erfolge, hier besonders sinnfällig: Whipped Cream, unter Naomi Neville, dem Mädchennamen seiner Mutter, veröffentlichte. Das fiebrige Saturday Night Girlie House Piano kann bis heute, etwa im frommen Remix eines Terrence Parker, zur ekstatischen Hammond-Orgel eines Sonntagmorgens ausarten. Frankie Knuckles bezeichnet Miss Thing Disco als church for the children fallen from grace. Kai Fikentscher schreibt: As with most church activities, most clubbing takes place on weekends. The similarities do not end here, however. There are a number of conceptional links between the church and the underground dance club as institutions: both feature ritualized activities centered around music, dance, and worship, in which there are no set boundaries between secular and sacred domains. David

Lozada: On Sunday mornings at around 7 a.m. Larry Levan would stop all the dancing by putting on Aretha Franklin singing Mary Don't You Weep. We knew he was giving us church. But then he would take us to his church. After Aretha was done with her song, he would serve us fiercely. Friedrich Nietzsche: Ich würde nur an einen Gott glauben, der zu tanzen verstünde.

25. August 1885. Es gibt Kräutersuppe, dreierlei Fisch, Flußkrebse, mehrere Süßspeisen, abschließend Bananeneis. Keine Ahnung, welchen Wochentag wir haben. Ludwig feiert Geburtstag, hoch auf der Schachenalp, in seiner atemberaubend an der Baumgrenze gelegenen Hütte. Von außen ist sie, wenngleich derzeit zur Renovierung eingerüstet, im Schweizer Stil gehalten, dabei von zahlreichen Pflanzen aus der Arktis, den Rocky Mountains, den Pyrenäen, den Karpaten, dem Kaukasus sowie allein zehn verschiedenen Arten Mohns aus dem Himalaja umgeben, innen, im Obergeschoß, nach Art des Osmanischen Reichs eingerichtet. Ich bewundere die farbenprächtigen Glasfenster, mannshohe Prunkvasen, in denen Pfauenfedern stecken, mit Seide bezogene Ottomanen und einen voluminösen Zimmerspringbrunnen. Das Personal muß, auf Geheiß des dramatischen Königs, he is, indeed, a Drama Queen, denke ich, entsprechend muslimisch verkleidet sein, an Wasserpfeifen ziehen, aus Mokkatassen nippen. Ein hübscher Eunuch ist seit Stunden damit beschäftigt, mein Haar auf vielerlei Arten zu flechten, als ich zu den sanften Klängen von Burt Bacharach und Elvis Costello, der heute seinen achtundvierzigsten Geburtstag feiern kann, erwache. Tom hat mir einen Strauß Gladiolen neben das Bett gestellt und zwei Bücher auf den Stuhl mit unseren zusammengefalteten Kleidern gelegt: Kurt Hommels Die Separatvorstellungen vor König Ludwig II. von Bayern, Laokoon-Verlag, München, 1963. Und David Stenns Clara Bow Runnin' Wild,

Ebury Press, London, 1989. Munter schlage ich die Decke zurück, Sonnenlicht überflutet meinen Körper; gestern abend an der Kensal Road, beim Wettbewerb der gigantisch groovenden karibischen Steel Orchestras, hat es noch in Strömen geregnet. Bestens gelaunt springe ich auf, recke mich, begutachte meine Geschenke und finde meinen ebenfalls noch unbekleideten Freund in seiner winzigen Küche bei der wohlriechenden Zubereitung italienischen Kaffees vor. Ich sage leise Hallo und lehne mich an die Wand. Tom gibt mir einen Kuß und reicht mir einen dampfenden Becher aus Steingut. Ich umschließe ihn mit beiden Händen, nehme einen Schluck daraus, lasse mich in die Hocke gleiten und bedanke mich zärtlich für die Bücher und die Blumen. Dann geht auch Tom zu Boden. Ich hätte wirklich sehr tief geschlafen, wie ein alpines Murmeltier, flüstert er mir ins Ohr, als wir, innig umschlungen, auf dem Sisalteppich liegen. Nachdem er aufgestanden sei, hätte er meine Locken sternförmig, wie lodernde Sonnenstrahlen, um meinen Kopf herum auf dem Kissen ausgebreitet. Und Fotos davon geschossen, einen ganzen Film voll. Und noch einen zweiten. Ohne Blitz, damit ich nicht aufwachte.

Nach dem Frühstück machen wir uns, wie geplant, auf den Weg zum Notting Hill Carnival, bewegen unsere neugierigen Körper an den unterschiedlichsten Straßenecken des Viertels zu den unglaublichsten Bässen der Sound Systems, von denen eines sogar den Namen Bass By Any Means Necessary trägt. Mit den Worten von Brahms LaFortune, Underground Dance Veteran aus New York City: I believe that certain bass tones are created so you don't hear, you feel them. It is intentional. The equivalent of your heart on the outside of your body. Tom und ich tanzen ausgelassen zu Reggae, Ragga und R&B, wir trinken jamaikanisches Red Stripe Beer, verlieren uns nicht aus den Augen im lebhaften Gedränge, nicht in den beißenden Rauchschwaden der Barbeque-Stände; wir haben eine gute Zeit. Doch gegen 20 Uhr muß, per Gesetz, jegliche Musik in den Straßen Notting Hills verstummt sein. Als wir, zurück in Stoke Newington, Bücher lesend in Toms Bett liegen, erschrecke ich, als ich auf David Stenns Behauptung stoße, Clara Bow sei gar nicht an einem 25. August zur Welt gekommen: Her insane mother served as midwife when Sarah Bow gave birth to a third daughter on Saturday, July 29, 1905. To her relief, the baby seemed dead. Ungeduldig springe ich auf, laufe ins Arbeitszimmer hinüber, mache das Deckenlicht an und wähle mich ins weltweite Netz ein. Celebrity Graves. Forest Lawn Glendale. Glendale Obituaries. The Freedom Mausoleum. The Final Resting Place of Clara Bow. Mit freigestellter fotografischer Reproduktion ihrer Grabinschrift. Ich entziffere: Clara Bow. Hollywood's It Girl. July 29, 1907 – September 27, 1965. Wonach sich Stenn immer noch um zwei Jahre vertan hätte. Direkt unterhalb des Fotos kann ich aber, mit einer graphischen Girlande verziert, in aller Deutlichkeit die Daten 25th August 1905 – 27th September 1965 vom Bildschirm ablesen. Daraufhin klicke ich weitere Websites an, die den Geburtstag des Stummfilm-Stars mit dem heutigen Datum synchronisieren: globalseek.net, herteen.com, misnet.com und gadflyonline.com. Ich gehe kurzerhand ins Schlafzimmer, wünsche meinem Freund, der seinen Roman bereits beiseite gelegt hat, eine gute Nacht, vernehme von unten, der High Street, die beunruhigenden Geräusche einer Schlägerei, von der das anhaltende Schluchzen eines Mannes übrigbleibt, und schlüpfe in Toms verwaschenen Bademantel. Dann drucke ich mir die folgenden Passagen aus.

http://gadflyonline.com/archive/film/film-4-01.html, Christina Ball: The Silencing of Clara Bow. Motion Picture Kid Clara Bow seemed doomed to silence from the very beginning. When she was born into the madness and poverty of Sarah and Robert Bow's Brooklyn household on August 25, 1905, the baby, who would later be known for her easy, uncensored mouth, vivacious personality and physical dynamism, didn't make a single sound. It was only after several minutes of vigorous shaking by her grandmother that Clara finally made her presence known with a life-affirming cry. No one cheered. Instead, her mother thought, and prayed, that Clara was dead. So convinced were Clara's parents of her imminent death that the Bows never acknowledged her existence with a birth certificate. Clara made it through a physically and emotionally abusive and virtually loveless childhood by playing rough-and-tumble street games with neighborhood boys. She was a self-described Tomboy. She said: I could lick any boy my size. My right was famous. She never cared to own a doll or play house. She did enough real housework to take the fun out of this sissy game. When puberty came along Clara developed into the curvaceous young woman that men all across America would soon be lusting after.

Since breasts and hips meant that it was no longer appropriate for her to hang out with the opposite sex, her former pals cast her out; as her young female peers, who still viewed Clara as a stuttering, homely, rattily dressed ragamuffin, had already done. She was heart-broken, horrified and bewildered. From an early age, this naïve, but soon-to-be modern lack of understanding and respect for conventional morality, especially as it applied to women, was both Clara's blessing and her curse. Like a lot soon-to-be flappers, it just didn't make sense to her that the boys got to have all the fun, not to mention freedom, while the girls sat demurely on the sidelines looking pretty. Clara blieb ihrer Vorliebe für Glücksspiele, schnelles Autofahren, Fußball und sexuelles Amüsement treu und wurde dafür sowohl gefeiert als auch verteufelt. Wie ihre Mutter befürchtet hatte, schminkte sie sich wie eine Hure, trug ihre Haare und Säume kurz: Heiraten kann ich, wenn ich tot bin. She was the premier flapper. She was the hottest jazz baby in films: The Plastic Age, 1925. Mantrap, 1926. It, 1927. She was the It Girl, a rare, difficult to define combination of raw animal magnetism and an unselfconscious indifference to this same ability to attract members of both sexes. Clara Bow was the girl who F. Scott Fitzgerald called the real thing.

Seit Tagen dreht sich des Trompeters Dick Suttons Album Progressive Dixieland von 1954, mit Steve Lacy an Klarinette und Sopransaxophon, sowie des Posaunisten und Pianisten Bob Brookmeyers Album Traditionalism Revisited von 1957, mit Jimmy Giuffre an Klarinette und diversen Saxophonen, auf meinem Plattenteller. Interessantes Zusammenspiel von Wiederholung und Differenz: Hot Jazz erscheint hier, des Kornettisten und Pianisten Bix Beiderbeckes verfrühtes Versprechen einlösend, als Cool Jazz. Logisch: Das Neue ist ja eben nie wirklich neu; vielmehr wird das Althergebrachte ständig neu überschrieben. Wie in der permanenten, stets performativen Rekonstruktion unserer Identität; wie in meinem elektronischen Textverarbeitungsprogramm. Vergleiche auch: Die auf Bix Beiderbecke basierende, wiederholt als süßlich, ist gleich effeminiert, in Verruf geratene Intonation des Cool Jazz-Trompeters Chet Baker, dem Bob Brookmeyer, noch weicher klingend, nämlich an der Ventilposaune, als Solist im Gerry Mulligan Quartet nachfolgte. Neue Seite. Am 31. August starb Lionel Hampton, einst afrikanisch-amerikanischer Förderer des frisch gegründeten Staates Israel, Jahre davor bereits als Star der Swing Music wichtiger Teilnehmer an des Klarinettisten Benny Goodmans Carnegie Hall Jazz Concert zur Errettung der vom gewaltsamen Tod bedrohten Juden aus dem Deutschen Reich, als Vibraphonist von größtem Einfluß noch auf Vincent Montana, Philly Soul, Salsoul Disco, in einem biblisch hohen Alter, das sich gar nicht genau feststellen läßt. Wofür ich Lionel Hampton, im grundsätzlichen Gegensatz zu den meisten Jazz Fans, besonders schätze: Er interpretierte Be-Bop als Rhythm & Blues. Neue Seite.

Am 5. September, ich war mit dem Auto unterwegs, um meine Schwester, in einem Akt der Überraschung, vom Flughafen abzuholen, sah ich, nachdem ich die Dachauer Straße gekreuzt hatte, Hubschrauber am Himmel über Münchens Olympiagelände kreisen. Die Zufahrten vom Georg-Brauchle-Ring zum Olympiapark waren gesperrt, Polizeikräfte hatten weiträumig auch die Übergänge zur Hanns-Braun-Brücke abgeriegelt. Unter schärfsten Sicherheitsvorkehrungen gedachten Abordnungen israelitischer Kultusgemeinden aus Bayern der Opfer des Olympia-Attentats vor dreißig Jahren. Die Olympischen Spiele in München hatten heitere Spiele werden sollen, aber sie gingen als die traurigsten aller Spiele in die Geschichte ein. Bei der Geiselnahme durch arabische Terroristen waren am 5. September 1972 elf israelische Sportler ums Leben gekommen. Neue Seite. Die internationalen Gedenkfeiern zum Anschlag islamistischer Terroristen heute vor einem Jahr auf das World Trade Center in New York City, bei dem Zehntausende Tote zu beklagen waren. Fußnote: Der 11. September markiert in Kandis' Kalender nach wie vor auch den Geburtstag von D.H. Lawrence. Neue Seite. Giorgio Armani setzt, unter Verschiedenes, auf Süßes. Ab Mitte September soll der Megastore des Modeschöpfers an Mailands Via Manzoni, neben edlen Kleidern, Sonnenbrillen, Armbanduhren und Parfüm, auch eine feine Pralinenkollektion namens Armani Dolci anbieten.

Der neue Slogan des Kaufhauses Beck, Kaufhaus der Sinne, großflächig angebracht auf Münchens Anschlagsäulen: Weibliche Formen kommen nie aus der Mode. Mein Bruder findet diese Sentenz dekonstruktivistisch, ich tippe eher auf verkappten Essentialismus und schlage, zugegeben, etwas spöttisch, vor, dann solle er doch sein geplantes Buch so benennen: Weibliche Formen. Karol zieht das tatsächlich in Erwägung. Er ruft seine Busenfreundin Kristina an und fragt sie, was sie davon hielte, wenn er seine Abhandlung mit Weibliche Formen überschriebe. Während sie antwortet, geht er mit dem Telefon in sein Zimmer. Ich lege Tweets Call Me CD mit Oops Oh My als Live in Munich Bonus Track ein und widme mich einem Artikel mit der Schlagzeile: Harte Kontroverse um weiche Drogen. Viele Rabbis befürworten die Legalisierung von Marihuana. Tom schreibt, in dem Applaus für Oops Oh My ließen sich auch seine Jubelschreie heraushören. Wir standen ja tatsächlich ziemlich weit vorn. Als Karol den Hörer wieder aufgelegt hat, will er mir Kristinas Einschätzung nicht verraten. Wahrscheinlich fand sie die Idee nicht so toll, mutmaße ich und wende mich abermals meiner Lektüre zu. Mir fällt der wiederholte Abdruck einer spektakulären Anzeige auf, die, vor vierzehn Tagen ganzseitig, in der aktuellen Ausgabe des Aufbau noch immer eine halbe Seite füllt: Why is the German State of Bavaria harboring an accused war criminal? The German State of Bavaria is harboring and protecting a war criminal. The German State of Bavaria has protected Dr. Hans-Joachim Sewering for 50 years. Dr. Hans-Joachim Sewering is accused of participating in the transfer of 900 German Catholic Children from Schoenbrunn Sanatorium to a Healing Center at Eglfing-Haar, where they died. Four nuns made this allegation in January 1993. They were eyewitnesses to these crimes and broke their vow of silence 50 years after the fact at the suggestion of the Bishop of Munich. Dr. Sewe-

ring, age 86, still practices medicine in Dachau. Dr. Sewering must be brought to the bar of justice now. The relatives of the murdered children ask for justice. The German people will be cleansed of this stain on their honor by the successful prosecution and conviction of Dr. Hans-Joachim Sewering for murder and crimes against humanity. If you believe, as we do, that Dr. Sewering should be brought to justice, please act now. Write or fax: The Hon. Edmund Stoiber, Ministerpräsident, Bayerische Staatskanzlei. Edmund Stoiber, CSU, der letzten Sonntag erfolglos gegen den amtierenden Bundeskanzler Gerhard Schröder, SPD, antrat. Edmund Stoiber, der nicht ins Berliner Bundeskanzleramt ziehen, sondern in Wolfratshausens Gartenstraße wohnen bleiben wird, in seiner eher bescheidenen Doppelhaushälfte zwischen dem Loisach-Wehr und den Gleisen der S-Bahn, der einstigen Isartal-Bahn, die zu Zeiten des Displaced Persons-Lagers Föhrenwald von Teilen der hiesigen Bevölkerung Jerusalem Expreß genannt wurde. Karol und ich beschließen, einen gesalzenen Brief an Edmund Stoiber aufzusetzen.

Während ich meine Uniform anziehe, liest Kandis aus dem Isar-Loisachboten vor: Supermodel Claudia Schiffer, 31, will sich künftig Claudia de Vere Drummond nennen. Ihr frisch angetrauter Ehemann, Filmproduzent Matthew Vaughn, 31, hatte erst kurz vor der Hochzeit mit Schiffer im Mai entdeckt, wer sein richtiger Vater ist: George Albert Harley de Vere Drummond, 58, mit dem sich Schiffer bereits bestens verstehen soll. Bis dahin war Vaughn davon ausgegangen, daß er von dem Schauspieler Robert Vaughn, 70, abstammt. Kandis will diese Novität sogleich in ihren Text übernehmen. Eine halbe Stunde später sitze ich mit meinem Bordkoffer in der S-Bahn. Es ist noch einmal sommerlich warm geworden, ich habe mein Jackett an den Haken gehängt und lese in Susan Brownmillers Feminini-

ty weiter: Dietrich on screen, and Garbo, Hepburn and Bankhead off-screen, were photographed repeatedly in pants, as was America's first androgynous sex symbol, the high-flying aviator Amelia Earhart. But it is Dietrich's image and not Earhart's that permits the fashionable young woman of today to wear her fly-front trousers. As long as she gussies them up with high heels, painted fingernails, done hair, plenty of jewelry and make-up, her femininity will not be challenged. Brownmiller spricht hier, 1984, von einem Heterosexualizing Effect.

Ähnlich Madonna, 1990, mit Monokel, doch nicht, wie Marlene, im Frack oder dem sprichwörtlichen Smoking, sondern im, as they say, double-breasted suit, einem zweireihigen Nadelstreifenanzug, der den heterosexuell maskulinen Blick auf ihren darunter getragenen pfirsichfarbenen Satin-BH lenkte. Und damit natürlich auch, dessous als die französische Vokabel für darunter, ein klassisches Motiv des verkappten männlichen Crossdressers, seine stets befürchtete wie gleichzeitig herausgeforderte Bloßstellung, seine Lesbarkeit, markierte. An Münchens Donnersberger Brücke steige ich in Richtung Flughafen um. Zwei ältere Herren in kurzärmeligen, pastellfarben gemusterten Hemden, beinahe Blusen, nehmen, einer neben mir, einer mir gegenüber, Platz und schwärmen in einem weichen bayerischen Idiom vom anhaltenden Altweibersommer. Im Zentralbereich des Flughafens erwerbe ich die Oktoberausgabe der afrikanisch-amerikanischen Musikzeitschrift Vibe. Auf dem Titel prangt R&B Star Beyoncé, bekannt durch die Girl Group Destiny's Child, neuerdings auch solistisch aktiv. Angekündigt als the real-life independent woman, abgebildet als souveränes Objekt in eleganter Pose. Die erst einundzwanzigjährige Beyoncé im Brustbild, Halbprofil: Nackte Schulter leicht hochgezogen, gehäkeltes Top in Beige, dunkelblonder, deutlich coiffierter

Afro, Hoop-Ohrringe, dezentes Make-up, das linke Auge, à la Aalyiah, unter einer breiten Hutkrempe versteckt. Beim Briefing zieht Heidi das hochglänzende Heft sofort zielsicher aus meiner Tüte. Mit langen, manikürten Fingern und, verglichen mit unserem letzten gemeinsamen Umlauf, abermals um einiges weiter herausgewachsenen Nägeln. Genoveva, unser heutiger Purser, nimmt mich beiseite und flüstert mir ins Ohr: Wie will Heidi mit diesen Krallen nachher an Bord Getränkedosen öffnen können?

Heidi hat sich auf ihrem Bordkoffer niedergelassen und in mein Vibe-Heft versenkt. Leise gehe ich hinter ihr in die Hocke, lege mein Kinn auf ihre linke Schulter. Eine Anzeige für Eve-olution, das neue Album der R&B-Sängerin Eve. What time is it? Wynton Marsalis macht Werbung für eine Schweizer Armbanduhr mit blankem Zifferblatt. Eher ein Juwel als ein Chronometer, urteilt Heidi. Im Editorial bekennt Chefredakteur Emil Wilbekin Genugtuung darüber, daß die bislang von misogynen Rappern bestimmte urbane Kulturlandschaft zunehmend von selbstbewußten Frauen wie Beyoncé beherrscht werde. Er war bei ihr zu Hause und entdeckte dort, daß sie zu malen angefangen hat. Er konnte auf diversen Leinwänden big-faced, abstract, graphic, beautiful women mit Afros ausmachen. In Beyoncés Plattensammlung stieß Emil angetan auf wichtige Alben von Marvin Gaye, Stevie Wonder, Aretha Franklin, Shuggie Otis und Curtis Mayfield. Beyoncé holte Polaroids herbei, auf denen ihre beiden Kolleginnen aus Destiny's Child, Kelly, die eine Liebesaffäre mit Nelly haben soll, und Michelle, Vogue tanzen. Heidi dreht ihr Gesicht zur Seite, bis sich unsere Nasen berühren; ihre ebenmäßig gepudert, meine sommersprossig, im Teint ungleichmäßig. Ist ja höchst interessant, gebe ich zu bedenken, wo Voguing in den 1980er Jahren doch eigentlich als von vorn bis hinten feminine Tanzart für Männer eingeführt wurde, als transgressiv exaltierte Aneignung des tänzelnden Laufstegschritts weiblicher Supermodels. Die selbst Madonna in ihren Shows von Kerlen ausführen ließ, weiß Heidi zu ergänzen. Wäre mal aufschlußreich, zu sehen, wie sich Claudia de Vere Drummond im Voguing versucht, finden wir. Ob das dann überhaupt als Voguing erkennbar wäre.

Well, my date with Beyoncé was over. She had a full schedule, and so did I. On the way out, I asked her one more question: When is your birthday? September 4, she replied. You're kidding me, I said. I didn't know you were a Virgo, too. Mimi, Lola Ogunnaike, Dream Hampton, and several members of Vibe's staff and I are all Virgos. No wonder I'm feeling you. Go on, girl. Also schreibt Emil, und das sollte per E-mail möglichst rasch raus an und für Kandis. Weitere Jungfrauen, die Emil auflistet: Barry White, Michael Jackson, Swizz Beats. Auch unter den Leserbriefen entdecke ich brauchbare Zeilen. I was very happy to see your tribute to Aaliyah. She was and will always be the Queen of R&B, and opened doors for many acts, like Ashanti and Tweet, schrieb Jonathan Henderson aus De Kalb, Illinois. Reginald O. Lamb aus Columbus, Georgia, fand: Craig Seymour's piece was on point. As he writes, Aaliyah isn't gone. And she will not be forgotten. I get teary eyed because she was so young and still had so much more talent to give to the world. Chanda Jones, Westerville, Ohio, beanstandete: How dare Craig Seymour compare Ashanti and Tweet to Aaliyah? Aaliyah's style and elegance came from a burning, God-given inner beauty, while Ashanti and Tweet's hard-core sexual ramblings debase women. Tommie Nicole Boyd meldete sich aus Norfolk, Virginia: Thank you very much for once again paying homage to our beloved Aaliyah. The tears streaming down my face when I read the moving tribute by Craig Seymour were as fresh as they were when I heard what happened on that fateful date, August 25, 2001.

Die eigentliche Geschichte über Beyoncé, auf den begleitenden Portraits posiert sie als Paradiesvogel, wurde von Mimi Valdés verfaßt. Selbstverständlich hebt auch Mimi auf die Tugenden der stets erfolgreichen Jungfrau ab. Beyoncé bekommt jetzt Hauptrollen in Hollywood. Ihre erste Single, Work It Out, ließ sie von den Neptunes produzieren. Hört sich an, als wolle sie Kelis kopieren, findet Heidi. Mag sein, klingt aber klasse, gebe ich zurück. She was the first black woman to win an ASCAP Award for Songwriter of the Year. An der katholischen Montessori-Schule ihrer Heimatstadt Houston soll Beyoncé von klein auf wie eine erwachsene Frau gesungen haben. Beim Malen hört sie am liebsten Musik von Miles Davis, den sie vergangenes Jahr für sich entdeckte. Zehn Seiten nach dieser etwas nichtssagenden Strecke folgt eine ähnliche, von Craig Seymour, über Monica, ex Brandy & Monica. Jahrelang stand Monica im Schatten Brandys, was sich mit ihrem anstehenden zweiten Solo Album ändern soll. Monicas Debut Album hieß 1995 tatsächlich Miss Thang. Fünf Jahre später brachte The National Enquirer die Schlagzeile: Pop Star Monica Watches in Horror as Live-in Love Kills Himself. Auch über eine längere Liebesbeziehung zu einem Totschläger wurde gemunkelt. Monica verspricht: Within the next three to five years, I'll be married with children. Let me work it out, and I'll get back to you. Heidi und ich sind darauf gespannt, was für einen Sound die verschiedenen Produzenten diesen Geschichten angedeihen lassen werden. Jetzt aber wirklich los, dränge ich, greife über Heidis Schulter und nehme das Heft wieder an mich.

Uniformen: Immer weniger Stewardessen, die Kostüme oder Kleider tragen. In ihrem dunkelblauen Hosenanzug erinnert Heidi an Susan Brownmillers Marlene Dietrich. Sie beherrscht auch Marlenes ironischen Blick. Aus welcher Erkenntnis rührte denn eigentlich Marlene Dietrichs ironischer Blick? Worauf genau bezog er sich? Er läßt sich jedenfalls, geht es mir durch den Kopf, während Heidi und ich dem Troß unserer bereits in Richtung Gate aufgebrochenen Kolleginnen hinterhereilen, eher einer von exzentrischen Frauen aufgeführten Männlichkeit als einer von exzentrischen Männern aufgeführten Weiblichkeit zuordnen. Weshalb, frage ich Heidi unter dem Dröhnen unserer geräderten Gepäckstücke auf dem geriffelten Flugsteig, gilt die performative Überschreitung der sexuellen Identität vom Weiblichen zum Männlichen als Akt der Souveränität, der Ermächtigung, der umgekehrte Schritt hingegen, die affirmative Öffnung des Mannes gegenüber der gern als unbeschreiblich weiblich verschleierten sozialen Rolle der Frau als ästhetisch wie politisch zutiefst peinliche Geste der Unterwerfung, als, kurzum, heterosexuelle Bankrotterklärung? Weil es unsere männliche, das Verhältnis der Geschlechter hierarchisierende Grammatik so haben will, gibt meine sich, mit mir, zur Heterosexualität bekennende Kollegin, wir sind mittlerweile an Bord angelangt, zur Antwort. Es gelte gerade, solche vermeintlich simplen Resultate durch immer diffizilere Fragestellungen zu unterminieren, fordert Heidi, während sie sich, auf Genovevas Anweisung hin, an das Sortieren der Getränkedosen macht, die wir später zu servieren haben werden. Fazit: Heterosexualität, so macht das Präfix Sinn, als ein in sich extrem heterogener Komplex.

Läßt sich das eigentlich so halten, wenn ich liebestrunkenen Kavalieren gegenüber immer wieder konstatiere, ich sei gebunden, ich hätte einen zwar physisch nicht anwesenden, aber doch festen Freund? Tom penetriert mich, seit ich wieder auf dem Kontinent bin, mit zunehmend bohrenden Fragen nach dem Status unserer seiner Ansicht nach nicht nur in geographischer Hinsicht entfernten Beziehung. Er hatte gehofft, ich würde mindestens ein Vierteljahr lang bei ihm in London bleiben. Doch findet er einfach keine Mittel, mich unter Druck zu setzen. Sein kläglicher, wiederholt geäußerter Vorwurf, mein Sexualtrieb sei zu schwach, zieht bei mir nicht. Ursula meint, ich sei frei; wir seien schließlich unabhängige Frauen. Gestern brüllte sie, im Getöse des Augustinerzelts, einem wildfremden Menschen männlichen Geschlechts, dessen neuseeländischer Kumpan ihr bereits in den Armen lag, zu, ich sei noch zu haben. Dabei ist die Theresienwiese zur Zeit des Oktoberfests wirklich der letzte Ort, an dem ich mir einen Liebhaber anlachen würde. Auch das sieht Ursula anders. Hier feierte das Volk die Hochzeit König Ludwigs I. mit Therese, hier wurde die Räterepublik ausgerufen, sagt sie. Der Neuseeländer, mittlerweile auf ihrem Schoß gelandet, wollte Theresienwiese andauernd mit Theresienstadt verwechseln. Ursula bemühte sich, ihm etwas von Lola Montez zu erzählen, mit der Ludwig seine Frau öffentlich betrog, aber ihr Verehrer konnte gar nichts mehr aufnehmen. Ich habe den Faden meines Romans ein wenig gelockert, lese schon seit Wochen, seit wir in Zennor auf seine Spur stießen, D.H. Lawrence, am heutigen, dem unseligen Tag der Deutschen Einheit, bei zugezogenen Vorhängen, mit leichtem, vom Augustiner Edelstoff herrührenden Schädelbrummen, zum ersten Mal auf englisch, seinen Roman Mr. Noon, der zwar einige Unfertigkeiten aufweist, aber super Stellen enthält, heimatkundliche wie Gender Studies, nicht selten beides in raffinierter Überlagerung.

Isartalbahn, Frühjahr 1912: Männer aus den Bergen, in kurzen Lederhosen, mit ansehnlichen Knien wie Fußballer, in kurzen, kleinen, bestickten Jacken, Gamsbärte auf ihren grünen Hüten, stiegen an den Bahnhöfen in den Zug ein. Allerorten war ein Funkeln und Knistern von Energie zu spüren an diesem sonnigen Vormittag nach dem Winter. Und Gilbert, alias Gilbert Noon, Lehrer und Musiker, Lawrences literarisches Alter ego, liebte all das. Er liebte die so rosig wie robust wirkenden Männer des Voralpenlands mit ihren harten, prächtigen Knien, die ihn an die Männer aus dem schottischen Hochland erinnerten, ihren großen, blauen Augen und ihrer sonderbar schönen Gestalt. Er liebte die nach dem Kirchgang die Straße entlang trottenden Bauersfrauen in ihren üppigen blauen Kleidern, ihren dunklen Seidenschürzen und komischen schwarzen Tasse-und-Untertasse-Hüten. Sie blieben alle stehen, um sich den kleinen Zug anzusehen, der unabgezäunt und ungehindert, wie die Straßenbahnen in England, neben der Straße her ratterte, und jedermann scherzte mit ihnen oder über sie. Gilbert und Alfred, dem die Figur Edgar Jaffés zugrunde liegt, stiegen in Ommerhausen, steht für Icking, aus und verließen rasch das morastige Dorf. Die Bauern, fromme Katholiken, kamen von der Messe, aus der Kirche, die ihren von einer kleinen, schwarzen, byzantinisch wirkenden Kuppel gekrönten Hals reckte. Die Kirchen seien dermaßen charakteristisch, daß der Anblick einer einzigen selbst einem Fremden die ganze heftige Wehmut des bayerischen Hochlands ins Herz senken werde, behauptet Lawrence. Und so wurde Gilbert mitten in Bayern von der seltsamen Leidenschaft für das Land ergriffen. Er ging mit Alfred über die Ebenen, wo der Schnee nur stellenweise noch lag, über rauschende kleine Bäche auf das heimelige Dorf Genbach, wie ich herausgefunden habe: Irschenhausen, zu, dessen weiße Bauernhöfe mit ihren riesigen Dächern und niedrigen Balkonen sich um die spielzeughafte Kirche scharten; nicht mehr als ein Dutzend Häuser, am Hang eines Höhenzugs, unweit des Waldrands. Die

Sonne war heiß. Das breite Isartal lag unter ihnen, der fahle, eisgrüne Fluß wand sich von den fernen Alpen herab, kam zwischen rosarot schimmernden Sandbänken die langen Stufen des Vorgebirges herab, ein breites, fahles Flußbett von weither, in dem sich der Fluß, all das sieht heute genauso aus wie vor neunzig Jahren, zwischen den dunklen Fichtenwäldern, wie es sie in England, laut Tom, bereits seit kriegerischen Ewigkeiten nicht mehr gibt, hin und her krümmte.

Etwa zehn Meilen weiter südlich fanden Frieda und Lorenzo in dem, hoch über der Loisach, unmittelbar neben dem Kloster Beuerberg gelegenen Gasthaus zur Post Unterkunft, wobei der Ort hier, irreführend, weil es das auch gibt, als Kloster Schaeftlarn firmiert. Frieda war ihr Rufname, doch lediglich ihr dritter Vorname, Johanna, wie Emma Maria Frieda Johanna von Richthofen Weekley in Lawrences autobiographisch geprägtem Roman genannt wird, ihr vierter: Johanna war glücklich. Sie wollte das Abenteuer. Und nun hatte sie es bekommen. Sie war frei. Während sie in dem großen alten Gasthaus saß und die stattlichen Bauersleute Bayerns sie über die Deckel ihrer Bierkrüge hinweg mit dem halb feindseligen, halb herausfordernden Stieren der Gebirgler ansahen und während sie den ungehobelten Dialekt hörte, die unterdrückte, katholische Wildheit in der unbezähmbaren Atmosphäre um sie herum spürte, breitete sie ihre Flügel aus und schöpfte neu Atem. Sie war entkommen. Von Boston, in Wirklichkeit Nottingham, und ihrem Haus mit Dienstboten, von ihrem Mann, in Wirklichkeit Ernest Weekley, Professor of Modern Languages am University College in Nottingham, und seiner gesellschaftlichen Stellung, von dem ganzen Horror dieses Mittelklassemilieus hatte sie sich losgerissen, und sie saß in einer großen Gaststube in einem halb verlassenen, alten Gasthaus am Fuß der bayerischen Alpen und atmete

den uralten, halbwilden Geruch von Schnee und Leidenschaft in der Luft. And then the foot-hills were tangled with bell-flowers, dichtete Lawrence, tresses and tresses of myriad weightless blue bell-flowers among the gold and the green of the grass, the white and gold of great daisies, the pink of evanescent flowers. Blue, blue, tangled aerial blue, and white and gold, among an evanescence of liquid green and pink. Kein Wunder, daß sich Johannas weibliche Aufmachung in dieses bukolische Szenario, dem die beiden Verliebten, wie von Sinnen, vorstanden, fließend einfügte. Aber es gab auch schmerzhafte Momente, in denen sie sich nicht verstanden; allenfalls im verstörenden Sinn einer Amour fou. Abgründige Augenblicke, in denen Gilbert der Frauen, die da redeten und endlos Theorien diskutierten, überdrüssig wurde, in denen er sich nach dem Umgang harter, durch gemeinsame Aktivitäten verbundener Männer sehnte: Flößer, Holzfäller, Soldaten. Jedoch: Brought up in the great tradition of love and peace, how could he even recognise his own desire for death-struggles and the womanless life?

Bei sonnigem Wetter waren Gilbert und Johanna den ganzen Tag im Freien. Manchmal gingen sie durch die Wälder, manchmal wanderten sie zum Starnberger See oder nach Schloß Wolfratsberg, worunter wir Wolfratshausen zu verstehen haben, manchmal durchstreiften sie das archaische Gewirr des Flußbetts. Dann saßen sie am Ufer und sahen den Holzflößen zu, welche die blaßgrün schäumende Isar herunterkamen, miteinander verwobene Flöße, von den Bergen herabtreibend und von zwei Flößern mit langen Stangen oder Rudern gesteuert. Und wieder überkam Gilbert die Sehnsucht nach dem Männerleben. Doch, so fragt Lawrence: Why could he not really mix and mingle with men? Gilbert konnte ungezwungen und locker und umgänglich sein, aber vor jeder Art wirklicher Intimität oder Gemeinsamkeit oder sogar Übereinstimmung hielt ihn etwas in seinem Herzen zurück. Was die Männer anbelangte, war er von ihnen abgeschnitten, und mehr oder weniger wußte er das. Er konnte an ihrer Geselligkeit und ihren ungezwungenen Beschäftigungen, ihren Abenden und ihren Debatten und ihren Ausflügen teilnehmen, doch mit ihnen zusammen war er nie und nimmer, das wußte er genau. Was die Männer anging, stellte er ein einzelnes, für sich bleibendes Exemplar dar. Weil er sich der Männerwelt gar nicht angehörig fühlt, notiere ich mir, kann es sich bei Gilberts eigenartigem Sehnen auch nicht um eine homosoziale Regung handeln. Besitzt sein wehmütiger Blick, etwa auf die, im Gegensatz zu den seinen, kräftigen Knie der Männer, nicht eher Züge traditioneller weiblicher Heterosexualität? Lawrences Schilderungen seines, in Klammern: Gilberts, libidinösen Verlangens nach Frieda, alias Johanna, weisen, andersherum, ähnlich paradoxe Wendungen auf: Als Johanna sich eines Tages unterhalb von Icking, wie eine Wasserlilie, schreibt Lawrence, unbekleidet in der fahlen, reinen, bläulich schäumenden Isar wälzte und Gilbert ihre üppigen, weißgoldenen Brüste, ihre weißen Knie, ihre prächtigen, breiten, weißen Schultern und ihren Haarknoten betrachtete, erfüllte ihn Neid sowie ein beinahe feindseliges Verlangen. Vorläufig fabulierter Befund: Partielle Perversion einer aus männlicher Perspektive postulierten heterosexuellen Polarität.

Nebulöse Morgen, heitere Tage. Ein Polaroid von Kristina und mir, aufgenommen über den Tresen einer Frankfurter Bar namens Goldfinger hinweg, mit Goldflitter in Kristinas Dekolleté. Wir waren in einem Kino gewesen und hatten uns den neuen Spielfilm von Pedro Almodóvar angesehen, ein Werk voller, wie meine Freundin sich ausdrückte, nah am Wasser gebauter Männer, mit melodramatischen Choreographien Pina Bauschs sowie einem beseelten Auftritt Caetano Velosos, der auch Kristina und mir Tränen der Rührung in die Augen trieb. Später sind wir dann noch in einem auf den Delta Blues Man Robert Johnson getauften Techno Club gelandet. Schnitt. Missy Elliotts aktueller Clip, ihre neue Single, heißt Work It, was sich, vom Titel her, denn die Geschichten, die erzählt werden, sind sehr unterschiedliche, leicht mit Beyoncés momentanem Hit, dem von den Neptunes produzierten Work It Out, durcheinanderbringen läßt. Ich bin gespannt, ob die produktiv verquere Adaption des im traditionellen politischen Sinn längst zur Disposition stehenden Begriffs der Arbeit durch die homosexuell geprägte House-Szene wirklich auch im heterosexuell kodierten Feld des HipHop um sich greifen wird. Ansprechende Exzentriker wie Busta Rhymes oder The Outkast lassen mich hoffen. Allemal hervorragend ist der Titel des bereits angekündigten neuen Albums von Missy Elliott: Under Construction. Irre rasante Bilder, jedenfalls, die sie da schon mal, via MTV, auf mich abfeuern läßt, diffizile, für die Dauer weniger Sekunden aufblitzende, im Nu wieder verflogene politische Tableaus, die ich alle am liebsten sofort unter die Zeitlupe legen würde; aber ich habe gerade keine leere Videokassette im Haus. Auch von dem expliziten Text, an dem ich die einzelnen Bilder festmachen könnte, verstehe ich auf Anhieb viel zu wenig. Ob Müller die Single bereits führen wird?

Ralf-Rainer Rygulla, wie er gestern abend, hinter der Kanzel, hinter dem DJ, seine Disco, eine ehemalige Fußgängerunterführung, regierte und wir alle erst sehr spät in die Betten kamen. Vor dem Taxistand am Roßmarkt, gegen 5 Uhr morgens, hatte ein hübscher Mitarbeiter der Lufthansa, der den ganzen Abend nicht von meiner Seite gewichen war, seine geöffneten Lippen auf meinen verschlossenen Mund gepreßt und mich darum gebeten, noch mit zu ihm nach Hause zu kommen. Ich hielt ihm die

Wagentür auf, ließ ihn einsteigen, schlug die Tür zu und nahm das dahinter wartende nächste Taxi zu meinem Hotel. Als ich das Zimmer wieder verließ, wurde kein Frühstück mehr serviert. Ich setzte meine Sonnenbrille auch innerhalb der Messehallen nicht ab und besorgte mir zunächst eine Aspirin-Tablette. Plauderte kollegial mit Kolleginnen und Kollegen aus Nord, Süd, Ost und West. Der zweite, 1031 Seiten fette Band mit Foucaults verstreuten Schriften wird feierlich herumgereicht. Mir fällt auf Anhieb ein Aufsatz über Derrida mit dem Titel Mein Körper, dieses Papier, dieses Feuer ins Auge. Ich darf ein Exemplar mit nach Hause nehmen. Auch die Wiederveröffentlichung der 1930 bis 1936 bereits erstmals im Jüdischen Verlag erschienenen, von Lazarus Goldschmidt ins Deutsche gebrachten Gesamtausgabe des Babylonischen Talmud, zwölf Bände, annähernd zehntausend Seiten, wurde fertiggestellt und ist noch bis Ende des Jahres zum Subskriptionspreis erhältlich. Kurze Verständigung mit dem Lektorat: Mein nächster Roman, befinden wir, soll zum Herbst 2004 erscheinen. Da wird der Nobelpreisträger des Jahres verkündigt; er heißt Imre Kertész. Sofort finden sich zahlreiche Kamerateams ein, Hektik kommt auf, ein enormes Gedränge entsteht. Gemeinsam mit einem bekannten Kritiker halte ich mich an einem Reklameständer fest. Dann löse ich mich aus dem Getümmel und begebe mich auf einen sporadischen Streifzug über die Messe.

Andauernd erkenne ich Bekannte nicht. Die mich aber, trotz meiner Sonnenbrille, erkennen. Ich muß mir fadenscheinige Komplimente anhören: Ich sähe geheimnisvoll aus. Exotisch. Prominent. Schließlich nehme ich die Sonnenbrille ab und stecke sie mir ins Haar. Ebensooft unklar: Zu wem sage ich Du, zu wem Sie? Im Erdgeschoß von Halle 4 soll es einen Stand der Lufthansa geben, an dem ein populärer Schauspieler aus dem aktuellen Flugplan vorliest. Dort könnte ich meinen Verehrer aus dem U 60311 wiedersehen, überlege ich, verbleibe aber lieber im Obergeschoß, wo Irene Armbruster die aktuelle Ausgabe des Aufbau verteilt. Sie hat auch den deutschsprachigen Leitartikel verfaßt. Am Supposé-Stand höre ich in die CD mit Oswald Wieners Aufnahmen singender Schlittenhunde. Begleitender Text: Musiziert wird zu jeder Jahreszeit, Tag und Nacht, in jedem Wetter, geringe Einflüsse der jeweiligen Bedingungen sind aber nicht auszuschließen. Die Stücke sind meist von gut gewählter Länge, selten über drei Minuten, und hinreichend gegliedert. Der Beginn ist häufig ein Präludium eines oder zweier Solisten. Behutsam setzt der Chor ein und entwickelt den Satz bis zu einem Punkt, an dem die Intensität der geweckten Gefühle die ästhetische Ordnung zu prüfen beginnt. Ich hatte nicht damit gerechnet, daß mich der Gesang von Tieren dermaßen anrühren könnte und lasse mir ein Exemplar der CD aushändigen. Nebenan, bei A-Musik, bekomme ich weitere Tonträger empfohlen. Der Musiker Jan Werner ißt Nudeln aus einer Art Tupper-Schachtel. Zurück in Halle 3 sehe ich Peter Gente erstmals ohne Heidi Paris in seiner Merve-Box stehen. Morgen abend soll Terre Thaemlitz, dessen konzeptuelle Alben hierzulande bei Mille Plateaux erscheinen, in der Münchner Straße, zwischen Schauspielhaus und Hauptbahnhof, in einer ehemaligen Striptease Bar namens Goldfinger, vortragen und auflegen. Titel der vielversprechenden, von zwei Schwestern namens Schleper / Schleper an den Plattenspielern unterstützten, bis 6 Uhr morgens veranschlagten Veranstaltung: Lovebomb. Transgressives Thema: Queer Music. Politisches Projekt: Die Hinfälligkeit nicht nur der repressiven Dichotomie männlich versus weiblich, sondern ebenso jene der Kategorien heterosexuell versus homosexuell und umgekehrt unter Beweis zu stellen.

Exzentrische Musik: Ekkehard Ehlers Plays Robert Johnson. Plays Albert Ayler. Plays Cornelius Cardew. Plays John Cassavetes. Und: Ekkehard Ehlers Plays Hubert Fichte. Fünfmal Vinyl, dreimal 12 Zoll, auf Staubgold, zweimal 7 Zoll, auf Bottrop-Boy Schallplatten. Kandis erspähte den vielseitigen Musiker kürzlich in Frankfurt bei einem Auftritt von Terre Thaemlitz in der Goldfinger Bar, zunächst am Tresen, von wo aus er dem durch das laute Stimmengewirr im Lokal verunsicherten Vortragenden Zeichen gab, später, als dieser wieder Platten, überwiegend anstrengende, digital verzerrte, auflegte, an dessen Seite, bestens gelaunt, vertraulich ins gemeinsame Gespräch vertieft. Kandis, die mit einigen Kollegen von der Buchmesse gekommen war, hatte sich eigentlich erhofft gehabt, Thaemlitz würde Deep House auflegen. Doch zum Tanzen wäre gar kein Platz in der engen Bar gewesen. Ich kann mich seit Stunden nicht dazu durchringen, ins Bett zu gehen, schalte endlos zwischen diversen TV-Musikkanälen hin und her. Gemeinsamer Nenner der jüngeren afrikanisch-amerikanischen Genres House, Bass, HipHop und R&B: Sekundäre Geschlechtsmerkmale werden als primäre Geschlechtsmerkmale inszeniert. Was ja, mit Judith Butler, zu beweisen war. Und auch stets bewiesen werden kann. Trotzdem geht es immer noch darum, welche dieser von bouncin' asses and wigglin' titties dominierten Video Clips politisch noch zu retten sind. Und welche nicht.

Der Aufbau nennt sich seit einiger Zeit nur noch The Transatlantic Jewish Paper, weist im Titel aber nach wie vor auf sein Gründungsjahr, 1934, hin. Angegebene Orte: New York und Berlin. Irene Armbruster leitet das dortige Redaktionsbüro. In einem Brief an Tom: Was unterschied die ab 1934 existente jüdische Frauenfachschule von jener Lehranstalt des Jüdischen Frauenbundes München, die bereits 1926 im selben Haus, dem ehemaligen Hotel Reisert, in Wolfratshausen im Isartal, auf dem Lande, 589 Meter über dem Meer gegründet und von Anfang an auf streng ritueller Grundlage geführt wurde? Nebenbei notiert: Frau sein als Fach. Entsprechend irre: Frauenlehrjahr. Heinrich Jost, Automechaniker, NSDAP-Mitglied seit 1932, Bürgermeister Wolfratshausens seit 1935, als die Maibäume nicht mehr weiß-blau angestrichen werden durften, sondern nazi-braun zu sein hatten, dessen einzige organisierte Gegnerschaft in der Kreisstadt die katholische Kirche geblieben war, drängte auf die Schließung des Internats. Die zuständige Regierung von Oberbayern erwies sich jedoch als zögerlich. Schließlich überfielen SA- und SS-Angehörige das Haus in der Reichskristallnacht. Die Schülerinnen und Lehrerinnen wurden zum Bahnhof getrieben. Käthe Künstler, geborene Meier, Leiterin der Wirtschaftlichen Frauenschule auf dem Lande von 1934 bis 1938, erinnert sich: Außer mir gab es keine jüdischen Lehrkräfte mehr; die waren bereits ausgewandert. Der Unterricht wurde durch christliche Lehrerinnen aufrechterhalten. Ich weckte alle sechzig Schülerinnen und richtete ihnen aus, sie hätten sofort ihre Sachen zusammenzupacken. Den christlichen Lehrkräften war strikt untersagt worden, den Schülerinnen beim Packen zu helfen. Mitnehmen durften wir, was wir tragen konnten. Unterdessen war es mir gelungen, den Fahrer, der für die Schule mit seinem kleinen LKW öfter Fahrdienste verrichtete, zu bitten, den Mädchen die Koffer bis zum Bahnhof zu fahren. Er tat es wirklich. Während wir im kalten Novemberwetter zum Bahnhof trotteten, sagte ein Mann, der im Landratsamt beschäftigt war, mit flüsternder Stimme, aber deutlich: Fräulein Meier, ich schäme mich, ein Deutscher zu sein.

Ich habe mich nach draußen an die südliche Hauswand gesetzt. Es ist zwar sonnig, aber ein kräftiger Herbstwind ist aufgekommen. Der Lokalteil der Süddeutschen Zeitung titelt: Der halbwilde Geruch von Leidenschaft in der Luft. Darunter steht: David Herbert Lawrence verbrachte 1912 einen Liebessommer im Isar- und Loisachtal und ließ sich hier für Lady Chatterley inspirieren. Interessante Verschiebung, daß die deutsche Ausgabe Lady Chatterley heißt, Lawrence seinen Roman im Original aber Lady Chatterley's Lover benannt hatte. Neben dem Artikel ist eine Landkarte abgedruckt, die von Icking bis Beuerberg reicht: Den Liebenden auf der Spur. Und zwar per Fahrrad. Der Autor, Edgar Frank, bietet auch einen literarischen Spaziergang von etwa zwei Stunden Dauer durch Wolfratshausen an. Interessant, denke ich, daß meine Schwester fast ausschließlich über vermittelte Figuren schreibt, über Namen, die bereits allgemeine bis historische Dimensionen angenommen haben. Durch die sie dann aber Privates sowie Gegenwärtiges zum Ausdruck bringt. Zeitgenössische, ihr persönlich nahestehende Kolleginnen und Kollegen kommen so gut wie gar nicht vor in Kandis' Erzählungen. Allenfalls befreundete Kulturschaffende aus anderen Bereichen, wie der Musik. Das sei wie beim Küssen, sagt sie. Wenn du jemandem zu nahe kommst, verschwimmt die Sicht. Unklar schrieben ohnehin die meisten. Im Narrativen nicht weniger wichtig als in der Fotografie: Die Schärfentiefe.

Ein merkwürdig betroffener Anruf aus Darmstadt: Das neu zusammengesetzte Kuratorium des Deutschen Literaturfonds hat meinen Antrag auf ein Werkstipendium abgelehnt. Dort würde jetzt mehrheitlich auf herkömmliche Belletristik gesetzt. Schade, aber okay. Das bedeutet: Ich muß mir den Lebensunterhalt mit noch mehr Lesungen und gelegentlichen, auch nebensächlichen Texten für verschiedene Medien verdienen. Lenkt natürlich alles von der eigentlichen Arbeit ab. Ich könnte auch meinen Job als Radiosprecherin reaktivieren: Verkehrsmeldungen, Nachrichten, Schulfunk, Hörspiele. Echte Not wird nicht aufkommen. Seit Karol bei der Lufthansa angestellt ist, trägt er allein sämtliche mit dem Haus verbundenen Unkosten. Und sorgt, wann immer er hier ist, für einen solide bis opulent gefüllten Kühlschrank. Trotzdem dürfte von meiner Seite ein bißchen mehr in die Haushaltskasse fließen, finde ich, klaube das am Wochenende verdiente Bargeld zusammen und lege es, zerknittert, wie es aus der Brusttasche meiner Jacke kam, auf den blanken Küchentisch. Wenn mein Bruder heute abend nach Hause kommt, werde ich mit Gregor, von dem er noch gar nichts weiß, den ich ja auch erst seit Donnerstag kenne, in Bad Tölz im Kino sein. Ich bin gespannt, wie sich Karol und Gregor verstehen werden, entledige mich meiner von einem nachmittäglichen Spaziergang über die Auen zwischen der Loisach und dem Kanal verschmutzten Kleider, dusche heiß, wasche meine Haare, wickele sie in einen Turban aus Frottee, lege schweres, abendliches Make-up auf, parfümiere mich und probiere gleich drei verschiedene Aufmachungen durch. Erst dann bin ich mit mir zufrieden. Dumme Frage: Habe ich mich jetzt für den Besuch im Lichtspielhaus oder für die Verabredung mit Gregor so aufgeputzt? Auffallend auch, daß wir uns, gestern, am Telefon, gar nicht darüber verständigt haben, in welchen Spielfilm wir überhaupt gehen wollen.

Allerheiligen, T-Online, Startseite: Kleider zum Anbeißen. Süße Versuchung in Paris. Der Salon du Chocolat, noch bis zum 3. November im Carrousel du Louvre, anschließend in New York und Luxemburg. Kosmetik aus Kakao und Schokolade. Abendkleider, Umhänge, sogar Unterwäsche aus Schokolade. Haute Couture von Cacharel und von Prada aus Zartbitter, von Top-Models vorgeführt. Zum Beispiel von Miss Wonderbra Inna Sobowa. Da sei nicht nur das Kleid, sondern auch der Inhalt zuckersüß.

Foto-Show: Inna Sobowa wirbt für Wonderbra. Abwahl, Beenden, Herunterfahren. Rückgriff auf meine Papiere. Michael Jackson, King of Pop, in seinem T-shirt mit König Ludwig II. von Bayern drauf. Beider Personen sehr offensiv ausgestellte sexuelle Ambiguität: Kings as Queens. Musical Queens. Ihre extreme Popularität, draußen im Land, bei den Massen. Beider ausgeprägte Leidenschaft für prunkvolle Schlösser. Michael Jackson, heute the pale African-American, dereinst, im Wortschatz unserer Großeltern, schokoladenbraun, Wunderkind, Quincy Jones' begnadeter Zögling, wie er durch das bayerische Voralpenland reiste und nach Märchenschlössern suchte, die er sich kaufen könnte. Sein eigenes Anwesen, daheim in Amerika, taufte er, in Anlehnung an J.M. Barries viktorianisches Bühnenstück Peter Pan, auf den Namen Neverland Ranch. Peter Pan, der Junge, der nicht erwachsen, nicht zu einem Mann, werden wollte und deshalb regelmäßig von Frauen dargestellt wird; mal butch als Tomboy, mal femme als Fairy angelegt. Die Heerscharen von Kindern der Mittelschichten vor allem Großbritanniens und der USA, die dieses Stück seit bald hundert Jahren, meistens zu Weihnachten, angesehen haben, erlebten somit eine Frau, die auch ein Junge war. Wie im reziproken und doch ganz anderen Bild Michael Jackson, der Junge, der seine Stimme nicht brechen ließ, die erwachsene, geschlechtsreife Diana Ross zu verkörpern trachtete. Frau bedeutet Kind. Gleich welchen Geschlechts. Besonders in der viktorianischen Ära, als Jungen solange in super sissy Mädchenkleider gesteckt wurden, bis die Pubertät ihr weiblich kodiertes, von dort an jedoch, phallologisch, als das Andere firmierendes Geschlecht per Stimmbruch, Bartwuchs und so weiter exterminierte.

Peter: Wie heißt du? Wendy: Wendy Moira Angela Darling. Und du? Peter: Peter Pan. Wendy: Ist das alles? Peter:

Ja. Wendy: Tut mir arg leid. In meinen Gedanken ist es nicht weit von Wendy Darling zu Candy Darling, dem tragischen Andy Warhol Superstar, dessen in rosa Kunststoff gebundene und mit einem zierlichen Schloß versehene, in Honolulu verlegte Aufzeichnungen ich heute morgen aus dem Bücherregal gezogen habe. Andy: Wie heißt du? Candy: Candy Darling. Andy: Das ist aber doch nicht dein Geburtsname, oder? Candy: Nein. Ich wurde als James Lawrence Slattery geboren. In der Pubertät nannte ich mich Hope Darling und schließlich Candy Darling, um meiner Vorliebe für Süßigkeiten Ausdruck zu geben. Andy: Ach. Später, als sie, glaube ich, längst tot war, ließ sich der legendäre Pop Artist selbst als Candy Darling ablichten. Von all den Süßigkeiten hatte sie ganz schlechte Zähne bekommen. Ihren Penis bezeichnete sie als Mangel. Candy schreibt: I am not a genuine woman but I am not interested in genuineness. I'm interested in the product of being a woman and how qualified I am. Woraus Warhol, zu Recht, folgerte, Drag Queens seien ambulante Archive der Fraulichkeit. Candy Darling soll dann aber, behauptet Kandis, tatsächlich an den bösartigen Folgen ihres extremen Konsums weiblicher Hormone gestorben sein. In der Ballade Candy Says von The Velvet Underground gibt es die ergreifende Formulierung: What do you think I'd see if I could walk away from me? Jackie Curtis, der ihre Freundin war, erinnert sich in Popism, The Warhol '60s: She was going: Isn't that dog pret-ty? Pret-ty dog, pret-ty dog. And I thought to myself: She's trying to convince that dog that she's a real woman. Mal wieder ansehen: Candy Darling mit Jackie Curtis in Andy Warhols Spielfilmen Flesh und Women in Revolt; letzterer gedreht, nachdem Valerie Solanas auf Warhol, der sie für eine Agentin der Polizei gehalten haben soll, geschossen hatte. Das vermittelnde Nachwort der 1969 im März Verlag veröffentlichten deutschen Ausgabe ihres das gemeine Mißverhältnis der Geschlechter grandios simplifizierenden SCUM Manifesto, wobei SCUM für Society for Cutting up Men steht, wurde, sagt meine Schwester, von einem Frankfurter Arbeitskreis Frauenemanzipation unterschrieben, den es, ihres Wissens nach, gar nicht gab. In Wirklichkeit soll die junge Silvia Bovenschen diesen Text, der ursprünglich zustimmender gewesen sei, verfaßt haben und, nachdem er redaktionell umgeschrieben, in eine männlich eindimensionale, der sozialistischen Lehre verpflichtete Perspektive gesetzt worden sei, ihren Namen wieder zurückgezogen haben. Zehn Jahre später erschien in der Edition Suhrkamp, wo er bis heute erhältlich ist, ihr eigener, präzise differenzierender, dekonstruktiv feministischer Klassiker Die imaginierte Weiblichkeit.

Willkommen in der Kategorienkrise, rief ich aus, nachdem Karol mir seine neuesten Exzerpte unterbreitet hatte. Ich möchte niemals ein Mann sein, bekannte Peter Pan leidenschaftlich. Ich möchte immer ein kleiner Junge sein und Spaß haben, las ich meinem Bruder mit erhobener Stimme vor und versuchte dabei, wie ein unschuldiger Junge zu klingen, deshalb bin ich auch nach Kensington Gardens fortgelaufen, wo heute tatsächlich, Tom hat sie mir gezeigt, eine Statue Peter Pans steht, und habe lange, lange bei den Elfen gelebt. Energisch stampfte ich mit den Füßen auf und deklamierte: Niemand wird mich einfangen und zum Mann machen. Never ever. Barrie selbst sei von seinen Biographen als mütterlicher Typ beschrieben worden, merkte Karol an. Seine Patentochter Pauline Chase sei die beliebteste der frühen Darstellerinnen Peter Pans gewesen, obwohl respektive weil sie überhaupt nicht wie ein Junge ausgesehen und auch keinerlei Anstalten unternommen habe, wie einer auszusehen. Das Stück wurde mehrfach für das Kino sowie für das Fernsehen verfilmt und auch als Broadway Musical inszeniert. Marjorie Garber, fiel mir dazu ein, stellte in ihrem Buch Vested Interests ja die Frage: Weshalb ist die Verabredung, daß Peter Pan von einer Frau gespielt wird, in kultureller Hinsicht nicht beunruhigend oder bedrohlich? Psychoanalytisch gefaßt: Hat der Umstand, daß hier die Frau einmal nicht als Rätsel sondern als Antwort auf das Rätsel erscheint, die Angst vor ihrer verdeckten Maskulinität, ihrer Kastrationsmacht, entschärft? Statt Männlichkeit hinter der Frau zu entdecken, entdeckt das Publikum bei Peter Pan Weiblichkeit hinter dem Jungen.

Und das soll, fragte mein Bruder über seinen ausufernden Unterlagen, Heranwachsende gutbürgerlicher Herkunft nicht verunsichern? Solange nicht, als erkennbar, nennen wir es getrost: lesbar, ist, daß eine Frau die Darstellerin ist, antwortete ich. Darin wäre auch, mit Walter Benjamin gesprochen, der positive Sprung in der kontinuierlichen Katastrophe zu finden, Judith Butlers feministischer, durch ihre bestimmte Betonung des Nicht-Essentiellen verschiedentlich auch als postfeministisch apostrophierter Hoffnungsschimmer in der bereits von Friedrich Nietzsche beschworenen Ewigen Wiederkehr. Dadurch, daß uns Frauen politisch auferlegt ist, eine Rolle zu erfüllen, die wir nicht selbst verfaßt haben, sondern Männer, liegt es nahe, daß wir in der ständigen Aufführung zugleich das Überschreiben derselben entwickeln, die experimentelle Modulation im progressiven Sinn einer sexuellen Transgression performativ perfektionieren; und damit sukzessive eine quasi eigene Verfassung herstellen könnten, die sich über das sogenannte Eigene keine sentimentalen Illusionen macht. Und selbstredend auch nur sehr langsame, auf den ersten Blick kaum spürbare gesellschaftliche Folgen zeitigt. Ganz anders, wenn Männer, was eben politisch nicht vorgesehen ist, ihre Identität ebenfalls als performativ erkannt haben und in öffentlicher Praxis überschreiten: Auszumachen, wie sich Michael Jacksons Penis, dessen Präsenz, lies:

Potenz, er sich ja in seinen Choreographien andauernd handgreiflich und ungeniert vergewissert, unter der aufreizenden Aufmachung einer Diana Ross abzeichnet, ist für die herrschende Gesellschaft um einiges schockierender als Pauline Chase in grünen Strumpfhosen unter dem niedlichen Umhang Peter Pans aufzudecken.

Das Pariser Modehaus Yves Saint Laurent hat seine Pforten für immer geschlossen. Das letzte Modell soll ein schwarzes Wolljackett mit aufgestickten goldenen Ähren für Catherine Deneuve gewesen sein. Vorrangiges Thema beim heutigen Debriefing war der womöglich durch Zugvögel verursachte Absturz einer Maschine der Luxair auf ihrem Flug von Berlin nach Luxemburg. Imogen erzählte, daß sie mit einem Kapitän der Luxair verheiratet sei. Felix nahm mich beiseite und sagte: Andy Warhol sagt, ein Freund von ihm sage immer: Women love me for the man I'm not. Ob das nicht Barry Manilow gewesen sein könnte? Keine Ahnung, ob die beiden miteinander befreundet waren, antwortete ich. Auf der Rolltreppe gesellte sich Ines, mit der ich seit vielen Monaten nicht geflogen war, zu uns, lächelte umwerfend freundlich und sagte: Na? Was in Hamburg, wo Ines herstammt, eine gebräuchliche Begrüßungsformel ist und in der Regel ganz simpel mit derselben Silbe beantwortet wird. Felix und ich erläuterten unserer Kollegin aber bereitwillig, wie auf Knopfdruck, worüber wir debattierten. Und Ines sprang auch sofort darauf an, fragte, ob wir das schon bei Joyce gegengelesen hätten. Felix und ich, wie aus einem Mund: James Joyce? Ines: Bingo. Im Ulysses gebe es eine Passage, in welcher der Protagonist, Leopold Bloom, als ein, wenngleich sie sich etwas völlig anderes darunter vorgestellt hätte, vollendetes Exemplar des neuen weiblichen Mannes beschrieben werde. Ist ja interessant, und inwiefern? Bloom, der von seinem Autor, stereotyp antisemitisch, zugleich zwanghaft misogyn und homophob, wie Ines, die mittlerweile zwischen Felix und mir auf den S-Bahnhof im Zentralbereich des Flughafens zu marschierte, betonte, mit entsprechend einschlägigen, abstoßenden Charakteristika ausgestattet wurde, bekennt, er würde ja zu gerne Mutter werden, umarmt eine Frau, die eine Krankenschwesterntracht trägt und ihn per weiblicher Form anredet, und bringt stehenden Fußes acht gelblich-weiße Jungen zur Welt. Alle sind hübsch, mit wertvollen Edelmetallgesichtern, sind praktisch Cyborgs, sagte Ines, wohlgestaltet, anständig gekleidet und wohlerzogen, sprechen fließend fünf moderne Sprachen und sind an verschiedenen Künsten und Wissenschaften interessiert. Ein jeder trägt, wie meine Schwester und ich auf Korsika, seinen Namen auf dem Hemd: Nasodoro, Goldfinger, Chrysostomos, Maindorée, Silversmile, Silberselber, Vifargent, Panargyros. Sie werden sogleich zu hohen öffentlichen Vertrauensämtern in verschiedenen Ländern berufen, als Bankdirektoren, Eisenbahndirektoren, Vorsitzende von Gesellschaften mit beschränkter Haftung, Vizepräsidenten von Hotelsyndikaten. Felix, kurz hinter der Haltestelle Schloß Oberschleißheim: Klingt, als ob der Autor seine eigenen Figuren nicht mochte. Und es kommt noch viel dicker, sagte Ines.

Kurz vor Ladenschluß kaufte ich mir James Joyces zwischen 1914 und 1921 in Triest, Zürich und Paris entstandenen Roman in Hans Wollschlägers berühmter Übertragung. Buchhändler Liebtrau war nicht zugegen. Ich dachte an seinen unverhohlenen Anflug von Entgeisterung, seine beinahe unwirsche Bemerkung, als Kandis Thomas Manns Zauberberg bei ihm erwarb: Was, das haben Sie nicht? Um dann milde hinzuzufügen: Da haben Sie etwas Schönes vor sich. Ich eilte nach Hause und fand das Haus dunkel und verlassen vor. Fand eine Notiz von Kandis und Gregor auf dem Küchentisch, nach der die beiden womöglich die gesamte Nacht wegbleiben werden. Ablegen meiner Uniform, Überziehen eines alten, unbedruckten T-shirts, systematisches Nachschlagen der bewußten, von Ines in der S-Bahn angerissenen Stellen auf der Couch. Ernsthafte Zweifel, ob ich davon tatsächlich etwas für meine Untersuchung werde gebrauchen können. Leopold Bloom als, in seines Konstrukteurs bitterer Formulierung, bezaubernde Soubrette mit schmierigen Wangen, senfigem Haar, großen Männerhänden, großer Männernase und einem verliebt schielenden Mund. Bello Cohen als Puffmutter, dicklich, verschwitzt, sprießender Schnurrbart im olivdunklen Gesicht, logisch vollnasig, die Nüsterngegend orange getönt. Bello zu Leopold: Wie die Huren sind, also wirst du auch sein, Perücke auf, dauergewellt, parfümbesprüht, reisbepudert, mit glattrasierten Achselhöhlen. Das Meßband wird auf deiner nackten Haut Maß nehmen. Man wird dich mit grausamer Gewalt in schraubstockähnliche Korsetts aus weichem Taubenbarchent schnüren, mit Fischbeineinlage, bis an das diamantengeschmückte Becken, die absolut äußerste Grenze, während deine Figur, voller als wenn sie unbeengt bliebe, in netzenge Gewandung gezwängt werden wird, hübsch federleichte Unterröcke und Fransen und Sachen, allerliebste Wäschekreationen für Alice. Leopold zu Bello: Ich habe ihre Sachen nur ein einziges Mal anprobiert, eine kleine Schelmerei nur. Als es uns schlecht ging, habe ich sie gewaschen, um die Wäscherei zu sparen. Es war Gerald, der mich zum wahren Korsettliebhaber bekehrte, als ich eine weibliche Rolle in dem Oberschulstück Vice Versa spielte. Er bekam diesen Sparren, weil er von den Korsettagen seiner Schwester so fasziniert war. Nun benutzt der liebste Gerald Fettschminke und goldet sich, dem Kultus des Schönen ergeben, die Augenlider. Bello zu Leopold: Bei Tage wirst du unsere duftende Unterwäsche spülen und schlagen, auch wenn wir Damen unwohl sind, und mit hochgestecktem

Kleid und einem Scheuerlappen an der Schleppe unsere Latrinen ausschrubben.

Kultus des Häßlichen. Elaborierte Szenarien des Ordinären, gemein und raffiniert zugleich wie bei Jean Genet, bemerkte Felix zu Ines auf der Höhe des Schlosses Nymphenburg. Wie im Gefängnis, auch wie bei Hofe, ergänzte ich. Doch Bello war noch nicht fertig: Bei Nacht werden deine wohleingecremten, bearmbänderten Hände dreiundvierzigknöpfige Handschuhe tragen, frisch gepudert mit Talkum und an den Fingerspitzen delikat duftend. Meine Jungen werden ganz weg sein, wenn sie dich so damenhaft sehen da, der Oberst vor allem. Wenn sie am Abend vor der Hochzeit herkommen, um mit meiner neuen Attraktion in den vergoldeten Absätzen zu schmusen. Das knappe, allerliebst kurze Röckchen, gerade hoch genug am Knie zu Ende, um den Schimmer eines weißen Krausenhöschens zu zeigen, ist eine machtvolle Waffe, und die durchsichtigen Strümpfe mit smaragdfarbenen Strumpfbändern und der langen geraden Naht, die übers Knie hinauf verläuft, wenden sich an die besseren Instinkte eines jeden Blasé in der Stadt. Erlerne den weichen gezierten Gang auf vier Zoll hohen Louis-Quinze-Absätzen, die griechische Bückung mit aufreizendem Hinterteil, die Flueszenz der Schenkel, das zaghafte Sich-Küssen der Knie. Schmeichle den gomorrhischen Lastern der Freier. Da verbarg Leopold das errötende Gesicht in der Achselhöhle und lächelte einfältig, den Zeigefinger im Mund. Was Ines an jenen spezifischen Akt des sinnlichen Saugens am Finger denken ließ, den Sigmund Freud, unter Berufung auf einen ungarischen Kinderarzt, als pathologisches, masturbatorisches, autoerotisches Bild der Frau als Kind deutete.

Schwarz auf Weiß: Michael Jackson Schock. Weiß auf Rot: Fällt die Nase ab? Der König des Pop wurde von seinem

Münchner Konzertveranstalter in Los Angeles vor Gericht gebracht. Entsetzliche Fotografie auf der Titelseite der von Karol mitgebrachten Bild Zeitung: Michael Jackson, 44, im Gerichtssaal, entstellte Gesichtszüge, auffällig unrasiert, wodurch mir zum erstenmal bewußt wird, daß ihm überhaupt ein Bart wächst, mit schlecht sitzender Frisur, wahrscheinlich einer Perücke, nur rudimentärem, seinem permanenten Make-up um die aufgerissenen Augen und die gespannten Lippen. Die Nase, die sich nach rund zwanzig kosmetischen Operationen kaum noch als eine solche bezeichnen läßt, ihr überwiegend bereits eingefallener Rest wird auf einem schmalen Grat von hautfarbenen Heftpflastern zusammengehalten, von seinem stetig bleicher gewordenen Teint im Ton angepaßten Heftpflastern. Fans fragen in Sorge: Fällt seine Nase ab? Dr. Jürgen Tacke, Arzt für plastische Chirurgie, antwortet: In Extremfällen kann die Nasenspitze absterben. Das tote Gewebe fällt dann ab. Sander Gilman wies mich bereits darauf hin, wie unklar die Grenze zwischen ästhetischer und rekonstruktiver Chirurgie verläuft. Besorgte Fans fragen: Wann wurde Michael Jackson vom Klienten zum Patienten seiner Ärzte?

Ende des sechzehnten Jahrhunderts: Erste plastische Rekonstruktionen durch die Syphilis eingefallener Nasen. Eine Nase aufbauen. Die Synchronität syphilitisch zusammenfallender Nasen mit einer Feminisierung der Stimme. Nase weg: Entmannung. Die Nase als gleichsam primäres Sexualorgan. Auch bei Hysterikerinnen: Als bevorzugter Ort einer chirurgischen Behandlung ihrer Sexualneurosen. Logisch durch Männer. Andererseits: Das beschnittene Glied des als hysterisch geltenden jüdischen Mannes. Bei der Geburt fehlende Nase: Tristram Shandy. Im späten neunzehnten Jahrhundert: Chirurgische Korrekturen in rassistischer Hinsicht abweichender, also minderwertiger

Nasen; afrikanischer, jüdischer. Das sogenannte Nüsternhafte sowohl der afrikanischen Sattelnase als auch der jüdischen Hakennase. Des Juden wie des Mulatten als olivfarben beschriebene Haut. Kant: Ihre Wurstlippen. Gilman: Die Hygiene des Körpers wird zur Hygiene des Geistes wird zur Hygiene des Staates. London, 1926: A lady with a saddle nose can never ride a high horse as Lady Clara Vere de Vere. Erste Hälfte des zwanzigsten Jahrhunderts: Rekonstruktionen in den Weltkriegen zerschossener Nasen. Barbra Streisand im Hollywood der 1960er Jahre: Stolze Schönheit mit allseits als jüdisch bezeichneter, jüdisch belassener, Nase. Eine seltene Ausnahme. Es geht ja nach wie vor darum, im Angesicht beziehungsweise inmitten der herrschenden Gesellschaft als Anderer oder, was mir tautologisch sowie geradezu aussichtslos erscheint, als Andere, nämlich Weibliche, unerkannt, im schützenden Sinn von unbehelligt, zu bleiben. Sander Gilman: With her hideously large and misshapen nose Barbra Streisand is recognized as one of the most beautiful people in the world. Eine Position, die sie sich aber auch erst einmal hatte erarbeiten müssen. In dem Spielfilm Funny Girl stellte sie übrigens das jüdische Ziegfeld Girl Fanny Brice dar, das seine Herkunft durch einen Nose Job gleichsam im doppelten Sinn verraten hatte. Was in dem Film selbstredend unterschlagen wurde. Unter dem Strich: Interessant, daß gerade dem oder der Anderen das Individuelle kollektiv abgesprochen wird. Im politischen Ausschlußverfahren ist das natürlich folgerichtig. Bild Zeitung: Michael Jackson ein Pop Zombie. Ist das die Strafe dafür, daß er paradiesisch schön werden wollte? Was nämlich, so der Subtext, nur Frauen können, nur Frauen dürfen, nur Frauen sollen. Mir stellt sich die Frage: Hatte Michael Jackson jemals allen Ernstes vorgehabt, die Seiten, Ethnie und Genus, zu wechseln? Karol hält ihn für einen Gender Bender, einen Gender Blender. Ohne Rücksprache mit seinen Anwälten zu halten, ergreift Michael Jackson das Wort: Ich würde jetzt gern zu Mittag essen.

Ein neuer Stern am Firmament: Ms. Jade und ihr grandioses Album Girl Interrupted auf Timbalands Beat Club Label. Bei Müller haben sie es noch nicht, doch Kandis besorgte uns gestern, als US-Import, die Doppel-12-Zoll-Vinyl-Version bei Optimal. Hätte ich natürlich demnächst auch aus New York, Washington oder Atlanta mitbringen können. Fortgeschrittenste Produktion, Rap in der Nachfolge der großen Roxanne Shanté, deren Platten dereinst von dem begnadeten Marley Marl produziert wurden. Wir hatten bereits zwei Maxis von Ms. Jade im Haus, außerdem ihre Worte auf Tweets als Oops Part 2 lanciertem Sexual Healing, das sich als Bonus Track auf der Call Me Vinyl Maxi befindet: I don't know if it's this drink or what that got me thinking all kinds of crazy thoughts about touching myself and wanting myself, loving myself, that's so nasty. Now, I ain't never been the freaky chick but I'm feeling kind of twisted. My shirt is lifted, all up over my head. I'm slipping, phone is ringing, heart is beating, loving what I'm seeing, looking at myself in the mirror. Ms. Jade gastierte auch schon neben Tweet auf Missy Elliotts So Addictive Album. Sie ist zweiundzwanzig Jahre alt und stammt aus Philadelphia. Sie sagt: I'm not into the sexual bandwagon. I want somebody to listen to my music because they like it, not because they think I've got nice breasts and a big butt. I want them to like my music because I'm nice. It's as simple as that. I'm not a copy cat. There's not another female rapper like me.

From: lr31086. Posted 9/1/2002 08:41. Eve ain't real no more. Now all she raps about is her clothes and hair and celebrity stuff. From: droc2hot. Posted 9/1/2002 11:26. Basically that Hollywood got into her blood and she forgot where she came from. From: commercial-bee. Posted 9/1/2002 12:14. Eve is doing her own thing now, that's all. She holds it down gangsta style, commercial style, and underground style. I think Eve is a diverse artist. I think Eve is trying to catch overseas markets now. Ms. Jade is not Eve and I do not get why black female rappers are compared. Ms. Jade rips it down with verses and her music. Eve does music and has a mainstream audience to look out for. From: beatclub190. Posted 11/14/2002 06:00. I like Eve, but I like Ms. Jade a lot better and her CD is so much better than Eve's, Timbaland put some tight beats on her CD, too. From: Hollistyle. Posted 11/17/2002 12:40. Ms. Jade has her own flow and all, but when I got the album and the track Come Up came up she sounded a lot different, her flow was like Foxy Brown. But that's the only song, all the other tracks are more Ms. Jade. As for the Eve thing, it's strange, they're both from Philly, Eve is the Pitbull in a Skirt, and Ms. Jade is the Wolf in a Skirt.

Michael Jackson hält, nicht nur zur Begeisterung, sondern auch zum Schrecken seiner zahlreich unten auf dem Boulevard, Unter den Linden, versammelten Fans, Prince Michael II. aus dem Fenster seines Hotelzimmers. Dabei hat er den Kopf seines kleinen Sprößlings mit einem Tuch verhüllt, womöglich der Gardine. Dann ist auch Michael Jackson plötzlich verschleiert. Er ist nach Berlin gekommen, um einen Preis für sein Lebenswerk entgegenzunehmen. Viele seiner Soul, Funk und Disco bis hin zu dem, was heute wieder Rhythm & Blues genannt wird, umspannenden Alben stehen auch bei uns im Regal, die neueren von Karol gekauft, die älteren, auf Vinyl, noch aus der Sammlung unserer Eltern. Vor dem Hotel Adlon haben sich folglich zwei Generationen eingefunden; Karol glaubt sogar, drei ausmachen zu können. Nach dem Wetterbericht schiebe ich eine Videokassette mit Mervyn LeRoys und

Busby Berkeleys Gold Diggers of 1933 ein, in dem Ruby Keeler abermals, es war ihr zweiter Spielfilm, ein Showgirl darstellte. Ich kann mir nicht helfen: Ich finde diese Schauspielerin, wenn sie ihre Karriere auch als minderjährige Tänzerin in illegalen, von Ganoven und anderem glamourös zwielichtigen Gesindel frequentierten Bars begonnen haben mag, bieder. Neben ihren Kolleginnen, einem anglo Flittchen und einem jüdischen Material Girl, verblaßt sie in der Rolle des braven Sweet Young Thing so gut wie total. Bekommt allerdings den Helden, einen verkappten Adeligen mit skandalösem Hang zur populären Kultur zum Mann, wendet mein Bruder ein. Davon abgesehen, soll sich Ruby Keeler, rückblickend, selbst als ausgesprochen schlechte Schauspielerin, miserable Sängerin und mittelmäßige Tänzerin betrachtet haben. Karol fragt: Was willst du eigentlich mit dieser Person anfangen? Ich gestehe ein, bis heute keine einzige unter individuellen Gesichtspunkten gehaltvolle Szene mit ihr gesehen zu haben. Baute Busby Berkeley sie vielleicht eben deswegen immer wieder zentral in seine gigantomanischen Choreographien ornamental inszenierter weiblicher Massen ein?

She was named by the press as the gal with the best legs in New York. Al Jolson, The World's Greatest Entertainer, berühmt geworden als Jewish Blackface Comedian, in The Jazz Singer, dem ersten Tonfilm der Geschichte, auch als sentimentaler Tragöde, bewunderte sie in der Revue The Sidewalks of New York. Als er sie auf einem Bahnsteig in Los Angeles persönlich kennenlernte, war er eigentlich mit Fanny Brice verabredet. Als Al Jolson Ruby Keeler 1928 heiratete, war sie achtzehn Jahre alt, er bereits über vierzig. Gold Diggers of 1933 handelt, sowohl backstage als auf der Bühne, von der Wirtschaftskrise, The Great Depression. Ich habe auf Schnelldurchlauf geschaltet, suche gezielt nach bestimmten Stellen, die ich mit wenigen Stichworten in meinem Notizbuch fixiere. Gleiches Verfahren mit Ruby Keelers Spielfilmen Footlight Parade, ebenfalls 1933, der Busby Berkeleys spektakulären, von Adolf Hitler so geliebten, im Film von einer Gruppe afrikanisch-amerikanischer Kinder bewunderten Wasserfall aus jungen, weißen Frauenkörpern, den wir uns auch gleich mehrfach hintereinander ansehen, beinhaltet, und Dames, 1934, ein weiteres Celluloid Backstage Musical, wo das Stück im Stück Sweet and Hot heißt und mit dem von Dick Powell angesichts einer hundertfach vervielfältigten Ruby Keeler vorgetragenen I Only Have Eyes for You einen Evergreen hervorbrachte, den Karol besonders in der bittersüßen Interpretation durch die späte Billie Holiday schätzt. Vorbildliche Erzähltechnik, eigentlich: Backstage Musicals. Demnächst mal in einem Interview anbringen.

Auch anhand der afrikanisch-amerikanischen Dokumentation über Aaliyahs Tod, der DVD Losing Aaliyah, möchte ich einiges nachprüfen. Aaliyahs Name soll nämlich doch nicht hebräischen, sondern suahelischen Ursprungs sein und wäre mit Highest One ins Englische zu übersetzen. Ihre im Alter von nur fünfzehn Jahren geschlossene und deshalb für ungültig erklärte Ehe mit dem R&B Playboy R. Kelly. Ein zutiefst unglücklicher, visuell wie akustisch unkenntlich gemachter Mann klagt Aaliyahs Plattenfirma Virgin an, kein besseres Flugzeug als die kleine, mit dem Equipment für die Dreharbeiten zu ihrem neuen Video Clip, Rock the Boat, der ja tatsächlich posthum noch realisiert wurde, fatal überladene Cessna zur Verfügung gestellt zu haben, den üblichen Lear Jet etwa. Fassungslos fragt er immer wieder: Why was she on a fucking crop duster? On a fucking crop duster with a crack smoking pilot. Trauernde Fans, zumeist afrikanisch-amerikanische, vorwiegend weibliche, gar nicht unbedingt betont weibliche, stellen Aaliyah als ihr großes Vorbild dar. Ständig

fällt der zentrale Begriff: Repräsentation. Ich notiere: She was our equivalent to Princess Diana. Auffallend auch die Religiosität der meisten Interviewten; sie glauben fest daran, Aaliyah eines Tages, im Himmel, wiederzusehen. Kaukasische Fans männlichen Geschlechts betonen dagegen das Innovative ihrer Musik. Dann gebe ich das Gerät frei, und mein Bruder kann sich endlich die Auftritte von Roxy Music im westdeutschen Fernsehen auf einer vor wenigen Stunden mit der Post eingetroffenen DVD ansehen. Virginia Plain. Editions of You. Re-Make/Re-Model. Pyjamarama. Amazona.

Auf dem Plattenteller: Sylvia Robinson, einst Teenage R&B Star, dann stolze Besitzerin der eigenen All Platinum Record Group mit Disco und Rap Labels wie Vibration und Sugar Hill. Sylvia haucht eine Nummer namens Sweet Stuff ins Mikrophon; klingt wie direkt aus ihrem Schlafzimmer. Album cover concept by Pierre Laroche. Ich lese Kandis aus der Zeitung vor, daß die bevorstehende Wahl der Miss World in Nigeria bereits mehr als hundert Tote und fünfhundert Verletzte gefordert hat. Die muslimischen Demonstranten stecken Kirchen, Wohnhäuser sowie Autos in Brand und liefern sich brutale Straßenschlachten mit Christen. Irres Bild: Kandidatinnen aller Hautfarben, deutlich verstört, unter Polizeischutz, an dem Swimmingpool eines Luxushotels. Außerdem ist Claudia Schiffer während einer Party in London ein Stein, offenbar von einem Kamin herunter, auf den Fuß gefallen und hat ihr drei Zehen gebrochen. Nun muß das Supermodel, im siebenten Monat seiner Schwangerschaft, an Krücken gehen und darf auch keine Medikamente gegen Schmerzen einnehmen. Ohne von ihrem Laptop aufzublicken, bittet mich Kandis, so lieb zu sein, ihr diese Nachricht auszuschneiden. Über die aktuellen Vorkommnisse in Nigeria ist sie dagegen besser informiert als ich. Bevor ich ihr gehorche, postiere ich

mich, leicht vornübergebeugt, hinter meiner Schwester, die ihre Locken hochgesteckt hat, und lese einige Minuten lang mit.

From: AKASHAAALIYAHBLAZE79. Posted Friday, November 22, 2002, 11:54 am. I'm not a hater because Aaliyah wasn't. But when you're trying to take her place or be her I have 2 say something. I mean, hell, it's only been 1 year and I'm still taking that hard. Is there anyone that feels the same way as me let me know, please. From: Cray. Posted Friday, November 22, 2002, 12:03 pm. Ashanti doesn't dress like Aaliyah. And Aaliyah wasn't the only person that could wear curly or wavy hair. From: swtnurse27. Posted Friday, November 22, 2002, 01:39 pm. What Akasha means is that Aaliyah started off the fashion hair trend of the ultra straight hair, then before she died she started doing the curly hair. As well Aaliyah is known for bringing the tipping hairstyle to prominence that she wore in the Try Again video. Did she create it? No, but she set the trend and made this style popular. Ashanti did not come out until after Aaliyah did these things. Plus, when she first came out she was wearing her hair straight, but not in the same straight style like she has now which resembles Aaliyah. From: Cray. Posted Friday, November 22, 2002, 04:15 pm. Well, I'm sorry, y'all are right. Aaliyah started everybody wearing their hair wavy and ultra straight, too. Everybody who does it wants to be Aaliyah, I was wrong, sorry, y'all. From: Diamond3000. Posted Friday, November 22, 2002, 07:02 pm. Personally I don't think Aaliyah started the curly hair trend because people like Mya and Beyoncé had the wavy hair thing going on. Now, with the straight hair I have to agree. But Aaliyah is not the only one who can wear straight hair. Personally it seems if we say that, we are contradicting ourselves because I'm sure most of us have straight hair. Now,

I do agree that Ashanti is trying to be like Aaliyah if she starts covering up her eye. From: aaliyahboydana. Posted Friday, November 22, 2002, 07:40 pm. Bottom line.

Nächsten Monat soll tatsächlich ein neues Album von Aaliyah erscheinen und I Care 4 U heißen. Feierliche Worte der Erinnerung an Aaliyah von Missy Elliott auf ihrem gemeinsam mit Timbaland produzierten neuen Album, Under Construction, das sie der letztes Jahr Verstorbenen gewidmet hat. Auf dessen Lied Can You Hear Me sie Aaliyah und der bei einem mysteriösen Autounfall im Mai ums Leben gekommenen Lisa Left Eye Lopes gemeinsam mit den durch Lisas Tod zum Duo dezimierten TLC gedenkt. In loving memory: Die Gesichter von Aaliyah und Lisa, Totenmasken gleich, als Graffiti auf der Motorhaube eines Autos in Missy Elliotts Video Clip zu Work It. Aaliyahs Züge auch auf die rückwärtige Seite ihres Blousons gesprüht. Harun Farocki, 1990: Man hat an den Clips kritisiert, daß das ein hetziger Superlativismus ist. Daß es von einem Gegenstand mehrere Bilder nacheinander gibt, die einander in versuchter Überbietung aufheben. Daß ein Bild schnell auf das nächste folgt, weil keines sich dauernden Ausdruck zutraut. Daß die Bilder nicht selbst Bilder sind, sondern sich rippenstoßend an ihre Vorbilder erinnern wollen. TLC haben ihr brandneues Album logisch Lisa Left Eye Lopes gewidmet, deren süßes Antlitz neben denen der beiden Lebenden auf der Hülle abgebildet ist, wie sie auch an den meisten Aufnahmen noch aktiv beteiligt war. Im R&B gibt es definitiv ein Leben nach dem Tod, sage ich zu meiner Schwester. Begnadete Produzenten auch hier: Dallas Austin, Rodney Jerkins, Neptunes, Babyface, Timbaland, Organized Noize. Endlose Debatten im Netz, wer nun inspirierter produziert: Timbaland oder die Neptunes. Der eine wie die anderen aus Virginia Beach. Lisa und Aaliyah werden andauernd als Fallen Angels bezeichnet. Allerdings nicht in Anspielung auf den Teufel, sondern im Sinn von Gefallenen, betont meine Schwester, deren Suchmaschine soeben abgestürzt ist. Aber in was für einem Krieg? Kandis: In einer kämpferischen Auseinandersetzung namens Emanzipation. Weitere explizit auf Under Construction mitwirkende, als Ladies apostrophierte Schwestern der Revolution: Ms. Jade und Beyoncé. Offenbar steckt Missy Elliott auch hinter der Veröffentlichung von I Care 4 U. Am liebsten würde ich Aaliyah auch in meine Untersuchung übernehmen. Kandis tut aber so, als gehöre sie ihr allein, und ich komme mir schon wegen meiner interessierten Blicke auf ihren Bildschirm wie ein Eindringling vor. Also wende ich mich erneut Phil Spitalny's Hour of Charm All-Girl Orchestra zu, dessen bewegte, von Sherrie Tucker, die bei Donna Haraway studierte, zusammengestellte Geschichte ich bereits den ganzen Vormittag lang studiere. Tucker kann sich gegen ihre Gesprächspartnerinnen, hochbetagte Musikerinnen, nicht damit durchsetzen, den Begriff All-Girl Bands durch All-Women Bands zu ersetzen.

Nietzsche Werke. Kritische Gesamtausgabe. Neunte Abteilung. Der handschriftliche Nachlaß ab Frühjahr 1885 in differenzierter Transkription, nämlich kreuz und quer, ob senkrecht oder kopfüber, ganz wie in Nietzsches Notizbüchern, mühselig entziffert von Marie-Louise Haase und Michael Kohlenbach, mit kenntlich gemachten, doch nicht vollzogenen Streichungen, selbst das allem philologischen Anschein nach Unwichtigste, eine kleine Rechnerei auf dem Heftrand etwa, wurde an Ort und Stelle beibehalten und alsdann in dem handschriftlichen Original getreuer, sogar die ursprünglich deutsche oder lateinische Handschrift signalisierender, verschiedenfarbiger Druckschrift gesetzt. Wobei, nach dem Vorwort der Herausgeber, die Wiedergabe von Handschrift im typographischen Satz auch bei einer noch so differenzierten Druckgestaltung nicht als Abbildung, Mimesis, sondern als Resultat einer Übersetzung, Interpretatio, von einem polymorphen in ein stereotypes Schreibsystem zu verstehen sei. Ich habe mich heute, lediglich von einem längeren Anruf meines Bruders aus Newark unterbrochen, in Nietzsches Notizheft N VII 1 auf die bis auf wenige Zeilen per Rotstift, mit größter Wahrscheinlichkeit nicht jenem des Autors, womöglich dem seiner Schwester, für ungültig erklärte Seite 38 vorgearbeitet: Die gründlichen Umkehrungen des Augenscheins, zunächst unterstrichen, dann durchgestrichen und, nicht ohne weitere Korrekturen, in Blau überschrieben mit: Wir stehen mitten drin zu entdecken, daß der Augenschein u die nächste beste Wahrscheinlichkeit am wenigsten Glauben verdienen: überall lernen wir die Umkehrung, ab hier wieder mit schwarzer Tinte: zb. daß die geschlechtl. Zeugung, die folgenden vier Worte zwischen den Zeilen blau nachgetragen, im Reiche alles Lebendigen nur der Ausnahme-Fall ist: daß das Männchen, letztere Vokabel mit violetter Tinte verdeutlicht, die nächsten fünf Worte blau eingefügt, im Grunde nichts mehr als ein entartetes verkommendes Weibchen ist: überhaupt, durchgestrichen und blau ersetzt, oder daß alle Organe an thierischen Wesen ursprünglich andere Dienste geleistet haben als die, auf Grund deren wir sie, in Anführungszeichen, Organe nennen: überhaupt, hier jetzt als passend befunden und blau eingefügt, daß alles anders entstanden ist als seine schließliche Verwendung, letzteres Wort unterstrichen, zu vermuthen giebt. Klartext: Die Darstellung dessen, was ist, lehrt noch nichts über seine Entstehung. Und die Geschichte der Entstehung lehrt noch nichts über das, was da ist. Die Historiker aller Art täuschen sich darin fast allesamt: Weil sie vom Vorhandenen ausgehen und rückwärts blicken. Aber das Vorhandene ist etwas Neues und ganz und gar nicht Erschließbares. Kein Chemiker könnte voraussagen, was aus zwei Elementen bei ihrer Einigung würde, wenn er es nicht schon wüßte. Unterstrichen, Ausrufezeichen. Lesezeichen: Das Nietzsche-Haus in Sils-Maria am Inn. Alpine Idylle.

Female Pressure, vergangenen Samstag im Ultraschall. Motto der Nacht: Mir geht es so gut, weil ich ein Mädchen bin. Gregor konnte mit der Musik von Acid Maria, Electric Indigo und Lena Popova rein gar nichts anfangen. Friedrich Nietzsche, Superman: Aufgewachsen in einem Weiberhaushalt, zwischen Tanten, seiner Mutter, seiner Schwester. Nie gesehen: Nietzsches im Jahr seines Todes verfaßte und einundfünfzig Jahre später herausgekommene Abhandlung Meine Schwester und ich. In der es in erster Linie ganz unverblümt um Sex gehen soll. A: Um die so fantasievollen wie flinken Finger seiner stets und, wie wir wissen, über seine syphilitische Umnachtung, sogar über seinen Tod hinaus um ihn bemühten Schwester Elisabeth, die lustvoll mit Friedrichs juvenilen Genitalien hantierte, als seien sie ihr Spielzeug. Tante Rosalie eröffnete dem Philosophen auf ihrem Totenbett, die ganze Zeit von diesen inzestuösen Aktivitäten Kenntnis gehabt zu haben. B: Um das nervöse Masturbieren. C: Um die Verführung als Schüler im Alter von fünfzehn Jahren durch eine nymphomanische, verheiratete Freifrau von dreißig Jahren und blonder Haarfarbe, die sich eines Nachts als Mann verkleidet in seinen Schlafsaal schlich, um ihn sexuell zu mißhandeln. Meistens jedoch verlangte, von dem Jungen gegeißelt zu werden. Ihm beim gemeinsamen Liebesakt dennoch unten, auf dem Rücken, zu liegen befahl. D: Um den Besuch bei jener brünetten, als von exotischem Äußeren beschriebenen Prostituierten, die ihm mit der todbringenden Syphilis auch die fortschreitende Demenz angehängt hatte. E: Um die in erotischer Hinsicht unerreichbare, geradezu unberührbare, höchst intelligente und dabei zutiefst affige Lou Andreas-Salomé mit ihrem künstlichen Busen.

Fortgeschrittener Nachmittag. Der stets verheißungsvolle Tritt ans Plattenregal: The New Wave of Jazz is on Impulse. Quincy Jones and His Orchestra, 1961: The Quintessence. Patricia Bown am funky Piano. Ein Becher Pulverkaffee, schwarz, und ein flüchtiger Blick in die heutige Zeitung: Mit nur einem Schuh und auf Krücken gestützt ist Michael Jackson zur Fortsetzung seines Prozesses vor Gericht erschienen. Eine Spinne hätte ihn in den Fuß gebissen. Nicolette Krebitz und ihr morgen in den Kinos anlaufender Film Jeans, phonetisch auch: Genes. Gene. Super Idee, finde ich sofort: Blue Genes. Obwohl das Wort ursprünglich auf die Stadt Genua zurückzuführen sein soll. Was im Hinblick auf die Genueser Massenproteste gegen die sogenannte Globalisierung auch toll ist. Interviewer: Warum heißt der Film Jeans? Krebitz: Ich hatte dabei auch an ein Kleidungsstück gedacht, durch das sich das Geschlechterverhältnis auflöst. Was mich, wenngleich die Regisseurin bestimmt auf den Unisex-Charakter dieser weltweit verbreiteten, quasi immergrünen, meistens indigoblauen Beinkleider anspielt, daran erinnert, wie mir, etwa im Alter von dreizehn Jahren, Jeans entweder auf den Hüften zu eng oder in der Taille zu weit zu werden begannen und mir nur noch speziell für die Figuren erblühender junger Mädchen geschneiderte Jeans passen wollten. Die Karol dann aber genauso auftragen mußte wie meine vorherigen Denim Jeans, Breitkord-Jeans, Feinkord-Jeans, Samtkord-Jeans und was nicht alles, ob Schlag, Röhre oder Karotte, right into the Eighties. Bis mich mein Bruder in der Körpergröße überrundet hatte und endlich losgehen durfte, sich auf eigene Faust das erste wirklich eigene Paar Jeans seines Lebens zu kaufen. Und mit rosa Kord-Jeans nach Hause kam.

Hautfarben, Café au lait, und ins Goldene spielend: Die graphischen Gestaltungen der neuen Alben von Jennifer Lopez und Mariah Carey; wie schon letztes Jahr dasjenige Janet Jacksons, der Schwester Michaels. Mariah hat sich anscheinend von ihrer schweren Krise im vergangenen Jahr erholt, nennt ihren neuen Tonträger aber vorsichtshalber Charmbracelet. Sie leugnet ab, überhaupt lebensmüde gewesen zu sein. Die Leute sprechen von Mariah Careys Comeback. Auf dem Cover wird ein Auge durch eine Strähne ihres wie stets blonden Haars verschleiert. Auf der Rückseite präsentiert sich die Sängerin in einem schulterfreien Kleid aus Satin, altrosa, metallic. Auf dem Fernsehbildschirm erscheint das hübsche Gesicht der nigerianischen Miss World 2001. Ich nehme meinen Kopfhörer ab und verfolge eine Reportage über die lebensgefährliche Mode westafrikanischer Frauen, sich die Haut mit aggressiven Chemikalien zu bleichen, da klopft es an meiner Zimmertür. April und Tabita, mit vom Pool nassen Haaren, in ihren silbrigen, elastischen Trainingsanzügen, erkundigen sich nach meinem Wohlbefinden. Ich bin seit dem Nachmittag fieberfrei, sage ich. Daraufhin kommen die beiden herein und machen sich auf meiner Bettkante breit. April will zunächst gar nicht glauben, daß Mariah Carey schwarz ist; sich selbst auch öffentlich als schwarz bezeichnet. Weit über zweihundert Tote in den Straßen Nigerias. Die Wahl der Miss World 2002 wurde nach London verlegt. April und Tabita erzählen von einem Fitneßgerät namens Step 2000, das sie sich vor fast zehn Jahren, daheim in Darmstadt, zugelegt hätten, eine simple Stufe aus lila Kunststoff, auf der sie regelmäßig monotone Leibesübungen vollzögen, durch die sie, wie in der televisuellen Werbung für das Produkt versprochen worden war, Buns of Steel erhalten hätten. Auch das mitgelieferte Workout Instruction Video, schwärmt Tabita, ist nicht ohne. Ob ich ihre aufreizenden Arschbacken denn noch nie bemerkt hätte. Gute Frage, antworte ich, wie so häufig, wenn ich um eine unmittelbare Antwort verlegen bin. Unterdessen kündigt George Bush II. die erbarmungslose militärische Niederwerfung des Irak an. Das hat sein Vater vor mehr als zehn Jahren auch schon versucht, bemerke ich. Meine Kolleginnen ziehen ihre Hosen wieder hoch; sogar ihre String Tangas tragen die beiden im Partner Look. Als ich kurz aufstehe, um den Fernseher auszuschalten, kneift mich April ungeniert in den Po. Sie habe nur den Stoff meines Pyjamas prüfen wollen. Dann lassen wir eine Flasche Wodka, Bitter Lemon und gefüllte Oliven auf mein Hotelzimmer kommen.

Später gesellt sich noch Felix zu uns. Er hat eine Plastiktüte voller weiterer, zollfreier Alkoholika mitgebracht. Mit zunächst gemeinsam gelockerten, zunehmend schwerer werdenden Zungen versuchen alle drei abermals, mich wenigstens verbal von den so eindeutigen wie vielseitigen Vorzügen einer homosexuellen Liebespraxis zu überzeugen. Vergeblich. Auch der martialisch wirkende, olivgrüne Massagestab, den April aus ihrer Badetasche gezaubert hat, vermag mich nicht umzustimmen. Felix, April und Tabita wollen partout nicht einsehen, wie ich all die kulturellen Errungenschaften aus dem schwulen Untergrund lobpreisen kann, ohne mich jemals selbst der gleichgeschlechtlichen Liebe hingegeben zu haben. Du bist wie Beate, klagt Felix, dessen extravagante Mutter stets stolz auf ihn und seine attraktiven männlichen Liebhaber gewesen ist, sich selbst aber zu keinem Zeitpunkt in eine Frau verliebt hat. Das sei doch ein eklatanter Widerspruch. Nicht unbedingt, entgegne ich und verteidige die meines Erachtens mindestens ebenso offensichtlich universell wie produktiv umsetzbare Widersprüchlichkeit der heterosexuellen Liebe. Ihre, wie ich allerdings sogleich zugeben muß, von Männern, zumal Ehemännern, zumeist sträflich vernachlässigte Dialektik. Felix besteht darauf, gerade als homosexuell orientierter Mann liebende Frauen wahrhaftig verstehen und also aufrichtig wertschätzen zu können, und damit basta. Ich darf froh sein, daß er mir diese delikate Fähigkeit ebenfalls zubilligt. Du stellst, fügt Tabita, die mittlerweile an meiner Seite auf meinem Bett liegt, hinzu, aber eben auch eine selten ausdifferenzierte Ausnahme unter den unbeirrt Praktizierenden der männlichen Heterosexualität dar. Recht herzlichen Dank, sage ich. Dann zieht April zwei amerikanische Taschenbücher aus ihrer Badetasche.

Switch Hitters: Lesbians Write Gay Male Erotica and Gay Men Write Lesbian Erotica, herausgegeben von Carol Queen und Lawrence Schimel. Eine tolle Übung, meint Tabita und dreht sich lasziv, mit geschlossenen Lidern, auf ihre andere, mir abgewandte Seite. Ein schier unglaubliches Lesevergnügen, bestätigt Felix, während er von einem lästigen Schluckauf geplagt wird. Carol Queen schreibt nichts lieber als pornographische Erzählungen aus der Sichtweise schwuler Männer, weiß April zu berichten. Bereits in den 1980er Jahren änderte sie ihr sexuelles Selbstverständnis von lesbisch zu queer. Carol Queen ist, laut Annie Sprinkle, the thinking person's sex queen. Wir sollten ab jetzt von postmoderner Sexualität reden, schlägt April vor. Und so heißt das zweite von ihr mitgebrachte Buch Pomosexuals: Assumptions About Gender and Sexuality, ebenfalls herausgegeben von Carol Queen und Lawrence Schimel. Aus dem Vorwort: Postmodernism looks for art and meaning sourced in the mundane, in wacky or arcane juxtapositions, in low as well as high culture. In this it bears some relationship to camp, queerdom's own ironic social theory, which developed to let us criticize relations of power. This mode of thought encourages overlapping and sometimes contradictory realities, a life of investigation and questioning as opposed to essentialism's

quest for the One Truth. Worauf ich mich natürlich sofort mit meinen Gästen einigen kann. Das politische Problem, das wir mit jeglicher Festschreibung von Identität haben, liegt ja weniger in dem, was sie alles einschließt, sondern darin, daß sie in erster Linie ausschließt. April hat sich eine neue Menthol-Zigarette angezündet und trägt nun verschiedene Passagen aus ihrem stark zerlesenen Exemplar von Pomosexuals, das offenbar ein Vademecum für sie darstellt, vor. Also vernehmen Tabita, Felix und ich von Musikerinnen, die mit Penissen und Hoden zur Welt gekommen waren und ganz unbedingt auf Lesbenfestivals auftreten wollten. Von Jünglingen ohne Schwänze und Eier, die sich von Chirurgen welche modellieren und annähen ließen, um ihre Existenz fortan als schwule Männer fristen zu können. Jesus Maria, das ist ja super kompliziert, gebe ich drein. Solche Geschichten hatte ich wirklich noch nie gehört. Und doch glaube ich jedes Wort.

Ein Autor berichtete: One of my best friends was at times dismissed as a fag hag because she identifies with so much of gay male culture. She's actually far more a fag than a fag hag. She's never had an unrequited crush on a gay man: it's been the reverse far more frequently. Recently she's gone off and complicated things even more by finding herself this lesbian lover who's a man, but with really sexy femme dyke-type tendencies towards stockings and slips. Elsewhere on the horizon, the transgender activists are making things even more confusing. How can a rigid gay male identity cope with that really cute guy, who used to be a baby butch dyke, and is still involved in a primary relationship with a woman, but considers herself basically a gay man? How do you relate to that foxy dominatrix who's a power femme dyke, but used to be a man? Mir scheint, unterbreche ich Aprils Vorlesung, daß hier in einer weitgehend ästhetisch gefaßten Aufhebung der strikten Tren-

nung zwischen Heterosexualität und Homosexualität etwas vorschnell auch die Möglichkeit einer geradezu spielerischen Auflösung zwanghafter dichotomer Zuschreibungen vorgegaukelt wird. Die foxy Dominatrix repräsentiert nun einmal vornehmlich die minutiös strengen Gebote des Fetischismus. Felix, in der offenen Badezimmertür lehnend, nimmt diesen Faden sofort auf. Sex muß ein Knast bleiben, sagt er, und tut es ja auch: Selbst wenn Männer zu Frauen werden, beziehungsweise Frauen zu Männern, sind sie letzten Endes wiederum nichts anderes als Männer und Frauen. Oder, setzt Felix nach, glaubt ihr etwa an ein biologisches Geschlecht? Kopfschütteln, niemand in meinem Hotelzimmer glaubt daran. Vorsichtige Schlußfolgerung: Auch in der Postmoderne wird der Unterschied der Geschlechter nicht wirklich überwunden. Aber darum geht es ja auch gar nicht, sagt April ungeduldig.

Eine Autorin berichtete: As I saw these men engaged in an erotic ballet with one another at Steve's holiday party, thinking of nothing else except the look, taste, and feel of one another's bodies, I started to cry. There was nothing revolting there. Nothing wrong, inferior, sick, or strange. Instead, something beautiful and powerful was happening. The act had its own value, integrity, and meaning. I thought this was the sort of energy that potentially had the power to transform the whole world for the better. It had potential to heal and to make the nature of men and women more sane. So much of the evil that men do comes from their self-hatred and their fear of one another. I believe that gay men have a spiritual vocation to transform themselves and the nature of manhood. And by that, I do not mean become feminine, or become women, or become third-gender. Those are entirely different paths. I am talking about changing the nature of the penis or the phallus, so that it will never again be conceived of or used as a

weapon; transforming the signs of masculinity into emblems of sexual prowess, protectiveness, and the strength of a hero instead of markers worn by a predator.

Bayern: Weiß, mattes Gold, Silber, zartes Winterblau. Zirkus: Scharfe Kontraste, Lichter wie Neon. Die Pagen uni rot, die Akrobaten uni blau, die Dompteure uni grün, die Lakaien uni gelb. Max Ophüls' erste Entwürfe zu einem Drehbuch über Lola Montez. In: Lola Montez, Eine Filmgeschichte, Verlag der Buchhandlung Walther König, Köln, erst kürzlich publiziert zum fünfundzwanzigjährigen Bestehen der Cinémathèque de Luxembourg. Enno Patalas, ehemaliger Leiter des Münchner Filmmuseums, nennt François Truffaut in der heutigen Süddeutschen Zeitung einen der ersten Bewunderer dieses so viel geschmähten Films. Die zeitgenössische Kritik hatte sich über den fremdsprachlichen Akzent vieler Hauptdarsteller, das Einflechten ausländischer Worte, das starke Rauschen, beziehungsweise die zu lauten Geräusche im Verhältnis zur Sprache, beschwert. Das alles sei absolut unfilmisch. Ophüls' Rechtfertigung: Er habe einen impressionistischen Film drehen wollen, der große Teile seiner Aussage lautmalend mitteilen sollte. Auch durch die Verwendung nicht minder mitteilungsfreudiger Farbtöne. Zur feierlichen Eröffnung des schwarzen Kinos im Filmmuseum vor fünfundzwanzig Jahren, im schwarzen September des Jahres 1977, wurde eine bis dahin verschollen geglaubte Drei-Kanal-Tonkopie im original-breiten Scope-Format gezeigt. Nach Abschluß der aktuellen Renovierung des der Baustelle des Jüdischen Zentrums gegenüberliegenden Kinos wird dort regelmäßig eine originalgetreu rekonstruierte Version des im Lauf seiner historischen Spielzeit von, bei seiner Münchner Premiere, 115 Minuten auf 75 Minuten, so die amerikanische Version, zusammengestrichenen Films zu sehen sein. Patalas: In Paris wurde ich einmal gefragt, ob in München

tatsächlich ein Kino gebaut worden sei, um Lola Montez zu zeigen.

Eine zuckersüße Flüssigkeit löste unweit des Münchner Flughafens, im Gewerbegebiet von Hallbergmoos, einen dreistündigen Großeinsatz aus. In einem Transporter einer Spedition waren aus einem 1000-Liter-Behälter Teile der Substanz ausgetreten, die von der Süßwarenfirma Ferrero als Geschmacksverstärker für die Kirschpraline Mon Chéri eingesetzt wird. Die Flüssigkeit hatte sich beim Transport dermaßen aufgeschaukelt, daß sie durch das Überdruckventil entwichen war. Die Feuerwehren aus den umliegenden Ortschaften rückten mit über vierzig Mann sowie zwölf Fahrzeugen an und kontrollierten den Behälter in Gefahrenschutzanzügen. Die Flüssigkeit wurde als hochexplosiv, brennbar und stark ätzend eingestuft. Ein Teil konnte aus dem Behälter gepumpt werden, um weiteres Austreten zu verhindern. Aufheben für Karol, der seinen Text derzeit, in Anlehnung an Tennessee Williams, Hard Candy nennen will. Aufrufen, wo ich gestern abend stehenblieb: Wie Lola Montez vor Queen Victoria und Prince Albert auf einem gedeckten Tisch tanzte und der langhaarige, als effeminiert geltende Komponist Franz Liszt sie daraufhin im Morgengrauen verließ, nicht ohne die Rechnung für das Mobiliar des gemeinsamen Hotelzimmers, von dem er ausging, daß sie es restlos demolieren würde, zu begleichen. Genau datieren: Die de facto zweijährige Regentschaft Lolas über das Königreich Bayern. Präzisieren: Die Anstrengungen der Jesuiten gegen das Münchner Lolaministerium. Auch: Welchen Namen trug der Kampfhund, den Lola gegen die Jesuiten scharfmachte? Einfügen: Wie König Ludwig I. Lola Montez zu einem Exorzisten schickte, der ihr eine Kur aus klebrigem Himbeersaft verschrieb. Woraufhin sie elendig erkrankte und aus Bayern floh. Wortlaut des ersten gesprochenen Satzes in Syber-

bergs filmischem Requiem für einen jungfräulichen König: Ich verkünde den Fluch der Lola Montez.

Verregnete Landschaft. Es sei bei weitem zu warm für die Jahreszeit, verkündet der Stationssprecher. 4. Advent. Null Sicht auf die Berge. Aus meiner rechten hinteren Hosentasche ziehe ich einen zerknitterten Zettel, darauf gekritzelt die kompliziertesten Kategorien: Subjekt, Objekt, Autor, Autorin, Interpret, Interpretin. Beispielhaft angeführt: Missy Elliott, Autorin. Marlene Dietrich, Interpretin. Barry Manilow, Interpreter; auf deutsch: Übersetzer. Elliott: Po. Dietrich: Beine. Manilow: Po. Zettel aufbewahren; angerissene Ideen baldmöglichst präzisieren. Auf der Rückseite, unter notdürftiger Verwendung von Heidis kostbarem Augenbrauenstift: Der kolumbianische Schriftsteller Gabriel García Márquez, 74, preist die Songtexte seiner Landsmännin Shakira, 25, die sich in ihrem aktuellen Hit, Objection, explizit gegen die chirurgische Vergrößerung weiblicher Brüste verwendet und in dem entsprechenden Video Clip wie verrückt mit dem Po wackelt. Und in ihrem vorigen Hit gesungen hatte: Underneath your clothes there's an endless story. There's the man I chose. There's my territory and all the things I deserve for being such a good girl, Honey. Honey als Rufname, mit dem mich meine kapriziöse Jugendliebe Ella bevorzugt belegte. Selbst auf dem Schulhof. Woraufhin wir bei den grobschlächtigen Jungen meiner Klasse im Nu unter Hanni und Nanni liefen. Tatsächlich blieben Ella und ich über Jahre hinweg unzertrennlich, alle betrachteten uns als ein Herz und eine Seele, von einer Maskulinisierung durch die Pubertät konnte bei mir zunächst überhaupt keine Rede sein. Ich lernte viel von Ella. Schon bald fanden mich meine Freunde kapriziöser als sie. Doch die sprunghafte Raffinesse unserer anfänglich subjektiven Liebeshandlungen sollte sich, einem schleichenden Erkrankungsprozeß gleich, in

den zutiefst verworrenen, destruktiven Strategien einer Amour fou auflösen. Einer unbarmherzigen, eigenmächtigen Logik folgend, die ich bis heute nicht begriffen habe, begannen wir bösartige Gedanken gegeneinander zu hegen und auch zu instrumentalisieren. Zwanghaft und zunehmend fügten wir die Silbe Haß in unsere Briefe und Tagebücher ein. Während ich meinen Zivildienst in einem Münchner Kindergarten ableistete, schrieb sich Ella an der Universität von Lissabon ein.

Ich schalte den Radiosender weg und lege eine Langspielplatte von Sylvester and the Hot Band auf, Disco's supreme Drag Queen, wie er 1973, noch vor Disco und doch bereits von Kopf bis Fuß in Pailletten gehüllt, Bessie Smith und Billie Holiday interpretiert. Zu Füßen der Stereoanlage lehnt ein in den kommenden Tagen gegen Rudi Blesh zu instrumentalisierender Stapel Tonträger mit ausnehmend anregender Sonic Fiction von Satchmo, Bix, Tram, Prez und Bird. Bleshs Widmung seiner 1946 bei Alfred Knopf unter dem Titel Shining Trumpets erschienenen Geschichte des Jazz lautete: To my daughter Hilary and her tailgate trombone. Der Autor konnte mit Modern Jazz überhaupt nichts anfangen. Er fühlte sich aufgerufen, feststellen zu müssen: Classic Jazz, from 1890 on, is the high point of Negro musical achievement in this country to date. It is an achievement only the Negro could have made, and not even the Negro elsewhere. The dilution and deformation of Jazz took place from 1920 on because of the influences of commercialism, white playing, and sophistication of the Negroes themselves. This has advanced to the point where the music frequently ceases to be predominantly a Negro form, becoming a hybridized popular music rather than a fine-art form. The development of Swing Music began in the early 1920's. Swing, which is not Jazz, is a type of European music with transplanted

Negroid characteristics. Even when produced by Negroes, it is Negroid only in surface manner. Zum Beispiel Billie Holiday: Die sei eben keine qualifizierte Blues-Sängerin, sondern lediglich eine geschickte Unterhaltungskünstlerin, die ihren musikalischen Vortrag vor bedeutungslosen rhythmischen Figuren, lethargischen Saxophonen und fadenscheinigen Antworten durch drittklassige Trompeter herunterspule. Strange Fruit is a commentary on lynching. With its artificial jungle effects, as hollow and stagy as Duke Ellington's, and its unconvincing singing of artificial lyrics, it is neither a Blues, a pop tune, nor a ballad, but is a mood piece, an atmospheric bit of musical stuff too gauzy to hold a tragic content. Ein weiteres Stichwort, das ich notiere: Duke Ellington's de-Africanizing Jungle Band. Selbst Louis Armstrong hätte sich im Lauf der Geschichte des Jazz konterrevolutionär verhalten. Der Name des Übels: The Sweet Style, Swing. Swing has been no more modern than styles in women's clothing are modern.

Der junge Leon Bismarck Beiderbecke aus Davenport, Iowa, sitzt am Ufer des Mississippi und sieht die Dampfschiffe aus dem tiefen Süden vorüberziehen. Angerührt lauscht er den an Bord musizierenden Original Dixieland Bands. Er beschließt, sich ein Kornett zu beschaffen und Jazz-Musiker zu werden. Much has been written about Bix Beiderbecke's beautiful tone, schrieb Blesh. Romantic nineteenth-century European music, particularly German, entered with Bix, der ja tatsächlich aus einer deutschen Familie stammte: The cloying, sentimental sweetness comes from this source. The classic line of French melody, entering Jazz from the Quadrille and Creole song, could accord perfectly with the unromantic, unsentimental, pure classicism of Afro-American Polyphony. The harmonic wanderings and musings, the adolescent, self-conscious romanticism and phony philosophy of the late German school, on

the other hand, smother Jazz under a blanket soggy with tears. Wobei niemand im frühen Jazz ein größerer Verehrer moderner französischer Komponisten wie Claude Debussy und Maurice Ravel war als Bix Beiderbecke. Gunther Schuller verglich dessen progressive Jazz-Komposition In a Mist, 1927 von Bix selbst auf dem Klavier eingespielt, mit den Errungenschaften Debussys und Scriabins in der Konzertmusik. In seiner 1968 bei Oxford University Press erschienenen, Duke Ellington gewidmeten Frühgeschichte des Jazz schrieb Schuller, Bix Beiderbecke sei nicht nur der größte weiße Jazz-Musiker der 1920er Jahre, sondern einer der größten Jazz-Musiker aller Zeiten gewesen: He showed a sure attack and a natural feeling for swing. Thus each tone, apart from its rhythmic melodic, and harmonic relationships, was a thing of beauty, an attack perfectly timed and initiated followed by a pure, mellow cornet timbre. Bix had a quality extremely rare in early jazz: lyricism. Perhaps he inherited this quality from the romantic strain in his German background; perhaps it reflected the singing tradition of Bix's grandfather's Männerchor. Dagegen Bleshs darwinistisches Todesurteil: Objectively considered, Beiderbecke's playing was weak and weakness characterized his life. Auch mit Darius Milhauds Aufsatz über das Wesen der afrikanisch-amerikanischen Musik für die deutsche Zeitschrift Der Querschnitt, 1923, ist der Autor von Shining Trumpets nicht einverstanden. Der französische Komponist, dem sich eine Generation später, mit Third Stream, eine ganze Stilrichtung des Jazz verdanken würde, an der Gunther Schuller als Taufpate, Komponist und Arrangeur maßgeblich beteiligt war, hätte in Harlem wahrscheinlich gar keinen echten Jazz gehört. Seit 1916 sei in ganz New York kein richtiger Jazz zu hören gewesen.

Gesetzt den Fall, Rudi Blesh hätte noch mitbekommen, welch enormen Einfluß die teutonische Romantik der

Gruppe Kraftwerk auf revolutionäre Musiker wie Afrika Bambaataa and the Soul Sonic Force in New York oder Juan Atkins alias Model 500 in Detroit hatte, wäre er davon sicherlich ebenso unbeeindruckt geblieben. Verwertbar finde ich allerdings seine Beobachtung, weiße Dixieland-Musiker hätten panische Angst davor gehabt, ihre Stücke zu langsam zu spielen, weil die Musik dann süßlich werden könnte, während die schwarzen Bands noch ihr heißestes Material souverän im mittleren Tempo interpretiert hätten. Was sich wahrscheinlich auch auf Techno übertragen läßt. Wohingegen begnadete afrikanisch-amerikanische Künstler wie Theo Parrish, der sich auf seiner neuen EP sogar der außerirdischen Musik Sun Ras annimmt, experimentell ausloten, wie langsam House Music werden darf. Daß Jazz und elektronische Programmierung keinen Antagonismus bilden müssen, wollen mir Jazz-Puristen noch heute nicht glauben. Eventuell einfügen: Die irren Hot Jazz Samples in der Chicago House Music, besonders auf frühen Cajual 12-inches.

Dichter Nebel am Tag der Anreise, Schneegestöber und ebenfalls überhaupt keine Sicht am 28. Dezember. Tags darauf der erste Blick auf die uns umgebende Kulisse, den Schlern, den Plattkofel, den Langkofel. Tom zeigte sich tief beeindruckt von der Großartigkeit der Dolomiten. Er setzte sich an der Südwand in die Sonne und machte sich daran, meinen ersten Roman zum dritten Mal durchzulesen. Er hätte da noch einige Fragen. Was mich, zum Beispiel, auf den Titel, Figurine, gebracht hätte. Zu wieviel Prozent er mich aus der Protagonistin herauslesen dürfe. Ich antwortete mit Foucault: Die Literatur ist der Ort, an dem der Mensch zugunsten der Sprache verschwindet. Wo das Wort erscheint, hört der Mensch auf zu existieren. An die Wand über der Eckbank geheftet: Das Foto mit Andy Warhol und Johannes Paul II. auf einer Straße in New York. Tom fand es in einem Buch von Klaus Theweleit. Warhol mitten im jubelnden Volk, vor ihm eine Absperrung, davor der Papst. Sieht so aus, als ob sich die beiden Männer gleich die Hände reichen wollen. Tom glaubt, daß ich ohne Warhol und Madonna nicht so komisch am Katholizismus hängen würde. Erst neulich hat er mir ein Foto von B.B. King gemailt, wie der im Vatikan, auf Einladung des Papstes, den Blues spielte. Und dem Papst seine Gitarre, Lucille, schenkte. Am 30. und 31. auf das Dach geklettert, die Solarzellen vom Neuschnee befreit. Bewegende Abendröte an Silvester. Beim Essen versuchten wir, meine Idiosynkrasie gegen Silvesterpartys zu analysieren. Um Mitternacht traten wir vor die Tür und verfolgten die Feuerwerke der Wintersportler im Tal. Tom hatte noch nie ein Feuerwerk von oben gesehen. Auch in der uns benachbarten Laurin-Hütte, eine halbe Stunde Fußmarsch von hier, wurde gefeiert. Hinter dem Schlernmassiv war ein gespenstisch flackernder Widerschein auszumachen. Tom glaubte eine Sternschnuppe gesehen zu haben. Wir leerten eine Flasche Sekt aus dem Frankfurter Buchhotel Savoy und legten uns gegen halb zwei Uhr zu Bett. Ich werde alt, sagte mein Freund, Silvester bedeutet mir immer weniger. Strahlender Sonnenschein am Neujahrsmorgen, ausgiebig Skifahren auf unzähligen Pisten; Tom hatte mich überredet gehabt, meine Ausrüstung mitzunehmen. Ich war jahrelang nicht auf Skiern gestanden und kam mir wie eine Urlauberin vor. Auf der Gostner-Hütte wurde uns Heublumensuppe in einem eßbaren Napf aus Brotteig serviert. Ich erzählte Tom von Lorenzos und Friedas Kapriolen im alpinen Heu, ihrem Fußweg von Icking nach Italien. In der folgenden Nacht raubte uns ein Nagetier, das sich am Boden der Blockhütte zu schaffen machte, den Schlaf. In Deutschland soll es ununterbrochen regnen.

Debriefing, extremer Kälteeinbruch; weshalb ich unter meiner Uniform ein Paar Strumpfhosen Kristinas trage. Kristina möchte für den verbleibenden Rest der Woche mit nach Wolfratshausen kommen. Ihre Scheidung in Oslo ist endlich rechtskräftig. Rascher Einkauf einiger Lebensmittel und Kosmetika im Zentralbereich. Meine Kollegin hat ihre, seit ich sie kenne, blondierten Haare, wie Shakira, rund zehn Zentimeter herauswachsen lassen und will sie nun bei mir zu Hause entsprechend kontrastiv nachfärben. Die Passagiere sollen an Kristinas natürlich dunklem Haaransatz erkennen, daß sie keine genuine Blondine ist. In den Tageszeitungen stehen Hintergrundberichte über den liebeskranken Entführer eines motorisierten Segelflugzeugs, der am Sonntag den gesamten Flughafen sowie die Innenstadt Frankfurts lahmlegte und, neben ungefähr einhundert weiteren, auch unseren planmäßigen Flug ausfallen ließ. Wir betreten die Rolltreppe, hinunter zum S-Bahnhof. Ich stehe eine Stufe hinter Kristina, verliebt in ihr volles Haar, ihre schmalen Schultern, ich beobachte, wie der dunkelblaue Stoff ihres Mantels über ihren Rücken fällt, ihre Taille, ihre Hüften nachvollzieht und meinen begehrenden Blick weiter hinab lenkt, auf ihre delikaten, zwischen Saum und Pumps aufscheinenden, von nichts als transparentem Nylongewebe umspannten Waden und Fesseln.

Zwei Stunden später, geduscht, Haare gewaschen, in Betrachtung eines Hüllentexts des Jazz-Sängers Leon Thomas von 1973: This album is dedicated to a woman who is stronger than strong, more beautiful than beauty, who has withstood more pain than the soul can bear. You see, that woman is my wife, Lorraine. She has stood by me and tried to understand me while I haven't been able to understand myself. At all times, she has had to fight an eternal woman which is Music. Though she is the queen of my heart, Music is the queen of my soul. Kristina findet die

Musik von Leon Thomas anstrengend und wünscht sich, daß ich etwas anderes auflege. Ich entscheide mich für die B-Seite von Girl Interrupted. Timbaland and Missy Elliott present Ms. Jade. Im neuen Vibe-Heft finde ich ein Feature über Female Masculinity in African-American Street Culture. Super Schlagzeile über Alexis Waltz' R&B-Artikel in der Januar-Ausgabe von De:Bug: Heterosexueller Darkroom. Kristina ruft aus der Badewanne: Wann kommt deine Schwester eigentlich zurück? Und: Darf ich mir einen Pullover von ihr ausleihen? Und: Könnten wir dieses Mal nicht in Kandis' Zimmer ziehen?

Blaue Stunde. Braune Tinte, eingerückte Überschrift: Die umgekehrte Zeitordnung; einzelne Worte unterstrichen, Leerzeile. Die Außenwelt, letzteres in Anführungszeichen, wirkt auf uns: die Wirkung wird ins Gehirn telegraphirt, dort zurechtgelegt, ausgestaltet u. auf seine Ursache zurückgeführt: dann wird es, letzteres gestrichen und ersetzt durch: die Ursache projicirt u nun erst kommt uns das Factum zum Bewußtsein; fast alles, letzteres Wort gleich doppelt, unterstrichen. d.h. die Erscheinungswelt, letzteres in Anführungszeichen, erscheint, unterstrichen, uns erst als Ursache, nachdem sie, sie in Anführungszeichen, gewirkt hat u. die Wirkung verarbeitet worden ist. d.h. wir kehren beständig die Ordnung des Geschehenden um, beinahe alles unterstrichen, Gedankenstrich; in kleinerer Schrift, möglicherweise später, hinzugefügt: Während ich, Friedrich Nietzsche setzt die Vokabel ich an dieser Stelle, Seite 162, tatsächlich in Anführungszeichen, sehe, sieht es, das Wort es unterstrichen, bereits etwas Anderes. Neue Zeile, wieder größere Buchstaben: Es steht wie bei dem Schmerz. Absatz. Tom nackt vor dem Waschbecken, in das er einen Kessel siedenden Wassers gießt.

Request: Mit Kristina, Heidi, Felix fliegen. Unser Pensum, korrekt: Umlauf, besteht heute aus vier Flügen, korrekt: Legs. Flüchtige Zeitungslektüre zwischen zwei Legs. Tommy Mottola, geschiedener Ehemann der von ihm geschundenen Mariah Carey, überraschend gefeuert als Vorsitzender der Musikabteilung des Sony-Konzerns. Erste Zeile von Cherchez La Femme, Dr. Buzzard's Original Savannah Band: Tommy Mottola lives on the road; he lost his lady two months ago. He sleeps in the back of his grey Cadillac, Baby. Blowing his mind on cheap grass and wine, crazy. Sein designierter, musikalisch weitgehend desinteressierter Nachfolger, Andrew Lack, läßt verlautbaren: Das Content Business ist an einem wichtigen Punkt angelangt. Mit seinen Firmen für Abspielgeräte und Inhalte befindet sich Sony am Wendepunkt dieser Evolution und erfüllt alle Voraussetzungen, bei der Herstellung und dem Vertrieb von Inhalten im digitalen Zeitalter eine Führungsrolle zu übernehmen. Felix reicht mir den hinteren Teil der Süddeutschen Zeitung herüber. Mehrere Fotos zur aktuellen Männermode aus Mailand. Sieh mal einer an, sagt Heidi, Vivienne Westwood läßt männliche Mannequins mit spitzen Kunststoffbrüsten unter weich fallenden, erdfarbenen Rollkragenpullovern mit viel zu langen Ärmeln über den Laufsteg marschieren. Kristina empfindet Westwoods falsche Busen für Männer als extrem aufgesetzt, Heidi fühlt sich an die ebenso monströsen Schulterpolster aus Schaumgummi für die Frauen der 1980er Jahre erinnert. Elke beschreibt, wie Madonna ein Medley ihrer größten Hits aufführen ließ, bei dem Männer ihre aus den jeweiligen Video Clips bekannten Kostüme trugen. Auch die aggressiv zugespitzten Korsagen. Wir fragen uns: Kann ein menschlicher Körper jemals ein unbeschriebenes Blatt sein? Und befinden abermals: Niemals.

Naßkaltes Wetter, Sturmböen fegen über das Rollfeld. Push-Back. Flight Attendants auf ihre Plätze. Während des Starts sagt Heidi zu Felix: Hast du schon mal bemerkt, daß noch so detailliert ausgearbeitete männliche Statuen der Antike keine Brustwarzen besitzen? Kristina: Weibliche dagegen sehr wohl. Felix: Was ich auffallend finde, ist, daß unsere Identität in erster Linie als eine sexuelle definiert wird, und zwar im performativen Sinn einer persönlichen, ist gleich politischen, Praxis. Ich kann ein sehr kunstvolles Geländer drechseln, doch die Leute werden nicht sagen: Seht, da geht jener, der so schöne Geländer drechselt. Ich kann ein ganzes Haus mit meinen eigenen Händen erbauen, aber die Leute werden mir deshalb keinen anderen Namen geben. Wenn ich jedoch mit dem hübschen Jungen aus der Nachbarschaft ins Bett gegangen bin, werden sie mich mein Leben lang nach ebendieser Handlung benennen. Kristina zu Felix: Sie in deinen Körper einschreiben. Felix: Ganz genau, eine soziale Tätowierung anbringen, sozusagen. Wir dürfen uns jetzt wieder abschnallen. Gleißendes Sonnenlicht durchflutet die Kabine. Elke, Candice, Kristina und ich machen uns daran, die Trolleys mit Kannen, Kartons, Flaschen und Dosen zu beladen. Jutta hat uns agitatorische Flugblätter zugesteckt; das Kabinenpersonal der Lufthansa müsse in den kommenden Wochen solidarisch zusammenstehen. Felix schließt den Vorhang zwischen Business und Economy Class, kümmert sich um den ersten Passenger Call. Im Vorübergehen erzählt er mir Dialogfetzen aus Godards Spielfilm Masculin Féminin. Es ist mein gutes Recht, mit Frauen Probleme zu haben, soll die junge männliche Hauptfigur einmal von sich geben. Außerdem: Das französische Wort Masculin beinhalte sowohl masque, die Maske, als auch cul, den Po.

Süddeutsche Zeitung vom 17. Januar 2003, Feuilleton, Literatur. Marlene Streeruwitz hat einen Aufsatz über ihre anläßlich einer neuen Übersetzung ins Deutsche aufgefrischte Lektüre von D.H. Lawrences Roman Women in Love verfaßt: Wenn man und vor allem frau in einer Kulturtheorie die Machtfrage in der Geschlechterpolitik ausläßt, dann kommen selbstbestimmt bestimmende Menschen heraus, die immer männlich sind und denen die Welt offensteht. Wenn man und vor allem frau dann diese Auslassung in Ablehnung der Psychoanalyse begründet, dann kommen Menschen heraus, die immer männlich sind und die die Welt sich unbegrenzt offenstehen lassen. Wenn man dann 1908 in der Stadtbibliothek von Croydon auf Nietzsche stößt, dann wird diese Unbegrenztheit in die Abgrenzung zu Masse verwandelt werden; wahrscheinlich sollte es hier Abgrenzung zur Masse heißen. Zur Befreiung in eine höhere Lebensform. In ein Leben, das lebt und nicht nur überlebt. Durch die kleine antianalytische Auslassung im Gesamtbild bleibt diese höhere Lebensform immer in den Möglichkeiten eines sich selbstbeschreibenden Männlichen. Und bei D.H. Lawrence in den Möglichkeiten des weißen Männlichen. Frauen sind in diesem Weltbild Wesen, deren Körper in Ergänzung zu diesem höheren Wesen auftreten, weil sie für dieses Wesen ganz einfach notwendig sind. Weil aber nun diese kleine Auslassung im Grundschema die Abhängigkeit der Frau von dieser Zuweisung durch den Mann nicht in Erscheinung bringt, gibt es auf der geistigen Ebene keine Frau. Es gibt die Frauengestalt ohne Weiblichkeit als Geschichte eines Eigenen. In Anlehnung an den Mann könnten diese Frauengestalten mit männlichen Fähigkeiten existieren. Sie könnten sich die Welt ebenso unbegrenzt zugänglich machen, wenn sie sich dem Männlichen nur genügend anpassen. Der Prozeß einer solchen Anpassung ist Gegenstand von Women in Love. Der weibliche Körper bleibt der Widerspruch. Dieser Körper und seine Geschichte. Die bleiben ausgespart.

Innerhalb der Romanstrukturen wird das Verhältnis von Männern und Frauen durchforscht. Und utopisch erweitert und aufgebrochen. Der Inhalt dieser Beziehungsentwürfe und die symbolisch aufgeladene Sprache verbinden sich zu einem Versuch, die Form des Romans zu sprengen. Unsagbarem. Nicht Auszudrückendem soll ein Ausdruck verschafft werden. Die Gleichzeitigkeiten des Gegensatzpaares Leben und Tod sollen sichtbar gemacht werden. Form finden. Der Roman ist dann Literatur. Ist ein Roman. Der Roman ist Literatur innerhalb eines autonomen westlichen Literaturbegriffs. Liest man und vor allem frau diesen Roman und liest die Lücke nicht mit. Dann werden die beiden Konstruktionsebenen getrennt wahrnehmbar. Die Ebene der literarischen Konstruktion wird als Transportmittel des kulturtheoretischen Ziels sichtbar. Die auktoriale Erzählform erzwingt diese Trennung. Auktoriales Erzählen stiftet sich patriarchal aus dem Übersehen des Patriarchalen. Auktoriales Erzählen ist die Erzählung über die Leerstelle der Geschlechterpositionen. Gleich zu Beginn des Romans diskutieren Gudrun und Ursula die Ehe und stellen sich die Frage, ob die Ehe eine Erfahrung wäre oder das Ende der Erfahrung. Gudrun radiert dann ein Stückchen von ihrer Zeichnung wieder aus. Ursula stickt hingebungsvoll an ihrer Handarbeit weiter. Die Lücke mitgelesen ist das die Kurzfassung des Grundmotivs, das in meisterlicher Erzählweise in immer größeren Bögen bis zum Ende hin ausgearbeitet werden wird. Die Fragen mitdenkend, die durch die Auslassung verhindert sind, werden Gudrun und Ursula zu papierenen Motivträgern, die die ihnen zugewiesenen Absichten bis zum Ende des Texts erfüllen werden. Marlene Streeruwitz bleibt dabei: Frauen gibt es keine in diesem Buch.

Frantz Fanon schrieb in Black Skin, White Masks: One is no longer aware of the Negro, but only of a penis; the

Negro is eclipsed. He is a penis. Aus einem Leserbrief an die Zeitschrift Newsweek im September 1993: Would it seem so odd that he slept in the same bed with children if he were a woman? In einer Fußnote zu Cynthia J. Fuchs' Aufsatz mit dem expliziten Titel Michael Jackson's Penis läßt sich die folgende, für des Künstlers eigentümlich ambige Performanzen, seine bekannte Identifikation mit den Frauen, seine, parallel zu seiner wiederholt konstatierten männlichen Heterosexualität, traditionell weiblichen homosozialen Regungen, typische Begebenheit nachlesen: Jackson erspäht in seinem Publikum eine von Weinkrämpfen geschüttelte junge Frau und lädt sie spontan, während des gerade laufenden Songs, ein, zu ihm auf die Bühne hinauf zu kommen. Sie folgt seiner Geste, die beiden umarmen sich tief bewegt. Der Künstler zeigt sich nun ebenfalls von Emotionen überwältigt und hört, während die Musik zunächst weiterspielt, auf zu singen. Die beiden lassen kurzzeitig voneinander, ihrer innigen, öffentlichen Vereinigung, ab, dann fallen sie sich erneut in die Arme. Jemand, der oder die mit der Sicherheit des Künstlers beauftragt ist, zerrt die Frau von der Bühne. Michael Jackson, nach wie vor deutlich im Bann der Untröstlichkeit seiner Verehrerin, läßt seinen Kopf hängen, hält anscheinend die Luft an, minutenlang, schier ewig. Dann erst kehrt er in den generalstabsmäßigen Ablauf des unterbrochenen Konzerts zurück.

Brandenburger Tor: Die hochbetagten, ihren Vätern wie aus dem Gesicht geschnittenen Söhne von Charles de Gaulle und Konrad Adenauer sind zur feierlichen Einweihung der neuen Französischen Botschaft in die Hauptstadt gekommen. Ich logiere auf Kosten des offiziellen Literaturbetriebs für eine Nacht in einem bereits zu DDR-Zeiten existenten Hotel, unweit des Theaters am Schiffbauerdamm, unweit des Bahnhofs Friedrichstraße, habe meine politischen Ansichten zu Protokoll gegeben, wurde anschließend zum Essen in ein besseres italienisches Restaurant eingeladen und befinde mich nun zu Fuß auf dem Weg zu einer subkulturellen Veranstaltung in der Buchhandlung Pro Quadratmeter. Ich passiere die umfangreichen, die Nation beschämenden, polizeilichen Absperrungen vor dem jüdischen Café in der Tucholskystraße und bemerke, daß die jungen Frauen, die sich mitten auf der Oranienburger Straße, östlich der renovierten Synagoge, prostituieren, auffällige Taillenmieder über ihrer Winterkleidung tragen. Um 1910, urteilte Walter Benjamins bevorzugt an der Seite attraktiver Damen durch Berlin, München, das Isartal bei Hohenschäftlarn sowie durch Paris spazierender Freund Franz Hessel 1929, in seinem fünfzigsten Lebensjahr, müssen ein paar besonders gute Jahrgänge gewesen sein. Sie haben Mädchen hervorgebracht mit leicht athletischen Schultern. Sie gehen so hübsch in ihren Kleidern ohne Gewicht, herrlich ist ihre Haut, die von der Schminke nur erleuchtet scheint, erfrischend das Lachen um die gesunden Zähne und die Selbstsicherheit, mit der sie paarweise durch das nachmittägliche Gewühl der Tauentzienstraße und des Kurfürstendamms treiben. Wo haben sie nur die hübschen Kleider her, die Hüte und Mäntel? Franz Hessel 1908 alias Fritz in seinem eigenen Buch Laura Wunderl. Alias Willi in Franziska Gräfin zu Reventlows Herrn Dames Aufzeichnungen, 1913. Alias Jules in Henri-Pierre Rochés Roman Jules et Jim, 1953. Rochés pikante Fotografie von Helen Hessel, 1920, ungeniert nackt auf dem Balkon des bieder anmutenden Hauses Heimat in Hohenschäftlarn, das Tom und ich erst kürzlich, von seinen Bewohnern unbemerkt, umschlichen haben. 1926: Walter Benjamin und Franz Hessel übersetzen gemeinsam Marcel Proust: Im Schatten junger Mädchen, 683 Seiten. Tom hat irgendwo gelesen, Franz Hessels Passagentext stelle die Keimzelle zu Walter Benjamins Passagenwerk dar. Benjamin feierte in Hessel die Wiederkehr des Flaneurs; seine Texte erinnerten ihn an Fotomontagen. Hessel nannte Benjamin in seinen Aufzeichnungen zärtlich Benji. Beider Männer vom Deutschen Reich zu verantwortender Tod in Frankreich.

Einmal zu Papier bringen: Das modernistische Spiel des kaukasischen Flugzeugkapitäns Frankie Trumbauer alias Tram auf dem C-Melody Saxophone. Enger Freund Bix Beiderbeckes, mit dem gemeinsam er in den Sweet Bands von Jean Goldkette und Paul Whiteman seinen Unterhalt verdiente. Sie ließen die Sonne durch das Gewölk, wenn sie sich, manchmal nur für einen Chorus, erhoben, um ihre sensationell avancierten Soli zu intonieren. Tram war das Vorbild des introvertiert revolutionären afrikanisch-amerikanischen Tenorsaxophonisten Lester Young alias Prez, des engen Freundes Billie Holidays sowie ästhetischen Antagonisten von Coleman Hawkins alias Hawk, dessen extrovertierte Spielweise als ausgesprochen viril galt. 1927, während eines musikalischen Engagements in einem Hotel in Bismarck, North Dakota, vernahm der jugendliche Lester Young Frankie Trumbauers lyrisches, von LeRoi Jones als leicht, fließend und transparent umschriebenes Saxophonspiel zum ersten Mal, auf Grammophonplatten, durch die geschlossene Tür seines Kollegen Eddie Barefield. Klopfte an, sagte: Ich hörte dieses Saxophon. Stört es, wenn ich ein bißchen zuhöre? Und lieh sich die Schallplatten Frankie Trumbauers aus. Und kaufte sich fortan selber Shellacks dieses erstaunlichen Künstlers. The Penguin Encyclopedia of Popular Music begreift ihn als great technician who could play hot, also liked to play pretty. Lester Young zeigte sich tatsächlich auch von der süßlichen Swing-Klarinette Jimmy Dorseys hingerissen. In Ira Gitlers der mündlichen Überlieferung durch Musiker verschriebenem Kompendium Swing to Bop stoße ich auf seine Worte: I had a decision between Frankie Trumbauer and Jimmy Dorsey, you dig, and I wasn't sure which way I wanted to go. I'd buy me all those records, and I'd play one by Jimmy Dorsey and one by Trumbauer, you dig? Did you ever hear him play Singin' the Blues? That tricked me right then, and that's where I went. Auch der allem Progressiven gegenüber stets aufgeschlossene Red Norvo stellte fest: I don't think you woke up suddenly one day and there it was. No. Because I go back with guys like Bix and Frankie Trumbauer. In those days, I think they were harmonically and all equipped to do whatever was in the Be-Bop Era.

Ramada Hotel Bremen. Blick aus dem Fenster auf eine in Grautönen ausgestorbene Innenstadt. Bevor ich mich auf den Weg zur Veranstaltung mache, vertiefe ich mich für eine Weile in Renate Rasps in einem Antiquariat unterhalb des Hauptbahnhofs von Hannover aufgestöberten Prosatext Chinchilla. Dieser biete nichts weniger als einen Leitfaden der Prostitution, steht auf dem rückwärtigen Einband. Einer Gesellschaft, die Liebesbeziehungen weitgehend in Tauschbeziehungen verwandelt habe, werde hier ein entsprechendes Lehrbuch bereitgestellt. Im Fernseher die ersten Hochrechnungen der Landtagswahlen von Niedersachsen und Hessen: Eine häßliche, wild gewordene Bourgeoisie greift nach der absoluten Macht. Ich habe den Ton abgestellt, mich auf mein Hotelbett gesetzt und die Knie an die Brust herangezogen. In den Händen halte ich das Buch der in München und Cornwall ansässigen Renate Rasp. Ich lese dreißig Jahre alte Sätze wie: Ich kann Ihnen versichern, daß hier nichts geschrieben wurde, was nicht mehrfach erprobt worden ist. Gestalten Sie Ihr Fenster nicht zum Schaufenster. Es hat keinen Lärm zu geben, keinen Ärger mit der Polizei. Selbstverständlich wird sich eine Schriftstellerin als eine solche ausweisen. Mit geübtem Schriftzug schreibt sie eine Widmung in das Buch, das sie als ihr erstes vorlegt. Mit einigem Witz wird es ihr nicht schwerfallen, für ihre häufigen Besucher eine plausible Erklärung zu finden. Sie sprechen von Ihrem zweiten Buch. Wählen Sie ein gängiges Thema: die Emanzipation der Frau.

Die Auswahl Ihrer Dessous bedarf einer besonderen Sorgfalt. Sie sollten sich darin wie in einem Anzug bewegen können. Je kostbarer die verschiedenen Schalen sind, aus denen Sie Ihren Körper enthüllen, desto höher der Preis, den Sie erzielen. Materialien, welche zu empfehlen sind: Seidenstoffe, alles, was den Charakter eines Seidenstoffes hat, Samt, Spitzen, Brokat, Chiffon, Pelz, Wildleder, für den Spezialgebrauch Leder, schwarz, Kroko, Lackleder. Materialien, welche zu vermeiden sind: Loden, grobe Wolle, Kordsamt, Tweed, Popeline. Bei Männern, die das vierzigste Jahr überschritten haben, können sich weibliche Symptome zeigen. Stellen Sie zum Beispiel eine hochgradige Empfindlichkeit der Brustwarzen fest, werden Sie damit rechnen müssen, daß der Betreffende auch an anderen Öffnungen reizbar ist. Zum Beispiel ist sein Penis nicht allein auf die Reibung in der Scheide aus. Am erfolgreichsten erweist sich in diesem Fall die orale Behandlung, bei der die Zunge jene Rolle spielt, die dem männlichen Glied vorbehalten ist. Betrachten Sie die Spitze des Gliedes, die eine leichte Vertiefung zeigt, als eine Vagina, indem Sie den Anschein wecken, als stießen Sie die Zunge hinein, während Ihre Lippen, zu einem Schlauch zusammengezogen, an dem übrigen Fleisch jene Reibung vollziehen, wie sie das Eindringen in die Scheidenöffnung verursacht, nur intensiver, da die Muskulatur Ihrer Wangen sich als beweglicher erweist. Zu: Sexualisierung der Sexualorgane.

Goldmanns Gelbe Taschenbücher, ausgehende 1960er Jahre. Georges Valensin: Die sexuelle Liebe des Mannes.

Offenbar einmal naß geworden, abstoßend gewelltes Papier. Unglaubliches Kapitel: Die Rolle des Gehörs in der Erotik. Das Telefon. Musik. Gesang. Beim Menschen beiderlei Geschlechts verändern sich Kehlkopf und Stimme in der Pubertät, wobei der Kehlkopf der jungen Frau weniger rasch wächst als der des männlichen Jugendlichen. Die Stimme sinkt beim Mädchen nur wenig, und bisweilen ist die Mutation nicht vor dem dreißigsten Lebensjahr abgeschlossen. Vielen jungen Mädchen geht diese Entwicklung zu langsam, und so legen sie etwas von der Reife ihrer Ovarien auch in ihre Stimme; sie befeuchten die Stimmbänder durch mehrmaliges Schlucken und sprechen in Gegenwart des zu betörenden Mannes nach Art der Leinwandvamps absichtlich tief, wobei sie sich eines angelernten oder ausgeborgten Wortschatzes bedienen. Die Stimme der Frau gewinnt durch Follikelhormonpräparate an Wärme, während hohe Gaben von Testosteron ihr durch Dehnung der Stimmbänder einen brummig herausfordernden Tonfall verleihen, der den echten Mann beunruhigt, den falschen aber auf wunderbare Art gefügig macht. Sich selber sprechen oder, noch besser, singen zu hören, übt auf den Mann häufig eine erotische Wirkung aus, die vielleicht auf einer Vibrationsmassage der Gehirnmasse beruht. Eine inbrünstig gefühlvolle Sprechweise hat vor allem auf das Gemüt eine erregende Wirkung, welche sich bis ins Lendenmark fortsetzen kann.

Heute dient das Telefon als vokales Liebesvorspiel; nach Ansicht des amerikanischen Psychoanalytikers Harris gibt das Stimmorgan des Liebhabers am Telefon den Zustand eines anderen Organs wieder, das die Männlichkeit unmittelbar ausdrückt; eine eindringliche Stimme zeugt von der Absicht, einzudringen; die inständig geäußerte Bitte, nicht einzuhängen und dadurch das Gespräch zu trennen, gleicht einem Flehen, nicht in einem besonders unerwünschten

Augenblick kastriert zu werden. In früheren Zeiten blieb das Vergnügen, die ersehnte Frau unter dem Schluchzen der Geigen und den winselnden Tönen der Blasinstrumente zu besitzen, irgendeinem despotischen Machthaber vorbehalten. Heute sind Kohabitationen mit Orchesterbegleitung völlig demokratisch geworden, vor allem durch Langspielplatten in Verbindung mit automatischen Plattenwechslern und durch Rundfunksender mit ununterbrochener Musikberieselung, die ein zeitweiliges Lösen des koitalen Zaubers vermeiden, da das Umwenden der Platten oder das Drehen eines Einstellknopfes entfällt. Einige Schriftsteller haben ihre wollüstigen Empfindungen unter dem Einfluß der Musik beschrieben; so behauptete Stendhal, daß er bei einer bestimmten Musik von Rossini nicht anzusprechen gewagt habe, was er empfinde. In sehr seltenen Fällen vermag Musik selbst epileptische Anfälle auszulösen. Ein von Daly und Barry erwähnter Melomane verhielt sich sogar eklektisch: Während Klaviermusik einen epileptischen Anfall auslöste, trieb ihn die lautstarke Musik eines Grammophons zu homosexuellem Verkehr. Die den Partnern während des Verkehrs zusagende Musik dürfte die sein, die am besten mit dem individuellen Koitusrhythmus übereinstimmt. Wie der Lebensrhythmus, so werden auch die Koitusbewegungen mit zunehmendem Alter langsamer, während sie in der Jugend kraftvoll und rasch ausgeführt werden. Eine dynamische Musik eignet sich daher in diesem Lebensabschnitt am besten für den sexuellen Rhythmus, besonders Militärmärsche und vor allem der Jazz, der in Afrika, seinem Ursprungsland, regelrechte Begattungsmusik darstellt. Bei Frauen scheint die Wirkung der Musik noch spürbarer zu sein als beim Mann. Die Jazzmusik mit ihren schrillen und mißtönenden Harmonien erzeugt durch progressiven Stumpfsinn eine Leere im Gehirn und läßt eine junge Frau ihre Selbstbeherrschung verlieren. Der Gynäkologe Hilliard hat auf die Gefahr des Jazz, besonders des New Orleans-Stils, für die jungen, alleinstehenden Amerikanerinnen hingewiesen.

Ausdruck, Bild.T-Online.de, 31. Januar: Niemals warst du schöner als heute, Mama Claudia. Mama Tausendschön. Ausrufezeichen nach der Kunde: Ein Junge. Bild-Rückblende: Claudia steigt im langen, tief dekolletierten, rotschwarzen Kleid und pelzbesetzten Mantel aus ihrem blauen Range Rover. Schneeflocken fallen auf ihre frisch frisierten, blonden Haare. Claudia strahlt. Sie kann es kaum erwarten, ihr Baby im Arm zu halten. Sie humpelt Richtung Eingang. Ihr linker Fuß im blauen Plastikschuh schmerzt noch immer. Drei Zehen hatte sie sich im November gebrochen, als ein loser Stein aus einem Kaminsims fiel. Ihre Agentin: Der verletzte Fuß ist auch der Grund, warum Claudias Kind per Kaiserschnitt zur Welt kommt. Es war ärztlicher Rat. Bild zweifelt das an. Matthew Vaughn in unserer Heimatzeitung vom 1. Februar: Ich hoffe, daß er das Aussehen von seiner Mutter erbt und den Sinn für Geschäfte von seinem Vater. Bild.T-Online titelt am selben Tag: Aber warum findet sie keinen Namen für ihren süßen Sohn? Vaughn: Wir sind im siebenten Himmel. Unser Leben war in den letzten Jahren schon ein reines Märchen. Die Geburt unseres ersten Kindes setzt dem ganzen noch die Krone auf. Journalisten haken nach: Warum gibt es noch keinen Namen für Claudias Baby? Vaughn: Wir hatten deshalb noch keinen Namen, weil wir selbst nicht wußten, ob es ein Junge oder ein Mädchen wird. Frage: Ist Schiffer Junior eigentlich ein Brite? Nein. Obwohl das Baby in London geboren wurde, hat es automatisch die deutsche Staatsangehörigkeit, weil die Mutter Deutsche ist. Es kann eine doppelte Staatsbürgerschaft beantragt werden. Das Baby könnte sogar ein echter Graf werden. Plädoyer für den Kaiserschnitt: Klicken Sie hier. Plädoyer gegen den Kaiserschnitt: Klicken Sie hier. Heimatzeitung vom

4. Februar: Der am vergangenen Donnerstag zur Welt gekommene Sohn von Top-Model Claudia Schiffer und Ehemann Matthew Vaughn soll Caspar Matthew heißen. Die Entscheidung für den Namen sei erst am Montag gefallen, sagte Schiffers Agentin. Matthew Vaughns Vater, George Albert Harley de Vere Drummond, ist Patenkind der verstorbenen Queen Mum und hat seine Abstammung bis auf Edward Harley, den zweiten Grafen von Oxford, zurückverfolgt. Wahrscheinlich kann Vaughn den Grafentitel erben und auch an seinen neugeborenen Sohn weitergeben, der dann zur britischen Aristokratie gehörte.

Wir haben unsere Transitaufgaben erledigt; in wenigen Minuten werden neue Passagiere an Bord eintreffen. Erstes Durchblättern des neuen Vibe-Hefts mit Heidi. Vorn drauf: Justin Timberlake. Trägt er etwa ein MC5 T-shirt unter seiner Jacke? Neues Gesicht: Tanya White alias Freckles. Mit mehr Sommersprossen um ihre Nase herum als deine Schwester und du zusammen, befindet Heidi. Freckles hat eine rauhe Vergangenheit als Tomboy in Chicagos größtem und verwahrlosestem urbanen Ghetto, der South Side, hinter sich, hat mit Drogen gehandelt und erfolgreich Basketball gespielt; sie muß wahrhaft riesig sein. Aber sie sieht auf diesem Glamour Shot nicht gerade nach Female Masculinity aus. R. Kelly, aktuelles Album: Chocolate Factory, konnte sie vom Rappen zum Singen bewegen. Freckles' erste Single heißt Dance With Me. Wir blättern weiter. Heidi bemängelt, Justin Timberlake gebärde sich allzu sehr wie Michael Jackson. Aber wir mögen beide sein Solo Album. Die meiste Musik darauf stammt von den Neptunes und Timbaland. Ob das Vibe Magazine ihm einen gelungen Übertritt vom weißen Bubblegum Teen Pop Star zum glaubwürdigen R&B-Interpreten attestieren wird? Das neue Gegensatzpaar heißt übrigens Pop versus Urban. Ein Nathan Davis, 65, University of Pittsburgh, wird zitiert, daß es nicht an der Hautfarbe liege, sondern an der produktiven Umsetzung von Hörgewohnheiten, ob jemand in einer ethnisch anderen Musik zu überzeugen vermag. Dabei war Justin Timberlakes Vater Bluegrass-Musiker. Es folgen anekdotische Beobachtungen aus dem Master Sound Recording Studio in Virginia Beach. Tatsächlich scheint Michael Jacksons Off the Wall als Ausgangspunkt gedient zu haben. Einige ältere Songs der Neptunes, die Jackson abgelehnt hatte, wurden überarbeitet. Schließlich macht Vibe ein Fenster über weitere populäre Blue-eyed Soul Artists auf. Kein Satz zu dem merkwürdigen Cover des Albums, auf dem Timberlake in einer künstlichen, an Afghanistan oder den Irak gemahnenden, geradezu surrealistisch von Pipelines durchzogenen Landschaft steht. Überschrift: Justified. Soll mit diesem an Rebus-Rätsel angelehnten Sprachspiel ein imperialistischer Angriff auf den Irak gerechtfertigt werden?

Podiumsdiskussion über Postfeminismus, Heimreise ins verschneite Oberbayern, Suchmaschine. Elfriede Jelinek, vorletztes Jahr über Claudia Schiffer: Körper und Frau. Aus einer verschlossenen Toilettenkabine, vom Tonband, per Computerstimme, Sentenzen wie: Glühendschön mein Körper in der Muschel. Diese schöne Muschel, der ich Venus entsteige, nachdem ich sie mit Mut bestieg, in ihr will ich mich und meinen Körper miteinander denken lassen. Dürfte ich mit dir vielleicht einer Meinung sein, Körper? Ich speichere Worte in dir. Ich speichere Kleider auf dir. Hochpolitisch mein Denken, hochgradig nervös mein Handeln, hochmodern meine Kleidung, Hochleistung mein Körper. Es ist ein Zusammenspiel von mir und ihm. Ich setze alles daran, ihn zu befreien, aber nur, um ihn behalten zu können. Schauen Sie mein rosa Höschen und den rosa BH an, ich wollte, sie verhielten sich anders zu mir, erweiterten meine Figur zu etwas Nettem, damit jede Frau glaubt, sie hätte es auch, wenn sie nur wollte. Sie Frauen tun mir leid, weil Sie Ihre Lippen, Ihre Augen, Ihre Haare nicht dermaßen zuschleifen können wie ich meine. Es setzt von Ihrer Seite her ein Vergleichen ein, doch ich muß mich dem gar nicht erst stellen. Ich stehe ja schon fest. Sie tun mir leid. Tut mir leid, ich bin meinem Körper zugewiesen worden, aber ein anderer Körper hätte mich gar nicht erst genommen. Ich wäre ihm wahrscheinlich zu schön gewesen. Nur dieser Körper erhielt den Zuschlag. Jetzt hängt er zum Beispiel gerade in der U-Bahnstation, wo Sie immer einsteigen, und er hat diesen BH und dieses Höschen an. Und einige Zeilen weiter unten steht: Mein Herr Körper. Und steht da dann noch mehrere Male. Und schlingt Claudia Schiffer hinunter. Claudia: Ich glaube, ich muß mich selbst wieder auskotzen, damit Sie mich noch einmal sehen können.

Sendlinger Tor. Auf der Rolltreppe zur Unterführung lasse ich mir erläutern, warum sich Münchens Homosexuelle öffentlich bei der Polizei und den Behörden der Stadt für die faire Behandlung, die ihnen hier tagtäglich widerführe, bedankten. Felix und ich tragen jeder eine mit kostbarem Vinyl gefüllte rot-schwarze Optimal-Plastiktüte. Felix hatte eigentlich nur nach dem Album von Soft Pink Truth verlangt, auf dem sich auch eine Version des Songs Make-up, ursprünglich von Vanity 6, befindet. Weitere Titel: Everybody's Soft. Gender Studies. Soft Pink Missy. Big Booty Bitches Over You. Es riecht stark nach Currywurst. Wir eilen eine weitere Etage, zu den Bahnsteigen, hinunter. Ständig schaut sich Felix nach anderen Männern um. Er träume, unterbreitet er mir, von einer Hochzeit, träumt von seiner Traumhochzeit mit einem, seinem Traummann. Der Standesbeamte werde nicht sagen können: Ich ernenne euch zu Mann und Frau. Er werde, triumphiert Felix, sagen müssen: Ich ernenne euch zu Männern. In der U-Bahn sprechen wir über des homosexuellen Regisseurs Pedro Almodóvars ausgeprägte Identifikation mit den weiblichen Hauptfiguren seiner Spielfilme. Das verhalte sich allerdings in seinem neuesten Werk, Sprich mit ihr, anders, da die beiden Protagonistinnen beinahe die gesamte Dauer des Films über im Koma lägen und alle identifikatorischen Regungen auf die männlichen Liebhaber dieser Frauen gelenkt würden. Die sind wiederum, bei all ihrer Heterosexualität, in starkem Maß traditionell feminin kodiert, bemerke ich. Wie oft die beiden allein in aller Öffentlichkeit flennen müssen, stimmt mir Felix zu. Ungewöhnlich, fand auch Kristina. Und war nicht eine der beiden Frauen Stierkämpferin? Von herber Schönheit, meint Felix, wie sie bei Spanierinnen häufig vorkomme. Wobei, gebe ich zu bedenken, auch Stierkämpfer, traditionell männliche, etwas ausgesprochen sexuell Ambiges, betont Feminines, an sich haben, denke nur an ihre hautnah sitzenden, mit goldenem Brokat besetzten Lichteranzüge, die rosa Kniestrümpfe und glitzernden Pumps, die sie in der Arena zur Schau tragen: Total Camp. Total katholisch. Der Stier, el toro, den sie zu töten haben, dagegen eindeutig el hombre, der Mann. Die andere Protagonistin des Films: Eine Ballerina. Gemeinsamer Nenner: Den Körper bis ins delikate Detail betonende Trikotagen.

Felix findet es problematisch, daß Menschen wie Kristina und ich die, wie er es formuliert, ursprünglich homosexuelle Queerness von Camp ganz einfach in unser, wie er befindet, postmodernes Weltbild überführten und damit zur, sein Ausdruck, Dehomosexualisierung einer ganzen Subkultur beitrügen. Ich will aber an trügerische Termini wie Ursprünglichkeit gar nicht glauben und versuche Felix in geradezu flammender Rede davon zu überzeugen, daß Sexualität, sexuelle Identität, sexuelle Praxis, selbst nichts als das einmal zwanghafte, einmal flüchtige Produkt gesellschaftlicher Diskurse darstellt, darin dann allerdings durchaus den ästhetisch wie politisch relevanten Ausgangspunkt für neue Stile in allen Bereichen der Künste sowie weitere, übergreifend weiterführende Diskurse bilden kann. Queerness bietet keine Identität, sondern bezeichnet vielmehr Strategien der Dekonstruktion. Von denen die jeweils Ausführenden nicht einmal viel wissen müssen. Womit ich bei dem Thema meiner Schwester angekommen bin: Dekonstruktivistische Texte können die Sprache von innen, mit Hilfe von Sprache, der betreffenden, der betroffenen, in Frage stellen, aber somit nicht automatisch auch gleich überschreiten. Ganz anders mein Thema, die Musik: Veranschaulichen wir uns die Bewegungen Tanzender. Ihre Körper scheinen auf Anhieb mehr Modulationen motorisch umzusetzen, als ihre Gehirne momentan intellektuell wahrzunehmen in der Lage sind. Oder: Als Dr. Harry Oster 1959 seine Feldaufnahmen im Angola State Penitentiary von Louisiana machte und die dortigen Gefangenen befragte, welchen Blues sie ihm denn als nächstes aufs Tonband singen würden, und regelmäßig, obwohl es sich um Musikstücke mit Text handelte, die Antwort erhielt: Wait till I've sung it. Wir sind schnell verleitet, so etwas als authentisch zu affirmieren, Felix, in Wahrheit aber geht es hier um Abwandlung, um die auch von dir hochgehaltene Differenz, um das heilige, rituell diskursive Mysterium der Musik. Musik kommt über uns. Wie der Heilige Geist. Mehrere der um uns herum sitzenden Fahrgäste, zumeist Berufstätige auf ihrem Weg nach Hause, haben ihre Zeitungen sinken lassen, doch ich glaube nicht, daß sie meinen Ausführungen gefolgt sind. Dafür kann ich eine Meldung entziffern, nach der die amtierende Miss Deutschland ihre angekündigte Reise in den Irak verschoben hat. Angegebener Grund: Kriegsgefahr. Die Münchnerin Alexandra Vodjanikova hatte ursprünglich eine einwöchige Friedensmission geplant gehabt. Felix und ich verfallen in die stillschweigende Betrachtung unserer frisch erstandenen Schallplatten.

Samstag, auf der Couch, Karol zu meinen Füßen, auf dem Teppich, in zerlesene, vom Flughafen mitgebrachte Illustrierte vertieft. Ich durchblättere die beiden Tageszeitungen, die wir abonniert haben. Heimatzeitung: Der Historische Verein geht Spuren jüdischen Lebens nach. Überwältigendes Interesse der Bürger am neuen Historienpfad. Beispiel Beuerberger Straße 11, wo bis 1980 die ehemalige jüdische Frauenfachschule stand, das vormalige Hotel Reisert, die vormalige Kronmühle. Bereits 1920 hatte der Verein Jüdisches Landheim dort ein Kinderheim eingerichtet. Veruschka von Lehndorff, Tochter eines der Verschwörer vom 20. Juli 1944, trägt auf der letzten Seite der Wochenendbeilage der Süddeutschen Zeitung ein Plastikmieder wie die Prostituierten in der Oranienburger Straße über ihrem schwarzen Rollkragenpullover. Ihr blondes Haar reicht bis zu den Hüften. 1939 als Gräfin in Ostpreußen geboren, hat sie in Bremen, Hamburg, Florenz, Rom und Paris, sowie eine lange Zeit in der Nähe von München gelebt. Derzeit ist sie in Brooklyn zu Hause. Ihr Vermieter will ihre Katzen nicht dulden. Sie war eine Augenweide in Michelangelo Antonionis Spielfilm Blow-Up. Sie gilt als das historisch erste Supermodel der Geschichte. Veruschka sagt: Ich bin sicherlich das ärmste Topmodel aller Zeiten. Als Model ist man ein Objekt, das benutzt wird, um Werbung für ein Produkt zu machen. Wenn die Vogue mich für eine Reise buchte, mußten sie für mich nur die Kleider und den Fotografen mitnehmen. Styling, Make-up, all das habe ich selbst gemacht. Mich interessierte der Prozeß, was passierte, wenn eine Geschichte fotografiert wurde. Aber als Model hat man nichts zu sagen. Mir wurde klar, daß ich mit einem Fotografen zusammenarbeiten mußte, um meine Vorstellungen einzubringen.

What's inside Claudia Schiffer, jetzt, wo Caspar Matthew raus ist? Die Journalistin Angelika Otto nahm diesbezüglich für die Illustrierte Gala kein Blatt vor den Mund, und Karol liest vor: Diese Augen. Schön waren sie immer schon. Doch nun scheinen sie von innen zu leuchten. Und dieses Lachen. Selig, aus tiefstem Herzen. Keine Spur mehr vom coolen Laufsteg-Look. Glückstrunken nennt man den Zustand, in den die Geburt des kleinen Caspar Matthew Claudia Schiffer, 32, versetzt hat. Das Baby, das sie so zart und stark zugleich an sich drückt, hat das früher oft so kühl wirkende Supermodel in eine warmherzige, junge Mutter verwandelt, die vor Liebe fast zerspringt. Perfekt inszenierte sie ihren ersten Auftritt als Mutter, sechs Tage nach der Geburt. Zart geschminkt, im schwarzen Wollmantel, Arm in Arm mit ihrem Mann Matthew Vaughn, 31, zeigte sie an diesem Tag nicht nur ihr Baby, sondern gestattete der Öffentlichkeit auch einen kleinen Blick in ihr Herz. Eine Auszeit will sie sich jetzt nehmen, mindestens ein halbes Jahr. Eine gute Mutter will sie sein. Kein gestreßtes Model. Claudias Marktwert hat die Geburt des kleinen Caspar nicht geschadet. Sie wirbt für Citroën, Pepsi Cola, Hennes & Mauritz, Jacobs-Kaffee und L'Oréal.

Während auf der Stereoanlage die CD Replay Debussy läuft, momentan Terre Thaemlitz' Bearbeitung von Prélude à l'après-midi d'un faune, mutmaßen mein Bruder und ich darüber, ob, wann und weshalb Pepsi Cola Michael Jackson als Werbeträger entließ. Schließlich holt Karol seine Mappe herbei. In den letzten Wochen häuften sich Meldungen über Michael Jackson, zumeist im Zusammenhang eines von dem Künstler selbst als unfair, als Zerrbild, empfundenen Fernsehberichts des britischen Sensationsjournalisten Martin Bashir. Karol legt mir aktuelle Zeitungsberichte mit Fotografien vor, auf denen Jacksons Gesicht als kosmetisches Zerrbild erscheint. Bashir gegenüber habe er nur zwei Nasenoperationen eingestanden. Der amerikanische Schönheitschirurg Wallace Goodstein spricht dagegen von weit über fünfzig kosmetischen Operationen. Primärer Stein des Anstoßes: Michael Jackson hatte freimütig zugegeben, sein Schlafzimmer weiterhin mit Jungen zu teilen. Er habe mit vielen Kindern im selben Bett geschlafen; alle Welt solle das tun. Sexuell sei daran nichts. Schlagzeile der Süddeutschen Zeitung: In Peter Pans Bett. Martin Bashir hätte den Superstar acht Monate lang mit einer Kamera begleitet und Befremdliches eingefangen. Das Resultat besitze die Dramaturgie eines Horrorfilms. Jackson teilte daraufhin mit, er werde privates Videomaterial veröffentlichen, auf dem sich Bashir ganz anders äußere als in dem Text seiner Dokumentation. So hätte er bestätigt, wie ungerechtfertigt die kursierenden, das Leben auf der Neverland Ranch betreffenden Verdächtigungen seien. Und was sein Gegenüber doch für ein guter Vater sei. Michael Jacksons geschiedene Ehefrau Lisa Marie, 35, Tochter des Elvis Presley, veröffentlichte unterdessen ihre erste Single: Lights Out.

Art Disco, Artists: Sugar Coated Andy Hernandez als Vibraphonist in Dr. Buzzard's Original Savannah Band sowie in den Aural Exciters, als Bandleader für Kid Creole and the Coconuts, als Arrangeur für Cristina Monet, als Produzent und Arrangeur für Don Armando's 2nd Avenue Rhumba Band und seine eigene weiterführende Formation Little Coati Mundi. War er nicht auch in eine Produktion der deutschen Band Palais Schaumburg verwickelt? Von Coati Mundi, hinter dessen Pseudonym sich Sugar Coated Andy Hernandez selbst verbirgt, besitze ich eine Maxi Single aus dem Jahr 1980, auf deren Hülle August Darnell, Zentralfigur dieser afrikanisch-amerikanischen High Camp Clique, eine mir nicht bekannte Gina, sowie Adriana, Chefin, Kostümbildnerin, Choreographin der Coconuts, mit Lippenstift unterschrieben haben. Sie wünschen einem Cyrill happy birthday. Jedesmal, wenn ich die Platte aus unserem Regal ziehe, ist wieder ein bißchen mehr von dem Lippenstift abgegangen. Verschmiert, in waagerechten, weinroten Streifen auf die Hülle einer Compilation von Jerry Leibers und Mike Stollers Coasters übergegangen, stellt Tom, der mich seit einer guten Stunde bei meiner Arbeit beobachtet, fest. An der ansprechenden Produktion der 1983er Langspielplatte der Coconuts war Sugar Coated Andy Hernandez offenbar nicht beteiligt. Alle drei Coconuts sind von weißer Hautfarbe, ihr Haar ist in unterschiedlichen Schattierungen blond. Sie tragen rot-gelbe, unverkennbar an die Uniformen von Stewardessen angelehnte Kostüme. Sie tanzen und singen für August Darnell. Adriana Kaegi ist dessen Ehefrau und Schweizerin. Regula behauptet, Adriana sei ursprünglich Flugbegleiterin der Swissair gewesen.

Ich sehe meine Kolleginnen nur noch selten in derlei Kostümen. Seit sie mit den neuen, tiefsitzenden, am Bein ausgestellten Hosen, Hüfthosen, Schlaghosen, ausgestattet wurden, lassen sie ihre Röcke, den schmalen Rock, den wie ein Wickelrock wirkenden, auch das Kleid, gern im Koffer. Wir haben unsere Berufskleidung anteilig selbst finanziert. Wer ausscheidet, muß alle Knöpfe abschneiden und an die Lufthansa zurückschicken. Tom zeigt sich fasziniert von der Welt der Flugbegleiterinnen. Er bezeichnet meinen Beruf als einen weiblichen Beruf und weist mich auf den jiddischen Begriff Luftmensch hin, der für sensible, verträumte, poetisch gestimmte Typen steht. Tom findet, daß Adriana, Cheryl und Taryn ungemein betörend zu singen verstehen. Immer wenn er uns besucht, insbesondere, sobald meine Schwester das Zimmer verlassen hat, fragt er mich nach meinem Berufsleben aus. Ich erkläre ihm, daß dessen Pioniere Männer waren, angefangen mit Arthur

Hove, dem Hamburger, der zunächst Schiffssteward und ab 1928, auf der Strecke von Berlin nach Paris, wahrscheinlich der erste Luftsteward der Welt war. Das Austeilen des Essens sowie das Einsammeln der Spucktüten war nun keine Angelegenheit der Piloten mehr. Zwei Jahre später folgte die ausgebildete Krankenschwester Ellen Church als erste Stewardess der USA, weitere vier Jahre später stellte die Swissair mit Nelly Diener die erste Stewardess Europas ein. Der deutsche Terminus Flugbegleiter wurde 1938 gegen die feindliche Vokabel Steward ins Feld geführt. Die Lufthansa ließ damals verlautbaren: Für den Einsatz männlicher Flugbegleiter sprach die Tatsache, daß diese jederzeit auf allen, auch auf Fernstrecken, verwendet werden können; dagegen läßt die bei ausländischen Luftverkehrsgesellschaften beobachtete Werbewirkung den Einsatz weiblicher Flugbegleiter vorteilhafter erscheinen. Der Völkische Beobachter schlug die Berufsbezeichnung Luftmaid vor.

Karol und ich bringen Tom zur S-Bahn. Er bittet uns, am Haus des Ministerpräsidenten vorbeizufahren und schießt aus dem Auto heraus mehrere Fotos von den beiden Polizisten davor. Tom ist wie mein Bruder gekleidet, trägt die gleiche Jacke und auch ganz ähnliche Jeans wie er. Der Saum seiner zu langen Hosenbeine saugt sich mit Schneematsch voll. Ich habe ein Kleid unter meinem Mantel und Stiefel an. Tom wird die S 7 bis zur Donnersberger Brücke nehmen, in Richtung Flughafen Franz Josef Strauß umsteigen und um die Mittagszeit bereits wieder in London sein. Karol berichtet, vor wenigen Tagen, vor Pressefotografen, vor ihrem Abflug nach Bagdad, zu dem sie sich nun doch entschlossen hätte, Alexandra Vodjanikowa am Check-in gesehen zu haben. Während ihrer einwöchigen Mission wolle sie, neben Staatschef Saddam Hussein, auch soziale Einrichtungen besuchen. Diagonal um die Idealmaße ihres Oberkörpers drapiert: Eine schwarz-rot-goldene Schärpe mit der Aufschrift Miss Deutschland. Tom findet das gespenstisch: Die unter einem russischen Namen amtierende schönste Frau Deutschlands setzt sich als menschliches Schutzschild gegen US-amerikanische Bomben auf ein antiamerikanisches Regime ein. Auf ein antisemitisches Regime, füge ich hinzu. Auf den zahlreichen, derzeit von Schlagersängern und windigen Philosophen in Umlauf gebrachten Unterschriftenlisten gegen die USA mag ich mich jedenfalls nicht verewigen. Trotzdem halte ich den angekündigten Angriffskrieg der USA und Großbritanniens gegen den Irak für unangemessen.

Mein Bruder und ich rollen über die Loisachbrücke auf das Haderbräu-Gebäude, den steil darüber thronenden Bergwald, zu. Wir fragen uns, wo das von Dr. Heißerer beschriebene, 1972 abgerissene Fahnensattlerhaus gestanden haben könnte, in dem Rainer Maria Rilke 1897 mit seiner aufreizend mütterlichen Geliebten Lou Andreas-Salomé logierte. Gestern erst haben Tom und ich in Seeshaupt, gegen Sankt Heinrich hin, die Villa Tambosi gesucht, in der Walter Benjamin 1916, aus München kommend, entlobt von Grete Radt, verliebt in Dora Pollak, seine zukünftige Ehefrau, deren Mann das Anwesen gehörte, logierte, und auch intensive Gespräche mit Gerschom Scholem führte. Ausführlich rekapituliert noch der greise Scholem in Jerusalem so gut wie sämtliche abgehandelten Thesen. In Benjamins Zimmer soll eine kostbare französische Ausgabe von Gustave Flauberts Bouvard et Pécuchet gelegen haben. Benjamin habe den Catalogue des opinions chic gepriesen und behauptet, Flaubert sei gänzlich unübersetzbar. Scholem fiel außerdem auf, daß sein Freund damals häufig die Vokabel irgendwie verwendete. Wir stehen an der Ampel vor Fritz Schnallers Antiquitätenhandlung. Karol hat irgendwo gelesen, daß Andreas-Salomé in ihrem jungenhaften Gespielen beide Geschlechter vereinigt sah. Und wirklich schrieb Rilke ja später in seinen Briefen an einen jungen Dichter: Vielleicht ist über allem eine große Mutterschaft, als gemeinsame Sehnsucht. Auch im Mann ist Mutterschaft, scheint mir, spekulierte Rilke vorsichtig, leibliche und geistige; sein Zeugen ist auch eine Art Gebären, und Gebären ist es, wenn er schafft aus innerster Fülle. Und vielleicht sind die Geschlechter verwandter als man meint, und die große Erneuerung der Welt wird vielleicht darin bestehen, daß Mann und Mädchen sich, befreit von allen Irrgefühlen und Unlüsten, nicht als Gegensätze suchen werden, sondern als Geschwister und Nachbarn und sich zusammentun werden als Menschen, um einfach, ernst und geduldig das schwere Geschlecht, das ihnen auferlegt ist, gemeinsam zu tragen.

Am Abend wird Martin Bashirs umstrittener Fernsehfilm auf RTL gezeigt. Michael Jackson spricht allen Ernstes die Worte: I am Peter Pan. Seine kosmetisch rekonstruierte, übertrieben zierlich geformte, gekünstelt nach oben gerichtete Nase sowie seine unwirklich vergrößerten Kulleraugen erinnern tatsächlich ganz frappierend an die Darstellungen Peter Pans in Bilderbüchern und Zeichentrickfilmen. Aber auch an Diana Ross. Seine Nase habe er, sagt der Sänger, korrigieren lassen, um hohe Töne besser treffen zu können. Wegen seiner fortschreitenden Pigmentstörung spaziert er mit einem Sonnenschirm durch Neverland. Meinen Bruder erinnert das an Cosplay, jene hermetischen, auf Manga Comics basierenden, aus Japan kommenden Verkleidungsspiele, an denen seine Kollegin Ashley regelmäßig teilnimmt. Von dem Vorwurf, mit Kindern im selben Bett geschlafen zu haben, bleibt lediglich bestehen, daß Michael Jackson mit ihnen im selben Zimmer geschlafen hat. Bashirs ganzer Stolz: Eine Einstellung, in der sein Opfer, Karol findet: mütterlich, respektive väterlich, besorgt, es ließe sich, finde ich, im Hinblick auf Peter Pan, ebensogut konstatieren: brüderlich, schwesterlich bewegt, die Hand eines ehemalig krebskranken Jungen hält. Der Filmemacher wittert hierin den Untergang der westlichen Zivilisation. Auch RTL spielt das Bild in einer anschließenden Fernsehdiskussion immer wieder ein, zoomt andauernd die beiden sich umklammernden Hände heran. Durchtrieben.

Georges Valensin: Die Nase kann das sexuelle Interesse des Mannes wecken; besonders wenn sie leicht nach oben gerichtet und zierlich geformt ist; ein kräftiges, vorspringendes Riechorgan ist bisweilen für Männer mit homosexuellen Neigungen ein Reiz. Selten sieht man eine Frau, selbst wenn sie in Gedanken versunken ist, ihre Nase reiben oder betasten, wie es ein Mann in gleicher Lage zu tun pflegt; tut sie es dennoch, ist dies ein Zeichen von Virilismus, welches ihren Partner verstimmen kann, da das Reiben der Nase von vielen Männern unbewußt dem Reiben des Penis gleichgesetzt wird. Die Nasenlöcher der Frau können dunkel an ihre Genitalöffnung erinnern; eine bewußte Verwechslung gehört zu den seltenen Ausnahmen. Das vorspringende Gesäß ist eine Eigentümlichkeit des Menschen, ebenso wie die aus der Ebene des Gesichts ragende Nase; doch während diese beim Mann stärker hervortritt, ist es bei der Frau das Gesäß. Seine üppige Polsterung beruht auf einer unterschiedlichen Verteilung des Fettgewebes und stellt eines der typischen Geschlechtsmerkmale der Frau dar, das den Mann aufs höchste erregt, zum Erstaunen seiner Partnerin, die nicht begreift, daß er dem Körperteil, auf dem sie sitzt, ein solches Interesse entgegenzubringen vermag. Ein übermäßiges Vorspringen des Gesäßes beim Mann deutet auf eine geringe Virilität hin. Die Tatsache, daß viele Frauen Hosen tragen und homosexuelle Tendenzen immer mehr zunehmen, hat der Bedeutung eines etwas in Vergessenheit geratenen weiblichen Körperteils neuen Auftrieb gegeben. Die Proportionen des weiblichen Beckens sind ebenfalls wieder Gegenstand des Interesses. Bei der Frau sitzen die Oberschenkel an einem größeren Becken; damit sie unten nicht auseinanderstreben, müssen sie mehr einwärts gedreht werden. Ihre Knie würden beim Gehen ständig aneinanderstoßen, wenn sie nicht nacheinander jede Hüfte durch eine Schlingerbewegung des Beckens verlagerte. Viele Frauen sind sich der sexuellen Bedeutung dieses wiegenden Ganges vollauf bewußt: So betonen die Papuafrauen aus Neu-Guinea und manche Europäerinnen einen derartigen erotisierenden Gang, sobald sie an einem Mann vorübergehen, fallen aber sofort in ihre normale Gangart zurück, wenn er außer Sichtweite ist.

Lieber Tom, ich hoffe, Du bist gestern gut nach Hause gekommen. Was Deine noch offenen Fragen betrifft, konnte ich bei der Unabhängigen Flugbegleiter Organisation, UFO, in Erfahrung bringen, daß unter den Zehntausenden, die sich jährlich bei der Lufthansa um eine Ausbildung zu meinem Beruf bewerben, tatsächlich über neunzig Prozent Frauen sind. Es gibt eine Untersuchung, nach der sich diese davon versprechen, aus dem Arbeitsmarktangebot der traditionellen Frauenberufe ausscheren zu können, daß sie als Flugbegleiterinnen wahrscheinlich etwas anderes als ein genormtes Frauenleben führen werden, wohingegen Du ja behauptest, daß ich als Flugbegleiter, angefangen mit dem ersten Lehrgang zur Körperbeherrschung, eher einem normalen Männerleben ausgewichen bin. Die Leute von der UFO schreiben: Tatsächlich bietet der Beruf der Flugbegleiterin viele Chancen und Möglichkeiten, die auch in unserer Zeit für Frauen nicht selbstverständlich sind: ein Leben im öffentlichen Raum, finanzielle Unabhängigkeit, das Kennenlernen fremder Länder und die Gelegenheit, Abenteuer auf eigene Faust zu erleben. Dieser modernen Seite des Flugbegleiterberufs stehe jedoch eine im Hinblick auf die Rolle der Frau eher traditionelle entgegen: Die Tätigkeit der Betreuung und des Arbeitens an Bord gleiche in der Tat der Hausfrauenarbeit und biete mit ihren sich wiederholenden Abläufen nur wenig Gestaltungsspielraum. Für viele Flugbegleiterinnen sei es nicht einfach, diese widersprüchlichen Seiten ihres Berufs miteinander in Einklang zu bringen. Daß die traditionell weibliche Tätigkeit der Sorge für andere in unserer Kultur noch immer geringgeschätzt werde, mache den Balanceakt um so schwieriger. Du mußt aber auch bedenken, daß wir, wenngleich bei unseren bis zu beinahe neunzig Flugstunden pro Monat allein die Zeit in der Luft zählt und wir bis zu vierzehn Tage am Stück unterwegs sein können, andererseits Anspruch auf mindestens fünfunddreißig freie Tage im Quartal haben. Zeitspannen, in denen ich mein bei allem involviertem, eher als jungenhaft geltenden Wissen über Musik, bestimmt nicht typisch weibliches Buchprojekt realisieren kann. Im Attachment darfst Du ein Foto Wernher von Brauns aus den späten 1930er Jahren öffnen, auf dem er von einer etwas plump wirkenden Flugbegleiterin der Lufthansa mit Schaumwein bedient wird.

Endlich Tauwetter. Besuch aus München von Ursula, aus Bad Tölz von Gregor. Die beiden verstehen sich auf Anhieb prächtig; ich verspüre Lust, sie miteinander zu verkuppeln. Das Thelonious Monk Trio von 1954 auf Zimmerlautstärke: Work, Nutty, Blue Monk und Just a Gigolo, resignifiziert. Gregor, der auf einen Spaziergang drängt, geht mit schräg geneigtem Kopf vor dem Bücherregal auf und ab, liest halblaut einzelne Titel vor und fragt unvermittelt: Wieso gibt es eigentlich keine Philosophinnen? Ursula: Die Philosophie war eine phallologische Wissenschaft und wird heute nur noch als Geschichte der Philosophie verwaltet. Ich: Friedrich Nietzsche stellte im neunzehnten

Jahrhundert eine Schnittstelle zwischen traditionell männlicher Philosophie und der im zwanzigsten Jahrhundert aufkommenden weiblichen, sagen wir besser: von Autorinnen dominierten, Kulturwissenschaft dar. Ursula: Noch vor hundert Jahren erhielten Frauen gar keinen Zugang zum akademischen Betrieb. Christina von Braun zitierte 1997 in ihrer Rede zur Einführung des Studiengangs Gender Studies an Berlins Humboldt-Universität Georg Lewin, hundert Jahre zuvor Direktor der Klinik für Syphilis an der Königlichen Charité: Eine Frau, die über die Anatomie der Geschlechtsteile nicht allein des Weibes, sondern auch des Mannes orientiert ist und über das Mysterium des Geschlechtsakts ohne Erröten sprechen kann, wird den Mann, wenn nicht abstoßen, so doch immer kalt lassen. Otto Gierke, Historiker an der Friedrich-Wilhelms-Universität zu Berlin, ebenfalls 1897: Das deutsche Volk hat anderes zu thun, als gewagte Versuche mit Frauenstudium anzustellen. Sorgen wir vor allem, daß unsere Männer Männer bleiben. Es war stets ein Zeichen des Verfalles, wenn die Männlichkeit den Männern abhanden kam und ihre Zuflucht zu den Frauen nahm. Rudolf von Virchow, Mediziner, zehn Jahre später: Das Weib ist eben nur Weib durch seine Generationsdrüse, alle Eigentümlichkeiten seines Körpers und Geistes oder seiner Ernährung und Nerventätigkeit: die süße Zartheit und Rundung der Glieder bei der eigentümlichen Ausbildung des Beckens, die Entwicklung der Brüste bei dem Stehenbleiben der Stimmorgane, jener schöne Schmuck der Kopfhaare bei dem kaum merklichen weichen Flaum der übrigen Haut, und dann wiederum diese Tiefe des Gefühls, diese Wahrheit der unmittelbaren Anschauung, diese Sanftmut, Hingebung, Treue, kurz: alles, was wir an dem wahren Weibe Weibliches bewundern und verehren, ist nur eine Dependenz der Eierstöcke. Wahnsinn, findet nun auch Gregor. In ihrer Rede kam von Braun auf den stets misogynen Rassismus zu sprechen. Sie zitierte des Antisemiten Artur Dinters unfreiwillig avancierte Sentenz vom Geist, der sich den Körper baue, sowie den damals kursierenden Kalendervers gegen das Schimpfwort Intellektualität: Hinfort mit diesem Wort, dem bösen, mit seinem jüdisch-grellen Schein. Nie kann ein Mann von deutschem Wesen ein Intellektueller sein.

Otto Hauser, Rassenforscher, 1921: Bei keinem Volk findet man soviel Weibmänner und Mannweiber wie bei den Juden. Deshalb drängen sich so viel Jüdinnen zu männlichen Berufen, studieren alles mögliche, von der Rechtswissenschaft, Heilkunde bis zur Theologie, werden Gruppen- und Volksvertreterinnen. Betrachtet man diese jüdischen Frauen auf die sekundären Geschlechtsmerkmale hin, so kann man bei gut zwei Dritteln von ihnen deren Verwischung feststellen. Der deutliche Bartanflug ist überaus häufig, die Brüste dagegen unausgebildet, das Haar bleibt kurz. Alles auf Christina von Brauns Website nachzulesen. Ursula: Auffallend, daß solche Frauen damals nervöse Frauen genannt wurden. Karol fragt, ob die Berliner Kulturwissenschaftlerin eigentlich mit dem zunächst reichsdeutschen, nach 1945 US-amerikanischen Raketenpionier Wernher von Braun verwandt sei. Niemand im Raum weiß es. Interessant, daß sie 1944 in Rom geboren wurde, merke ich an. Wann mußte sich die deutsche Wehrmacht gleich wieder aus Rom zurückziehen? Ursula findet, daß wir, zumindest wir Frauen, Judith Butler durchaus als Philosophin bezeichnen sollten. Das Interrogative sei die neue, die weibliche, die feministische Tugend der Philosophie. Dann verlassen wir alle das Haus. Auf einem Feldweg kommt Karol noch einmal auf Christina von Brauns Aufsätze über das Weib als Klang bei Richard Wagner und Franz Schreker zu sprechen. In denen das Mündliche als weiblich und das Schriftliche, die Verschriftlichung des Sprechens, als männlich bezeichnet werde.

Unsere Rücken schmerzen vom Schieben der zweihundert Pfund schweren Trolleys gegen die aerodynamisch bedingte Neigung des Flugzeugrumpfs. Der niedrige Luftdruck in der Kabine hat uns müde gemacht, die geringe Luftfeuchtigkeit unsere Schleimhäute austrocknen lassen. Die Abrechnung des Bordverkaufs hat heute besonders lange gedauert. Als wir vor das Abfertigungsgebäude treten, erschlägt uns das ungewohnte Klima. Die aufgehende Sonne entspricht nicht unserer inneren Uhr. Nach dem Eintreffen im Hotel verschwinden alle auf ihren Zimmern und machen sich frisch. Besonders Ashley kann es abermals gar nicht erwarten, die ganzen blauen Sachen von sich zu streifen. Fünfundvierzig Minuten später erscheint sie, von Kopf bis Fuß in verschiedene Abstufungen von Rosa gekleidet, mit unglaublichen Klunkern angetan, an der Bar. Ingrid ruft aus: Niemand behängt sich selbstbewußter mit femininem Kitsch als Ashley. Die uns daraufhin für die nötige spielerische Revalorisierung des bespöttelten bis geradeheraus verachteten Mädchenhaften zu gewinnen versucht. Jungen dürften ihre vorpubertären Vorlieben für Autos, Flugzeuge und Raketen ins Erwachsenenalter hinein verlängern, Frauen hingegen würden verlacht, wenn sie an den niedlichen Accessoires ihrer Kindheit festhielten. Ich finde diesen Vergleich nicht ganz stimmig. Eine längere Diskussion über Tomboys, Girly Girls, Gothic Lolitas und Sissy Boys schließt sich an. Ingrid erinnert an eine ewig zurückliegende popistische Strömung namens Girlism. Auf dem Monitor über der Hotelbar läuft MTV. Nelly featuring Justin Timberlake: Work It.

Anke Schipp regt sich in der Frankfurter Allgemeinen Sonntagszeitung über die in Mailand gezeigte neue Mode von Prada auf. Das Haus biete seinen Kundinnen nicht mehr an, möglichst sexy zu sein, sondern stelle die Frage: Wieviel Männlichkeit verträgt eine Frau? Offenbar eine ganze Menge, bemängelt die Autorin, denn Miuccia Prada mache sich nicht einmal die Mühe, die präsentierte Herrenkleidung auf Damenproportionen umzuschneidern. Genoveva liest vor: Die Frau soll versinken in dem kastenförmigen Hemd, die XXL-Lederhandschuhe sollen ihr von den Armen rutschen, der mausgraue zweireihige Glencheck-Mantel ohne Kragen soll so aussehen, als hätte sie ihn von ihrem Opa geliehen, genauso wie der Herrenhut, den man von Heckablagen im Opel Rekord kennt. Ach, deshalb die Schlagzeile: In Mailand macht Prada die Frau zum Opelfahrer. Androgyn ginge jedenfalls anders. Ingrid ist sich sicher, daß in ganz Mailand kein einziger Opel herumfährt. Die Farben seien düster, viel Wolle, ein bißchen Leder, kaum Pelz. Setze Prada Farben ein, dann versteckt. Ihre Dschungelmotive, ebenfalls aus der Herrenkollektion bekannt, lugten unter dem Mohairpullover lediglich an den Bündchen hervor. Die Kollektion besitze zwar durchaus weibliche Elemente, etwa die schmal geschnittenen Kleider, gerafft oder plissiert im Stil der 1930er und 1940er Jahre, die strahlten aber eine eher altmodische Erotik aus. An Gefälligem finde das Haus Prada anscheinend keinen Gefallen. Anke Schipp wittert dahinter intellektuelles Kalkül. Signora Prada werde das aber gewiß abstreiten. Ingrid merkt an, daß es weder die Schnitte noch ihre Kritik seien, die eine Mode wirklich ausmachten. Eine Mode ist nur dann lächerlich, wenn sie noch nicht ist, sagt sie. Beziehungsweise, wenn sie aufgehört hat zu sein.

Ein Spaziergang im Vorfrühling, allein, hinauf zu Jaffés Villa Vogelnest, wo ich noch heute Lorenzos und Friedas Präsenz spüren kann. Ein eigentümlicher Kitzel ist das, fand sogar Tom. Er vermochte mir hier oben letzte Woche Anaïs Nins schwärmerischen Aufsatz über D.H. Lawrence nachzuerzählen, ihr literarisches Erweckungserlebnis anläßlich der Lektüre von Lady Chatterley's Lover. In meiner Plattentasche steckt ein im Verlag Arndtstraße, Frankfurt, 1976 erschienener Reprint von Hedwig Dohms Die Antifeministen aus dem Jahr 1902 sowie ein kürzlich bei Pro Quadratmeter erstandener, drei Jahre alter Routledge Reader über Fashion Cultures, den ich, nachdem ich mich auf einer Bank im oberen Bergwald niedergelassen habe, hervorziehe. Mit meinem 3sat-Drehbleistift aus Klagenfurt streiche ich einzelne Sequenzen in Catherine Constables vielversprechendem Beitrag an. Making up the truth. On lies, lipstick and Friedrich Nietzsche. Nietzsche's complex appreciation of make-up. Nietzsche's writing in The Gay Science: Reflect on the whole history of women: Do they not have to be first of all and above all else actresses? Listen to physicians who have hypnotized women; finally, love them, let yourself be hypnotized by them. What is always the end result? That they put on something even when they take off everything. Constable: Nietzsche's conception of the necessity of lies feeds back into his arguments about the truthful illusion. While the world and the subject are both seen to be fictional, Nietzsche is not arguing that these constructions can be totally changed from one moment to the next. On this model, the perspective that is created over time will become the truth of the subject. While the subject is still a mask, a fictional construct, s/he is created through patterns of repetition that come to constitute his / her truth. This perspectival truth is a specific mode of seeing particular to the subject that is not to be confused with objectivity. Nietzsche: Es gibt viele Arten von Augen. Auch die Sphinx hat Augen, und folglich gibt es vielerlei Wahrheiten. Und folglich gibt es gar keine Wahrheit. Constable: The analysis of the mask as truthful illusion clearly has important implications for feminism in that it radically destabilizes the definition of glamour as objectification.

Hedwig Dohm, geboren 1833, gestorben 1919, sieht Friedrich Nietzsche dagegen zwei Jahre nach dessen Tod in ihrem Werk Die Antifeministen bestens aufgehoben. Seine Wendungen aus der Fröhlichen Wissenschaft über die Lüge als die große Kunst des Weibes, Schein und Schönheit als ihre höchste Angelegenheit, lassen sie vor Wut aufbrausen. Sie mokiert sich darüber, daß Nietzsche von der gefährlichen schönen Katze Weib fabuliert, und höhnt: Wo hat er seine Frauenstudien gemacht? Etwa in den Hospitälern vor Paris, auf dem Kriegsschauplatz im Jahre 1871, wo er als Krankenwärter neben so vielen Krankenwärterinnen tätig war? Hat er da der Frauen innere Wildheit, ihre raubtierhafte List, ihren Egoismus entdeckt? Dohm stützt sich auf Dinge, die längst nicht mehr zu halten sind, etwa: Aus der Biographie seiner Schwester, an deren absoluter Gewissenhaftigkeit nicht zu zweifeln sei, dürften wir schließen, daß Nietzsche niemals intime Beziehungen zu Frauen gehabt habe. Nur in den an Lou Andreas-Salomé gerichteten Briefen klinge etwas von einer Seelengemeinschaft mit einer fast zärtlichen Gemütsbeteiligung durch. Nichts, sagt Lou Salomé, hält Hedwig Dohm fest, ist ihm pöbelhafter, unvornehmer als das Werdende und die Bringer des Werdenden und Neuen: der moderne Mensch und der moderne Geist. Aus heutiger Sicht ließe sich sagen: Weil er bereits eine Ahnung vom postmodernen Subjekt respektive der postmodernen Auflösung des sogenannten Subjekts besaß. Notizheft N VII 2, Seite 183: Person, in Anführungszeichen, Subjekt, gleichfalls in Anführungszeichen, als Täuschung. Ein beherrschtes Gemeinwesen. Am Leitfaden des Leibes. Gewagter Gedanke: Daß dem Feminismus, jedenfalls seiner heutigen dekonstruktivistisch differenzierenden Ausrichtung, zunächst einmal die Moderne im Weg stand. Dennoch mußten zuvorderst auch für Frauen die, logisch modernen, Bürgerrechte erkämpft werden. Und Nietzsche schien sie ihnen tatsächlich, im expliziten Widerspruch zu seinen analytischen Äußerungen, zeit seines Lebens nicht einräumen zu wollen. Hätte ich mich vor hundert Jahren wahrscheinlich genauso drüber aufregen können wie Hedwig Dohm. Und manches Recht besitzen wir ja bis heute nicht. Trotzdem notieren und zu Hause behutsam einfügen: Friedrich Nietzsche, posthumer Feminist.

Deutlich irritiert nimmt Hedwig Dohm auch Lou Andreas-Salomés Traktat Der Mensch als Weib zur Kenntnis. Anmerkung: Würde Catherine Constable diesen Text aus dem Jahr 1899 vielleicht ebenso als dekonstruktivistisch zu lesen verstehen? Dohms Befund lautet jedenfalls: Frau Lou, in Klammern: ihr voller, zu langer Name frißt zu viel Manuskript, ist Antifrauenrechtlerin. Was zunächst einmal an ihrem Stil festgemacht wird: Frau Lou spricht zu uns wie durch zarte Schleier oder wie aus einer gewissen Entfernung; und je mehr das, was sie sagt, anzuzweifeln ist, um so subtiler tastet sie daran. Auf weichen Sohlen gleitet sie, fast schwebend, selbst über schlüpfrigen Boden; und in der Tonart von Flöte und Harfe rührt sie leise und vornehm an die heikelsten Dinge auf dem Gebiet des Geschlechtslebens. Ganz Nacktes hüllt sie in schimmernden Nebeldunst. Singendes und Klingendes sagt sie, sich im Kreise Wiegendes, Schwingendes; und diese Stelle muß ich natürlich sofort an Karol weiterreichen. Es ist, als blicke sie seitwärts unter langen Wimpern hervor, nicht geradeaus. Weit über die Wirklichkeit hinaus fliegt ihre Psyche. Andreas-Salomé: Der Mann ist von vorn herein gestellt auf Differenzierungsvermögen, dem irgendein letztes seliges Phlegma im Weibe lächelnd widerstrebt. Dohm: Ich legte Frau Lous Abhandlung, als ich damit zu Ende war, nachdenklich aus der Hand. Bestechend war, was sie sagte, schmeichelnd, zu sich hinlockend; es entsprach meinen Instinkten. Ich möchte mich auch blumenhaft entfalten dürfen, ins Weite blühend und duftend; mich in selig lächelndem Phlegma, in intakter Harmonie wie ein schimmernder Wassertropfen zusammenkugeln. Aber es kommt gewöhnlich ganz anders. Besteht nicht ein tiefer Widerspruch zwischen der Selbsteigenheit der Frau, die Frau Lou will, und ihrer absoluten materiellen Abhängigkeit vom Mann? Ist es nicht eine fast grobe Naivetät, wenn eine Frau dem Weib die Ideen produzierende höhere Intelligenz abspricht und in dem selben Atem ein souveränes Verdikt über die höchsten Probleme der Menschheit abzugeben sich berechtigt glaubt? Und braucht denn der Mann diese Apologetinnen seiner Ideentiefe?

Maria Schlüter-Hermkes, um 1930: Bei der geistigen Höchstleistung, beim Werke des Genius, ist die Frau aktiv am Schaffensvorgang beteiligt. Es gibt allerdings keinen weiblichen Phidias, Platon, Beethoven, Hegel, Napoleon. Sappho und Annette von Droste etwa, so groß sie sind, können nicht mit Dante oder Goethe verglichen werden, die Jungfrau von Orléans hat nicht den Feldherrnrang eines Napoleon. Weibliche Maler, Philosophen, Komponisten, Bildhauer, Architekten, so talentvoll einzelne gewesen sind und so Bedeutsames sie geschaffen haben, können überhaupt nicht neben den ganz großen Namen genannt werden. Man sollte aufhören, diese Tatsache mit äußeren Gründen zu erklären, etwa mit der physischen Unterdrükkung durch den Mann oder mit den geringeren Bildungsmöglichkeiten, und nun, da diese Gründe nicht mehr, oder nur noch zu einem kleinen Teil, vorhanden sind, auf eine Wendung zu hoffen. Der Sprung vom Talent zum Genie scheint an eine Bedingung geknüpft, die in der Frau nicht realisierbar ist. Es ist ein schwerer, unter Umständen tragischer Augenblick im Leben der geistig arbeitenden Frau, wenn diese Einsicht sich ihr aufdrängt. Gerade die stärksten Kräfte der bewußten Frau sträuben sich dagegen, bis sie den Zusammenhang sieht, in dem dieser Sachverhalt ruht; dann wird es evident, daß jedes geniale Werk ebensosehr das Werk einer Frau ist wie des Mannes, dessen Namen es trägt. Wir wissen, daß Vater- und Mutterkulturen in der ganzen Menschheitsgeschichte sich abgewechselt haben und daß Hochkulturen wahrscheinlich immer das Ergebnis der Spannung dieser beiden Kulturen sind. So auch beim Individuum. Die geistige Hochleistung geschieht nur da, wo Mann und Frau zusammenwirken; denn genial ist das Werk, das beide Pole des Menschlichen, Mann und Weib, irgendwie ausdrückt, und in dem etwas Unendliches, etwas Transzendentes in Erscheinung tritt. Bei diesem Zusammenwirken fällt aber der Frau die actio, dem Mann die passio zu. Wo der Genius in Erscheinung tritt, hat ihn die Frau gezeugt und der Mann empfangen. Ab wann, schließe ich an, waren eigentlich doppelte Nachnamen für Ehegattinnen zugelassen?

Auf Heidis luxuriöser Bettstatt, in ihrem überheizten, nach Nagellack riechenden Schlafzimmer. Wattepfropfen stekken zwischen den einzelnen Zehen meiner Kollegin. Zwischen uns liegt die neue Ausgabe der Elle: Let's work. In vier Wochen fit für den Mikromini. Ich komme direkt vom Flughafen, Heidi hat bereits seit Anfang der Woche frei. Noch unter der Tür bat sie mich, meine Dienstkleidung abzulegen und in ihren Kleiderschrank zu hängen. Sie findet Gefallen an meinem gerippten Unterhemd. Ich solle mich nicht daran stören, daß sie praktisch gar nichts anhabe. Ist schon okay, gebe ich zurück. Aber ich würde nicht auf die Idee kommen, auch noch meine Boxer Shorts auszuziehen. Heidi findet es verhängnisvoll, wenn in der öffentlichen Debatte über die sogenannte Freizügigkeit auf MTV und ähnlichen Musiksendern gezeigter Video Clips nackte Haut sofort mit bedingungsloser sexueller Verfügbarkeit in Deckungsgleichheit gebracht wird. Aber ihr fällt momentan auch kein stichhaltiges generelles Gegenargument ein. Das muß eben ganz akribisch am einzelnen Artefakt untersucht werden. Außerdem geht es, wende ich ein, in erster Linie doch wohl weniger um graduelle als um partielle Nacktheit, die bestimmte Körperteile, gar nicht mal unbedingt die unbekleideten, sexualisiert. Frage: Kann es eine selbstbestimmte Nacktheit, wie sie von Genoveva erst kürzlich wieder postuliert wurde, überhaupt geben? Wahrscheinlich nicht. Wir kommen auf die gelben Schlüpfer zu sprechen, die unsere dienstältesten Lufthansa-Kolleginnen zur Zeit der vermeintlichen sexuellen Befreiung unter ihren extrem kurzen Minis zu tragen hatten. Was sollten die signalisieren? Heidi, erhitzt: Muß denn Sexualisierung immerzu in Sexismus münden? Da beginnt, in dem kleinen Fernsehgerät an unserem Fußende, die Ausstrahlung von Michael Jacksons Gegendarstellung zu Martin Bashirs vor zwei Wochen gezeigtem Film. Und bringt uns vorerst zum Verstummen.

Ruby und Dick: Weibliche Performanz und Ökonomie. Für We're in the Money, die massive Eröffnungsszene von Gold Diggers of 1933, läßt Busby Berkeley den Körper eines jeden seiner ansonsten unbekleidet wirkenden Chorus Girls mit Nachbildungen von Goldmünzen behängen; eine extrem vergrößerte prangt jeweils vor dem primären Genitalbereich. Darauf die Gravur eines antiken Jünglingskopfs, lorbeerbekränzt. Ruby Keeler als Showgirl angelt sich Dick Powell in seiner Rolle als vermeintlich armer Komponist und verkappter Millionär. Showgirls haftet in dessen Elternhaus der Ruf von Parasiten an. Pamela Robertson schreibt in Guilty Pleasures, Duke University Press, 1996, that the comic gold digger is to feminist camp what the dandy is to gay camp: its original personification, its defining voice. Gold Diggers of 1933 spielt auf Belange an, die wir aus Mae Wests Filmen kennen. West liefert ein

Modell für feministischen Camp: Ein Modell einzigartiger weiblicher Darstellung vermittels weiblicher Maskerade und Burleske, das sowohl bei weiblichen als auch schwulen männlichen Zuschauern Bewunderung hervorruft. Weg von der Fixierung auf den Star, hin zu eher gemeinschaftlichen Strategien und Vergnügungen. Durch die Verbindung von Showgirl und Gold Digger, die beide mit Prostitution in Zusammenhang gebracht werden können, bietet der Film einen historischen Rahmen dafür, feministischen Camp als eine Strategie arbeitender Frauen zu erkennen.

Aus Walter Benjamins Notizen über Charles Baudelaire: In der Gestalt, die die Prostitution in den großen Städten angenommen hat, erscheint die Frau nicht nur als Ware sondern im prägnanten Sinne als Massenartikel. Durch die artifizielle Verkleidung des individuellen Ausdrucks zugunsten eines professionellen, wie er als Werk der Schminke zustande kommt, wird das angedeutet. Daß es dieser Aspekt der Hure war, der sexuell bestimmend für Baudelaire wurde, dafür spricht nicht zuletzt, daß in seinen vielfältigen Evokationen der Hure nie das Bordell den Hintergrund bildet, dagegen oft die Straße. Er habe auch nie ein Hurengedicht aus der Sicht einer Hure geschrieben. Der Massenartikel habe ihm als Vorbild vor Augen gestanden. Darin habe sein Amerikanismus das solideste Fundament. Ähnliche Stelle: Die Prostitution eröffne die Perspektive einer mythischen Kommunikation mit der Masse. Diese durchaus neue Signatur des großstädtischen Lebens sei es, die Baudelaires Rezeption des Dogmas von der Erbsünde ihre wirkliche Bedeutung gibt. An anderer Stelle: Wenn Baudelaire am Katholizismus festhält, so ist doch seine Erfahrung des Universums genau der Erfahrung zugeordnet, die Nietzsche in den Satz faßte: Gott ist tot. Baudelaire befand: Auch wenn es Gott nicht gäbe, wäre die Religion noch heilig und göttlich. Er machte sich Notizen über den weiblichen Charakter der Kirche als Grund für ihre Allmacht. Er beschrieb seinen Glauben als eine Religion von universaler Trauer, die, eben ihrer Katholizität wegen, dem Individuum seine volle Freiheit lasse und nicht mehr verlange, als in der Sprache eines jeden gefeiert zu werden. Siehe auch Nietzsches Notizheft N VII 3, Seite 2: Wir werden am letzten die älteste Metaphysik los, welche in der Sprache u. der grammat. Funktion sich dergestalt festgesetzt u. unentbehrlich gemacht hat, daß es uns scheinen muß, wir würden aufhören, denken zu können, wenn wir auf diese Metaphysik verzichteten.

Als Karol, übermüdet, aufgekratzt, nach Hause kommt, spiele ich ihm, auf seinen Wunsch hin, auf unserem Videorecorder, bei gegen das blendende Licht der Mittagssonne zugezogenen Vorhängen, zwei weitere verblüffend sexualisierte Choreographien aus Gold Diggers of 1933 vor, den wir uns schon einmal zu zweit angesehen haben. Shadow Waltz: Ein Schwarm platinblonder Mädchen, der meinen Bruder an Phil Spitalny's Hour of Charm All-Girl Orchestra erinnert, wirbelt in leicht futuristisch anmutenden, weißen Reifröcken über die Bühne. Alle Mädchen sind mit weißen Violinen ausgestattet und bearbeiten diese mit Bögen aus leuchtenden Neonröhren. Dann: Eine umfangreiche, voyeuristisch von einem aggressiven, in seinem Kinderwagen mit einem Blasrohr bewaffneten Baby verfolgte Szene namens Pettin' in the Park, in deren drittem Abschnitt sich die Mädchen, von einem Gewitterregen überrascht, hinter einem transparenten, rückwärtig illuminierten Wandschirm, den der lüsterne, seinem Kinderwagen entflohene Säugling im hektischen Wettlauf mit der Zeit zu beseitigen versucht, umkleiden. Am Ende erscheint dieses groteske, zunächst weiblich, dann männlich kostümierte, von einem Liliputaner namens Billy Barty dargestellte Baby noch einmal, mit einem Dosenöffner, den es

Dick Powell offeriert, damit der Ruby Keelers Badeanzug aus poliertem Metall aufschlitzen kann.

Von Tänzen kann in diesen bizarren Szenen eigentlich gar keine Rede sein; eher von Paraden, fordistischen, meinen, seit Siegfried Kracauer, die einen, demokratischen, die anderen, zum Beispiel Mark Roth, der darauf hinwies, daß diese sich synchron bewegenden Tanzmädchen Franklin D. Roosevelts New Deal symbolisierten. Schade nur, daß es in Gold Diggers of 1933 keine starken männlichen Protagonisten gebe; alle vorkommenden Männer seien nichts als Wimps. No pimps. Richard Dyer monierte, hier werde das Kapital der Frau abermals nur in ihrem Körper und dieser als Objekt gesehen. Paula Rabinowitz spielte im selben Kontext sowohl auf die freudianische als auch auf die marxistische Bedeutung von Fetischismus an: Fetischisiertes Image, fetischisierte Ware. Das Theaterpublikum, mit dem diese elaborierten Inszenierungen im Celluloid Backstage Musical gegengeschnitten wurden, hätte, um die aus zahllosen weiblichen Körpern arrangierten gigantischen Figuren perspektivisch korrekt wahrnehmen zu können, mindestens fliegen können müssen. Arthur Hove, nicht identisch mit dem namensgleichen ersten Flugbegleiter der Lufthansa, urteilte, daß die kaleidoskopischen Revueszenen von Gold Diggers of 1933 ohne die von den drei weiblichen Protagonisten, laut Pamela Robertson active and controlling women who manipulate passive men, angeheizte Rahmenhandlung, der Patricia Mellencamp sogar feministisch emanzipatorisches Potential attestierte, nichts als Tutti-Frutti gewesen wären. Gerald Mast betonte hingegen: Das Musical proklamiert seine eigene Wertlosigkeit und die Wichtigkeit dieser Wertlosigkeit. Der Choreograph selbst verglich seine ebenmäßigen Darstellerinnen mit den Perlen auf einer Halskette, erkläre ich meinem Bruder. Susan Sontag resümierte, Busby Berkeleys Nummern seien Camp, aber unbeabsichtigt. Wobei sich Camp dadurch auszeichne, daß der Stil über den Inhalt gehe, die Ästhetik über die Moral und die Ironie über die Tragödie. Wer Berkeleys plastische Abstraktionen in dieser Hinsicht zu lesen versteht, wird reichhaltig mit Erkenntnissen belohnt. Mein Bruder kann da einiges direkt in seine Disco-Thesen übernehmen.

Er glaubt, daß der girlistische Prototyp des gierigen, im Gegensatz zu bedürftigen, Gold Diggers, den unsere Generation als das von Madonna verkörperte und erst recht, auch von sensibleren heterosexuell orientierten Männern, als Feminist Camp lesbare Material Girl der Regierungszeit Ronald Reagans kennenlernte, auf Lorelei Lee zurückgeht, die populäre Protagonistin aus Anita Loos' Roman Gentlemen Prefer Blondes: The Illuminating Diary of a Professional Lady, erschienen 1925, also noch inmitten der Progressive Era. Aber es gab bereits 1919, zum zehnten Geburtstag des Ausdrucks Camp für übertrieben emphatische Gesten, ein Bühnenstück namens Gold Diggers, das 1923 stumm und im Jahr der ausbrechenden Wirtschaftskrise, 1929, when greed was to become need und die Frauenbewegung, wie es Ursula neulich ausdrückte, auf den Boden empirischer Tatsachen, von dem sie, dachte ich, explizit noch gar nicht abgehoben hatte, zurückgeholt wurde, unter dem Titel Gold Diggers of Broadway mit einer Tonspur verfilmt wurde. Ursula schwärmt davon, wie sich Marilyn Monroe in den zur Zeit des Wirtschaftswunders gedrehten Spielfilmen Gentlemen Prefer Blondes, worauf sich Madonna in ihrem Video Clip zu Material Girl direkt bezieht, und How to Marry a Millionaire an reichen Männern materiell bereichert, gleichsam deren industrielle Ökonomie ausbeutet, ohne für sie arbeiten zu müssen. Karol: Geschweige denn einen eigenen Arbeitsplatz in deren miesem, ausbeuterischem System überhaupt einzufordern.

Aber läßt sich das wirklich so halten? Und wird Marilyn Monroe von dieser Lesart ihrer vor der souveränen Gerissenheit des von Anita Loos beschriebenen Flappers verblassenden Darstellung selbst eine Ahnung gehabt haben? Muß sie ja gar nicht, findet mein Bruder, denn es gehe hier weniger um eine Technik der Darstellung als um eine der Wahrnehmung. Um den postmodernen Effekt einer progressiven, implizit kritischen Denaturalisierung. Um den als solchen erkennen oder auch willentlich inszenieren zu können, brauchst du aber doch ein Bewußtsein für Geschichte, wende ich ein. Deswegen die häufige Verwechslung von Camp mit Nostalgia. Madonna wußte auf jeden Fall: The Boy with the cold, hard cash is always Mr. Right. Because we are living in a material world, and I am a material girl.

Von hier aus ist es kein weiter Weg mehr zu einer autonomen lesbischen Weltanschauung, welche die heterosexuellen Produktivkräfte zum Stillstand bringt. Walter Benjamin notierte, die Figur der lesbischen Frau gehöre zu den heroischen Leitbildern Baudelaires. Es stelle in dessen Werk den Protest der Moderne gegen die technische Entwicklung dar. Wobei die lesbische Liebe die Vergeistigung bis in den weiblichen Schoß treibe. Dort pflanze sie das Lilienbanner der reinen Liebe auf, die keine Schwangerschaft und keine Familie kenne. Sich somit dem kapitalistischen Produktionsprozeß verweigert. Im Vergleich mit Gottfried Keller, dessen Dichtersünde, süße Frauenbilder zu erfinden, wie die bittere Erde sie nicht hege, befand Benjamin: Kellers Frauenbilder haben die Süßigkeit der Chimären, weil er ihnen die eigene Impotenz eingebildet hat. Baudelaire bleibt in seinen Frauengestalten präziser, weil das fetischistische und das seraphische Element bei ihm fast nie, wie bei Keller, zusammentreten. Pamela Robertson: Similar to the way in which Benjamin imagines that mechan-

ical reproducibility will destroy the aura of a work of art, freeing the viewer from hierarchic contemplative culture, he envisions, as Baudelaire did before him, the prostitute freed from the aura of natural femininity, of the family, of idealized beauty, and of the illusions of love. Ließe sich auch auf Busby Berkeley übertragen. Karol will hier sogar einen Link zur Vorliebe afrikanisch-amerikanischer Männer für die vorgegebene Rolle des Zuhälters erkennen. Sowie eine denkbare Möglichkeit zur Verteidigung manches in den Verdacht des Sexismus geratenen R&B Video Clip.

Dr. Buzzard's Original Savannah Band, alle vier Alben, von morgens bis abends. Die unvorstellbare Musik Stony Browder, Juniors: Dissident Disco? Auf jeden Fall dissonant Disco, sagt Kandis. Harmolodischer Swing, schlug Tom vor. Jahrhundertmusik. Gespielte Samples, hielten wir fest: Immer wieder die Trompeten aus Sing Sing Sing. Auch Walzer. Eher Latin als African-American. Ich traute mich kaum zu sagen: katholisch. Wo ist Browder, Junior nur abgeblieben? Ist er es, der auf den Hüllen der zweiten und dritten LP diese Militäruniform trägt? Tom: Soll das vielleicht eine Uniform aus der zivilen Luftfahrt sein? Welchem strategischen Manöver dienen die unerklärlichen weißen, greisen Typen mit ihren teutonischen Namen? Soll ich mir weismachen lassen, daß das Management dieser Gruppe, vor allem angesichts des beigefügten Portraits, unter dem Namen Franz Krauns firmierte? Der Legende nach soll sich ihr erster Manager wirklich Dr. Buzzard genannt und während der 1940er Jahre in Savannah, Georgia, eine eigene Band geleitet haben. Eine bereits 1947 verstorbene Persönlichkeit namens Dr. Buzzard war in der selben Gegend, auf den Georgia und South Carolina vorgelagerten Sea Islands, die Heidi und ich im Frühjahr 2001 gemeinsam bereisten, ein berühmter Hoodoo Doctor. Einmal hatten wir unser Mietauto nördlich von Beaufort in eine

sumpfige Landschaft gesteuert, am Ende eines schmalen, zwischen trüben Gewässern mäandernden Fahrwegs den Motor abgestellt, die Scheiben hochgekurbelt und die zahllosen Alligatoren ringsum beobachtet. Als wir nach Beaufort zurückfahren wollten, sprang der Motor eine halbe Ewigkeit lang nicht wieder an. Auch in Savannah sind wir gewesen, konnten der Stadt aber nichts Besonderes abgewinnen.

Erstens: Stony Browder, Junior, als Sonic Doctor von Gottes Gnaden. Hier und da den Beistand von Fachleuten wie dem West Coast Jazz-Arrangeur Bill Holman in Anspruch nehmend. Er spielte auch das Klavier und die Gitarre. Zweitens: Die unglaublichen Songtexte seines Bruders, Rivalen und Bassisten August Darnell; gerade läßt er einen Hintergrundchor singen: She can only handle someone who's effeminately handsome, Baby. Ungewöhnlich, sagt Kandis. Darnells größte Erfolge als Kid Creole and the Coconuts; längst nicht so interessant. Ein paar Hits und dann keine mehr. Sein schockierendes Erscheinen vor einigen Jahren in einer Unterhaltungs-Show des deutschen Fernsehens, im Zoot Suit, in einer nostalgischen Jump and Jive Revue aus irgendeinem zu promotenden, offenbar durchreisenden Musical. Wo ist Adriana Kaegi abgeblieben? Mußte sie etwa an der Seite ihres Mannes durch die trostlose deutsche Musicallandschaft tingeln? Ist sie zur Swissair zurück und mit dieser zu Boden gegangen? Drittens: Cory Dayes absolut unvergleichlicher Kunstgesang; nur ab und zu singen auch die beiden Brüder. Viertens: Sugar Coated Andy Hernandez' an Vincent Montana anknüpfendes Vibraphon. Vor Big Band Horns, sissy Clarinets und Massen von zuckersüßen Streichern. Fünftens: Mickey Sevilla am Schlagzeug. Diese große und weiche Baßtrommel, weiß Theo Parrish um die? Und dann ist ja immer irgendwo auch dieser Cockerspaniel abgebildet.

Kandis: Warum wurden keine Bücher über Dr. Buzzard's Original Savannah Band geschrieben? Herausfinden, was zu alledem damals in Andy Warhol's Interview stand. Die Namen sämtlicher Beteiligter in die Suchmaschine eingeben.

Posted by Rebis at 11:43 AM PST on March 12: I was a big fan of Kid Creole & the Coconuts back in the day. I especially loved how the Coconuts, the sexy women backup singers, wore sleeveless dresses and didn't shave their armpit hair. Sexualisierung oder Desexualisierung? Würde Regula sich in ihren Achselhöhlen Haare wachsen lassen? Little Coati Mundi alias Sugar Coated Andy Hernandez, zunächst noch Sozialarbeiter, erinnert sich auf http://discomuseum.com: This is the craziest group I've ever seen. When I auditioned to join the group, they didn't even ask me to play any music. They gave me a questionnaire to fill out instead. The questionnaire asked for information like: What is your political affiliation? What type of women do you go out with? Would you be willing not to wear tight pants? Do you consider yourself straight or a brat? Hernandez erreichte 48 von 100 möglichen Punkten und erhielt den Job. 620 Stunden im Studio wurden für die Produktion des ersten Albums aufgewendet. Die Plattenfirma RCA glaubte nicht daran, daß es erfolgreich werden könnte und unternahm auch keine diesbezüglichen Anstrengungen. Die Band erfuhr von seinem Erscheinen durch Freunde, die es in Plattenläden gesichtet hatten. Disco sicherte die Existenz dieser Gruppe. Stony Browder, Junior: Actually we never thought of ourselves as a disco act in the beginning. But the album really got its start in the disco, read gay, community. Disco wurde von ihnen ja auch so gelesen wie Swing von Be-Bop, als der verständlichste Jazz zum kompliziertesten Jazz transformiert wurde. Nach drei Alben begannen sich August

und Andy von Stony, Cory sowie Mickey zu lösen und veröffentlichten fortan unter dem Namen Kid Creole and the Coconuts. Ganze siebzehn Alben soll es von denen geben, das letzte, Too Cool to Conga, ist erst zwei Jahre alt. Stony und August, der eigentlich Thomas heißt, entstammen einer haitianischen Familie aus der Bronx. Daher der Link zu Hoodoo. Kandis verweist mich abermals auf Hubert Fichte. Dessen literarische Untersuchungen zu den afrokatholischen Kulten an den Ostküsten der Amerikas. Ursprünglich muß August Darnell Literaturwissenschaftler gewesen sein. Einfügen: Seine Produktion der Disco-Formation Machine, 1979, als Cory Daye ihr Solo Album aufnahm. Stony Browder, Juniors fehlgeschlagener Neustart von Dr. Buzzard's Savannah Band, 1984, ohne das Präfix Original und ohne seinen Bruder. Kandis wirft mir einen Kuß durch die Luft zu; sie verläßt das Haus, um in München eine Kollegin zu treffen. Mit einem Mausklick lasse ich das Netz nach August Darnells Auftritt in einer TV Show Barry Manilows durchkämmen. Immerhin hat Manilow seinen Disco Hit Copacabana bei einem Verlag namens Camp Songs verlegen lassen. Kurz vor dem Abwählen stoße ich noch auf ein an den Persischen Golf verlegtes US-Bataillon namens Widowmaker.

Ist das etwas für Dich? Karol überließ mir einen ganzen Stapel Fotokopien aus Sherrie Tuckers Buch über die All-Girl Bands der 1940er Jahre, Swing Shift, Duke University Press, Durham, North Carolina, 2000, und ich machte mich auch sofort artig darüber her. Wobei sich die Autorin gleich zu Anfang die Zähne auszubeißen droht, indem sie ihren Informantinnen, Veteraninnen der Szene, den Begriff All-Women Bands vorzuschlagen versucht: Keine Chance. Die Art der Aufmachung dieser Bands läßt sich wirklich eher mit Mädchenhaftigkeit als mit Fraulichkeit in Verbindung bringen, denke ich auch. Die traditionell

männlich kodierte Big Band muß nach der Einberufung ihrer Musiker in den Zweiten Weltkrieg, ihrer zeitweiligen Ablösung durch Musikerinnen, in der öffentlichen Wahrnehmung der USA als effeminiert empfunden worden sein. Männer, die weiterhin in Orchestern spielen durften, wurden diametral entsprechenden Verdächtigungen ausgesetzt: Why aren't you in uniform? Dabei hatte es schon vor dem Kriegseintritt zahlreiche weiblich besetzte Bands gegeben. Der Schock, Frauen an Trompeten, Posaunen und Trommeln erleben zu müssen, wurde in diesen Orchestern nicht nur durch denkbar aufwendige Kleider, sondern auch durch Instrumente wie Geigen und Harfen abgemildert. Viele All-Women Big Bands standen unter männlicher Führung: Phil Spitalny's Hour of Charm Orchestra, Virgil White's Musical Sweethearts, Eddie Durham's All-Star Girl Orchestra. Berühmteste weibliche Big Band unter weiblicher Leitung: The International Sweethearts of Rhythm, unter Anna Mae Winburn. Waren das, flüsterten sich die in der Heimat Verbliebenen zu, lose oder gar lesbische Frauen, die da so souverän vereint auf der Bühne standen? Gemeint war: Anstatt einzeln hervorgehoben, als anmutige Sängerin im fließenden Abendkleid, solo vor in Reih und Glied aufgepflanzten, paramilitärisch uniformierten Musikern, Liebeslieder aus der Privatsphäre darzubieten. Beziehungsweise gleich unten auf dem Parkett als willfährige Tanzpartnerin eines entschlossenen Soldaten auf Fronturlaub zu dienen.

Sherrie Tucker fragt nach: Inwiefern änderte sich die Bedeutung von Swing als einer schwarzen Musik, die von weißen Männern adaptiert und an ein weißes Publikum vermarktet wurde, wenn dieser Stil von schwarzen Musikerinnen gespielt wurde? Oder auch von weißen Musikerinnen? Manchmal mußten in diesen andauernd herumreisenden Orchestern schwarze Frauen als weiße Frauen

und, wenn es nötig wurde, auch weiße Frauen als schwarze Frauen durchgehen. Drummer available, als Text eines Arbeitsgesuchs, ließ einen weißen Schlagzeuger erwarten, girl drummer eine Schlagzeugerin, colored drummer einen schwarzen Schlagzeuger und colored girl drummer eine schwarze Schlagzeugerin. Auf welche unterschiedliche Weise wurden Geschlecht und Geschlechtlichkeit auf der Bühne respektive dem Tanzboden zur Geltung gebracht? Bandleader Ada Leonard schärfte ihren Musikerinnen ein: Weil ihr Mädchen seid, schauen euch die Leute zunächst einmal nur an; erst dann hören sie euch zu. Phil Spitalny, berüchtigt für seine Vorliebe, Musikerinnen, die sich für eine Stelle in seinem Orchester bewarben, lediglich halb bekleidet, in Unterhemd und Unterhosen, zu empfangen, baute, wie im Backstage Musical, Szenen, in denen ihm attraktive Mädchen vorspielten, in seine Shows mit ein. Eine jede seiner Musikerinnen sei nicht anders als das Mädchen von nebenan. Meet each of them in person, versprach der Text eines Programmhefts, and learn about their homes, honors and hobbies, etwa das Sammeln großer Puppen oder die schmackhafte Cuisine der Südstaaten. Vernell Wells brings a delightfully fresh beauty and real trumpet talent all the way from Kansas City. Still only a youngster, she has great promise in her field. She takes time off from practice and study for an occasional swim. Vernell Wells gegenüber Sherrie Tucker: I'm really not that interested in swimming.

1938 bekannte Spitalny, von meinem Bruder mit einem Querverweis auf Paul Whiteman, who claimed to have made a lady out of Jazz, versehen: Long ago, when I first set out on my experiments with popular taste, it was found that light music, to be entirely pleasing, must give the listener an impression of sweetness, of charm. And where in the world can you find a better exponent of charm than

a charming young woman? Nach der Arbeit entspannten sich Spitalnys Musikerinnen, indem sie ihre Mahlzeiten zubereiteten oder Schönheitspflege betrieben. Diese kultivierten Mädchen, so wurde betont, hätten die häusliche Sphäre nicht wirklich hinter sich gelassen. Und sie würden, stand zwischen den Zeilen zu lesen, nach der Kapitulation der Achsenmächte gewiß an den heimischen Herd zurückkehren. Mit ähnlichen Argumenten sei im Jahrzehnt davor das Wahlrecht für Frauen errungen worden, merkt Sherrie Tucker an. Die einzigen ernstzunehmenden Rivalinnen des Hour of Charm Orchestra nannten sich The Coquettes. Der patriotisch forcierte Glamour von Pin-up Girls, Schauspielerinnen, singenden Schauspielerinnen, Sängerinnen sowie den Instrumentalistinnen der an den Fronten gastierenden All-Girl Big Bands wurde zu einem Propagandamittel, um die sogenannte Kampfmoral der Truppen hochzuhalten. Zugleich erhielt extrem betonte Weiblichkeit durch diese Musikerinnen eine emanzipative Note des Öffentlichen, Mobilen bis Autonomen.

Sherrie Tucker bezieht sich auf Nancy Fraser, die dargelegt hatte, daß der Begriff des Arbeiters, wie jener des Konsumenten, in kapitalistischen Gesellschaften maskulin kodiert sei. Frauen, die an Arbeitsplätzen vertreten seien, besäßen deswegen eine als grundsätzlich andersartig eingestufte Präsenz. Dadurch, daß die Figur des Arbeiters als eine männliche konstruiert worden sei, habe die Arbeit der Frauen, wie bei Flugbegleiterinnen, Spuren einer häuslichen Sphäre zu enthalten oder aber wie Freizeit auszusehen, weshalb weibliche Angestellte, von Karol danebengekritzelt, auch tagtäglich etwas anderes anziehen. Nicht selten erscheine Berufstätigkeit von Frauen, hierzu fallen mir junge Reinigungskräfte oder auch ältere Verkäuferinnen ein, als das Resultat eines privaten, häuslichen Dramas. Während Künstlern attestiert werde, auf fachmän-

nische Weise allgemeingültige Werke, die offizielle Kultur herzustellen, werde bei Künstlerinnen davon ausgegangen, daß sie private Gefühle zum Ausdruck brächten. In Klammern: Anstatt sie als innovative Stilistin zu erkennen, sollte in Billie Holiday lieber eine authentische Tragödin ausgemacht werden. Der intensivierte Glamour der 1940er Jahre, den wir heute so spielend leicht als High Camp querlesen können, erscheint demnach zunächst als harte Arbeit. Fußnote: You better work. Wenn sie nicht gerade bei Phil Spitalny spielten, der eigene Eisenbahnwaggons unterhielt, in denen seine Mädchen private Abteile frequentieren durften, reisten die Musikerinnen in meistens sehr unbequemen Omnibussen. The International Sweethearts of Rhythm mußten einmal bewußtlos aus dem Inneren ihres mit Auspuffgasen verpesteten Busses geborgen und, irgendwo in Florida, am Straßenrand niedergelegt werden, bis sie wieder zu sich kamen. Ada Leonard: Und dann hatten die Ballrooms, in denen wir gastierten, überhaupt keine Bühnengarderoben für Frauen. Tucker: Hatten sie denn welche für Männer? Leonard: Das nicht, aber was tut ein Mann denn schon? Er zieht einen Anzug an. Um sein Gesicht braucht er sich nicht zu kümmern. Doris Jarrett, in jenen Tagen Kontrabassistin der afrikanisch-amerikanischen All-Girl Combo The Queens of Swing, erklärt: Probiere mal aus, in einem trägerlosen Kleid Baß zu spielen. Du versuchst das Kleid an deinem BH festzustecken, aber dann rutscht es dir doch hinunter und du stehst hinter deinem Baß und bemühst dich verzweifelt darum, daß deine entblößte Brust nicht gesehen werden kann. Entsprechend umständlich muß es für Schlagzeugerinnen gewesen zu sein, die Fußpedale ihrer Bass Drums und High-Hats mit Stöckelschuhen zu bedienen. Brillenträgerinnen hatten, um ihre Partituren entziffern zu können, mit unbequemen Kontaktlinsen, die damals noch unter beiden Lidern klemmten, vorliebzunehmen.

Während auf dem Bildschirm, in einer, wie ich glaube, der verzögerten optischen Auflösung durch Videotelefone zuzuschreibenden, geradezu malerisch wirkenden Ästhetik, US-amerikanische Bodentruppen gegen Bagdad vorrücken und Beate auf ihrer Fensterbank mehrere Duftkerzen für den Frieden anzündet, rechnet uns Ashley, die seit einer Stunde kein anderes Thema als die Tugenden experimenteller Mädchenhaftigkeit kennt und sich zwischen Felix und mir, wo bis eben noch Beate saß, niedergelassen hat, demonstrativ unbeirrt vom militärisch-industriellen Weltgeschehen, die strenge Kleiderordnung für Gothic Lolitas vor: Rüschenbesetzte Röcke, mini bis knielang; darunter eine Krinoline, die nicht zu sehen sein sollte. Am Oberkörper werden elegante schwarze, viktorianisch anmutende Rüschenblusen getragen, schlicht oder verziert, manche mit weißen Peter Pan-Kragen, weißen Ärmeln oder weißen Manschetten; die Kragen und die Enden der Ärmel dürfen aus weißer Spitze bestehen. Am beliebtesten: Babydoll-Kleider, selten die Knie bedeckend, meistens mini. All diese Kleidungsstücke seien in der Regel schwarz oder weiß oder auch beides kombiniert; manchmal rot, pastellrosa oder pastellblau. Der French Maid Look oder Alice in Wonderland Look, bei dem eine weiße Schürze über einem schwarzen Babydoll-Kleid getragen wird, ist mittlerweile passé, war aber das ursprüngliche Erkennungszeichen für Gothic Lolitas. Wobei Felix und ich ja wüßten, daß es das Vergängliche der Mode sei, welches ihr ewige Dauer verleihe. Zu diesen Kleidern und Röcken werden Kniestrümpfe getragen oder Strümpfe, die bis über die Knie reichen, weiß, mit kleinen Schleifen und Rüschen am oberen Abschluß; es können aber ebensogut schwarze undurchsichtige Strümpfe, Spitzen- oder Netzstrümpfe sein. Unverzichtbar ist der Kopfschmuck; meistens in Schwarz oder Weiß. Haarbänder, mit Spitzen, Rüschen, Straußenfedern, Blüten, Perlen besetzt, um die Stirn drapiert, respektive un-

ter dem Kinn zusammengebunden; auch dazu angetan, ein elaboriertes Haarteil zu fixieren. Der Kopfschmuck darf, einem Häubchen gleich, über die Stirn fallen. Erlaubt sind auch kleinere Hüte, die schief auf dem Kopf sitzen. Schuhe, ob klobig oder zierlich, Clogs, Stiefel oder Mary Janes, haben dicke Plateausohlen. Handschuhe sollten aus Spitze sein. Handtaschen besitzen die Form von Koffern. Ein Sonnenschirm kann nicht schaden.

Mana, der Frontmann der japanischen Band Malice Mizer, gilt als Erfinder der Gothic Lolita. Mana, sagt Ashley, war die erste Gothic Lolita. Heerscharen junger Japanerinnen eifern seinem Look an Wochenenden und bei Konzertbesuchen nach. Mana liebt Frauen, die ihn an die stilisierten Figuren aus japanischen Cartoons erinnern: puppenhaft und geheimnisvoll sollen sie wirken und dünn sein und Minis und Kniestrümpfe tragen wie die Models in der Modezeitschrift Cutie. Mana mag keine sonnengebräunten, keine jungenhaften Mädchen. Die Vorstellung, Ehefrauen und junge Witwen zu verführen, reizt ihn besonders. Jeans würde er nie anziehen. Auch privat trägt Mana nur Röcke und Kleider; seine Unterwäsche stimmt er mit dem jeweils gewählten Look ab. Als Schuljunge hatte er sich zunächst auf Punk getrimmt, fand aber heraus, daß er weniger maskuline Musik bevorzugt. Daraufhin hörte er eine Zeitlang ausschließlich klassische Musik. Gruppen wie Malice Mizer heißen Visual Bands, ihre sich in Kleidung, Frisuren, Make-up sowie Gesten am femininsten präsentierenden männlichen Mitglieder werden als die größten Stars gefeiert und am intensivsten von Frauen imitiert. Mittlerweile machen sich die ersten genetisch weiblichen Visual Rock Stars daran, die Szene zu erobern.

Visual Rock trat während der 1990er Jahre zunächst als eine Ableitung von Glam Rock in Erscheinung. Doch im

Gegensatz zu der durch dessen Protagonisten repräsentierten, überwiegend parodierten Weiblichkeit, bezeugten Musiker wie Mana oder Izam, behauptet Ashley, ernsthaft tiefsten Respekt vor den Frauen. Izam hätte sie bereits emuliert, bevor es Gothic Lolitas gab. Bei all seiner Liebe zu niedlichen Teddybären und romantischen Kleidern wäre er im Alltag oft ganz normal, wie eine jede modebewußte junge Frau, aufgemacht. Irgendwie aber auch wie ein extrem junges Mädchen, findet Felix angesichts der Portraits, die Ashley jetzt, in Konkurrenz zur lautstark laufenden Berichterstattung von CNN, über den Bildschirm ihres auf Beates Rauchtisch in Betrieb genommenen Laptop flimmern läßt. Diese Künstler geben sich offensichtlich keinerlei Mühe, als biologisch weiblich kodierte und entsprechend sexualisierte Körperformen zu produzieren. Brustprothesen seien verpönt, erklärt Ashley. Hintern kämen auch kaum einschlägig zur Geltung. Beine dafür durchaus, stellen Felix und ich fest. Wie sie einzelnen Visual Rock Stars eben von der Natur verliehen wurden, wendet Ashley ein. Hübsche Beine seien ja nicht per se weiblich; ich solle nur mal meine eigenen im Spiegel anschauen. Das findet Beate, die Ashley nur selten zustimmt und seit einigen Minuten hinter uns, hinter ihrem Sofa, kauert, auch. Dabei ist die uralte japanische Tradition männlicher Darstellungen von Weiblichkeit am eigenen Körper, nicht selten, denken wir an das Kabuki-Theater, über den beruflichen Alltag hinaus, eine zutiefst kunstvolle, die sogenannte Natur, das Vordiskursive, als Chimäre entlarvende Kulturtechnik. Männer machen Frauen vor, wie Frauen sich vor Männern zu gebärden haben; nicht zuletzt ist der Laufsteg ein unverzichtbares Element der Kabuki-Bühne. Ashley glaubt jedoch, in einem, wie es mir vorkommt, gedanklichen Kurzschluß, daß diese Akteure den Frauen aus einer naturgegebenen Distanz heraus gerade die Essenz ihrer Weiblichkeit, womöglich meinte sie aber auch die vielbeschwo-

rene Wahrheit der Maske, vorgeführt hätten. Wie es die Visual Stars heute wieder täten. Wobei Ashley angeblich auch zunächst einmal, wie Felix und ich heute abend, Anstoß an der schulmädchenhaften Mode junger Japanerinnen genommen hatte. Sei aber nicht vielmehr, fragt sie, besonders aus feministischer Sicht, ein Peter Pan-Kragen einem Marilyn Monroe-Dekolleté vorzuziehen? Gegen eine differenzierte Feminisierung der Gesellschaft hätten wir doch wohl nichts einzuwenden.

In Japan tragen junge Männer, schwärmt Ashley Beate vor, stets einen Augenbrauenstift, eine Pinzette und einen kleinen Spiegel bei sich. Frauen wüßten dort Männer mit schönen Augen zu schätzen. Auch Beate kann sich kosmetisch akzentuierte Augen als sexuell stimulierend vorstellen. Farbige Lippenstifte seien bei männlichen Teenagern mittlerweile weit verbreitet, fährt Ashley fort, zahlreiche Kleidungsstücke würden mit der Freundin geteilt. Männersandalen besäßen inzwischen hohe Absätze. Die am süßesten hergerichteten Jungen befänden sich immer an der Hand einer ebenso süßen Freundin. Ashley ruft eine Bemerkung des schottischen Popmusikers Momus auf. If you know my work, liest sie vor, it'll be no surprise that I adore Japanese girls and pay particular attention to the way they dress. I find it both sexy and extremely creative. Secretly, I really want to be a Japanese girl, which makes me a femio, the name given to straight Japanese males who dress up as girls, like the singer Izam from the mega-platinum pop band Shazna. To be femio is not to be gay. Izam is the boyfriend of Japan's most famous model, Hinano. In a society dominated by the insecurely macho salaryman, nothing could be more reassuring to a girl than exchanging make-up tips with a boyfriend who's man enough to be her girlfriend too. Izam hätte, erzählt Ashley weiter, bei der Pressekonferenz anläßlich seiner bevorstehenden Ver-

mählung mit Hinano, sie in einer verwaschenen Jeans, er im Jeans-Minirock, bekanntgegeben, ihr erster Streit sei über die Frage entbrannt, wer von beiden das Hochzeitskleid tragen dürfe. Anläßlich unserer Flüge nach Tokio, Osaka und Nagoya haben auch Felix und ich längst mitbekommen, daß japanische Männer sich ihre Beine und Brustpartien rasieren. Wir lassen von dem hübschen Izam ab und machen Anstalten, uns wieder dem gemeinen Kriegsgeschehen im Irak zuzuwenden. Da rückt unsere Kollegin endlich mit ihrem eigentlichen Anliegen heraus: Heterosexuelle japanische Frauen seien neuerdings ganz verrückt nach homosexuellen Männern, frequentierten massenhaft Kinos, in denen pornographische Filme aus dem schwulen Untergrund gezeigt würden. Und sie erkennen in diesen Szenen, sagt Ashley feierlich, während sie ihre rechte Hand auf Felix' linken Oberschenkel legt, sehr zärtliche Männer, deren Liebesakt einmal nichts Herabwürdigendes besitzt. Diese jungen Frauen würden zu begeisterten Zeuginnen eines innerhalb ihrer vier Wände nie erlebten Austauschs von Intimitäten zweier Partner auf gleichem Niveau. Könnte es nicht aber auch sein, fragt Felix vorsichtig, daß hier ein ähnlicher Effekt, womöglich auch Affekt, wie bei der bekannten, alles andere als revolutionären Wertschätzung heterosexueller Männer für lesbische Pornographie vorliegt? Pornos, die Frauen, die Frauen lieben zeigen, als Pornos, die Männer für Männer drehten.

Franz Blei übersetzt Charles Baudelaire: Alles, was das Weib schmückt und dazu dient, seine Schönheit hervorzuheben, ist ein Teil von ihm, und die Künstler, die sich das Studium dieses rätselhaften Wesens zur eigentlichen Aufgabe gemacht haben, sind in das Ganze der weiblichen Sphäre ebenso vernarrt wie es selber. Ohne Zweifel ist das Weib einem Strahl, einem Blick, zuweilen einem Wort des Glücks, einer Aufforderung zum Glück vergleichbar, aber vor allem ist es eine harmonische Einheit, nicht nur in Haltung und Bewegung seiner Glieder, sondern auch in Tüchern, Schleiern, den weiten und schimmernden Stoffwolken, die es umhüllen und Beigaben und Grundstein seiner Göttlichkeit bilden. In Stein und Metall, die Arme und Nacken umschlingen, ihr Gefunkel den Flammen seiner Blicke vermählen, oder leise klingend ihm ins Ohr flüstern. Welcher Dichter würde wagen, wenn sein Blick sich an der Erscheinung einer Schönheit voll Genuß entzündet, das Weib von seinem Gewande zu trennen? Wo ist der Mann, der auf der Straße, im Theater, im Park sich nicht in völlig absichtsloser Weise an einer geschickt zusammengestellten Toilette erfreut und von ihrer Schönheit und der ihrer Trägerin ein untrennbares Bild mit sich heimgenommen hätte? Aus beidem, Frau und Kleid, entstand ihm so eine nicht zu zerlegende Einheit.

Franz Blei übersetzt Aubrey Beardsley: Man sah da Schleier, die gefärbt waren und Muster auf die Haut zeichneten, Fächer mit Schlitzen, um ihre Träger hindurchblinzeln und -blicken zu lassen, Fächer mit Gesichtern bemalt, mit Sonetten Sporions oder den kurzen Geschichten Scaramouches beschrieben, und Fächer aus großen lebenden Nachtfaltern auf Bergen von Silbernadeln. Und Masken aus grünem Samt, die das Gesicht dreifach bepudert erscheinen lassen; Masken aus Vogelköpfen und Gesichtern von Affen, Schlangen, Delphinen, Männern und Frauen, kleinen Embryonen und Katzen; Masken aus dünn aufgelegtem Talg und Gummielastikum. Perücken trug man aus schwarzer und scharlachner Wolle, aus Pfauenfedern, aus Gold- und Silberfäden, aus Schwanendaunen, aus Weinsprossen und aus menschlichem Haar; ungeheure Halskrausen aus weißem Musselin, die hoch über den Kopf wegstanden, ganze Kleider aus einwärts gebogenen Pfauenfedern, Tuniken aus Pantherfellen, die wundervoll über

Rosatrikots aussahen, Kapots aus rosa Atlas mit Eulenflügeln, Ärmel in Gestalt apokalyptischer Tiere, Strümpfe, in deren Zwickel sich Darstellungen von Fêtes galantes und sonderbare Zeichnungen befanden, und Jupons, die wie künstliche Blumen gearbeitet waren. Einige Herren trugen reizende purpurfarbene oder grüne Schnurrbärte, die mit vollendeter Kunst gedreht und gewichst waren, andere trugen große weiße Bärte nach Art des heiligen Wilgeforte. Dann hatte Dorat ihnen außerordentliche Vignetten und Grotesken auf den Leib gemalt, an mancherlei Stellen: auf eine Schulter eine verliebte Affenszene, rund um eine Brust einen Kreis von Satyrn, auf einen Nacken eine Flucht Vögel, einen Papagei im Käfig, einen Zweig mit Früchten, einen Schmetterling, eine Spinne, einen betrunkenen Zwerg oder einfach ein paar Initialen.

Blei schildert Beardsleys Vorliebe, das Geschlecht seiner Figuren einerseits übermäßig zu betonen, andererseits hermaphroditisch zu verwischen. Auf einem Selbstportrait gleiche der Künstler dem Bild jener Mädchen mit kurzgeschnittenem Haar und steifer Hemdbrust, wie sie damals von Pariser Karikaturisten verlacht wurden. Außerdem soll es ein Gemälde geben, auf dem sich Aubreys nur knapp zwölf Monate ältere, geliebte Schwester Mabel nach seinem Tod als ihr Bruder porträtieren ließ. Aubrey und Mabel Beardsley mit Friedrich und Elisabeth Nietzsche vergleichen. Aubrey Beardsleys Übertritt zum Katholizismus, 1897. Franz Blei, 1888 aus der katholischen Kirche ausgetreten, 1919 wieder eingetreten, bekennt: Es lebe der Kommunismus und die katholische Kirche. Die Mode ist ihm das revolutionäre Gewissen der Menschheit. Er schreibt: Vor einigen Jahren spottete man in Deutschland über eine spärlich ausgefallene Manifestation Pariser Suffragetten. Die Französin, sagte man, würde nie gefährlich werden; sie habe ja die schöneren Hüte. Man irrt. Ein schöner Hut ist ein Kunstwerk; fast so selten wie dieses. Vorurteil gegen die Mode kennzeichnet eines Volkes Tiefstand. Die Kokette dient dem Geist und er dient ihr. Kopieren: Geist läßt sich in Schleifen binden. Kopieren: Mode pervertiert den Bürger, aber sie einigt Völker. Ihre Moral ist von morgen. Franz Blei konstatiert: Frauen ziehen sich nicht für Männer an, sondern füreinander. Um sich gegenseitig, im Kampf um die Männer, auszustechen. Dagegen ließe sich festhalten: Männer ziehen ihre Frauen für andere Männer an. Um andere Männer auszuschalten. Ganz schön homosozial, die heterosexuelle Welt, denke ich. Beziehungsweise: homounsozial. Während, andererseits, von Homosexualität, in Anbetracht von Männern mit lesbisch geprägter Libido, Lesben, die mit Männern schlafen und was für Varianten es sonst noch alles geben mag, vielleicht schon bald gar nicht mehr geredet werden kann.

Schulmädchen, die mir begegnen, haben sich Peace-Zeichen auf ihre in der Frühlingsluft entblößten Schulterpartien gemalt. Rock Chick Courtney Love hatte noch angegeben, ihr Körper sei eine Handgranate. Auf dem Weg zur S-Bahn, zu Fuß, entlang der Loisach, vergegenwärtige ich mir Aprils gestrige Ausführungen über die Ähnlichkeiten einer durch homosexuelle Sozialisation sensibilisierten Wahrnehmung mit den Errungenschaften postmoderner Theorie. Beide hätten eine Lücke zwischen Hochkultur und populärer Kultur geschlossen. Beide reflektierten andauernd die diskursiven Bedingungen ihres Zustandekommens, ohne entweder auf die Vergewisserung einer Identität, die all dem zu Grunde läge, hinauszulaufen oder eine Metaebene einzurichten, die es erlaubte, über allem zu stehen, respektive, wie es die Philosophen vermeinten, dahinterzublicken. Sich homoerotischer Sehnsüchte in einer Welt gewahr zu werden, die Heterosexualität als die

Norm gesetzt hat, in der du Mann oder Frau zu sein hast, in der Frauen zu begehren als männliche Eigenschaft gilt und Männer zu begehren als weibliche, bedeute eine permanente Konfrontation mit Konzepten, Codes, Zeichen und Formen, die einem gar nicht paßten. Andererseits ergeht es selbst mir, der ich mich noch nie in einen Mann verliebt habe, häufig so, daß ich mir unter Männern gar nicht wie ein Mann vorkomme.

Andauernd schauen wir uns mit den Augen der anderen an, sagte April. So gehöre es zu den Grunderfahrungen von Lesben und Schwulen, wie sehr alles Selbstverständnis, ob politisch oder privat, kollektiv oder singulär, auf Verabredungen beruht. Auch Heterosexualität sei, wie ich ganz richtig beobachtet hätte, nicht essentiell, sondern eine kulturelle Konstruktion, eine allerdings ausgesprochen verbindliche Vereinbarung. Noch vor wenigen Generationen gab sie einer lesbischen Frau den Eindruck, sie müsse ein Mann sein, der in einem falschen Körper gefangen sei. Transsexuelle beiderlei Geschlechts, sagte April, redeten bis heute so. Ob sich von Transsexuellen beiderlei Geschlechts denn überhaupt sprechen lassen könne, fragte ich. Du hast es erfaßt, erwiderte April, auch der, beziehungsweise die, Transsexuelle renaturalisiert sein, Querstrich ihr, homosexuelles Verlangen und ordnet es der regierenden binären heterosexuellen Matrix unter. Einer sogenannten Geschlechtsumwandlung, wandte ich ein, muß aber doch nicht unbedingt ein gleichgeschlechtliches Verlangen vorausgegangen sein. Das nicht, meinte April, aber falls es vorlag, findet es sich hinterher als heterosexuell normiertes wieder. Diese ominösen Operationen würden nicht umsonst auch anpassende Eingriffe genannt. Manche Patienten sind aber vor der Operation heterosexuell orientiert und nach der Operation, ironisch ließe sich sagen: naturgemäß, womöglich mit der selben Partnerin, lesbisch, sagte ich. Die haben eben gelernt, daß Frauen zu begehren eine weibliche Eigenschaft sein kann, lautete der lakonische Kommentar meiner Kollegin. Im Gegensatz zu anderen Gruppierungen Marginalisierter, wie Migranten, besäßen Homosexuelle keine verlorene Heimat, keine gemeinsamen Wurzeln, von denen sich eine als ursprünglich oder gar authentisch verstandene Kultur ableiten ließe. Daher unsere Affinität zu Camp, erklärte April, the lie that tells the truth. Wenn unser Diskurs inzwischen so etwas wie einen historischen Hintergrund gewonnen haben sollte, der unsere öffentliche Existenz repräsentiert, ist es Camp. Hier konnte ich dann natürlich prima mit meinen Disco-Thesen anschließen.

Tom übermittelt mir Details bezüglich Henry Millers unvollendet und unveröffentlicht gebliebenem Buchprojekt über D.H. Lawrence: The World of D.H. Lawrence. Total verrückt, daß er, in eine lesbisch determinierte Dreiecksbeziehung mit seiner Frau June, Femme fatale, und Anaïs Nin, Pionierin einer, wenn es das gibt, weiblichen Pornographie, verstrickt, nachdem Anaïs Nin soeben großes Aufsehen mit ihrem literarischen Debüt über Lawrence erregt hatte, unbedingt auch ein Buch über diesen schreiben mußte. Tom fragt, womöglich in Anspielung auf meine kürzliche Unterstellung, daß er Karol zu kopieren versuche, ob ich das sympathisch oder lächerlich fände. Vielleicht beides zugleich, antworte ich ihm. Während des Pariser Winters 1931/32 notierte Nin in ihrem Tagebuch: Ich kann mich nicht wie Henry über die konventionellen Romanschreiber aufregen. Ich habe mir D.H. Lawrence ausgesucht und mich ihm gewidmet. Ich erwähle mir etwas, das ich lieben kann und gehe darin auf. Ich kann in Henry aufgehen, der seiner selbst unsicher, selbstkritisch, aufrichtig ist und eine große Kraft in sich trägt. Tom, in Versalien: Anaïs ließ Henry ihre Tagebücher lesen. Im Mai 1932, nach einem Klavierkonzert von Anaïs' Bruder Joaquin, schrieb Henry folgenden Brief: Anaïs, ich war von Deiner Schönheit verwirrt. Du tratest dort auf wie eine Prinzessin. Du warst die Infantin von Spanien. Weißt Du, was Michael Fraenkel zu mir sagte? Ich hätte nicht geglaubt, daß eine Frau so schön sein kann. Wie ist es möglich, daß eine so feminine Frau, eine solche Schönheit, ein Buch über D.H. Lawrence schreibt? Im Juli 1932 notierte Anaïs Nin: Ich denke an D.H. Lawrence, der so leicht zu erschüttern, so bitter und nervös war. D.H. Lawrence bereitete mich vor auf Henry, seine irrationale Gereiztheit, seinen unsteten Geist. Juni 1933: Henrys blindes Anrennen gegen alles und jedes gefällt mir nicht. Wie Lawrence will er gleich die Welt vernichten, wenn er unglücklich ist. Tom denkt dabei an Lawrences Aussage, er sei eine menschliche Bombe.

Anaïs, November 1933: War es nicht D.H. Lawrence, der geschrieben hat, wie Frauen sich nach den Männern richten und so zu sein versuchen, wie die Männer sie sehen möchten? Wenige Schriftsteller hatten eine unmittelbare Einsicht in das Wesen der Frau. Wenige Frauen hatten Einsicht in sich selbst. Februar 1934: Rank fordert, daß ich die Gegenwart beschreibe, in die Gegenwart eintrete, nicht mehr zurückblicke. Tom: Otto Rank, österreichischer Psychoanalytiker, Schüler des Sigmund Freud. Anaïs: So betrete ich also die Gegenwart und finde Henry bei der Arbeit an seinem Lawrence-Buch. Er versinkt in seinen Notizen, Skizzen, Plänen, Schemata, Projekten, Listen; ich schlage vor: Laß uns mal einen Plan machen. Kampf gegen Chaos. Henry türmt Detail über Detail zu einem massiven Bau aus kräftigen Substanzen, hartem Material, Tatsachen, aber alles ist chaotisch, zusammengepreßt, finster. Ich versuche, das Unwesentliche auszusondern, Licht hineinzubringen. Die Dinge sollen durchsichtiger werden. Henry sagt: Ich werde es dir widmen. Ich werde schreiben:

Für Anaïs, die mir den Zugang zu Lawrence geöffnet hat. Anaïs: Jetzt bin ich es, die auf der Seite des Lebens steht, während Henry von seinem Dämon überwältigt wird. April 1934: Ein noch nicht ausgereifter, noch formloser Autor kämpft um seine Geburt. Die Tagebücher Franz Kafkas kann Anaïs Nin damals noch nicht gekannt haben, merkte Tom an. Kafka hatte notiert: Mein Leben ist das Zögern vor der Geburt. Knapp zwölf Jahre nach seinen gescheiterten Bemühungen um D. H. Lawrence schrieb Henry Miller an Lawrence Durrell: Vor einigen Tagen habe ich Deine Postkarten Angelino Ravagli gezeigt, der jetzt mit Frieda Lawrence lebt. Sie verbringen den Winter hier in Big Sur und haben zusammen mit einigen anderen unserer Freunde eine Art mittelalterliche Burg am Meer gemietet. Frieda ist ein wunderbarer Mensch. Wir kommen prächtig miteinander aus. Sie sagte mir einmal: Wenn Lawrence Sie nur gekannt hätte, als er noch lebte. Sie wären genau der Freund gewesen, den er gesucht hätte.

Sexploitation, Blaxploitation. In einem Schallplatten-Antiquariat erstehe ich ein Album der Ohio Players namens Honey. Auf der Klapphülle eine nackte Frau, Esther Stobba aus Panama, von der Seite, rechten Ellenbogen knapp vor der rechten Brustwarze, lediglich ein Goldkettchen um die Hüfte, mit einem bienenförmigen Anhänger daran. Die Frau hält einen großen gläsernen Honigtopf in der rechten und einen Löffel in der linken Hand. Von dem läßt sie, bei geschlossenen Augen, Honig in ihren, wie in solchen Zusammenhängen gern behauptet wird: sinnlich geöffneten Mund fließen. Die Ohio Players wurden von der Disco Crowd geliebt. Als ich die Hülle aufklappe, ist drinnen dieselbe Frau zu sehen, wiederum in seitlicher Ansicht, wieder mit dem Ellenbogen gerade eben vor der Brustwarze, nun aber von Kopf bis Fuß mit Honig besudelt sowie in ekstatischer Verzückung aufgebäumt. Ich habe an verschiedenen Stellen über diese Fotosession gelesen. Damals, 1975, kursierten Gerüchte, nach denen Esther Stobbas Haut großflächig verbrannte, da der Honig so stark hatte erhitzt werden müssen. Sie habe um Schmerzensgeld, um Schadensersatz geklagt. Die Musiker hätten sie schließlich umgebracht und ihren Todesschrei auf dem Stück Love Rollercoaster verewigt. Pain, Pleasure, Ecstasy, Skin Tight und Fire hießen die Honey vorangegangenen Alben, das erste danach tauften sie Contradiction. Auf dessen Hülle soll eine unbekleidete Frau einem schwarzen Hengst einen Apfel reichen. Leroy Bonner, der Sänger und Gitarrist der Ohio Players, nannte sich Sugar, auch Sugarfoot. Mit Vorliebe sang er im Falsett. Die Musik ist funky, nicht Disco, sagt der Verkäufer. Disco hätte sich schamlos bei Funk bedient, Funk ausgeplündert. Authentische afrikanische Rhythmen seien dabei zum geistlosen Abklatsch ihrer selbst verkommen. Ich halte Barry White's Love Unlimited Orchestra dagegen, vermag aber nicht zu überzeugen. Der Verkäufer, eine ästhetisch unangenehme Erscheinung um die Vierzig, schätzt weder Chic noch deren Produktionen für Sister Sledge oder Diana Ross; er kann auch mit heutigem Rhythm & Blues gar nichts anfangen. In einer knappen Viertelstunde bin ich mit Regula im Café Odeon verabredet. Ursprünglich hatte sie gewollt, daß ich zu ihr nach Hause käme; ich fühle mich aber noch von der vergangenen Nacht wie ausgelaugt. An der Straßenbahnhaltestelle lege ich beide Hände auf die durchsichtige Plastiktüte, versuche, Esther Stobbas entblößten Körper zu bedecken. Obwohl ich keinen der anderen Wartenden, in ganz Zürich allenfalls ein Dutzend Leute kenne, empfinde ich meine Anschaffung als erklärungsbedürftig. Afrikanisch-amerikanische Frauen, habe ich gelesen, sollen erst durch die Hüllen solcher Schallplatten zu ebenbürtigen Sexsymbolen der nordamerikanischen Gesellschaft aufgestiegen sein. Ich halte das für eine fragwürdige Errungenschaft.

Lola Montez in ihrem Handbuch: The Arts of Beauty, Secrets of a Lady's Toilet, New York, 1858: Der Busen, dem die Natur eine erlesene Symmetrie in sich selbst verliehen hat und wunderbare Anpassung an die Körperpartien, denen er verbunden ist, wird oft in eine Form oder an einen Platz gezwängt, die ihn seiner natürlichen Schönheit und Harmonie mit dem übrigen Körper berauben. Diese deformierende Veränderung wird durch steife Stäbe oder Korsetts verursacht, die den Busen aus seiner natürlichen Lage drängen und seine natürliche Spannung und Festigkeit zerstören, die doch seine eigentliche Schönheit ausmachen. Sogar die Auspolsterung, die Damen eine füllige Erscheinung zu geben pflegt, wo nur ein dürftiger Busen vorhanden ist, wird diesen in kurzer Zeit mit Sicherheit gänzlich ruinieren. Die künstlichen Gummibusen sind nicht nur eine lächerliche Erfindung, sondern sie sind absolut verheerend für diesen Körperteil. Wenn es ein Werk des Teufels gewesen ist, das Frauen dazu verführt hat, ihre eigene Schönheit zu ruinieren, dann hat es darin bestanden, sie zum Gebrauch von Schminke und Puder zu verleiten. Nichts kann ein deutlicheres Memento mori auf schöne Wangen schreiben als diese lächerliche und sündhafte Übung. Die Damen sollten wissen, daß dies ein sicheres Zerstören der Haut ist, und der gute Geschmack sollte sie lehren, daß damit das menschliche Antlitz entstellt und verzerrt wird. Die läuternde und köstliche Kraft der Seele, jene spirituelle Energie, die Lebendigkeit und Grazie verleiht und selbst plumper Gestalt ein Aufleuchten, ist am Ende die wirkliche Quelle weiblicher Schönheit. Das, meine Damen, ist das Signum der Schönheit, ist der Künder jenes Zaubers, der beim Betrachter helles Entzücken auslöst. Ich kann niemals ein Geschöpf von solcher Lebendigkeit und Lieblichkeit sehen, ohne mich selber in es zu verlieben und mir zu wünschen, ein Mann zu sein, der es freien könnte.

Ich versetze mich um ein Vierteljahrhundert zurück, zwischen die Zeilen von Kitty Hansons Disco Fever. Lange bevor wir ihn hören, fühlen wir den hämmernden Beat, der den Boden und die Luft zum Vibrieren bringt. Eine Tür öffnet sich, und wir können den unverwechselbaren Disco Sound ausmachen, der von einem Wald aus Lautsprechern an unsere Trommelfelle getragen wird. Wobei die Bässe weniger von unseren Ohren als von der Gesamtheit unserer Körper aufgesogen werden. Felix nimmt Ashley an der Hand und eilt voran. Er trägt wildlederne Cowboystiefel. Er trägt eine riesige Sonnenbrille. Aus dem Dunkel schwimmen uns Lichtfiguren entgegen; sie blinken und drehen sich und wiederholen sich endlos in Spiegelwänden. Felix begrüßt Kitty, die eine Flatterjacke trägt und hier für ihr Disco-Buch recherchiert. Sie geben links und rechts und noch einmal links über ihren Wangen Küsse in die Luft. Hello Kitty, sagt Ashley und macht einen Hofknicks. Auch Hartmut Schulze ist da. Er will etwas für ein Lesebuch namens Sexualität konkret schreiben. Ingrimmig stellt er fest: Hier wird mit fünftausend Watt Frigidität produziert. Er findet Typen, die in die Disco gehen, zu sauber und geschlechtsneutral. Bei John Travoltas Duett mit Olivia Newton-John kann er die Männerstimme nicht von der Frauenstimme unterscheiden. Ivan Nagel, sagt er, habe unlängst geschrieben: In der Zeit des ideologisch geförderten, kommerziell abgesegneten Unisex übernehmen beide Geschlechter alle narzißtische Feigheit und Wirklichkeitsverengung der Homosexualität, um dem Treffen mit dem Anderen bequem auszuweichen, ohne daß sie dafür das Kreuz der Minderheit zu tragen hätten.

Hartmuts liebster Kritikpunkt lautet: Hier seien ja alle nur in sich selbst verliebt. Werde ein Körper angefaßt, dann allenfalls der eigene. Hartmut wird niederschreiben: Neben dem Rotieren der Unterarme umeinander, das er Wolle wickeln nennt, sei das langsame Hochstreichen der Hände am eigenen Körper, von den Oberschenkeln über den Unterleib und die Hüften, die gängigste Tanzbewegung. Tanzpartner gebe es nicht. Auch wer zu zweit oder in der Clique gekommen sei, tanze allein. Beate, Felix, Ashley, Kristina und ich haben uns kunstvoll hergerichtet, doch Hartmut findet unsere Kleidung zu aufwendig. Er moniert, daß hautenge Turnhöschen aus Satin nicht unter 35 Mark erhältlich seien; aber er würde sich selbst auch gar keines kaufen wollen. Hartmut schreibt anwaltschaftlich, nennt es Beate, die genauso alt wie ihr Sohn, bereits einmal geschieden und Flugbegleiterin ist. Wir wünschen Hartmut einen guten Abend und begeben uns in Richtung Tanzfläche. Räder aus Licht sprühen Farben in den Raum, tausend Facetten rotierender Spiegelkugeln brechen gezielte Lichtstrahlen kaleidoskopisch auf und tauchen die Tanzenden in ganze Galaxien kreisender Sterne. Duftender Dunst beginnt zu unseren Füßen aufzusteigen; bald sind Kristinas Riemchen-Stilettos nicht mehr zu erkennen. Zunehmend verschwinden auch um uns herum die wogenden Leiber, die winkenden Arme im aufgewirbelten Nebel.

Es ist 2 Uhr morgens. Wir bewegen uns zu einem hypnotischen Bionic Boogie von Gregg Diamond, meine Hosenbeine flattern unter dem wohltuenden Druck der Bässe. Ashley trägt Felix' Seidenschal als Gürtel, er hat sich ihren Plastikfächer ausgeliehen. Der Boden unter uns beginnt zu wanken, die Luft knistert vor Energie. Dann läßt der Diskjockey den Raum explodieren. Schreie und Rufe und wild herumfuchtelnde Arme füllen die milchige Luft. Ashley möchte ein DJ sein, möchte ein weiblicher DJ sein, möchte ein weiblicher DJ in Japan sein, brüllt sie in mein Ohr. Sie würde sich Suzy Wong nennen; aber ich habe Suzy Wrong verstanden, und Ashley spielt kurzzeitig die Beleidigte. Ich verspüre Lust, mich in sie zu verlieben, aber ich bin mit Kristina, die jetzt mit Felix an der Bar steht, liiert. Auch Beate finde ich heute abend extrem reizvoll. Andauernd tanzt sie ganz nah an mir vorbei, steckt ihre Nase in mein Ohr und verspricht, mir den Hustle und den Bus Stop beizubringen. Ihre Frisur wirkt wie ein ausgekämmter Afro, sie trägt ganz enorme Hoop-Ohrringe, hat eine Unmenge bunter Armreifen übergestreift, und in einer Hand hält sie ein Tamburin. Ihr Chiffon-Kleid stammt aus den fünfziger Jahren, ihre Pumps hat sie mit metallisch glitzernden Söckchen kombiniert. Im Verlauf des Abends konnte ich wiederholt nicht umhin, meinen Blick an ihre zierlichen Knöchel zu heften. Auf dem Gang zur Toilette hält mich Kitty auf und läßt sich schier endlos über den Aachener Tanzwahn von 1374 aus.

Ludwig I., König von Bayern, gefiel und verfiel nach eigenem Bekunden sämtlichen hübschen Frauen zwischen sechzehn und vierzig aus allen Schichten, aus vielen Ländern. Mit seinen fünfzig Geliebten habe er ein Leben geführt, wie es sonst nur Göttern vergönnt sei. Des Kronprinzen erste große Liebe war im Frühjahr 1805, in Neapel und auf Ischia, die New Yorkerin Mary Livingston, keine zwanzig Jahre alt, Tochter des US-amerikanischen Freiheitskämpfers Robert Livingston. Herzzerreißende Abschiedsszene, als ihr Schiff nach New York ablegt, wo Lola Montez, Ludwigs letzte Geliebte, 1861 sterben wird. Heinrich Heine, drei seiner prominenten Fans, Sissi, Nietzsche und Baudelaire, tummeln sich in meinem Manuskript, spottete über Ludwigs noch heute populäre, im Schloß Nymphenburg befindliche Gemäldegalerie schöner Frauen: Er liebt die Kunst, und die schönsten Frauen, die läßt er porträtieren; er geht in diesem gemalten Serail als Kunsteunuch spazieren. Woraufhin Ludwig Heines Bücher verbieten ließ. Golo Mann wand sich: Auch ein König ist ein Mensch, und je schwerer sein Amt ist, desto mehr bedarf er anständiger Freuden; dazu glaubt er ein Recht zu haben. Erst gelegentlich der fatalen Betrügerin, deren Name nun fallen muß, der sich so nennenden Lola Montez, könnte man von Mätressen-Wirtschaft sprechen. Sie hatte die selbstzerstörerische Unverschämtheit, nicht nur sich in die Politik zu mischen, sondern laut damit zu prahlen und ihren Einfluß zu übertreiben: Sie allein entscheide, wer Minister werde und wer bleibe und wer nicht. General Karl Wilhelm von Heideck: Ich antwortete dem König, daß ich über Wahrheit oder Lüge, also Schuld und Unschuld des Fräulein Lola nicht entscheiden könne. Das aber bestehe fest bei mir, daß die wütenden Ausbrüche von Lolas Zorn mir unweiblich erschienen.

Im Bus erzählt Ashley von den Elegant Gothic Lolitas und weiteren eigentümlich pseudofemininen Vorbildern auf Polis und Julies Website. Die seien so ganz anders als unsere westlichen Glam Rock Stars, die ihre weiblichen Markierungen, Big Hair, nuttiges Make-up, Spandex-Hosen, lediglich einsetzten, um männliche Herrschaft über diese Zeichen zu demonstrieren. Ashley folgt mir auf mein Hotelzimmer, zieht die Vorhänge zu, schließt ihren Laptop an, wählt sich ins Netz ein und präsentiert mir verschiedene, von Poli und Julie aufwendig gestaltete Visual Rock Wallpapers; dazu die einmütig einschlägigen Kommentare der beiden Mädchen. Emiru, auf einer Treppe, im kurzen, taillierten Mantel: Emiru is too cute on this picture. Aw, Emiru always looks too cute, except when he's not crossdressing. Izam, mit an den Seiten gebündelt hochgesteckten, schwarzen Haaren und farbigen Federn darin: He is the ultimate crossdresser. He looks like a J-Pop female. It's just amazing how convincing he is. J-Pop, für Japan Pop, erklärt Ashley, werde in der Regel von Frauen interpretiert, J-Rock, alias Visual Rock, von Männern, zwar überwiegend so feminin wie möglich aufgemachten, wenn sie aber dem eher parodistischen westlichen Glam anhingen, könne auch mal ein fragwürdiger Bandname wie Anti Feminism dabei abfallen. Hier gelte es eine genaue Grenzziehung vorzunehmen, sagt meine Kollegin. Mir fällt dazu die Formulierung Women in Rock für Frauen, die in der logisch männlichen Rock Music Dienst tun, ein. Genau, stimmt mir Ashley zu, es wäre tautologisch, wenn wir von Men in Rock redeten. Women in Rock seien Frauen in Hosen, halbe Kerle in Nietenhosen und Lederjacken. Tomboys wie Suzi Quatro. Womöglich ließe sich erst bei J-Rock von einer wirklichen femininen Übernahme der Rock Music, wenn auch durch Männer, sprechen.

Mana, im üppig verzierten Dienstmädchenkleid, Medaillon am Hals, Häubchen, Gothic Lolita-Frisur, komplizierte Korkenzieherlöckchen, schwerstes Make-up: Yes, we need Mana dolls to tell to little girls and make them addicted to crossdressers. Mana, im schwarzen Kleid, auf der Mädchentoilette: Mana molesting the girls' bathroom will be forever burned into our memories as one of the oddest pictures. Mana, mit blauer Pagenfrisur, schwarzen Netzhandschuhen: Mana is so freaking pretty. We all wanna be Mana. I'm sure he knows that. He's the ideal woman. Izam, mit einem um den Kopf geschlungenen Schal: Izam must be a woman, Satan, or insane. Izam, wie er aus einem Becher trinkt: Izam is Izam is a woman. Look at his hands, so so feminine. It's scary, Poli's hands are more masculine. Izam, in lasziver Pose, mit bläulich rotem Bubikopf und langen, kompliziert lackierten Fingernägeln: Izam kinda reminds Julie of Shinya. He is such an awesome crossdresser. Shinya, im kurzen, taillierten, schulterfreien, aber mit angehängten Ärmeln versehenen und an den Säumen mit karminrotem, synthetischem Pelz besetzten Kleid aus schwarzem Lackmaterial: He has such nice hair, Poli wants his hair among other things. Shinya, mit gestuftem Pony, vor den Ohren geglätteten und hinter den Ohren gelockten Haaren: Yet another male that makes a better female than either Julie or Poli. This is really sad if you ask me. Shinya, mit Gothic Lolita-Locken: Shinya is such a goddess. He looks so very pretty in this picture, Poli just wants to molest him. Shinya, in schmuckloser wattierter Jacke: Poli really doesn't care that Shinya isn't the best crossdresser, he's still quite pretty. Shinya, ungeschminkt, in rotschwarzer Fantasieuniform: Shinya actually kinda resembles a male in this picture. Shinya, in offener, weißer Bluse: Yes, Poli brings you more semi-male looking Shinya wallpapers. Shinya, mit nacktem Oberkörper: Proof that Shinya is in fact a male. Shinya, mit weich fallender Lockenpracht, hennarot, in Lack gekleidet, Rücken an Rücken mit Toshiya, der sich mit einer anliegenden, schwarzen Pagenfrisur in einer neoromantischen Uniform präsentiert: Yes, Julie, we all want that shirt that says: I love lesbian men. Toshiya, in Weiß: I really do miss the days when Toshiya used to look like a woman. We can only hope that glorious era will return. Of course the fake breasts were a bit much.

Ein Brief Ludwigs II., König von Bayern, an den Komponisten Richard Wagner, unter Fortlassen aller Ausrufezeichen: Mein Einziger. Mein göttlicher Freund. Endlich finde ich einen freien Augenblick, endlich komme ich dazu, dem Geliebten für den übersandten Entwurf zum Parcifal aus tiefster Seele zu danken, die Flammen der Begeisterung erfassen mich; mit jedem Tage wird sie glühender, meine Liebe zu dem, den ich einzig liebe auf dieser Welt, der meine höchste Freude, mein Trost, meine Zuversicht, mein Alles ist. Wie sehne ich mich nach Ihnen; selig kann ich nur bei Ihnen sein. Hier verlebe ich unruhige Tage; ich werde am Sonntage mich wieder hinauf flüchten in die heilige Ruhe der Natur, in die reine Luft der Berge; dort werde ich endlich wieder aufatmen können nach den Mühen bewegter Tage, lästiger Besuche, dort oben in wonniger Einsamkeit, auf Bergeshöhe, werde ich die mir so nötige Ruhe finden; die Hütten, die ich bewohnen werde, sind von hier nicht sehr entfernt, will mein Teurer mir die Freude machen, mir zu schreiben, so bitte ich Ihn, die Briefe hierher zu adressieren, sie werden mir nachgesandt werden. Wie geht es dem Geliebten, herrscht Ruhe um Ihn, ist er froh und heiter? Geliebter, wir wollen Uns treu stets zur Seite stehen, das Ideal, welches uns begeistert, wird die Welt dereinst begeistern. O wie liebe ich Sie, mein angebeteter, heiliger Freund. Nur eine Frage erlaube ich mir an meinen geliebten Freund bezüglich des Parcifal zu richten. Warum wird unser Held erst durch Cundris Kuß bekehrt, warum wird ihm dadurch seine göttliche Sendung klar? Erst von diesem Augenblick kann er sich in die Seele des Amfortas versetzen, kann er sein namenloses Elend begreifen, mit ihm fühlen. O könnten wir doch immer zusammen sein. In München müssen wir uns jede Woche wenigstens einmal sprechen; länger halte ich es nicht aus, ohne meinen Einzigen zu sein; Ruhe, Ruhe brauche auch ich so notwendig, hier konnte ich sie gegenwärtig nicht finden; oben wird sie gewonnen werden. Weiß ich den Geliebten wohlgemut, so bin ich es auch, mein Denken und Fühlen geht einzig auf ihn, könnte ich bald von ihm hören. Heil und Segen dem Einzigen. Sein treuer Ludwig.

Ein Osterspaziergang auf die schmale Spitze zu, an der Loisach und Isar zusammenfließen. Es hat kaum geregnet in der letzten Zeit, der Schnee in den Alpen ist noch nicht geschmolzen, also ragen die Kiesbänke weit aus den Fluten, und wir haben wenig Mühe, von einer Bank auf die nächste zu gelangen; lediglich Gregor holt sich bei einem Sprung nasse Füße. Auf dem Rückweg stoßen wir im zerzausten Auwald, zwischen Tamarisken und Lavendelweiden, auf die ersten nackten Männer der Saison. Felix findet es unpassend, daß Kandis, als Frau, hier überhaupt spazieren geht, aber meine Schwester hängt ebenso an dieser wilden Landschaft wie ich, hat sie, seit wir hier wohnen, auch allein bereits unzählige Male durchstreift, hat sich sogar hinreißen lassen, den Frauenschuh, die Stendelwurz, die Große Händelwurz und weitere in der Au einheimische Orchideen in ihre Texte zu flechten. Während Felix längst wieder von der drohenden Kurzarbeit bei der Lufthansa spricht, kann sich Gregor noch immer nicht beruhigen: Wolfratshausen, von einem sozialdemokratischen Bürgermeister regiert, Wohnsitz, gerade mal einen Kilometer von hier entfernt, des konservativen bayerischen Ministerpräsidenten, Wohnort seßhaft gewordener Korbflechterfamilien, Zufluchtsort unzähliger Obdachloser, die hier tagsüber, mit S-Bahnen, die auf den Gleisen des ehemaligen Jerusalem Expreß verkehren, aus der Landeshauptstadt angereist, fürsorglich aufgenommen werden, und, nicht zuletzt, das urzeitlich pastorale Eldorado sich gegenseitig hingebender Männer.

Super Fundstück in Nietzsches Notizheft N VII 2, Seite 161: Gedanken sind Handlungen. Gleich als Motto einbauen, schlägt mein Bruder vor. Aber ich habe noch nie ein Motto verwendet. Also wirst du auch dieses Mal keines verwenden, sagt Karol, zuckt mit den Schultern und verschwindet in der Küche. Gewitter ziehen, erstaunlich früh für die Jahreszeit, auf. Ich habe meine zehn Jahre alte Seminararbeit über Nietzsche und Baudelaire herausgesucht. Nietzsche über die Stärke des neunzehnten Jahrhunderts: Wir wagen wieder absurd, kindisch, lyrisch zu sein, mit einem Wort: wir sind Musiker. Ebensowenig fürchten wir uns vor dem Lächerlichen wie vor dem Absurden. Das wäre aber vielleicht ein Motto für deine Arbeit, rufe ich Karol zu. Doch mein Bruder möchte sich kein

Motto von Friedrich Nietzsche borgen. Nietzsche über Wagner: Ich verehrte ihn als Ausland, als Gegensatz, als leibhaftigen Protest gegen alle deutschen Tugenden. Meine Worte: Das entspricht der Haltung, die Baudelaire in seinem Aufsatz über Wagner einnimmt; mit seinem Wagnerianertum stellte er sich gegen sein Land und gegen seine Zeit. Es sei in diesem Zusammenhang nicht unerheblich, daß Baudelaire von 1861 bis zu seinem Tod 1867, noch auf dem Sterbebett ließ er sich Wagner vorspielen, Wagnerianer war, Nietzsche aber erst 1868 bis Mitte der siebziger Jahre, als Wagner zusehends anerkannter wurde und seine Kunst ihren rebellischen Charakter einzubüßen begann. Diese Zeit hat Baudelaire nicht mehr miterlebt, und Nietzsche, der den Franzosen in seinen Notizbüchern seitenlang exzerpierte, billigte ihm schließlich zu: Wer war der erste intelligente Anhänger Wagners überhaupt? Charles Baudelaire, jener typische Décadent, in dem sich ein ganzes Geschlecht von Artisten wiedererkannt hat, und er war vielleicht auch der letzte. Über ein persönliches Schreiben Wagners an Baudelaire ließ sich Nietzsche aus: Einen Brief dieser Art Dankbarkeit hat Wagner nur noch einmal geschrieben: nach dem Empfang der Geburt der Tragödie.

Nietzsches Lektüre der Psychologischen Abhandlungen über zeitgenössische Schriftsteller von Paul Bourget. Dessen Einschätzung Baudelaires: Libertin, mystisch, analytisch. Ausformuliert: Durch alle Verwirrungen hindurch, wo der Durst nach unbegrenzter Reinheit sich mit dem Hunger, der die am schärfsten gewürzten Freuden des Fleisches begehrt, mischt, behauptet er als Analytiker immer die strenge Herrschaft über seine Intelligenz. Nietzsche übernimmt das partiell; er nennt Baudelaire einen Libertin, mystisch, satanisch, aber vor allem wagnerisch. Und schreibt: Ich habe mich gefragt, ob überhaupt schon jemand dagewesen ist, modern, morbid, vielfach und krumm genug, um als vorbereitet für das Problem Wagner zu gelten? Höchstens in Frankreich: Charles Baudelaire. Paul Bourget über Baudelaire: Zunächst ist er Pessimist, was ihn von den zart empfindenden Skeptikern und den stolzen Empörern scharf unterscheidet. Friedrich Nietzsche, wie ich ihn als Studierende der Komparatistik exzerpierte: Auch der analytische Pessimismus der Stärke endet mit einer Theodizee, das heißt mit einem absoluten Jasagen zu der Welt, aber um der Gründe willen, auf die hin man zu ihr ehemals nein gesagt hat. Nietzsches Vorstellung vom Heroismus als heitere Gesinnung eines einsamen Menschen, der ein Ziel erstrebt, gegen das gerechnet er gar nicht mehr in Betracht kommt. Ein Poser, ein positiver, stets verkleidet, je höher entwickelt, desto mehr bedarf er des Inkognitos. Der Dandy, nach Baudelaire: Ein Heldendarsteller, ein Herkules ohne Aufgabe. In Anführungszeichen: Ein arbeitsloser Held. Durchgestrichen: Ein Held der Arbeitslosigkeit.

Der Dichter als Dandy: Ein Held, der aus dem Auswurf der Zivilisation erhabene Kunstwerke schaffen könne. Der Dandyismus, eine Erscheinung außerhalb der Gesetze, besitze selbst die strengsten Gesetze. Sowohl Baudelaires als auch Nietzsches tiefe Verehrung für Verbrecher. Notiz: Wäre hier ein produktiver Querverweis auf HipHop denkbar? Walter Benjamin nahm sich vor, mit allem Nachdruck darzustellen, wie die Idee der ewigen Wiederkunft ungefähr gleichzeitig in die Welt Baudelaires, Blanquis und Nietzsches hineinrückte. Bei Baudelaire liege dabei der Akzent auf dem Neuen, welches mit heroischer Anstrengung dem Immerwiedergleichen abgewonnen werde, bei Nietzsche auf dem Immerwiedergleichen, dem der Mensch mit heroischer Fassung entgegensehe. Nietzsche schrieb selbst: Gegen die lähmende Empfindung der allgemeinen Auflösung und Unvollendung hielt ich die ewige Wiederkunft.

Baudelaire entdeckte im Prinzip der ewigen Wiederkunft das Ideal der Mode, notierte ich in meiner Seminararbeit. Nietzsche, wie er sich, kurz vor seinem Zusammenbruch, in Ecce Homo, beschrieb: Brauche ich, nach alledem, zu sagen daß ich in Fragen der Décadence erfahren bin? Abgerechnet nämlich, daß ich ein Décadent bin, bin ich auch dessen Gegensatz. Als summa summarum war ich gesund, als Winkel, als Spezialität war ich décadent.

Tom bewundert das leuchtende Rot des neuen, eng anliegenden Pullovers meiner Schwester. Er tritt hinter sie und umfaßt ihre Brüste, wie ein Büstenhalter, mit seinen beiden großen Händen. Graziös löst sich Kandis aus diesem Zugriff und drängt zum Aufbruch. Tom leiht sich eine Windjacke von mir aus. Wir streifen den Kanal entlang und betreten den Ortsteil Waldram, das ehemalige Lager Föhrenwald für Displaced Persons, heimatlose Überlebende aus den deutschen Konzentrations- und Vernichtungslagern, Flüchtlinge aus Polen und der Sowjetunion; davor war es eine Arbeitersiedlung der gigantischen Rüstungswerke, auf deren Fundamenten nach dem Zweiten Weltkrieg die Stadt Geretsried errichtet wurde, der sogenannten Wolfratshauser Fabrik, die Wolfratshausens nationalsozialistischer Bürgermeister Jost, norddeutscher Protestant, durch seine unermüdlichen Eingaben bei der Regierung im Isartal anzusiedeln vermocht hatte. Die einheimische Bevölkerung ließ sich angeblich weismachen, es handele sich um eine Schokoladenfabrik. Die Fremdarbeiterinnen, Tom: verschleppten Zwangsarbeiterinnen, zumeist Französinnen, deren Haare, Gesichter und Hände durch den täglichen Umgang mit den zur Herstellung bestimmter Sprengstoffe benötigten Chemikalien gelb verfärbt waren, wurden Kanarienvögel genannt. Während wir die ersten Häuser dieser eigentümlich anheimelnden Siedlung passieren, rekapituliert Tom die Erzählungen seiner Großmutter, wie Heinrich Jost mit den Seinen das Jüdische Mädchenheim terrorisierte. Und hartnäckig unbarmherzige Anträge stellte, Wolfratshausen solle baldmöglichst von dieser Judenplage befreit werden. Sogar meldete, die jüdischen Mädchen spionierten die, so der geduldige Volksmund: Große Baustelle, das Gelände der geheimen Munitionsfabrik, aus.

Eine größere Gruppe Interessierter hat sich vor dem Gasthaus zur Post, der ehemaligen Kantine, versammelt. Wir treten hinzu und lassen uns unter der ortskundigen Leitung des pensionierten Lehrers Rudolf Baumgartl durch das Viertel führen. Baumgartl trägt eine Baskenmütze und macht seine eloquenten Ansagen durch ein Megaphon der Feuerwehr. Er unterrichtet uns über die Underground Railway, erzählt, wie hier zahllose Körper junger Männer aus Osteuropa für die anstehende Besiedlung Palästinas respektive Israels gestählt wurden. Er liest uns einige in lateinischen Lettern verfaßte Sätze Jiddisch aus der Wochencajtung fun di befrajte Jidn in Fernwald vor. Im September 1945 wurde das Areal von den Generälen Patton und Eisenhower inspiziert und zum ausschließlich jüdischen Lager erklärt. Die Memeler Straße wurde in New-York-Straße, die Metzstraße in Ohiostraße umbenannt, die Danziger Freiheit in Independenceplatz, der Adolf-Hitler-Platz in Rooseveltplatz. Der Jazz-Gitarrist Coco Schumann soll hier, im noch 1953 von der Süddeutschen Zeitung so genannten Wartesaal der Unglücklichen, gelebt haben. Es gab einen orthodoxen und einen zionistischen Kibbuz. Der Dramatikerkreis Negew lud zu Aufführungen und Lesungen ein. Im Lagerkino wurden in München entliehene deutsche Heimatfilme gezeigt. Deutsche Schlager wurden über die öffentlichen Lautsprechersysteme abgespielt. Aber die deutsche Polizei mußte draußen bleiben. Auch als das Lager 1951 erneut unter deutsche Verwaltung geriet, ergab sich für die staatlichen Behörden keinerlei Möglichkeit, durchzugreifen. Eine Fälscherwerkstatt habe floriert, Auswanderer seien illegal zurückgekehrt.

Amtliche Entschließung des Bayerischen Staatsministeriums für Unterricht und Kultus vom Frühjahr 1952: Im Lager Föhrenwald dürfen wegen der dort bestehenden Verhältnisse nur Lehrkräfte verwendet werden, die nicht der NSDAP oder einer ihrer Gliederungen angehört haben. Eine Regelung, die anscheinend für die Schulen unserer Eltern nicht getroffen wurde, bemerkt Kandis halblaut. Herr Baumgartl führt uns zu den Gebäuden, in denen die verschiedenen Synagogen untergebracht waren. Vor dem zeitweiligen Wohnsitz des persischen Prinzen und deutschen Lyrikers Cyrus Atabay gerät meine Schwester mit einer Deutschlehrerin ins Gespräch, die nach der Auflösung des Lagers in Waldram aufwuchs und von einem Davidstern an einer Zimmerdecke ihres Elternhauses zu berichten weiß. Tom läuft schweigend neben uns her. Auch die Buchhändlerin Rachel Salamander lebte hier, im Lager Föhrenwald, das, trotz deutscher Leitung, bis zum Ende seines Bestehens exterritorial, laut Salamander, wie ein Schtetl wirkte. Sie erinnert sich: Selbst im DP-Lager Deggendorf geboren und im DP-Lager Föhrenwald aufgewachsen, habe ich auf deutschem Boden gerade noch einen Hauch dessen erleben können, was einmal jüdisches Leben in Osteuropa gewesen sein muß. Wir Kinder wußten allerdings zu früh, daß wir es mit besonderen Menschen zu tun hatten, Menschen mit Nummern am Unterarm, und wir spürten, daß ihnen Ungeheures zugefügt worden war. Sie nannten unentwegt Namen von Personen, deren Geschichte immer mit dem Tod endete. Familie Salamander verließ das Lager im Herbst 1956. Nach und nach wurden die Häuser von deutschen Familien vorwiegend aus den mit dem Krieg verlorengegangenen Ostgebieten übernommen. Noch 1957 muß, berichtet Herr Baumgartl, einmal gleichzeitig eine christliche und eine jüdische Prozession durch die Siedlung gezogen sein. Brauchbares Material aus der aufgelösten Judenschule durfte er für seine aufzubauende Grundschule übernehmen.

Nach Sonnenuntergang. Allein zu Hause mit Friedrich Nietzsche. Das südamerikanische Auswanderungsprojekt des rassistischen Schwagers. Des Philosophen diesbezügliche Äußerungen seiner Schwester gegenüber, die sie Hitler, den Deutschen, der internationalen Nachwelt, wie so vieles aus dem handschriftlichen Nachlaß ihres Bruders, unterschlagen würde. Vorangestellt, aus Notizheft N VII 2, Seite 101: NB. gegen Arisch u. Semitisch. Wo Rassen gemischt sind, der Quell großer Cultur. Notizheft N VII 3, Seite 9, durchgestrichen: Ziffer 2, eingekreist. Das Schlimme ist zu alledem, daß unsere Interessen u. Wünsche jetzt gerade recht auseinanderlaufen. Soweit Eure Unternehmung eine antis. Unternehmung ist, Gedankenstrich, u man hat mir das inzwischen ad oculos demonstrirt, Gedankenstrich, Seitenende. Folgende Seite, durchgestrichen: An Lisbeth, unterstrichen. Ziffer 1, eingekreist. Mein liebes Lama, Du findest Deinen Bruder ganz u. gar widerwillig, Geld herauszurücken: seine Lage ist zu unsicher, u. die Eure nicht bewiesen genug, als daß es erlaubt wäre, hier bloß auf den Augenblick hin zu handeln. Strich. Ziffer 5, eingekreist: Mein Wunsch ist zuletzt, daß man Euch deutscherseits etwas zu Hülfe käme, nämlich dadurch daß man die Antisemiten nöthigte, unterstrichen, Deutschland zu verlassen: wobei ja nicht zu zweifeln wäre, daß sie Euer Land der Verheißung, letzteres in Anführungszeichen, P. anderen Ländern vorziehen würden: Den Juden wünsche ich andererseits immermehr, daß sie in Europa zur Macht kommen, damit sie jene Eigenschaften verlieren, Klammer auf: nämlich, die folgenden vier Worte unterstrichen: nicht mehr nöthig haben, Klammer zu, vermöge deren sie als Unterdrückte sich bisher durchgesetzt haben.

Tom schickte uns aus London ein Vorabexemplar des Goodbye Swingtime Albums von dem nun als Matthew Herbert Big Band firmierenden Matthew Herbert, der bislang überwiegend elektronische Musik veröffentlichte, erst unlängst auf seinem Soundslike Label auch das von Felix so geliebte Album der Soft Pink Truth. Er löste bereits vor ein paar Jahren Kontroversen aus, als er sich vehement gegen die musikalische Verwendung von Samples anderer Künstler oder Künstlerinnen einsetzte. Seitdem predigt er unermüdlich the purpose, necessity and desire to be original at all times. Auf einem für Rezensenten und Radioleute beigelegten, in der ersten Person verfaßten Zettel betont Herbert nun, daß jeder einzelne Klang des vorliegenden Albums auf einzigartige, von ihm selbst durchgeführte respektive höchstpersönlich veranlaßte Originalaufnahmen zurückgehe. Dies gelte nicht nur für den vertrauten Klang des Big Band-Instrumentariums, sondern auch für die verfremdeten Geräusche von Menschen, die sich in Form einer Antikriegsdemonstration durch London bewegten, das Knistern, das sich bei der Lektüre fortschrittlicher politischer Literatur einstelle, den mechanischen Lärm einer benachbarten Druckerei, in der, wenn es nach ihm ginge, die Werke von Noam Chomsky und Michael Moore gedruckt würden, sowie das rhythmisierte Aufschlagen von Telefonbüchern auf Fußböden, weltweit. Matthew Herbert vermeint, ein eminent politisches Album produziert zu haben. Kandis kommt es dagegen harmlos und eher kunsthandwerklich vor, allenfalls naiv. Tom hat gar nichts dazugeschrieben.

Ich würde sagen, Herbert hat sich von den bewußtseinserweiternden Qualitäten elektronischer Musik entfernt und lege die neue CD des sensationell inspirierten Chicagoer Rappers Common ein. Auch dort sind, umgeben von wortgewaltigem Signifying, Elemente der Swing Music auszumachen, allen voran die Reminiszenzen an das Sextett des großen John Kirby, biggest little band in the land, in dem Stück I Am Music, wo der junge Trompeter Nicholas Payton, Protégé des HipHop-Gegners Wynton Marsalis, in die Schuhe von Charlie Shavers schlüpft. Auf Commons vorigem Album, Like Water for Chocolate, hatte der eher auf Bop rekurrierende, ebenfalls von Marsalis geförderte Trompeter Roy Hargrove eine hervorragende Rolle gespielt. Und immer wieder: Erykah Badu in der Rolle Billie Holidays. Während bei Matthew Herbert diesmal ja gar nichts swingt, sagt meine Schwester. Dann kommen wir, über die Verhängnisse der Programmusik, auf den Papst zu sprechen, der unlängst leidenschaftlich gegen ökumenische Tendenzen in der katholischen Kirche, ein gemeinsames Abendmal mit Protestanten, Partei nahm, indem er darauf hinwies, daß das Brot bei der Heiligen Kommunion, nach der Wandlung, der Leib Christi sei, wohingegen sich die protestantischen Kirchen darauf zurückgezogen hätten, daß es den Leib Christi lediglich bedeute. Diese Kluft sei nicht zu überbrücken. Ist es tatsächlich ein Widerspruch, fragt meine Schwester vorsichtig, wenn ich, als aktive Anhängerin eines feministischen Dekonstruktivismus, Schriftstellerin dazu, mit dieser Haltung des Papstes sympathisiere, darin progressives Potential zu erkennen glaube? Essentialismus ausgerechnet in der Deckungsgleichheit von Signifikant und Signifikat als aufgelöst zu erfahren? Und auch noch im Rahmen der Kirche? Das ist ganz wie in der Musik, antworte ich, der größten Glaubenssache in unserem Leben. Worte reichen da nicht hin. Wie im Fetischismus der afrokatholischen Kirchen: Santeria, Voodoo. Wie bei Hubert Fichte, der ihre geheimnisvollen Riten in seinen Romanen besang. Und ich füge hinzu: Während viele

Protestanten vom Göttlichen nichts als eine Art politische Meinung haben, in Klammern: unser Erdenleben hingegen für bare Münze nehmen, macht uns der Papst im Zusammenhang der Eucharistie deutlich, daß die katholische Kirche das Überirdische als real gegeben sieht, in Klammern: die irdischen Dinge aber als Verabredungen versteht. Einzige Gewißheit: Das Ungewisse. Schwierig.

Gilles Deleuze schrieb: Wie läßt sich anders schreiben als darüber, worüber man nicht oder nur ungenügend Bescheid weiß? Gerade darüber glaubt man unbedingt etwas zu sagen zu haben. Man schreibt nur auf dem vordersten Posten seines eigenen Wissens, auf jener äußersten Spitze, die unser Wissen von unserem Nichtwissen trennt und das eine ins andere übergehen läßt. Gemeinsam mit Félix Guattari notierte er: Die Anrufung des Kosmos ist durchaus keine Metapher. Klären: Die Deckungsgleichheit von Medium und Botschaft bei Deleuze und Guattari. Der ergebene Kniefall der elektronischen Musik vor den beiden. Der Kniefall der beiden vor Friedrich Nietzsche; ihr Entwurf einer kosmischen Philosophie nach seiner Art. Deleuze, wie er Nietzsches Text Der Wanderer für die Electronique Guérilla LP der französischen Band Heldon einsprach, wiederveröffentlicht als Happy Deterritorializations Remix auf der Doppel-CD In Memoriam Gilles Deleuze, erschienen bei dem Frankfurter Mille Plateaux Label, dessen Existenz sich auf das gleichnamige Buch von Deleuze und Guattari stützt. Darin steht: Musik ist niemals tragisch. Musik ist Freude. Aber sie gibt uns zwangsläufig ein Gefühl für das Sterben, weniger für das Glück, sondern dafür, glücklich zu sterben, zu vergehen. Jedesmal wenn ein Musiker In Memoriam schreibt, handelt es sich nicht um ein inspirierendes Motiv oder eine Erinnerung, sondern im Gegenteil um ein Werden, das mit seiner eigenen Gefahr konfrontiert wurde, das sich darauf eingelassen hat, abzustürzen, um dadurch wiedergeboren zu werden: Kind-Werden, Frau-Werden, Tier-Werden.

Notizheft N VII 3, Seite 32: In der Partitur des Hymnus, den zu übersenden ich mir erlaubte, ist noch die letzte Note der Clarinette zu berichtigen: dieselbe muß cis heißen, Klammer auf: nicht, unterstrichen, c, Klammer zu. Seite 41: Vielleicht hat es nie einen Philosophen gegeben, der in dem Grade au fond so sehr Musiker war, wie ich es bin. Deleuze / Guattari, ein Jahrhundert später: Die Musik hört nicht auf, ihre Fluchtlinien ziehen zu lassen und dreht dabei ihre eigenen Codes um, die sie abrifizieren, steht nicht einmal im Fremdwörter-Duden, und strukturieren; die musikalische Form ist so bis in ihre Brüche und Wucherungen hinein dem Unkraut vergleichbar, ein Rhizom. In Klammern: Unkraut naturgemäß positiv gefaßt. Deleuze / Guattari: Rhizomorph sein heißt, Stengel und Fasern produzieren, die aussehen wie Wurzeln, oder besser: die gemeinsam mit ihnen in den Stamm eindringen und einen neuen und ungewöhnlichen Gebrauch von ihnen machen. Wir sind des Baumes müde. Wir dürfen nicht mehr an die Bäume, an große und kleine Wurzeln glauben, wir haben genug darunter gelitten. Nur unterirdische Sprößlinge und Luftwurzeln, Wildwuchs und das Rhizom sind schön, politisch und verlieben sich. Sogenannte Referenzen, auch in der elektronischen Musik, meinte Karol neulich zu Tom, sind damit eben noch lange nicht suspendiert. N VII 3, Seite 43: Darf ich voraussetzen, daß Ihnen mein Name nicht gänzlich fremd geworden ist? Im Vertrauen darauf übersende ich Ihnen ein Stück Musik von mir, das Einzige, von dem ich wünsche, daß es von mir bekannt wird, Gedankenstrich. Seite 45, durchgestrichen: Was halten Sie von diesem, in Anführungszeichen: Hymnus? Kann man ihn aufführen? Ich bilde mir ein, daß er ungefähr mein Glaubensbekenntniß in Tönen ist, Gedankenstrich. Seite 46:

Was werden Sie von mir denken, verehrter Herr, wenn ich, mich Ihrer Zeilen vom vorigen Winter erinnernd, Ihnen heute Musik von mir selbst zu übersenden wage? Halten Sie diesen Hymnus eines Philosophen für möglich, für singebar, für anhörbar?

Da erreicht mich ein Anruf meines Bruders aus Berlins Mitte. Verglichen mit den eher dezent gekleideten modebewußten Münchnern und Münchnerinnen kämen ihm die meisten Gestalten auf den einschlägig frequentierten Straßen der Hauptstadt laut und geradezu ungehobelt vor. Er hat soeben in einem Geschäft namens Melting Point Seite an Seite mit dem Detroiter Musiker, Diskjockey und Labelbetreiber Daniel Bell nach House-Platten gestöbert, Bell nach neuen, Karol nach alten. Drastische, kaum anhörbare Samples auf Paul Johnsons Suck My Candy Cane. Kostbarstes Fundstück: Die Take Me Higher EP von Terrence Parker alias Disco Revisited, rund zehn Jahre alt. Daniel Bell, mittlerweile in Berlin lebend, hätte sein Fahrrad, ein Mountain Bike, mit in den Laden genommen. Morgen abend wird Karol zurück sein; er will Kristina mit nach Hause bringen. Neben ihm steht aber, deutlich vernehmbar, eine Kollegin namens Candice, die extrem aufgekratzt wirkt und mich unbekannterweise grüßen läßt. Meinen Namen eigenartig gespreizt ausspricht. Ihr Tonfall erinnert an meine Schulfreundin Nadine, die nach ihrer Liaison mit Karol nur noch Mädchen, später Frauen, als Liebhaberinnen erwählte.

Male Femininity: Blättern in einem Bildband namens The Great American Pin-up. Kandis und ich versuchen auszumachen, ob die Zeichnungen der wenigen weiblichen Pin-up Artists andere Figuren hervorgebracht haben als die der dieses Genre dominierenden, in Klammern: aber auch repräsentierenden, Männer. Mehr noch als die später populären, in Studios abfotografierten Pin-up Girls, können wir diese graphischen Personifikationen als total konstruiert, als zu hundert Prozent konstruiert, lesen. Der voyeuristische männliche Blick gehe hier, in der fetischistischen, fotorealistisch umgesetzten Detailversessenheit mitunter in die Anverwandlung, die identifikatorische Erfüllung geheimer Träume, über, findet meine Schwester. Bei Fotografien sei das womöglich gar nicht so anders, aber dort erlägen wir wenigstens dem Eindruck, daß sich die gezeigten Frauen selbst an- beziehungsweise ausgezogen hätten. Im einzelnen: George Petty zeichnete, überzeichnete, einer Drag Queen gleich, das hyperfeminine Petty Girl, leitete es anfänglich von seiner Ehefrau, seiner besseren Hälfte, später von seiner Tochter ab, indem er ihre Köpfe verkleinerte, ihre Beine verlängerte. Auffallend seine Vorliebe für Hintern. Alberto Vargas, von der Schönheit, der Anmut, dem Schick der Frauen New Yorks verzaubert, beschloß, seine Existenz, zunächst für Florenz Ziegfeld, dann für Hollywood sowie die Magazine Esquire und Playboy, in den Dienst dieser zu glorifizierenden Wesen zu stellen. Er arbeitete in der Regel mit einem unbekleideten Modell und zog es dann mit seinem Zeichenstift an. Entsprechend anliegend gestalteten sich seine nicht selten sehr transparent gehaltenen Kostüme. Art Frahm entwarf souveräne, äußerst glamouröse Erscheinungen, aber auch gern Frauen mit unbeabsichtigt heruntergefallenen Höschen. Gil Elvgren kopierte seine Modelle im Atelier, verpaßte ihnen jedoch auf der Leinwand andere, aufregendere Kleider. Bill Medcalf bekannte vor einem halben Jahrhundert: Ich suche nach den Dingen, die ein Mädchen neben ihrer Figur und ihrem Gesicht weiblich erscheinen lassen, ihre Haltung, ihr Ausdruck; die Art, wie sie ihr Haar richtet; was sie mit ihren Augen oder ihren Knöpfen und Schleifen tut. Bevorzugte Requisiten: Große Autos und kleine Hunde. Kleine Hunde auch immer wieder im Umfeld der von

Harry Ekman erotisch idealisierten Frauenkörper. Was die Zeichnerinnen, vielleicht sollten wir besser sagen: weiblichen Zeichner, betrifft, stand sich Joyce Ballantyne zunächst selbst Modell, später malte sie ihre Tochter Cheri mit Rattenschwänzen und ließ einen verspielten Hund an ihrem Badeanzug zupfen. Auch bei Ruth Deckard das obligatorische Hündchen, das hier seiner in Reizwäsche telefonierenden Herrin lauscht. Die unübersehbar sexy gemeinten Selbstportraits Zoë Mozerts repräsentieren die sprichwörtliche Frau im Spiegel.

Ursula hat Kandis noch ein zweites Buch mitgegeben: Vintage Aircraft Nose Art, in dem es, mittels unzähliger Fotografien, um die überwiegend mit Pin-up Girls bemalten Nasen im Zweiten Weltkrieg und dem Korea-Krieg eingesetzter US-amerikanischer Bomberflugzeuge geht. Nicht nur der Flugzeugnasen wegen, sondern auch durch die Bomben, mit denen viele der abgebildeten Figuren hantieren, haben wir es hier mit ausgesprochen phallischen Frauen zu tun, sagt Ursula. Ein Mister Brinkman gilt als der Erfinder dieses martialischen Genres, aber es wurden auch Vargas Girls akribisch aus Esquire-Heften auf metallene Flugzeugrümpfe transferiert und mit Namen wie Target for Tonight, Ice Cold Katy, Incendiary Blonde, Dragon Lady, The Dark Angel, Hell's Belle, Devil's Darlin', Satan's Sister oder Satan's Baby versehen. Dame Satan ging über Schweinfurt verloren, Heavenly Body über Berlin. Little Miss Mischief erlitt eine Bruchlandung in England. Der Schriftzug Mis-Abortion mußte übermalt werden. Auf dem Rumpf der Cream of the Crop wurde der Busen zensiert. Der auf dem Rumpf von Mrs. Tittymouse nicht. Auf der Cream of the Crop war er aber auch unmißverständlich bombenförmig gewesen, findet Kandis. Wir blättern eine Marlene herbei und eine Lili Marlene, eine Brunnhilda, eine Flak Maid. Einschlägige Namen, von

Ursula in verschiedenen Farben unterstrichen: Sugar Puss, Photo Fanny, Wild Ass Ride. Innocent Infant, Impatient Virgin, The Vulgar Virgin, Virgin Vampire. Near Miss. Photo Queen, Ramp Queen, The Dream Queen, Madame Queen. Miss Lace, Luscious Lace, A Bit o' Lace, Little Pink Panties.

Ein Schreiben des Bürgermeisters Heinrich Jost vom 30. November 1936: In dieser teils großen Not gründlich und ehestens Wandel zu schaffen dadurch, daß man durch die Einrichtung von Betrieben südlich von Wolfratshausen der Arbeiterschaft von Wolfratshausen Arbeit und Brot geben würde, halte ich für die vordringlichste Aufgabe und auch im Sinne der Erfüllung des Vierjahresplanes als unerläßlich. Die Arbeiterschaft würde sicher Staat und Partei große Dankbarkeit erweisen und sich demzufolge besser als bisher rückhaltlos für den nationalsozialistischen Staat und die Partei einsetzen; damit wäre dann auch nicht nur die Not behoben, sondern gleichfalls die politische Stimmung in absehbarer Zeit eine wesentlich andere als sie zur Zeit hier unter Berücksichtigung des Vorstehenden noch ist. Und Jost setzte sich damit durch: 347 Gebäude soll die im Wald versteckte Fabrik zur Verwertung Chemischer Stoffe, ein Tochterbetrieb der Dynamit AG, umfaßt haben, 24 Kilometer Werksbahngleise, 33 Kilometer Betonstraßen, die sich noch heute durch das nördliche Geretsried schlängeln, ganz wie die 29 Kilometer südlich der Tattenkofener Straße, wo das Werk der Deutschen Sprengchemie lag, mit noch einmal 246 Gebäuden und 17 Kilometern Werksbahngleisen. Die Schokoladenfabrik als ewige Große Baustelle: Bei Kriegsende war die Bauzeit noch immer nicht abgeschlossen. Auf die Lohntüten wurde Denk an Deine Schweigepflicht gestempelt. Ein auf dem Werksgelände und in den Lagern verbreitetes Klagelied lautete: Dunkler Wald im Isartal, sei verflucht vieltausendmal. Unter Tann- und Fichtengrün ziehn wir müd zur Arbeit hin. Pulverstaub, weiß, gelb und rot, bringt uns vorzeitig den Tod. Eine Luftaufnahme der U.S. Air Force vom 9. April 1945 offenbart unzählige, über das gesamte Werksgelände verstreute Bombentrichter; bis heute müssen in Geretsried anläßlich von Bauarbeiten immer wieder nicht gezündete Fliegerbomben ausgegraben und entschärft werden. Albert Schmidt, damals Angestellter der Deutschen Sprengchemie, erinnert sich: Als die Amis am 1. Mai kamen, hat es geschneit. Jenseits der Isar hat die SS noch gekämpft. Kurz darauf näherte sich eine amerikanische Brigade. Schmidt wurde mit den Worten begrüßt: Come on, boy, I have a chocolate for you.

Schmecke da mal rein, sagt meine Schwester und legt mir Suhrkamp Taschenbuch Wissenschaft Nummer 554, Das Prinzip Hoffnung von Ernst Bloch, den dritten Band, vor. Aufgeschlagen und, damit es nicht zuklappt, mit einer Haarklemme aus Schildpatt fixiert, das 51. Kapitel, Seite 1248 ff: Der Ton ist weder dazu da, gefühlig noch bloß gefiedelt zu sein. Mit dem einen hat er die Hörer nicht unter Wasser zu setzen, schmelzend, weibisch. Zum bloß Gefiedelten aber: es darf der Widerwille gegen Schwüles, gegen gefühlvollen Klangsumpf, die psychisch geladene Beschaffenheit des gesamten Tongetriebes nicht verleugnen. Unsere Einfühlung macht hier nicht alles, sondern bereits im Tonverhältnis ist auch ein objektiver Faktor, der die Einfühlung unweigerlich so oder so bestimmt. Die gesellschaftlichen Tendenzen selber haben sich im Klangmaterial reflektiert und ausgesagt. Und keine Kunst hat wieder so viel Überschuß über die jeweilige Zeit und Ideologie, worin sie steht, einen Überschuß freilich, der erst recht die menschliche Schicht nicht verläßt. Es ist der des Hoffnungsmaterials, auch noch im tönenden Leid an Zeit, Gesellschaft, Welt, auch noch im Tod. Der Fremdkörper ist mannigfach, er steckt in der sinnlosen Schwüle des romantischen Violintons, im geschwollenen Drohgesang der Wagner-Heroinen, er ist überall Effekt aus Affekten oder Affekt aus Effekten. Eigenstes Anliegen der Musik: Sprache sui generis zu sein, zu finden, zu werden. Indem deren Ausdruckskraft über alle bekannten Namen hinausliegt, steht am Ende überhaupt nicht mehr der Ausdruck in der Musik, sondern die Musik selber als Ausdruck zur Diskussion. Das heißt die Gesamtheit ihres Meinens, Bedeutens, Abbildens und dessen, was sie auf so unsichtige, doch im doppelten Wortsinn ergreifende Weise abbildet. Musikalischer Ausdruck insgesamt ist letzthin ein Statthalter für viel weitergehende Artikulierung, als sie bisher gekannt ist, tippe ich in den Flüssigkristall meines Bildschirms. Eventuell einfügen: Die von Hanns Eisler kolportierte Anekdote, in der Bertolt Brecht Arnold Schönbergs Musik als zu süßlich empfindet.

Seite 1264 f: Und nun wieder zum berühmtesten Halt der gesamten musikalischen Gesetzesfreude: zur Sphärenharmonie und ihrer Tochter, der kosmischen Musiktheorie. Es gibt nämlich in ihrem mystisch-utopischen Archetyp noch ein anderes Wesen als dasjenige, zu dem der halbe Pythagoras, nämlich das scheinbare Korrelat bloßer Tongesetze an sich, geworden ist. Dieses andere Wesen gilt es human aufzubrechen, in selber gebrochenem Zusammenhang mit der kosmischen Musiktheorie. Sie hat durch allzu lange Zeit geherrscht, aber sie lehrte das Tonwerk sehr groß von sich denken. Sie hat mit dem pythagoreischen Verbot von Terz und Sext die Entwicklung der Musik gehemmt, aber sie hat der trotzdem entstandenen den Ehrgeiz zu einem ungeheuren Korrelat gegeben. Sie ist heilloser Astralmythos, aber sie hat dem Traum musikalischer Vollkommenheit ein Seitenstück zu dem gegeben, was der Architektur so lange der vermeintliche Kanon des Weltbaus war. Der

Salomonische Tempel der Musik hieß Planeten-, seit Augustin Engelgesang; die Intervalle, bei den Pythagoreern den Planetenabständen gleichgesetzt, entsprachen nun den ordines angelorum. Wobei die Verbindung mit den Planeten auch christlich niemals riß: Ambrosius, der den christlichen Kirchengesang begründete, lehrte gerade die geheimnisvolle Weltmusik als Ur- und Vorbild der irdischen; in Nachahmung des Planetengesangs, in Klammern: die Himmel rühmen des Ewigen Ehre, habe König David die Kunst der Psalmodie eingeführt.

Mein Lektor faxt Karol einen Artikel Liesl Schillingers aus dem New Yorker vom 5. Mai über den Maskenbildner John Caglione, Junior, zu, der Golda Meirs Nase für die Schauspielerin Tovah Feldschuh, ihre Rolle in dem Bühnenstück Golda's Balcony, modelliert, und zwar aus geschäumtem Latex und täglich acht Stück, damit, weil die Artefakte beim Abnehmen kaputtgehen, in den kommenden Wochen auch allabendlich eine frische Nase zur Verfügung steht. Desillusionierende Meldungen flimmern unterdessen über den Bildschirm unseres Fernsehgeräts. Je deutlicher die israelische Seite Verhandlungsbereitschaft demonstriert, jegliche Vergeltungsschläge aussetzt, desto unbarmherziger die Selbstmordattentate der Palästinenser. Je größer die Zugeständnisse der Deutschland regierenden Sozialdemokraten bezüglich des von der herrschenden Klasse abgepreßten Abbaus beinahe sämtlicher Sozialleistungen, desto entfesselter, extremer, unverschämter die Forderungen von seiten der Wirtschaft. Ratloses Schalten durch die anderen Programme des Astra-Satelliten. Gemeinsames Schweigen vor dem ausgeschalteten Fernseher. Aufbruch zur Johannifloß-Prozession. Kristina und ich in kurzen, einander ähnelnden Sommermänteln. Wir überqueren die Johannisbrücke, passieren Polizeiautos, deren Blaulicht eingeschaltet ist. Kristina, die ihr Haar in einem

Dutt trägt, hat sich bei Karol untergehakt, ich gehe einige Schritte hinter ihnen. Oder hat sich Karol bei Kristina untergehakt? Wie verzaubert liegt die alte Floßlände im Fackelschein. Ein Altar ist gezimmert worden. Kristina findet, es sei gar nicht so lange her, daß Jesus Christus gelebt hätte. Mal angenommen, die dreißig Leute, die wir eben aus einem Bus steigen sahen, würden je siebzig Jahre alt, und zählten wir ihre Lebensalter zusammen, befänden wir uns, rückwärts gerechnet, bereits vor Christi Geburt. Kinder haben Spielzeugflöße gebastelt und Kerzen darauf montiert. Am anderen Ufer: Das baufällige Vierjahreszeitenhaus, die elektrisch illuminierte Kirche, der dunkle Bergwald. Langsam kommen die beiden Flöße unter der Brücke zum Vorschein. Auf dem vorderen, in der Mitte, bekränzt und von Zweigen flankiert, die Statue des heiligen Nepomuk. Eng stehen die Menschen an Bord beieinander: Würdenträger, Stadträte, mehrere Bürgermeister, der Landrat, der Ministerpräsident und seine Frau, letztere angeblich auf einer wasserdichten Unterlage. Blasmusik an Bord, Blasmusik auf der Floßlände. Die Flöße legen an, der Gottesdienst kann beginnen. Verhalten beten die Schaulustigen mit.

Heute, morgen und übermorgen in der Ludwig-Maximilians Universität München, Geschwister-Scholl-Platz 1: Ein multinationaler Kongreß mit, wie extra betont wird, bayerischem Biergarten, über den problematischen Zu- und Gegenstand der sogenannten Antiglobalisierungsbewegung. Einzige Abbildung auf dem Flyer: Eine Frau, die aussieht wie von George Petty gezeichnet. Sie trägt ein Dienstmädchenkleid wie Mana, hat ein Baby auf dem Arm und macht eine abwehrende Armbewegung. Ich konnte mich nicht aufraffen, nach München zu fahren, sitze mit meinem Laptop an der Hauswand. Durch das offene Fenster zu hören: Ry Cooders einfühlsame Interpretationen der Kompositionen Bix Beiderbeckes. Die abendliche Dämmerung hat bereits eingesetzt, Kandis läßt sich in dem Garten eines der umliegenden Landgasthäuser interviewen. Einfügen: Der Musikjournalist und Soziologe Christian Broecking warf 1993 die Frage auf: Wynton Marsalis mag konservativ sein und Armani tragen, aber kann man das in seiner Musik hören? Der afrikanisch-amerikanische Klarinettist Don Byron antwortete: Ja, ich glaube, daß Wynton konservativ klingt. Ich denke, daß man als Musiker bemüht ist, seine Werte in Töne umzusetzen. Andererseits ist das nicht soziologisch erklärbar: Warum Wynton wie Wynton klingt. Aber wenn du Dollar Brand hörst, dann fühlst du seine Persönlichkeit. Was immer das auch ausmacht, es ist mehr als eine gute Ausbildung. Mir scheint, das hat viel mit ästhetischer Stimmigkeit zu tun. Nimm zum Beispiel die Miles Davis-Gruppe der Sechziger und die von Coltrane. Beides große Würfe, aber Miles mochte Coltranes Pianisten McCoy Tyner nicht. Als Wynton noch den Schlagzeuger Jeff Watts hatte, klang er anders. Herlin Riley sorgt heute für den eher leisen Schwapp-Sound, der zu Wyntons Markenzeichen zu werden scheint. Die Wahl der Rhythmusgruppe kann ausdrücken, wo du stehst.

Einfügen: Louis Armstrong hörte sich Bix Beiderbecke 1928 live in Chicago, in Paul Whitemans monströser Big Band, an. Auf dem Programm stand auch Peter Tschaikowskys Ouvertüre 1812. Am Ende, rekapituliert Armstrong, they started up shooting cannons, ringing bells, sirens howling like mad. But you could still hear my boy, blowin' right through it with that pure tone of his. No matter how loud the other cats were blowin', he cut right on through. Afterwards I had to go backstage and say hello to him. And that's something I don't usually do. You know, some people don't act the same, I don't know, maybe it's nervous tension or something. But not Bix. He received me with opened arms. I told him that I was playing over at the Sunset Cafe out on the South Side. When he finished work that night he came directly to the place and stayed till the customers left. Then we locked all the doors and had ourselves a nice little jam session, Bix and his friends and my gang. I've never heard such good music since. Bix had a way of expressing himself. His music would want to make you go right up to the bandstand, shake his hand and make yourself known. Beiderbeckes Klarinettist Izzy Friedman sagt: It wasn't a cutting session, not in the least. It was a real blending of ideas. We just played with those guys like old friends. Roy Bargy, Beiderbeckes Pianist, erinnert eine besonders wilde Version des Tiger Rag, bei der Armstrong zwanzig oder mehr Chorusse geblasen hätte, each one higher than the last, which broke things up completely. Friedman: Yeah, he really got up there, didn't he? Bix, of course, took a different approach, but they blended. Als Friedman sich mit seiner Klarinette in ein besonders rasantes Solo stürzte, soll Armstrong amüsiert angemerkt haben: Man, aren't you the technician. Woraufhin der Klarinettist von seinen Freunden nur noch Technician genannt wurde.

Im Gemeindesaal der Evangelischen Kirche hält Brigitte Roßbeck, vorgestellt von der Historikerin und Filmemacherin Sybille Krafft, einen Vortrag über Lou, Franziska, Else und Frieda, deren erotische Eskapaden im Isar- und Loisachtal. Sie erklärt, Rainer Maria Rilke habe sein berühmtestes Gedicht in Wolfratshausen verfaßt. Und deklamiert es sogleich. Sämtliche Anwesende kennen es. Lou, erfahren wir, habe die Lyrik ihres Geliebten, meistens war sie ihr persönlich gewidmet, immer wieder als zu süßlich empfunden. Frieda sei das Modell für Lady Chatterley gewesen. David Herbert Lawrence habe sich aus antisemitischen Erwägungen D.H. Lawrence genannt. Auch habe er den hiesigen Katholizismus nur schwer ertragen. Karol flüstert mir ins Ohr: Läßt sich das wirklich halten? Später wirft jemand aus dem Publikum ein, die heutigen Bewohner der Villa Vogelnest stritten energisch ab, daß ihr Haus jemals von Edgar und Else Jaffé bewohnt worden sei. Frau Roßbeck, die 1998 gemeinsam mit Kirsten Jüngling eine Biographie Frieda von Richthofens veröffentlicht hat, stimmt zu: Die ursprüngliche Villa Vogelnest sei längst nicht mehr vorhanden. Daraufhin geht ein Raunen durch den Saal. Auch mein Bruder und ich sind enttäuscht. Die Vortragende hat ein historisches Foto des wirklich ganz anders aussehenden Hauses dabei, hält es hoch und reicht es herum. Wie spießig Karol und mir auf unserem Heimweg das Anwesen, das wir jahrelang für die Villa Vogelnest gehalten hatten, daraufhin vorkommt. Dank Brigitte Roßbeck wissen wir endlich auch, wie das Gebäude aussieht, in dem, in dessen Dachwohnung, weil Alfred Weber, der Mieter, über sich niemanden aushielt, Frieda Weekley, geborene von Richthofen, und D.H. Lawrence am Ickinger Bahnhof logierten. Ein Fotogeschäft soll heutzutage im Erdgeschoß, damals Gemischtwarenladen der Vermieter Josef und Walburga Leitner, untergebracht sein. Und: Klar kennen wir das Haus, haben es schon unzählige Male, wenn die S-Bahn in Icking den Gegenzug abwartete, wahrgenommen. Und unterbewußt in unseren Köpfen abgespeichert. Nun möchte ich es mir einmal ganz genau, auch von vorn, wo sich der Balkon mit dem Gebirgsblick befinden soll, von der Landstraße aus, ansehen.

Der Blick auf das Hochgebirge als Auslöser für Ernst Blochs Überlegungen zum Geist der Utopie. In Garmisch, erklärte der Philosoph, sind auch die Anfänge meiner Philosophie schriftlich entstanden, als eine bayerische Geburt, mit dem Willen, der Alpen würdig zu sein, die ich vor meinem Fenster hatte. Bloch pendelte einige Jahre lang zwischen Garmisch und Heidelberg, bis er sich 1914 in Grünwald im Isartal niederließ, wo er seinen Text über den Geist der Utopie zum Abschluß brachte. Wieder zu Hause, mache ich mich, während Karol unbefriedigt zwischen den vier televisuellen Musikkanälen auf und ab schaltet, an die überaus informative Lektüre Jünglings und Roßbecks. Vielleicht sollte ich mich einmal genauer in D.H. Lawrences frühe Beziehung zu der verheirateten, wie es hier heißt: lebens- und liebeserfahrenen Frauenrechtlerin Alice Dax vertiefen. Ein interessantes Detail des schicksalhaften Aufbruchs nach Europa, via Metz hierher, am 3. Mai 1912, erkenne ich darin, daß sich D.H. Lawrence und Frieda Weekley auf dem Londoner Bahnhof Charing Cross um 12 Uhr mittags vor einer Tür mit der Aufschrift Ladies verabredet hatten. Wie auch in der von David Bunny Garnett vehement verbreiteten Anekdote, daß Frieda ihrem Liebhaber D.H. genußvoll davon berichtet hätte, die Isar durchwatet und einen Holzfäller am anderen Ufer zum Geschlechtsverkehr überredet zu haben. Anna Wickham soll diese Begebenheit in ihrem Gedicht Imperatrix lyrisch verwertet haben. Bunny Garnett, 1892 bis 1981, von homosexuellem Begehren, Mitglied der Bloomsbury Group, war, zwei Jahre vor dem deutschen Überfall auf England, der erste Besucher Friedas und Lorenzos in Icking gewesen. In seiner literarischen Portraitsammlung Great Friends beschrieb er sein Eintreffen im Isartal, seine erste Begegnung mit der beeindruckenden Deutschen: Ihre Augen waren grün mit ganz vielen rehbräunlich-gelben Einsprengseln, die Nase gerade. In dem Moment, da sie mich fixierte, glich sie einer Löwin, mit diesen Augen, dieser Nase, ihren Farben und wie sie kraftvoll behende zum lässigen Sprung aus der Hängematte ansetzte, in der sie gelegen hatte. Bunnys erster Roman sollte denn auch Lady into Fox heißen. Noch bemerkenswert: Lorenzos Abneigung gegen Friedas Rauchen von Zigaretten. Auftreiben: Michael W. Weithmann: D.H. Lawrence, vom Achensee nach Welschtirol, in: Der Schlern, Heft 64, 1990.

Johannes Kepler in Harmonices mundi V, 7. Kapitel: Nichts anderes sind also die Himmelsbewegungen als ein fortwährendes Zusammenklingen, alles in einem gleichsam sechsstimmigen Satz und mit diesen Noten die Unendlichkeit der Zeit gliedernd und unterbrechend. Und so ist es weiterhin nicht merkwürdig, daß der Mensch, der Nachahmer seines Schöpfers, die Einsicht in den mehrstimmigen Gesang gefunden hat, die den Alten verschlossen war, so daß er den stetigen Fluß der Weltgeschichte im kurzen Bruchteil einer Stunde abbildet mit einem kunstreichen mehrstimmigen Tongefüge und so die Schöpferfreude Gottes über sein Werk in dem süßesten Wonnegefühl nachkostet, wie es ihm die Gott nachahmende Musik vermittelt. Ernst Bloch: Die Geschichte der Sphärenharmonie bleibt die Geschichte des kanonischen Weltbaus in der Musik, sodann des Salomonischen Tempels in der Musik, also der höchstgemeinten Form-Utopie. Freilich ist diese Form-Utopie utopisch nur als räumlich entfernte, ihr Wunschtraum gilt an anderem Ort als bereits vorhanden. Wunschzeit, folglich wirkliche Utopie, dringt nur insofern in diese Abwandlungen von Sphärenharmonie, in die angebliche harmonische Vollständigkeit der Schöpfung, als deren Wunschraum nicht mit Engelsmusik schlechthin, sondern mit der eines künftigen Jerusalem erfüllt zu sein gedacht ist. Ob Wunschraum womöglich ein Druckfehler ist? Frage an Kristina: Ob ich diesen, das zutiefst gottergebene Oeuvre eines Palestrina, eines Bruckner, überschreibenden Gedanken Ernst Blochs mit dem von Paul Gilroy beschriebenen human-utopischen Mythos des Black Atlantic, den exterritorialen bis extraterrestrischen Sounds der Voodoo-Trommeln auf New Orleans' Congo Square über die mannigfaltigen Manifestationen des Jazz, hier vor allem des Free Jazz, aber auch vom Mississippi Delta Trance Blues über P-Funk bis zu Detroit Techno, kurzum: die jüdische Diaspora in der metaphysisch mathematischen Sphäre der Musik mit der Diaspora der afrikanischen Amerikaner, kurzschließen kann? Sozusagen Blochs Hochgebirge mit Gilroys Tiefsee? Right on, bekräftigt mich Kristina, und das dann wiederum mit Brahms' Deutschem Requiem rückkoppeln: Denn wir haben hier keine bleibende Statt, aber die zukünftige suchen wir. Johannes Brahms: erster deutscher Ragtime Fan.

Vormittags mit einer Gruppe aus Germanisten, Literaturkritikern, Lektorinnen oben an der Schloßruine gesessen, den Blick über die Altstadt, die Dächer der Universität, das Germanistische Institut, in dem ich gestern zu Gast war, schweifen lassen, über den gegenüberliegenden Philosophenweg, den Neckar, die im heißen Dunst liegende Ebene. Unmittelbar vor unseren Augen: Eine japanische Hochzeitsgesellschaft. Die Braut trug weiße Engelsflügel auf dem Rücken. Als sie sich hinsetzte, mußten ihr die Flügel abgenommen werden. Daran waren Riemen, ebenfalls weiße, festgemacht. Vorsichtig wurde die gefiederte Konstruktion über die Stuhllehne der Braut gehängt. Sämtliche Begleiterinnen und Begleiter waren perfekt gekleidet. Perfekt für eine Hochzeit in Heidelberg. Zuvor hatte ich nur auf Schloß Neuschwanstein einmal so viele Japaner angetroffen. Ein Literaturkritiker berichtete uns von seinen regelmäßigen Japanreisen, daß sich die dortige Bevölkerung nie auf das Individuelle kapriziert hätte, im Kollektiven aber äußerst präzise, geradezu pedantisch auf Details versessen sei, wodurch ich mich angeregt fühlte, von Ashleys Gothic Lolitas zu erzählen, über die noch niemand in der Runde etwas gehört hatte. Am Nachmittag trafen meine Kollegen und Kolleginnen aus Berlin ein. Unsere gemeinsame Lesung in einer umfunktionierten Lagerhalle des ehemaligen Güterbahnhofs war trotz der enormen Sommerhitze gut besucht. Gegen 3 Uhr nachts trafen wir am anderen Ende der Stadt, dem Karlstorbahnhof, ein, zeitgleich mit einer im Licht der Straßenlaternen metallisch aufblitzenden Kiste Schallplatten. Neue Musik, rief einer aus der Traube der Tänzer, die sich vor der Tür abkühlten, und die Leute machten eine Gasse frei. Der die Kiste trug, stellte sich drinnen neben Move D an die Plattenspieler. Als Alex Cortex seinen Live Act beendet hatte, begannen die beiden, immer abwechselnd, ping-pong, House Music aufzulegen. Techno, widersprach mir einer, der mich zu einem Cocktail eingeladen hatte. Sämtliche Anwesenden tanzten. Um 6 Uhr trat ich mit der übrigen Gemeinde ins gleißende Tageslicht; nein danke, ich brauchte keine Mitfahrgelegenheit, ich hatte nur einhundert Meter bis zu meiner Unterkunft zu gehen. Alle wirkten zufrieden mit der vergangenen Nacht. Bis auf einen, der vor mir auf der leeren Hauptstraße her lief, auf Verkehrsschilder eindrosch, Blumenkästen verwüstete, sich nach mir umdrehte und mir Zoten zurief. Ich war erleichtert, als ich das eiserne Gartentor hinter mir geschlossen hatte. Die Kollegen und Kolleginnen im Wissenschaftsforum schliefen bereits.

Auf dem Plattenteller dreht sich Aaron Carls aktuelle House Maxi Homoerotic. Spaß an Sexualität haben, ohne Kinder zu zeugen. Finale Zeile: Gentlemen, the orgasm starts now. Der Isar-Loisachbote vermeldet: Barry Manilow, 56, US-Sänger, ist in seinem Schlafzimmer in Palm Springs, Kalifornien, gegen eine Wand gelaufen und hat sich dabei die Nase gebrochen. Slanguistics in der Juni-Ausgabe des Vibe Magazine: Badoonka donk als Keith Murrays Ausdruck für einen ausladenden Po. Missy Elliott bezeichnet ihren Po mit den Silben: Gadonka donk. Erykah Badu und Common haben sich verlobt, Kelis und Nas wollen heiraten. Pharrell Williams von den Neptunes ist, inmitten dreier Frauen, der Coverboy der neuen Ausgabe des Source Magazine. Auf seine rechte Wade hat er sich einen Engel mit einer Laute tätowieren lassen. Nicht von dieser Welt: Das Geschlecht der Engel. Im Heft finde ich Pharrells Satz: Until Cupid proves differently, music is my girl. Die Journalistin Letisha Marrero beschreibt ihn als manchild, Pharrell sei eindeutig von Michael Jackson beeinflußt. More than anything, however, this man wants a child of his own. Pharrells musikalischer Partner Chad Hugo, verheiratet, eigene Kinder, berichtet von der Anfangsphase der Neptunes: No one was really trying to hear our intergalactic beats back then. They said it sounded too spacey. Stell dir mal Johannes Kepler vor, wie er zu den Hits der Neptunes tanzt: Shake Ya Ass. Too Hot in Herre. Work it Out. Excuse Me, Miss.

Zum einhundertsiebzehnten Todestag von König Ludwig II. gibt es eine neue, vom Geheimclub der Guglmänner in Umlauf gebrachte Theorie: Der König soll mit einer Windbüchse von hinten erschossen worden sein. Ludwig II. sei von zwei Projektilen tödlich getroffen worden. Ministerpräsident Stoiber solle dieser Sache in seinem zweiten Regierungsdezennium oberste Priorität zumessen, fordern die Guglmänner. Deren vorderste Überzeugung: Der Sarg ist leer. Doch alle bisherigen bayerischen Staatsregierungen haben sich strikt geweigert, des Königs Sarg öffnen zu lassen. Beliebige Taste drücken, Aufwachen des Bildschirms, neben meinem Computer aufgeschlagen: Dr. Schilkes bei Max & Milian erworbenes Buch über die bayerische Herzogin und spätere österreichische Kaiserin Elisabeth, genannt Sissi, sowie König Ludwig II., aus dem ich einzelne Passagen exzerpieren möchte, um sie den gemeinsamen Erlebnissen der beiden am Starnberger See gegenüberzustellen. Ihren Briefen, den Gedichten, die sie sich zueigneten. Der Romanze, die ihnen angedichtet wurde. Ludwigs Verlobung mit Sissis Schwester Sophie, seiner Flucht vor der Hochzeit. Dr. Schilke: Meine erste nachhaltige imaginäre Begegnung mit der Person Elisabeths fand 1981 mit dem Erwerb von Schloß Possenhofen statt. Dort, am Starnberger See, schien mir die Figur Elisabeths allgegenwärtig. Ich begann, mich in der Folge mit ihr intensiv auseinanderzusetzen, im besonderen unter dem Blickpunkt der Seelenverwandtschaft Elisabeths mit Ludwig II., der 1886 am gegenüberliegenden Seeufer bei Schloß Berg durch Suizid sein Leben beendete. Luchino Visconti ließ 1972 Helmut Berger in der Rolle des schönen, innerlich zerrissenen Märchenkönigs, geschichtsverfälschend, in Possenhofen ins Wasser gehen, und so wurde, zumindest mit filmischen Mitteln, Elisabeths Lieblingsort zur Todesfalle für Ludwig.

Erstes Kapitel: Einführung in die gesellschaftspolitischen Strukturen und der Versuch einer familiären Anamnese; mit dem Schwerpunkt auf psychischen Anomalien, Defekten und Dysfunktionen in der engeren Verwandtschaft Elisabeths und Ludwigs. Letztere als Zeitigungen geschwächten und beeinträchtigten Erbguts durch eine extreme Häufung unterschiedlichster Verbindungen zwischen den Wittelsbachern und den Habsburgern. So wurde Elisabeths Schwiegermutter Sophie Schwiegertochter ihrer eigenen Schwester Caroline Auguste, als diese sich mit Kaiser Franz von Österreich vermählte, dessen ältesten Sohn aus zweiter Ehe Sophie heiratete. Paradebeispiele endogener Psychosen, bis hin zur ausgeprägten manifesten Schizophrenie, zeigten sich bei Prinzessin Alexandra von Bayern, die an der fixen Idee litt, ein gläsernes Klavier verschluckt zu haben, Prinz Friedrich Wilhelm von Preußen, der Landgräfin von Hessen-Homburg, aber auch bei Kaiser Ferdinand von Österreich sowie dessen Bruder,

Erzherzog Thronfolger Franz Carl, oder später König Otto von Bayern; alles Persönlichkeiten aus dem nahen Verwandtenkreis Elisabeths wie auch Ludwigs.

Viertes Kapitel: Elisabeth als Kaiserin; mit dem Augenmerk auf ihren neuen familiären Banden, der Sexualität, der Emanzipation, ihrer Mutterrolle, der Verweigerung und dem Flüchten vor der gestellten Aufgabe, den ersten erkennbaren Anzeichen einer Paranoia, den depressiven Phasen, den euphorischen Phasen, den damit verbundenen stetigen Stimmungsschwankungen, ihrem Schönheitskult, der Sportmanie, ihrer Hinwendung zur Kunst. Sissis dichtes, gewelltes, in gelöstem Zustand bis zu ihren Fußknöcheln hinabwallendes Haar soll täglich drei Stunden lang von einer ehemaligen Friseuse des Burgtheaters namens Fanny Feifalik geflochten und gepflegt worden sein. Die alle drei Wochen stattfindende Haarwäsche soll einen ganzen Tag in Anspruch genommen haben. Durch das Gewicht dieser ungewöhnlichen Haarfülle auftretende Kopfschmerzen wußte die Feifalik dadurch zu bekämpfen, daß sie einzelne Haarsträhnen hochnahm und mit Bändern an der Zimmerdecke befestigte. Mitunter ließ sich die schlanke, korsettierte Kaiserin sogar in ihre so eng wie möglich anliegenden Prachtroben einnähen. Sie legte ein Album mit 2500 Fotografien weiblicher Schönheiten an, darunter Figuren wie Lola Montez, George Sand, eine alte Jüdin in Konstantinopel, Mademoiselle Nelly in Hosen. Die Société des Admirateurs et Admiratrices de Sissi, SAAS, denkt Sissi mit Frida Kahlo und Madonna zusammen: Diese drei Frauen hätten sich von der traditionell fremdbestimmten weiblichen Rolle emanzipiert, diese von unerwarteter Seite, per Camp, unterhöhlt, indem sie sich mit dem Stereotyp einer schönen, erotischen Frau selbstbestimmt überidentifizierten, und damit eine neue Sicht auf die, wie es die SAAS faßt, Perversität der Rollenordnung bewirkt. Dr. Schilke nimmt einen anderen Blickwinkel ein. Er schreibt: Die überall im Rampenlicht stehende, auffallende Schönheit wurde zwar von vielen begehrt, doch brachte sie ihren männlichen Verehrern nie mehr als Sympathie entgegen. Man weiß aus ihren eigenen Gedichten und Briefen vom Ekel vor der körperlichen Liebe, folgert daraus, schreibt Schilke, daß eine psychisch bedingte Anorgasmie wohl der entscheidende Grund jener sexuellen Dysfunktion gewesen sein muß, daß möglicherweise die Angst vor dem Ich-Verlust einen dauerhaften, tiefgreifenden psychischen Konflikt erzeugte. Elisabeths sexuelles Fehlverhalten, so Schilke, könnte auch auf psychogene Libidostörungen zurückzuführen sein, basierend auf bleibenden Ängsten, hinter denen sich in bezug auf das männliche Geschlecht Rollenkonflikte und Identitätsprobleme verbargen. Doch müssen diese Feststellungen zwangsläufig Hypothesen bleiben. Sehr wahrscheinlich ist, daß Elisabeth, alles Schilke, schlichtweg frigide war.

Fünftes Kapitel: Ludwig als König; mit dem Schwerpunkt auf seiner zunehmenden Verweigerung der Monarchenrolle, der Homosexualität, den Wahnvorstellungen, der Hörigkeit gegenüber Richard Wagner und dessen Musik, seiner Bauleidenschaft, der Hinwendung zur Kunst sowie einer fortschreitenden, immer massiver werdenden Form der Paranoia. Die belastenden Anomalien innerhalb der nahen Verwandtschaft. Die kindlichen Psychosen in bezug auf die für ihn verklärte Welt des Mittelalters. Die auffallende Ignorierung der Realität. Die traumatischen Erlebnisse vorzugsweise durch die Opern Richard Wagners, die zu einer psychisch-schizophrenen Doppelorientierung führten. Die immer stärker werdende Menschenscheu, die ihn dazu bewegte, sich in die Einsamkeit der Berge zurückzuziehen. Die angstvollen Verstimmungen. Das Sexualverhalten. Dr. Schilke: Daß Ludwig noch heute über eine derartig große Zahl von treuen Anhängern verfügt, ist ein wirkliches Phänomen. Sechstes Kapitel: Elisabeth und Ludwig in ihren Gemeinsamkeiten und Gegensätzen als Illusionisten und Träumer, als pubertär anmutende Dichter, in ihrer beider Todessehnsucht, in den suizidären Gemütsschwankungen, in ihrer Erwartungshaltung in bezug auf das Eintreten einer universalen Katastrophe, den tiefgreifenden psychischen Konflikten. Gemeinsam war ihnen die ständige Furcht vor der Öffentlichkeit. Während Elisabeth es bei Repräsentationsverpflichtungen ängstlich vermied, Konversation zu betreiben und, in Schweigen gehüllt, einzig und allein ihre Schönheit wirken ließ, nach Erkenntnissen der SAAS soll ihr Fächer zu ihrer Seite hin verspiegelt gewesen sein, ging ihr Cousin Ludwig sogar noch einen Schritt weiter, indem er bei höfischen Festivitäten nicht nur optische Sichtblenden sondern auch akustische Hörschwellen aufbauen ließ, um sich vor den Gesprächen anderer zu schützen.

Im Internet gefunden: Lady? A shrine for Mr. Mana. Autorin oder Autor: Mirwen. Mana is the doll, the princess, the queen, the bitch, the whore, the countess, the widow, the maid, the nurse, and whoever he wants to be. Mana is every kind of woman with the same inexpressive porcelain doll face, and yet, a man. Angegebene Links: Monologue Theater, Manas eigene Website, mit einer harten elektronischen Tür, die ich augenblicklich nicht zu öffnen imstande bin. Moi Même Moitié, die seines Modeladens. La Nuit Blanche. Comtesse de Rose. Gothic Lolita. Muse, you beautiful fucked-up man. Einige bereits wieder inaktiviert, andere mit ausschließlich japanischen Schriftzeichen. Durchklicken zu Kurai's Translations. Interviewer: Are you still searching for your hidden self? Mana: I am growing my self inside me. I still have so far to go. As a single human being I'm still young. As an artist, too. Interviewer:

In what are you particularly young? Mana: Well, I don't really feel I can be a part of social life. As the composer and leader of the band, there are many things I must do. But in front of large crowds I get very shy. Interviewer: Mana, aren't you becoming an adult? Mana: No, not at all. But the fact that I have been able to say that I am still a child shows that I have grown a little. Ausdrucken. Abwahl. Eine E-mail an Ashley aufsetzen und sofort versenden. Ashley soll mir mal etwas von Mana aufnehmen. Ich habe noch nie auch nur einen Ton seiner Musik gehört. Plattenspieler: Eine neue Maxi von Green Velvet auf Relief namens Pin-up Girl. She's a pin-up girl in a pin-up world. Frisch eingetroffene E-mails von Heidi, unseren kommenden Umlauf betreffend, von Regula, die danach verlangt, meine Sommersprossen zu zählen, und Tom, zu Matthew Herberts ominöser Big Band, beantworten. Toms Schreiben besitzt ein Kandis zugedachtes Anhängsel, nach dem sich Claudia Schiffer für einen guten Zweck mit ihrem Sohn Caspar Matthew fotografieren lassen will. Ihr Honorar in Höhe von 375000 Euro soll Obdachlosen und Straßenkindern zukommen.

Warum weigerte sich Billie Holiday, die ihren Körper bereits als Vierzehnjährige in Harlem, gemeinsam mit ihrer Mutter, feilbot, immer wieder, den Blues zu singen? Wie konnte sie, fragt auch die afrikanisch-amerikanische Feministin Michelle Wallace, den sentimentalsten, traditionelle Rollenerwartungen an die Frau fortschreibenden Schlagertexten heroische Größe einhauchen? Ging es ihr um jene höheren musikalischen Wahrheiten, die, wie Karol andauernd betont, außerhalb des Geltungsbereichs der Worte liegen? Worum es bei der Interpretation, nennen wir es: beim Überschreiben, von Pop Standards durch die idiosynkratischen Solisten sämtlicher Epochen des Jazz ja ohnehin ging, ohne daß damit auf vermeintlich tiefere, eigentliche Wahrheiten hinter dem Text verwiesen werden sollte. Im Grunde wollte Billie Holiday lediglich so singen, wie Lester Young sein Tenorsaxophon spielte. Sie hat sich angeblich wiederholt über eine zu hohe Anzahl an Silben, die sie in einer Zeile zu intonieren hätte, beschwert. Im Gegensatz zu ihrer auf Virtuosität erpichten Konkurrentin Ella Fitzgerald schätzte sie auch die gänzlich bedeutungslos kaskadierenden Scat Vocals nicht. Mit eigenen Worten soll sie sehr sparsam umgegangen sein. Billie Holidays Publikum konnte die tragische Dimension ihrer Existenz selbst aus den billigsten Tin Pan Alley Lyrics herauslesen; noch aus den letzten Aufnahmen der Sängerin, die von zahlreichen Kritikern als gesangstechnisch minderwertig erachtet werden, meinem Bruder und mir jedoch besonders tief beseelt, nennen wir es getrost: dekonstruktivistisch beseelt, vorkommen.

Karol hat mich auf den 25. August 1941 hingewiesen, den schicksalhaften Hochzeitstag Billie Holidays mit dem gefürchteten Playboy, Zuhälter und Drogenhändler Jimmie Monroe, dem, wie sie es ausdrückte, most handsome man, den sie je getroffen hatte. Barney Josephson, der Besitzer des New Yorker Café Society, in dem Billie Holiday regelmäßig auftrat, auch den Song Strange Fruit aufgeführt hat, sagt: Billie simply did what she wanted to. If a guy came along that she fancied, she went with him. She did the same with women. If you gave her a drink she drank it, if she was given a joint she smoked it. If she was offered hard drugs she took those too. Im Mai 1942 wurde Jimmie Monroe wegen Drogenschmuggels verhaftet. Gemeinsam mit ihrem Intimus, dem Tenorsaxophonisten Lester Young, gab Billie Holiday Benefiz-Konzerte, um die Anwaltskosten für ihren Ehemann einzuspielen. Monroe wurde dennoch zu einer Haftstrafe von einem Jahr verurteilt, während der sich die Sängerin mit dem Posaunisten Trummy Young vergnügte, der ihr sogleich den Hit Trav'lin' Light auf den Leib geschrieben haben soll, den Billie Holiday im Juni mit dem von Geigen überzuckerten Paul Whiteman Orchestra unter jenem Pseudonym aufnahm, das ihr Lester Young verpaßt hatte: Lady Day.

Der Bassist Al McKibbon fürchtete sich vor Lady Day: Einmal war ich auf dem Männerklo, und sie kam herein. Sie kam direkt zum Pissoir. Wir redeten. Was sollte ich denn tun? Ich fand das ein starkes Stück von einer Frau. Ich war schockiert. Sie nicht. Sie war einer von uns Jungen. Später hatte Billie Holiday eine längere Liebesaffäre mit dem Bassisten John Simmons, der berichtet, die Sängerin habe stets von ihm verlangt, ausgepeitscht zu werden. Vor ihren Auftritten habe sie sich, um ihre frischen Wunden zu schließen, in kaltes Salzwasser legen müssen. Simmons bekennt: Ich fühlte mich bei ihr wie ein Mann. Wenn sie einer Frau vorgestellt wurde, die ihr ins Auge fiel, stellte sie sich selbst als Mann vor. Aber in Wirklichkeit war sie hinter der Sache nicht so notorisch her: Daß sie möglicherweise mit irgendwelchen Miezen losgezogen ist, die für sie einen Affenzirkus aufführen mußten, während sie einfach zuschaute. Danach ist sie vielleicht losgegangen und hat sich eine Prostituierte geschnappt und für eine französische Nummer 5 Dollars gegeben. Im Lauf des Kriegs wechselte Lady Day vom Opium- zum Heroin-Konsum. Ihre Beine und ihre Füße schwollen an; sie konnte keine Riemchen-Sandalen mehr tragen. Schließlich spritzte sie sich den Stoff in die Vagina. Sie schaffte sich einen Chihuahua-Hund an. Sie verlangte nach Streichorchestern. Sie zog mit ihrem neuen Liebhaber, dem Trompeter Joe Guy, zusammen, der sich nebenbei als Zuhälter betätigte und pausenlos neues Heroin, auch für seinen eigenen, rapide ansteigenden Bedarf, besorgte.

Joe Guy hatte in Minton's Playhouse, Harlem, Anfang der 1940er Jahre, Seite an Seite mit Größen wie Dizzy Gillespie, Thelonious Monk, Charlie Christian und Kenny Clarke, an der sensationellen Entwicklung des Be-Bop mitgewirkt. Be-Bop just happened, erinnerte sich Thelonious Monk wenige Jahre später, I just felt it. It came to me. Something was being created without my trying to. Teddy Hill, der Minton's betrieb, schilderte, wie Monk andauernd an seinem Klavier einschlief und, kaum war er wieder wach, die erstaunlichste, nie zuvor gehörte Musik hervorbrachte. Siehe auch die häufig erwähnte, diagonal an Monks Zimmerdecke geklebte Fotografie Billie Holidays. Ira Peck beschrieb sie im Februar 1948 in PM's Sunday Picture News: Monk invited me into his room. It was just large enough to accommodate a small upright piano, a cot, a dresser, and a chair. There was only one window, which, because it faced an alley, admitted very little light. A feeble lamp on Monk's dresser provided most of the light in the room. There were several pictures around the room. One, of Billie Holiday, was pasted on the ceiling next to a red bulb. Monk said he liked to lie back on his cot and gaze at it. Mehr als vier Jahrzehnte lebte Thelonious Monk in dieser Wohnung; zunächst mit seiner Mutter und dem Rest der Familie, später mit seiner Frau und seinen eigenen beiden Kindern. Erst als das Haus abgerissen wurde, zog er aus. Ob er das Portrait Billie Holidays mitgenommen hat? Als sie zu einer Entziehungskur in eine Privatklinik eingewiesen wurde, zog Joe Guy dort mit ihr gemeinsam ein. Im Mai 1947 wurden beide wegen Drogenbesitzes verhaftet; bis zum Frühjahr 1948 blieb Lady Day in einem Frauengefängnis des Staates Virginia eingesperrt. Im Januar 1949 wurde sie schon wieder festgenommen. 1950 tat sie sich abermals mit Jimmie Monroe zusammen.

Gilbert Millstein, Autor für die New York Times, trägt am 10. November 1956 in der Carnegie Hall, dezent begleitet von dem eher als Klarinettist bekannten Tony Scott am Klavier sowie Chico Hamilton am Schlagzeug, aus Billie Holidays Memoiren vor: Mom and Pop were just a couple of kids when they got married. He was eighteen, she was sixteen, I was three. I was a woman when I was six. Big for my age, with big breasts, big bones, just a big fat healthy broad. Lady Day, wie das CD Booklet verrät, vollgepumpt mit Heroin, geschwollene Beine, kaum ansprechbar, steht im Hintergrund und hebt nach einigen weiteren von Millstein genüßlich vorgetragenen Passagen zu singen an. Ein paar Lieder später kehrt der Rezitator ans Mikrophon zurück und deklamiert, während Billie Holiday leise, in ihrem weißen Abendkleid, Trav'lin' Light singt, aus ihren Erinnerungen über das erniedrigende Leben als minderjähriges Call Girl. Obwohl sie an diesem Abend stimmlich gut in Form ist, gerät die Hommage beinahe zur vorgezogenen Gedenkveranstaltung. Anita Gravine interviewte Gilbert Millstein dazu vier Jahrzehnte später: There were people that night in the audience who felt that this was an entirely inappropriate framework for this concert: the narration, reading about the degradation of this woman's life. Millstein: Maybe so. Gravine: Did you sense any discomfort in the audience? Millstein: No, I did not. Gravine: How did you feel reading that? How did you feel about it as a journalist? Millstein: Oh, as a journalist I loved every second of it, I really did, I would have read more if they'd ever let me.

Aufbau: Why is the prosecutor the best friend Dr. Hans Joachim Sewering has in Bavaria? Jetzt wieder als ganzseitige Anzeige, denn the Bavarian state prosecutor has just ruled that Dr. Sewering is innocent of all charges of murder, after 9 years of investigation. Nach wie vor darf

Sewering in Dachau praktizieren, und erneut sind wir aufgefordert, Protestbriefe an den bayerischen Ministerpräsidenten zu schicken. Heidi eilt mit ihrem neuen Kapotthütchen vor mir her; wir beide sind ein bißchen spät dran für das heutige Briefing. Haben uns etwas zu lange aufgehalten mit unserer Inspektion des neuen Terminal 2. Immer noch einen Latte Macchiato bei Dallmayr bestellt, den neuen Aufbau mit innig zusammengesteckten Köpfen von A bis Z studiert. Wir werden nach Paris fliegen, wo gestern, in persönlicher Anwesenheit Prinz Luitpolds von Bayern, ein King Ludwig's Castle als neue Disneyland-Attraktion eröffnet wurde. Die Füssener Musicaldarsteller Ludwigs II., Michael Nelle, und Sissis, Beatá Ajtai, sollen ebenfalls zugegen gewesen sein. Die italienische Schauspielerin Ornella Muti soll sich an dem Bier aus Luitpolds Kaltenberger Brauerei gelabt haben. Zusammenhänge, für die sich Heidi, wenngleich wir uns das Füssener Ludwig-Musical erst vor wenigen Monaten gemeinsam angesehen haben, nicht sonderlich interessiert. Ich werde meine Kollegin wohl kaum dafür gewinnen können, in unserer morgigen Freizeit nach Disneyland hinauszufahren. Aber sie verspricht, nächsten Monat mit mir in das Münchner Lola-Montez-Musical zu gehen. Her name was Lola, she was a showgirl, singt Barry Manilow in seinem Evergreen Copacabana. Endlich erreichen wir das Gate. Auch Evelyn, Fanta und Jutta sind mit ihren Kapotthütchen erschienen. Wo wollen sie die an Bord nur verstauen?

Grundsteinlegung für den Anbau der Münchner Kunstakademie anstelle der alten Baracken, in denen Ursula, Margarete und Dieter studierten. Sie machen mich auf die Ehrengäste in der Baugrube aufmerksam. Wir erkennen den Ministerpräsidenten und seine Frau, den Kultusminister, den grünen Vizebürgermeister, und, endlich, die politisch zurückhaltende Königliche Hoheit Franz Herzog von

Bayern, eigentlich Franz Bonaventura Adalbert Maria von Bayern, der, wenn die anarchistisch gelaunten Bayern seinen Urgroßvater, König Ludwig III., nicht gestürzt und dabei die Monarchie gleich für immer abgeschafft hätten, unser König wäre, aber wir schätzen ihn auch so als stillen Kenner und Förderer der immer wieder revolutionären, von Diskursen der Dissidenz umflorten zeitgenössischen bildenden Künste, als diskreten, aber leidenschaftlichen Mäzen und Sammler der Werke Martin Kippenbergers, auch derer von Gerhard Richter, Blinky Palermo, Sigmar Polke und vielen weiteren, die wir heute, als Leihgabe aus des Herzogs Gemächern, an Sonntagen sogar gratis, im Obergeschoß der neuen Pinakothek der Moderne besichtigen können. Übernächsten Montag wird der unverheiratete Herzog seinen siebzigsten Geburtstag feiern; Prinz Ludwig von Bayern wird dabei nachträgliche Glückwünsche zu seinem erst wenige Wochen zurückliegenden neunzigsten Geburtstag entgegennehmen, dessen Gemahlin, Prinzessin Irmingard, Glückwünsche zu ihrem achtzigsten und Prinz Leopold von Bayern, der Rennfahrer, solche zu seinem sechzigsten. Willkommen im Schattenreich der bayerischen Monarchie, spottet Dieter. In Wahrheit kann aber auch er sich einer gewissen Faszination, die von der fragilen Gestalt unseres theoretischen Königs ausgeht, nicht entziehen. Herzog Franz, raunt er Margarete, Ursula und mir zu, ist der erste Wittelsbacher im International Council des New Yorker Museum of Modern Art. Die Feierlichkeiten zu seinem Geburtstag sollen im Bayerischen Fernsehen von 10 bis 15 Uhr live übertragen werden. Geschenke möchte er keine entgegennehmen. Statt dessen bittet der Herzog um Spenden für die Obdachlosenbetreuung der Benediktinerabtei St. Bonifaz.

Der kürzliche Tod des Barry White, zutiefst beseelter, höchst beleibter König der Deep Disco Music, zärtlicher

Herrscher des mit African-American Strings überzuckerten und einer enorm begnadeten Rhythmusgruppe unterfütterten Love Unlimited Orchestra; womöglich gehen auch die rhythmisch juchzenden House Girls auf ihn zurück: Wo blieben die Sondersendungen dazu im Radio? Ich habe mir bei Saturn einige CDs von Barry White gekauft und sitze jetzt, inmitten von Japanern, die hier Geschäftsleute zu sein scheinen, wohingegen sie in München Touristen sind, in einem Straßencafé auf der prächtigen Königsallee, verfolge angerührt all die vorübergehenden Düsseldorferinnen, die sich für ihren heutigen, hochsommerlichen, zumeist zweisamen Einkaufsbummel feingemacht, regelrecht in Schale geworfen haben. Ich habe auf dem Flug hierher gelesen, daß Yves Saint Laurent seine Arbeit wieder aufnehmen möchte. Daß er am Rand der Pariser Modenschauen der Haute Couture zum kommenden Herbst und Winter bekannt haben soll: Die Kleider fehlen mir, und manchmal langweile ich mich ganz fürchterlich. Coco Chanel habe mit siebzig Jahren wieder angefangen. Ich stelle mir vor, daß Claudia Schiffer auf diesem Boulevard entdeckt wurde. Ich begreife, warum Karol Düsseldorf gern mit München vergleicht, wobei mir der Chic der Münchnerinnen etwas weniger offensiv vorkommt. Im nahen Köln regiert eine wiederum ganz andere, an die Clubkultur angelehnte, laute Mode, wie sie auch im an der Jugend orientierten Privatfernsehen bevorzugt getragen wird. Die mit der sich bewußt ärmlich gebenden Berlins nicht verwechselt werden darf. Stets ein Vergnügen: Vor den Flughafen-Gates, auch Inland, am Kleidungsstil der Wartenden abzulesen, wohin ihre Maschine geht. Ich zahle und mische mich erneut unter die Einkaufenden. An einem Kiosk erwerbe ich die lokalen Tageszeitungen, suche nach Ankündigungen meiner Lesung im Heinrich-Heine-Institut. Davor möchte ich mir unbedingt noch die dortige Ausstellung über Baudelaire und Deutschland, die gegenseitige Wirkung beider aufeinander, ansehen. Nicht zu vergessen: Heine als Sissis großes Vorbild. Sie versuchte ja so zu schreiben wie er.

Die Brüder Ron und Russell Mael, immer wieder als Bruder und Schwester posierend. Oder sogar als Schwestern? Ashley glaubt, daß es die beiden selbst sind, die auf der Hülle ihrer Kimono My House LP als Geishas herhalten. Entweder sei Ron der Schnurrbart abrasiert oder auf dem Foto wegretouchiert worden. Auf der Rückseite des Covers verkörpert, von der Frisur und der Kleidung, aber auch von der Haltung her, Russell auf jeden Fall die Frau und Ron den Mann. Ron und Russell Mael sind seit mehr als dreißig Jahren der Kern der Sparks. Sie bildeten das US-amerikanische Pendant zu Roxy Music, nahmen 1979 in München bei Giorgio Moroder das grandiose New Wave Disco Album No. 1 in Heaven auf, wozu Moroder mit ihnen gemeinsam die Songs Tryouts for the Human Race, La Dolce Vita, My Other Voice und The Number One Song in Heaven, den ich auswendig kann, verfaßte. This is the number one song in heaven, written, of course, by the Mightiest Hand. All of the angels are sheep in the fold of their master. They always follow the Master and his plan. Ashley glaubt, daß auch die aufreizende Krankenschwester auf der Hülle, vorn mit kaukasischem, hinten mit afrikanischem Teint, von Russell Mael dargestellt wurde; von Mana gebe es ganz, ganz ähnliche Fotos. Seit Stunden ziehen meine Kollegin und ich durch die Schallplattenantiquariate Münchens. Ich hatte überhaupt nicht angenommen, daß Ashley einen Plattenspieler besitzt, schon gar nicht zwei robuste 1210er und ein Mischpult. Ashley ist an diesem Samstag ausschließlich auf der Suche nach Disco, Munich Disco, möglichst Maxis, aber Langspielplatten können auch okay sein, von, auf ihrem Zettel, in alphabetischer Reihenfolge, Claudia Barry, Giorgio, Giorgio and Chris, Roberta Kelly, Suzi Lane, Amanda Lear, Lipstique, Mascara, Penny McLean, Munich Machine, Silver Convention, The Sparks, Donna Summer, The Sylvers, The Three Degrees.

Später sitzen wir unter schattigen Bäumen im Augustiner Biergarten, essen Brezen, teilen uns eine Radler-Maß und sind völlig erledigt, reden darüber, daß Manas Adaptionen einer niedlichen Weiblichkeit sehr kaukasisch wirken, im Gegensatz zu den eher aggressiven Entwürfen heutiger afrikanisch-amerikanischer Frauen, rekapitulieren die Szene aus Black and White, in der sich Claudia Schiffers schwarze Rivalin über deren Oma-Unterwäsche mit Blümchenmuster lustig macht. Kaufen einem fliegenden Händler eine Zeitung ab. Bleiben an einem Artikel über Jennifer Lopez hängen, der mit den Worten Umstrittene Problemzone überschrieben ist. Text: Millionen von Frauen, in Klammern: und noch viel mehr Männer, träumen von so einem Hintern, doch den Machern von Jennifer Lopez' neuem Film Gigli war er zu groß. Auf den Plakaten wurde das gute Stück elektronisch verkleinert, der Busen dafür etwas aufgepumpt. Lopez sei überhaupt nicht glücklich über diese Veränderungen, berichtete der Fernsehsender ITV. Schließlich war ihr Hinterteil erst in diesem Jahr bei einer Umfrage zum Po mit dem größten Sex-Appeal in Hollywood gekürt worden. Foto: Deutsche Presseagentur. Es zeigt Jennifer Lopez paradoxerweise von vorn, wenngleich sie gerade im Begriff ist, sich hinzusetzen und dabei ein wenig ihr Kleid rafft. Ashley findet, daß die Sängerin und Schauspielerin aus Spanish Harlem so sehr mit ihrem Po identifiziert wird, daß er sich quasi auch von vorn wahrnehmen läßt. Das heißt: Gar nicht direkt gesehen zu werden braucht. Als Jennifer Lopez kürzlich, in ihrem Video Clip zu I'm Glad, sehr leicht, mit einer Art Turnzeug, bekleidet zu sehen gewesen sei, sei ihr Gesäß von ihren stämmigen Oberschenkeln in den Schatten gestellt worden, wodurch der Po weniger vorteilhaft gewirkt hätte, als wenn er sich unter ihren weich fließenden Röcken und Kleidern lediglich abzeichnete. Apropos: Als Ashley ein kleines Mädchen war, hätte ihre Mutter immer zu ihr gesagt, sie solle sich den Po waschen und damit auch ihre Scheide mit gemeint: Den Po hinten und vorn waschen. Bei Jungen nicht denkbar, sagt Ashley. Eigentümliche Sprachregelung, gebe ich zu; da fällt mir ein, daß unsere Mutter immer behauptete, Vater hätte überhaupt keinen Po. Kandis und ich hätten dagegen ihren geerbt.

Gegen Mitternacht holte ich Karol und Ashley aus dem Augustiner Biergarten ab und nahm die beiden mit zur Villa Flora. Ashley zog sich auf der Rückbank um; Karol zieht sich ja nie anders an, wenn er ausgeht. Die Plattentüten der beiden blieben im Auto. Die Hansastraße war total blockiert, verstopft vom Straßenstrich-Stoßverkehr. Ein Polizeiauto stand vor der Villa Flora. Schon Ärger? Wer konnte sich so früh über die Lautstärke beschwert haben? Der Einlaß verlief über den seitlichen Parkplatz. Ich hielt nach Acid Marias rotem Cabrio Ausschau. Im Garten vergnügte und erfrischte sich Münchens, womöglich auch Starnbergs, Jeunesse Dorée, im stickigen Inneren legten ab 1 Uhr Acid Maria und Electric Indigo auf. Langsam füllte sich die Tanzfläche. Wir gingen auf die Empore hinauf, sahen Acid Maria bei der Arbeit zu. Sie hatte sich eine Schulter, die südliche, auf der Fahrt mit ihrem Wagen von Karlsruhe nach München verbrannt. Sie war, wie so viele weibliche Techno und House DJs, damenhaft gekleidet. Boutique Style, bemerkte Ashley anerkennend. Karol und ich konnten einzelne Schallplatten ausmachen, von Los Hermanos und DJ Sneak, auch Green Velvets Pin-up Girl wurde gespielt. Als ich Move D neulich in Heidelberg nach einer Platte, die er gerade aufgelegt hatte, befragte, antwortete er, keine Ahnung, von wem die sei. Dabei stand der Saal des Karlstorbahnhofs unmittelbar davor, überzukochen. Ich will auch auf jeden Fall immer noch wissen, was von wem stammt, tröstete mich Karol. Typisch für Jungen. Ashley brüllte mir ins Ohr, wie sie Felix in St. Petersburg den Schnurrbart abgenommen habe. Dann zog sie es vor, in den Garten zurückzugehen; wo zwei männliche DJs deutlich weniger harte, auf Affekte des Wiedererkennens angelegte Musik auflegten. Als wir zwischen 3 und 4 Uhr aufbrachen, sahen wir sie dort ausgelassen mit einem Kerl in Hot Pants tanzen. Sie wollte unbedingt noch bleiben. Wir sollten ihre Platten einfach mitnehmen. Das sieht hier alles aus wie in einem der zahllosen in München gedrehten TV-Krimis, bemerkte mein Bruder. Eine heiße Sommernacht. Ein gediegenes Gebäude, stimmungsvoll ausgeleuchtet. Hedonistische Musik. Gepflegte Drogen und Getränke. Die ganzen saturierten, ausnehmend schönen jungen Menschen. Und irgendwo, mitten drin, der Mörder.

Aktueller Arbeitstitel: Acoustic Ladyland. Gar nicht so einfach zu formulieren: Das Kapitel über den klassischen New Orleans R&B als Blaupause für den heutigen, überregionalen, überirdischen Cyber R&B. Der katholische Engelsgesang Aaron Nevilles. Das girlie Keyboard Allen Toussaints; er hat es ja tatsächlich von seiner Schwester erlernt. Die sehr exzentrischen Beats Joseph Modelistes. Kapitelüberschrift: Dezentrierte Rhythmen für dezentrierte Subjekte. Hätte Jacques Lacan dazu sein Tanzbein geschwungen? Womöglich hat uns Judith Butler die politische, ist gleich feministische, Definition von Funk, sozusagen Social Funk, geliefert, als sie 1997 über den Begriff queer als Schauplatz einer gesellschaftlichen Auseinandersetzung festhielt, dieser bilde den Ausgangspunkt für ein Bündel historischer Reflexionen wie auch Zukunftsvorstellungen, aber niemals als vollständiger, abschließender Begriff, sondern als ein stets umgruppierter, zersplitternder und im wahrsten Sinn des Wortes verrückter Begriff zwischen seiner früheren Benutzung und der Maßgabe dringender und sich ausweitender politischer Zwecke, und damit vielleicht auch als ein zugunsten anderer Begriffe aufzugebender, mit denen die politische Arbeit effektiver erledigt werden könne. Die Zeitschrift Bahamas zitierte diese Passage wenig später in despektierlicher Absicht. Die Frage, was denn die Postmoderne eigentlich von der Welt wolle, wurde gestellt, einschlägige Kampfbegriffe wie Austauschbarkeit und Willkür wurden aufgebracht. Butlers dekonstruktivistische Erklärung, die Aufführung unseres jeweiligen Geschlechts sei keineswegs eine Angelegenheit freier, wechselnder Wahl, sondern eine der ständigen Wiederholung der Normen, die uns konstituieren, die aber auch das Material darstellen, aus dem Umdeutung und Umgestaltung, Widerstand und Subversion geformt werden, wurde als Eingeständnis politischer Ohnmacht, als Affirmation einer unbegriffenen gesellschaftlichen, kapitalistischen Willkür gewertet. Lacan habe noch tantalische Qualen Individuen zerfetzen sehen, beliebten Uli Krug und Tjark Kunstreich zu scherzen, und Foucault habe wenigstens noch die nietzscheanische Herrenmentalität wiederkehren lassen, doch bei Butler endeten alle Überlegungen im politisch korrekten Puppenstübchen.

Vom Verlag geschickt bekommen: Judith Butlers neues Buch, Kritik der ethischen Gewalt, ihre Frankfurter Vorlesungen aus dem vergangenen Jahr, ursprünglich zu Adorno, ganz stark aber auch zu Foucault. Sie erzählt ein Interview nach, das dieser gegeben hat: Der Interviewpartner will wissen, ob die Wende zu Nietzsche ein Zeichen von Foucaults Unzufriedenheit mit der Phänomenologie gewesen ist und insbesondere, ob mit Nietzsche das, in Anführungszeichen, bedrohte Subjekt beginnt. Er fragt, ob zu jener Zeit eine Theorie des Subjekts gewünscht wurde, die dem Subjekt keine großen und überwältigenden Kräfte zur Begründung seiner eigenen Erfahrung zuschreibt, sondern vielmehr einsah, daß dem Subjekt immer Grenzen gezogen sind, daß es immer auch aus etwas besteht, das es nicht selbst ist, aus einer Geschichte, einem Unbewußten, aus bestimmten Strukturen, aus der Geschichte der Vernunft. All das straft seine Prätentionen auf Selbstbegründung Lügen. Wo Foucault zu erklären versucht, weshalb er Nietzsche las, und sagt, er wisse es nicht, zeigt er uns gerade durch dieses Eingeständnis, daß das Subjekt seine eigenen Entstehungsgründe nicht vollständig angeben kann. Merke: Das Ich als Lesezeichen.

Zum ersten Mal in Ashleys neuer Wohnung. Unglaubliches Interieur, überwiegend kugelförmig. Die Kartons in Felix' Zimmer noch nicht ausgepackt. Die Süddeutsche Zeitung, auf dem Fußboden, aufgeschlagen. Angestrichen: Oskar Panizza bezeichnete Wagners Parsifal als schöne Kirchenandacht für Weiber beider Geschlechter. Logisch, kommentiert Ashley, die heute ihr etwas zu enges rosa Kostüm von Gucci trägt, das Leben ist weiblich oder gar nicht. Männliche Homosexualität sei lediglich ein pathologisches Konzept aus dem neunzehnten Jahrhundert. Meine Gastgeberin bereitet einen Tee zu, der kaum eine Färbung aufweist. Angeblich ist er grün. Ich habe Ashley ihre antiquarischen Disco Maxis mitgebracht. Sie geht zu ihren Plattenspielern und legt sogleich, in extremer Lautstärke, Amanda Lears frei nach Goethes Faust verfaßtes Follow Me auf. Geht mit dem Pitch-Regler auf plus 4, damit die Stimme auch wirklich weiblich klingt. Amanda Lear, befreundet mit wegweisend transgressiven Musikern wie Brian Jones, David Bowie und Bryan Ferry, aber auch mit dem surrealistischen Maler Salvador Dalí, rühmt sich: Ich erfand Amanda Lear, die Superfrau, die Femme fatale, den Vamp, die Rätselhafte, von der niemand genau weiß, wer sie ist, und also dachte ich mir die Geschichte von Amanda, dem Transvestiten aus. Dalí soll, einem Gerücht zufolge, dessen chirurgische Geschlechtsumwandlung finanziert haben. Womit Amanda Lear seine Kunstfigur wäre. Andere Quellen bestehen darauf, die bewußte Operation habe bereits vor ihrer Bekanntschaft mit dem Kritischen Paranoiker stattgefunden. Die ewige Problematik sogenannter Chronologie: Wie der Stummfilm seinen Namen erst im Schatten des Tonfilms erhielt und damit vom Original zu dessen Ausnahme wurde. Unbelievable maybe, intoniert die Disco Queen, die ihre Strophen selber schreibt, you'll have a new identity. For a second of vanity I want to change your destiny. Zweifellos ein Klassiker, Ashley und ich können sofort in den Text einfallen. Alle kennen dieses Lied, alle haben schon dazu getanzt. Ausprobiert, was ihre Körper mit dieser Musik anfangen. Bisher habe sich noch keiner ihrer Nachbarn über die hohe Lautstärke beschwert, freut sich Ashley; im Gärtnerplatzviertel seien die Leute toleranter als anderswo. Direkt um die Ecke habe Rainer Werner Fassbinder gewohnt. Im Hinterhof probe eine heiße Band namens Brigitte Bardot King. Wir lassen uns auf der einzigen Sitzgelegenheit, einem lippenförmigen, mit orangefarbenem Frottee bezogenen Sofa, nieder und unterhalten uns angeregt, mit heißen, sehr zerbrechlichen Teetassen aus Nagasaki in den Händen, über unsere Kolleginnen und Kollegen.

Als ich mich, weil ich mit Dieter auf dem Viktualienmarkt verabredet bin, wieder erheben und verabschieden will, bittet mich Ashley, noch einen Blick in ihren Ordner mit faksimilierten Leserzuschriften, auch Leserinnenzuschriften, bezüglich ihres Steckenpferds, das sie mit einer gleichgesinnten australischen Freundin zu einer elektronischen

Interessengemeinschaft, einem Webring namens Male Femininity, ausbauen möchte, zu werfen. Ob diese Statements allgemeingültig seien, fragt sie und drückt mich sanft, aber bestimmt ins weiche Lippenpolster zurück, oder singulär, vielleicht zu kinky, womöglich pathologisch, unbrauchbar, weil lediglich privater Natur. Zum Beispiel diese hier, sagt Ashley und legt mir eine Fotokopie aus der Zeitschrift Society von 1900 vor: I was adopted, when young, by a lady of considerable wealth, who was devoted to dress and fashion. I was just fourteen when this lady, who, in a year's time was to travel abroad, decided, partly, I think, out of caprice, partly for convenience sake, to take me with her, disguised as a girl. I dare say she was influenced by my effeminate appearance and complexion, and slender, slight figure. A fashionable dressmaker was consulted, and I was furnished with a large outfit of garments of the latest fashion and most dainty cut and material. In particular, great care was taken over my figure. I had, of course, to wear false hair, until my own grew long, and I was most carefully instructed in ladylike manners and deportment. When we went abroad, my dainty complexion and hands, very smartly-shod feet, and extremely slim waist, and well-moulded figure, were the objects of much admiration and envy. There was not the slightest danger of anyone suspecting that the pretty, well-dressed girl, apparently, of about sixteen, was really an unfortunate boy, wobei ich die Vokabel unfortunate streichen würde, mischt sich meine Kollegin verzückt ein. I had to endure three years of this bondage, and became so soft and effeminate that, when the death of the lady who adopted me made me independent, I went back to the garb and habits of my own sex with reluctance and difficulty. Oder das hier, beeilt sich Ashley und zückt ein weiteres, im Sunday Chronicle nachzulesendes Exempel: I was forced by girl friends to wear their fashionable clothes throughout the whole of my summer holidays, and I can testify that the dress of Miss 1927 is without question the sanest, most comfortable, and thoroughly practical attire yet adopted by either sex.

Und noch diese, bettelt Ashley, beinahe auf mir kniend, aus Bizarre, 1954, und fährt mit ihrem Fingernagel über die folgenden Zeilen: As he hadn't taken any steps to get work, I was going to do so for him and get a post for him as a waitress in the restaurant where I was head supervisor. I reminded him that he had always enjoyed lacing me in tightly and seeing me wearing high heels and my pretty things; now he would be able to appreciate these things from a different viewpoint, on himself. I disposed of his male attire, having decided he should entirely live as a girl. Systematic tight-lacing produced a waistline of 19 inches over his clothes. This corseting pushed his bosom up and, after a while, pads were not necessary to give him a figure. He became accustomed to six-inch heels, and the muscularity of his legs and arms gradually disappeared, as did also all sign of hair growth both there and on his face, following special treatment. The hair on his head, however, was encouraged to grow, and was treated and trained into a neat, girlish style, so that at the end of three months, he could dispense with a wig. I had his ears pierced and his eyebrows plucked, and I also had his hands attended to, till they became a pair of daintily manicured feminine hands. A course of vocal training ensured his being able to talk in a soft, husky way, which was almost alluring in its femininity. Side by side with all these physical changes came changes in his mental outlook, as, apart from our maintaining a happy married life at home, he came more and more to think and act as a woman would. Indeed he became a really pretty girl by the time I considered he was ready for work. The uniform of the waitress suited him, for the black satin fitted close to his girlish figure and hung in a short flared skirt from the hips, thus giving him ample opportunity to show off his best points, his shapely legs in fine black silk stockings, and his trim little feet in high-heeled shoes. At the end of the day, after he had changed out of his waitress uniform into a smartly tailored coat and skirt and he had put on his chic little hat and his kid gloves, we walked home together. I pulled his leg about having to change his frock in the girls' retiring room, and he said that the girls had become quite friendly, saying how nice were his undies. He even told me without hesitation just what each of the girls was wearing, so openly in fact that I knew he was speaking as a girl.

Ich versuche mir die Entstehung der Alpen durch das dramatische Aufeinandertriften der europäischen und der afrikanischen Kontinentalplatte zu vergegenwärtigen; die beiden sollen ja immer noch nicht zum Stillstand gekommen sein. Kein bißchen Schnee kann ich mehr auf den Gipfeln erkennen. Ein tropischer Wolkenhimmel zieht über Oberbayern. Hundstage. Nachts spektakulärste Gewitter, mit Blitzen, gehäuft wie in billigen Kriminalfilmen. Ich bin eine Stunde nach Süden gewandert, auf den versumpften Spuren der Torfstecher, vorbei an der Ziegelei, an dem verwunschenen Birkensee, habe mich bei Eurasburg an die Böschung des Kanals gelegt, die in der Nähe eines kleinen, hölzernen Bauwagens grasenden Schafe beobachtet und aus meiner Tasche das feuilletonistische Sommerloch des Jahres 2003 geangelt: Die Literatur sei weiblicher geworden. Auch ihre Multiplikatoren. Elke Heidenreich als Nachfolgerin Marcel Reich-Ranickis im öffentlich-rechtlichen deutschen Fernsehen markiere den Übergang vom Patriarchat zum Matriarchat. In den Verlagen gebe es immer mehr Lektorinnen. Feminismus und Pazifismus seien zwei Seiten der selben Medaille, deren fatale Tugenden

Konsens und Kompromiß hießen, beschwert sich Hans-Christoph Buch in der Tageszeitung Die Welt. Seine eigenen, auf Härte und Aggressivität rekurrierenden Texte über Erfahrungen in Kriegsgebieten blieben da geradezu zwangsläufig auf der Strecke. Die Vizepräsidentin des Deutschen Bundestages sei zu einer Diskussionsveranstaltung, auf die sie gemeinsam mit ihm geladen worden sei, nicht nur zu spät gekommen, sie hätte auch sein Buch, Blut im Schuh, nicht einmal gelesen gehabt und, abgesehen von ihrer diesbezüglichen absoluten Unkenntnis, eine geradezu körperliche Abneigung gegenüber der von Männern bestimmten Welt, wie er sie in seinen literarischen Reportagen schildere, offenbart.

Vor kurzem habe er an der Tübinger Universität eine Werkstatt für kreatives Schreiben geleitet. Neun der elf Eingeschriebenen seien Frauen gewesen. Erst bei jenen, die ihr Studium mit einer Promotion abschlössen, kehre sich dieses Mißverhältnis wieder um. Die weibliche Hegemonie im Literaturbetrieb schlage sich negativ im Endprodukt, dem literarischen Text, nieder. Nicht nur fielen männlich besetzte Themen wie Krieg und Gewalt unter das weibliche Artikulationsverbot, auch formale Experimente und schwer verständliche Texte erhielten keine Chance mehr. Einzige Neuerung: Das erotische Begehren in der verweiblichten Literatur richte sich nicht mehr nur auf das fremde, sondern auch auf das eigene Geschlecht. Gegen eine Ausweitung des Kanons durch Einbeziehung ethnischer Minderheiten und mündlich überlieferter Literatur sei nichts einzuwenden, schreibt der Kenner zahlreicher durch das sogenannte Selbstbestimmungsrecht der Völker erschütterter Krisenregionen, doch sei es verlogen, wenn in den Lehrplänen der in den USA florierenden Cultural Studies Pidgin-English gleichberechtigt neben Griechisch und Hebräisch stehe und afro-amerikanischen Frisuren derselbe künstlerische Rang wie der Bibel oder den Epen Homers zuerkannt werde. Erstaunlich, daß sich Frank Schirrmacher in der Frankfurter Allgemeinen darauf überhaupt einläßt. Er attestiert unseren Männern ein auch bei Orang-Utans beobachtetes Peter-Pan-Syndrom. Orang-Utans seien hormonell in der Lage, ihre Pubertät um ein ganzes Jahrzehnt hinauszuzögern. Wozu mir Jeff Koons' berühmte Porzellanplastik von Michael Jackson, Seite an Seite mit seinem Affen Bubbles, einfallen muß.

Wieder aufgenommen: Täglich nonstop mit der Lufthansa von München nach Los Angeles. Beyoncés Solo Album, Dangerously in Love, endlich in den Läden, endlich in unseren Abspielgeräten. Geht auch auf Anhieb unglaublich los mit einem frühe Disco-Emphase verbreitenden Sample der Chi-Lites aus Chicago, einpeitschenden Sentenzen von Jay-Z und Beyoncés vermutlich dem Ingenieur zugedachter Frage: Ready? Und sogleich, wir nehmen an, auf ein Kopfnicken aus dem Kontrollraum hin, hebt sie an, uh oh, uh oh, uh oh, oh no no zu singen und, nach einigen weiteren Interjektionen ihres Freundes Jay-Z, die erste Strophe von Crazy in Love, den Hit, der uns nicht still sitzen läßt. Uns wie blöde im Zimmer herumspringen läßt. Als wir dabei einmal aneinandergeraten, fühlt sich Heidis BH ungewöhnlich steif an. Zum ersten Mal auch, daß ich meine Kollegin mit Nahtstrümpfen sehe. Sollten die etwa wieder in Mode kommen? Oder gehören sie zu der als eher konstant bekannten Fetisch-Mode? Mit wem hat sich Heidi gleich wieder in Beverly Hills verabredet? Beschreibt das vermeintlich Konstante der Fetisch-Mode nicht gerade eine Form der Wiederholung? Wie bei Judith Butler? Der zweite Track, Naughty Girl, verbindet Giorgio Moroders elektrifizierten Munich Disco Sound, explizit Donna Summers Love To Love You Baby, mit Exotica Patterns des zunehmend von der U.S. Army durchkämmten Middle

East, gefolgt von Baby Boy, mit Sean Paul am zweiten Mikrophon, in dem Sitars auf karibische Ragga-Klänge treffen, also Westindien mit Indien fusioniert wird, Columbus' geographischer Fehlschluß gleichsam musikalisch nachsynchronisiert wird. Cyber Sounds werden wir auf diesem Album wahrscheinlich nicht zu hören bekommen, sagt Heidi. Trotzdem super. Nichts gegen eine geschichtsbewußte Perspektive. Me, Myself and I ist bei Beyoncé eine langsame Ballade. Das nachfolgende Stück, ebenfalls eine Ballade, erinnert uns an Tweet. Missy Elliott hat für Beyoncé eine Ballade namens Signs komponiert und auch produziert. Gemeint sind Sternzeichen; dabei wird die Jungfrau als Beyoncés persönliches Sternzeichen hervorgehoben. Der nächste Track heißt Speechless und erweist sich als eine Ballade mit Rock Guitar Solo. Kommen anscheinend nur noch Balladen, meint Heidi etwas abschätzig. Beyoncé kann solche Balladen eben wirklich sehr schön singen, wende ich ein, beschließe aber, den Rest der CD erst anzuhören, wenn Heidi zu ihrem Rendezvous aufgebrochen sein wird.

Trianguläre Konstruktion: Die Frau als Schauplatz des homosozialen Begehrens rivalisierender Männer. Erneutes Sichten der Romeo Must Die DVD. Aaliyahs erste, ihre einzige Hauptrolle in einem Spielfilm: Trish, das hübsche afrikanisch-amerikanische Mädchen, das eine Modeboutique betreibt, aber toughe Vinyl 12-inches aus einem Plattenladen trägt, während sich ihr Aufpasser durch zickige CD-Veröffentlichungen hört. Ihr Vater ist ein Gangster, ihr chinesischer Kavalier, dargestellt von Jet Li, ist der Sohn eines Gangsters. Eigentümliches neues Hollywood-Genre: HipHop plus Kung Fu. Siehe auch die neue, unübersehbar fernöstliche Gesichtstätowierung Mike Tysons. Tyson, der kürzlich von seinem ehemaligen Psychiater wegen nicht bezahlter Behandlungskosten in Höhe von nahezu 30000

Dollars verklagt wurde. Trishs Zimmer in ihrem Elternhaus ist deutlich girlie: Ein Poster von Prince, dem gelehrigen Schüler Michael Jacksons, hängt an der Wand; Trishs Aufpasser äfft ihn nach, gespielt effeminiert, im höchsten Falsett. Prince, der auf dem aktuellen Common Album mitwirkt, mit dem späteren August Darnell zusammenarbeitete und auf den großformatigen Hüllen seiner eigenen Langspielplatten gern wie ein Pin-up Girl, mindestens halbnackt, dabei stets stark behaart, in Make-up, Pelzen, Spitzen, Strapsen, Strümpfen, Stöckelschuhen, posierte. Signifikante Songtitel: Sister. Let's Work. Jack U Off. Lady Cab Driver. Kiss. If I Was Your Girlfriend. Strange Relationship. I Could Never Take the Place of Your Man. U Got the Look. The Latest Fashion. Walter Benjamin: Das brennendste Interesse an der Mode liegt für den Philosophen in ihren außerordentlichen Antizipationen kraft der unvergleichlichen Witterung, die das weibliche Kollektiv für das hat, was in der Zukunft bereitliegt. Sie kitzelt den Tod und ist schon eine andere, neue, wenn er nach ihr sich umsieht, um sie zu schlagen. Aaliyah wirkt lediglich in dem angefügten Try Again Clip wirklich cyber, wirklich postmodern. In dem Extra über die Entstehung des Films wird sie allerdings nicht müde zu betonen, wie viel sie mit Jet Li gemeinsam habe. Abgesehen davon, daß ich dessen Minen- und Körperspiel bereits als im westlichen Verständnis feminin beschrieben fand, erinnert mich das an die Erzählung unseres Vaters aus den 1960er Jahren, wie er mit seiner Freundin zum Abiturball verabredet war und ihn seine Eltern genötigt hatten, sich die schönen Locken vom Bahnhofsfriseur abschneiden und einen militärischen, sogenannten Messerschnitt verpassen zu lassen. Sich außerdem in ein gestärktes, weißes Oberhemd, einen blauen Blazer und eine graue Flanellhose zu zwängen. Als ihn seine Freundin an der Haustür abholte, soll sie entsetzt ausgerufen haben: Du bist nicht mehr wie ich.

Siehe auch Marianne Rosenbergs phänomenalen Disco-Schlager Ich bin wie Du. Merke: Queer lesen als subtile Kulturtechnik, die auf die Denaturalisierung normativer Konzepte von Männlich- und Weiblichkeit, die Destabilisierung des Binarismus von Hetero- und Homosexualität, die Entkopplung der Kategorien des Geschlechts und der Sexualität zielt. Stets zu differenzieren: Anatomisches Geschlecht, soziales Geschlecht, sexuelles Begehren. Judith Butler stellte die Frage, ob es denn nicht möglich sei, heterosexuelle Identifikationen und Zielvorstellungen innerhalb homosexueller Praxis und homosexuelle Identifikationen und Zielvorstellungen innerhalb heterosexueller Praxis zu bewahren und weiterzuverfolgen. Andreas Kraß, Herausgeber von Queer Denken: In ihrer ersten Dekade hat die Queer Theory vor allem Probleme des transgressiven Begehrens, Homosexualität, Bisexualität, Transsexualität, behandelt. In jüngerer Zeit zeichnet sich die Tendenz ab, daß sich das Forschungsinteresse in verstärktem Maß der Dekonstruktion der nur scheinbar monolithischen heterosexuellen Identität zuwendet. Bereits 1996 konnte Jonathan Ned Katz The Invention of Heterosexuality veröffentlichen. Siehe auch, im Jahr darauf, Daniel Boyarin: The Rise of Heterosexuality and the Invention of the Jewish Man. Aus Foucaultscher Perspektive könnte ich sogar behaupten, daß auch die Bekräftigung von Homosexualität eine Verlängerung des homophoben Diskurses darstellt, schrieb Butler. Kraß faßt zusammen: Queer Reading rechnet mit der Möglichkeit eines Textbegehrens, das in einer unterschwelligen symbolischen Ordnung kodiert und nicht mit jenem Begehren deckungsgleich ist, das sich in den Stimmen des Autors, des Erzählers und der Figuren artikuliert. In Ich bin wie Du ist all dies bereits angelegt. Ich suche die gewellte, zerkratzte 7-inch Single heraus und lege sie auf: Grandiose Westberliner Philly Sound Emulation, mittlere 1970er Jahre, bis heute bestens tanzbar; wir

haben unser Exemplar erst vor wenigen Monaten auf einem Flohmarkt erstanden. Sagenhafte Stimme auch, metallisch, sehr unter die Haut gehend. In Klammern: Marianne Rosenberg, Ikone der deutschen Homosexuellenszene. Wie auf internationaler Ebene Kylie Minogue, die heute in unserer Zeitung steht, weil sich britische Pädagogen öffentlich gegen sie verwendeten: Die australische Sängerin verführe junge Mädchen dazu, unangemessene Kleidung zu tragen. Die Fünfunddreißigjährige zeige sich gern bauch- oder beinfrei und in aufreizenden Posen. In vielen Videos stehe ihr Hinterteil und nicht ihr Gesang im Vordergrund. Begleitende Abbildung: Kylie Minogue von vorn, vornübergebeugt.

Judith Butler: Für den Fall, daß ich mich als Lesbe offenbare, was beziehungsweise wer ist es dann, die dann out ist, sich manifestiert und vollständig enthüllt hat? Was läßt der linguistische Akt, der eine transparente Offenbarung der Sexualität verspricht, dennoch auf Dauer verhüllt? Kann Sexualität überhaupt Sexualität bleiben, nachdem sie sich einmal den Kriterien der Transparenz und der Enthüllung unterworfen hat? Ist Sexualität, gleich welcher Art, ohne die ihr vom Unbewußten diktierte Undurchsichtigkeit überhaupt möglich? Kennt das bewußte Ich, das seine Sexualität offenbaren möchte, nicht vielleicht die Bedeutung dessen, was es sagt, selbst am allerwenigsten? Linda Ruth Williams über D.H. Lawrence: Representations of sex are the most notorious element in Lawrence's work. Sex challenges the sense that we are in conscious control of our individual domain. Sex is the self's irrationalizing force. And just as Freud writes that we are lived, so for Lawrence a text is written by an alien force. Zitat Lawrence: It, das er mit großem I und großem T schreibt, is the author, the unknown inside or outside us. Möglichkeit eines Querverweises auf Clara Bow, the It Girl. Butler, wei-

ter: Die Behauptung, ich sei etwas, impliziert eine vorläufige Totalisierung meines Ich. Aber wenn sich das Ich auf diese Weise selbst bestimmen kann, dann bleibt das, was ausgeschlossen wird, um diese Bestimmung vorzunehmen, für die Bestimmung selbst konstitutiv. Anders gesagt, die Behauptung setzt voraus, daß das Ich über seine Bestimmung hinausgeht, daß es diesen Überschuß in dem und durch den Akt, der das semantische Feld des Ich auszuschöpfen versucht, sogar selbst produziert. Dieser Akt, der die Enthüllung des wahren und vollständigen Ich-Gehalts anstrebt, produziert daher so etwas wie eine prinzipielle Verhüllung.

Unter Weglassung aller von Butler gesetzten Anführungszeichen: Das Ich wird durch seine Performanz nicht ausgeschöpft, nicht der gesamte Inhalt des Ich wird sichtbar ausgebreitet, denn wenn die Performanz wiederholt wird, dann ist die Frage, was die wiederholten Identitätsmomente denn voneinander unterscheidet. Und wenn das Ich der Effekt einer bestimmten Wiederholung ist, die den Anschein von Kontinuität und Kohärenz produziert, dann gibt es kein Ich, das der Geschlechtsidentität, die es angeblich vollzieht, vorausgeht; die Wiederholung und die unterlassene Wiederholung produzieren eine Kette von Performanzen, die die Kohärenz des Ich zugleich konstituieren und in Frage stellen. Durch das Bekenntnis zur strategischen Vorläufigkeit des Zeichens kann Identität zu einem Schauplatz der Anfechtung und der Revision werden, ja sie kann sogar in Zukunft Bedeutungen annehmen, die wir heute, wo wir die Kategorie verwenden, vielleicht nicht voraussehen können. Die Geschlechtsidentität ist eine Imitation, zu der es kein Original gibt. Tatsächlich ist sie eine Imitationsform, die als Effekt und Konsequenz der Imitation die Auffassung von der Existenz eines Originals erst produziert. Die Heterosexualität befindet sich immer im Prozeß der Imitation der phantasmagorischen Idealisierung ihrer selbst. Tatsächlich muß Heterosexualität, in ihren Versuchen, sich selbst als Original zu naturalisieren, als zwanghafte und obligatorische Wiederholung verstanden werden, die nur den Effekt ihrer Originalität produzieren kann. Die Tatsache, daß es überhaupt eine Notwendigkeit zur Wiederholung gibt, ist schon ein Indiz dafür, daß Identität nicht mit sich selbst identisch ist. Schon bei Bovenschen, 1976: Die Imitation mag eine Möglichkeit der weiblichen Selbstdarstellung sein, vielleicht sogar die einzige, allerdings nur insofern, als sie nicht mit der Illusion weiblicher Authentizität verknüpft ist. Um, binnen einer Seite, über Blochs Kampf ums neue Weib zu Nietzsches Die fröhliche Wissenschaft zu gelangen: Fast meint er, dort bei den Frauen wohne sein besseres Selbst.

Butler: Das Original braucht seine Ableitungen, um sich als Original zu bestätigen, denn Originale sind nur insoweit sinnvoll, als sie sich von dem unterscheiden, was sie als Ableitungen produzieren. Wenn es also die Vorstellung der Homosexualität als Kopie nicht gäbe, dann hätten wir auch keine Konstruktion von Heterosexualität als Original. Heterosexualität setzt Homosexualität hier voraus. Und wenn das Homosexuelle als Kopie dem Heterosexuellen als Original vorausgeht, dann ist es nur fair zuzugeben, daß die Kopie vor dem Original kommt und daß Homosexualität daher das Original ist und Heterosexualität die Kopie. Tatsächlich sind so einfache Umkehrungen nicht möglich, fährt Butler fort. Denn es läßt sich nur sagen, daß Homosexualität als Kopie der Heterosexualität als Original vorausgeht. Mit anderen Worten, das gesamte Gerüst von Kopie und Original erweist sich als extrem instabil, da jede Position in die andere invertiert, sich umkehrt und damit die Möglichkeit einer stabilen Verortung der zeitlichen oder logischen Priorität einer der beiden Begriffe vereitelt. Wenn sich jede Performanz wiederholt und damit den Effekt der Identität erzeugt, dann benötigt jede Wiederholung auch sozusagen eine Pause zwischen den Akten, in der Gefährdung und psychischer Überschuß die Konstitution der Identität zu stören drohen. Der Überschuß, der jede Performanz erst ermöglicht und sie zugleich anficht und der sich während der Performanz selbst niemals offen zeigt, ist das Unterbewußte. Die Psyche ist nicht im Körper, sondern in ebendem Bezeichnungsprozeß, durch den der Körper erst erscheinen kann; sie ist der Fehler bei der Wiederholung und zugleich deren Zwang, sie ist das, was die Performanz leugnen will, und das, was sie von Anfang an erzwingt. Plattenkiste: It's Hard to Be a Woman, vorgetragen von Skeeter Davis, der wir angesichts des verkrampften Coverfotos jede Silbe glauben.

Sonntag. Mit Genoveva, vor dem Frühstück, zu zweit, ganz allein, in der Hotelsauna. Genoveva fährt sich mit der Zungenspitze über die Lippen und bemerkt, von einem zwar ungeschminkten, aber aufreizenden Augenaufschlag begleitet: Deine Haut schmeckt salzig. Ob ich ihre nicht auch einmal kosten wolle. Dann fragt sie mit einem eigenartigen Unterton, wann ich eigentlich zum letzten Mal mit Kristina in einem Umlauf geflogen sei. Schließlich kommen wir auf unsere Haut zurück, ab wann wir nicht mehr von Sommersprossen, sondern von Muttermalen sprächen. Wir diskutieren über unsere Brustwarzen, wie Brustwarzen und deren Höfe quer durch die Geschlechter in Größe, Form und Farbe differierten. Behutsam betastet Genoveva meine, dann ich ihre Brustwarzen. Wie Wissenschaftler, befinden wir und müssen lachen. Oder liegt bereits eine Art Zärtlichkeit in unserem Handeln? Wie ist es zu bewerten, daß sich unsere Brustwarzen aufgerichtet haben? Genau darüber läßt sich jetzt nicht reden. Wir fragen uns: Wann sollen wir von einer Brust sprechen und wann von Brüsten? Weshalb wird von der Brust eines Bodybuilders gesprochen, nicht von seinen Brüsten? Klänge reichlich komisch, finde ich. Weil sie bis vor kurzem als Muskeln verstanden wurden, sagt Genoveva. Heutzutage sei bekannt, daß die massiven Dosen vermeintlich maskulinisierender Steroide, die biologisch männliche Bodybuilder ihren Körpern im homosozialen, nicht selten auch homoerotischen Wettbewerb zuführten, diese zu einer ausgleichenden, enorm erhöhten Produktion weiblicher Sexualhormone anregten. Im englischen Sprachraum zirkuliere seit einiger Zeit der Begriff Bitch Tits für die voluminösen Brüste dieser affigen, enthaarten Männer.

Süddeutsche Zeitung: Der japanische Modekonzern Wakita wird nächstes Jahr Krawatten und Anzüge im Stil Michael Jacksons, inklusive lizensiertem Logo, anbieten. Plattenspieler: Billie Holiday singt You Took Advantage of Me, März 1959, eine ihrer letzten Aufnahmen. Im Hintergrund leitet Ray Ellis eine größere Formation mit Harfe und Geigen, als wolle er uns ein zuckersüßes All-Girl Orchestra verkaufen. Als befänden sich alle Männer im Krieg. Die künstlerische Forderung und der Patriotismus, zitierte Silvia Bovenschen Georg Simmels Zur Philosophie der Geschlechter, 1911, sind zwar ihrer Form und ihrem Anspruch nach allgemein menschlich, aber in ihrer tatsächlichen historischen Gestaltung durchaus männlich. In Weibliche Kultur, ebenfalls 1911, schrieb Simmel, Sympathisant der Emanzipationsbewegung bürgerlicher Frauen: Daß man an eine nicht nach Mann und Weib fragende, rein menschliche Kultur glaubt, entstammt demselben Grunde, aus dem eben sie nicht besteht: der sozusagen naiven Identifikation von Mensch und Mann. Bovenschen, Die imaginierte Weiblichkeit, 1979: Die scheinneutralen Theorien müssen, nach Simmel, zu einer negativen Bestimmung der weiblichen Kulturleistungen deshalb kommen, weil von ihnen ein Wesen nach Kriterien beurteilt wird, die für ein ganz entgegengesetztes kreiert sind. Die unsichtbare Gewalt, die der Jahrtausende währende Prozeß der Subordination des einen Geschlechts unter das andere auch über das Denken gewann, regiert dessen Ausrichtungen und macht viele scheinbar sachneutrale Kriterien der kulturtheoretischen Diskussion der Parteilichkeit zumindest verdächtig. Angesichts dieses Dilemmas wich Simmel in Ergänzungstheorien aus, wie sie von Hedwig Dohm problematisiert wurden, und letzten Endes in die Essentialisierung der Geschlechtsunterschiede. Eine Rezeption der Simmelschen Ausführungen zur Weiblichkeit werde aber fündig, schrieb Bovenschen, wo sie, wie der Autor selbst, primär die Beziehungsformen, die Projektionsstrukturen, die symbolischen Repräsentationen des Weiblichen ins Auge fasse. Der Begriff des Weiblichen erschöpfe sich nicht in den sozialen Existenzformen der Frauen, sondern er gewinne seine Substanz aus der Wirklichkeit der Imaginationen. Die mythologisierte, zuweilen idealisierte, zuweilen dämonisierte Weiblichkeit materialisiere sich in den Beziehungen der Geschlechter und in dem aus diesem Stoff gewonnenen Verhältnis der Frauen zu sich selbst. Weibliche Realität sei mehr als soziale Stellung plus ein wenig Ideologie. Die Morphogenese der imaginierten Weiblichkeit schiebe sich im Rückblick an die Stelle der weiblichen Geschichte. Die Grenzen zwischen Fremddefinition und eigener Interpretation seien nicht mehr auszumachen. Der Reichtum der imaginierten Bilder kompensiere scheinbar die Stummheit der Frauen. Aber selbst deren Sprachlosigkeit sei noch Teil ihrer Mythologisierung.

Walter Benjamin fragte: Wie sprachen Sappho und ihre Freundinnen? Wie kam es, daß Frauen sprachen? Denn die Sprache entseele sie ja. Sprechende Frauen seien von einer wahnwitzigen Sprache besessen. Georg Simmel: Immerhin gibt es in der Literatur schon eine Reihe von Frauen, die nicht den sklavenhaften Ehrgeiz haben, zu schreiben wie ein Mann, letzteres vorsichtshalber in Anführungszeichen, und die nicht durch männliche Pseudonyme zu erkennen geben, daß sie von dem eigentlich Originellen und spezifisch Bedeutsamem, das sie als Frauen leisten könnten, keine Ahnung haben. Gewiß ist das Herausbringen der weiblichen Nuance auch in der literarischen Kultur sehr schwierig, weil die allgemeinen Formen der Dichtung männliche Produkte sind und daraufhin wahrscheinlich einen leisen inneren Widerspruch gegen die Erfüllung mit einem spezifisch weiblichen Inhalt zeigen. Sogar an weiblicher Lyrik, und zwar gerade an sehr gelungener, letzteres von Ursula unterstrichen, empfinde ich oft zwischen dem personalen Inhalt und der künstlerischen Form eine gewisse Zweiheit, als hätte die schaffende Seele und ihr Ausdruck nicht ganz denselben Stil. Es scheint, daß die beiden Bedürfnisse des Menschen: sich zu enthüllen und sich zu verhüllen, in der weiblichen Psyche anders gemischt wären als in der männlichen.

Mit Kristina durch Oslos Schallplattenantiquariate. In ihrer Umhängetasche befinden sich bereits Alben von Shalamar, Culture Club und Jill Jones, co-produced by Prince. Ich habe mir eine LP Duke Ellingtons aus dem Jahr 1961 gekauft: Die Swing-Version der Peer Gynt Suite ist zwar total abgenutzt, die andere Seite mit der Suite Thursday, dritter Satz: Zweet Zurzday, in Anspielung auf John Steinbeck, scheint aber nur ein paarmal angehört worden zu sein. Nicht das geringste Knistern. Gemeinsame Komposition Ellingtons mit seinem musikalischen Intimus Billy Strayhorn, one of the few jazzmen to be openly homosexual. In dem vierten Laden unserer Tour lasse ich mir Meco Monardos symphonische Disco-Version des Musicals The Wizard of Oz, 1975, vorspielen; massenhaft außerirdischen Mitmusikern wird auf der Hüllenrückseite gedankt. Kristina und ich fragen uns: Soll das da auf der Vorderseite etwa Peter Pan sein? Nach längerem Hineinhören doch nicht erworben: Die einfach zu zickige Deco Disco LP von Camp Galore, 1976, deren Hüllentext versprochen hatte: It's enough to bust the ankle straps off Joan Crawford's shoes. Heidi werden wir eine irre Maxi Single aus rosa Vinyl mitbringen: Dance with Dolly. Dolly Parton verläßt den ohnehin bereits überzuckerten Nashville Sound und versucht sich in Disco. In einer wie durch ein Korsett taillierten, nach oben und unten monströs ausufernden, vor Volants, Rüschen und Spitzen strotzenden rosa Chiffon-Robe. In goldenen Stöckelschuhen mit rosa Riemchen. Sehr Barbie, findet Kristina. Und sehr Ashley. Womöglich überhaupt eher etwas für Ashley. Jedenfalls von 1978, vierzig Kronen. Nur ganz kurz reinhören, flüstert mir Kristina zu, die Leute gucken schon. Musikalisch gesehen, ist diese Platte weder Fisch noch Fleisch. Die Frau hinter dem Tresen liest meinen Namen von meiner Kreditkarte ab, spricht ihn englisch aus, hat eine Bekannte namens Carol in Newcastle. Ich verbessere sie, berufe mich, wie immer, auf Karol Wojtyła, unseren Papst, auf das Geschlecht des Papstes.

Es müssen aber unbedingt auch ein paar ganz neue Tonträger gekauft werden. Zum Beispiel das grandiose aktuelle Album von Kraftwerk: Rhythmisch stöhnende Männer, auf Fahrrädern, als Mensch-Maschinen, als Cyborgs. Wir kommen auf Terre Thaemlitz' Klaviervariationen über einzelne Kraftwerk-Themen zu sprechen und die jüngsten Klaviervariationen über Strange Fruit auf seiner Lovebomb CD. Unter den schattigen Bäumen des Schloßparks werden wir Augenzeugen einer eigentümlichen Prügelei zwischen einem Mann und einer Frau. Ein Pärchen legt seine Rucksäcke neben uns ab, dann geht er auf sie los, stößt sie vor sich her, bis sie auf den Rücken fällt. Ihr zierlicher Hinterkopf schlägt hart auf dem königlichen Rasen auf. Als sie sich wieder erhoben hat, springt er wie ein Kung Fu Fighter vor ihr in die Luft und tritt energisch mit einem Fuß in Richtung ihres Gesichts. Anschließend hebt er sie hoch, wirbelt sie herum, ergreift ihre Fesseln und läßt sie kopfüber auf den Boden fallen. Mehrfach. Beide lachen. Schließlich nehmen sie ihre Rucksäcke wieder auf und schlendern weiter, als sei nichts geschehen. Gestern abend haben wir einen betrunkenen Mann vor einer Bar gesehen, der eine Frau in die Höhe stemmte und über seinem Kopf kreisen ließ, dabei das Gleichgewicht verlor und gemeinsam mit ihr rücklings auf das Kopfsteinpflaster stürzte. Die beiden blieben minutenlang reglos, von ihrer johlenden Clique umringt, in der Gosse liegen. Und gleich an unserem ersten Abend in dieser Stadt haben Kristina und ich beobachtet, wie sich ein Liebespaar vor der Hauswand der Kunstakademie verprügelte, sich gegenseitig mindestens Abschürfungen der Haut beibrachte. Sollte die norwegische Gesellschaft, fragten wir uns, einen kollektiven Sadomasochismus eingeübt haben? Schon Gustav Vigeland, bemerkte Kristina, hielt sich mit befremdlichen bildhauerischen Darstellungen von Männern auf, die ihre Frauen durch die Luft schleuderten. Bereits die Flugbegleiterinnen in der SAS-Maschine von München hierher, immerhin Star Alliance und damit Vertragspartner der Lufthansa, kamen uns seltsam vor. Haben uns die Getränke äußerst einsilbig angeboten. Das Essen mit geradezu schroffen Gesten serviert. Könnten wir so nicht bringen.

Am Nachmittag erleben wir neben den rudimentären Ruinen der mittelalterlichen Marienkirche eine mitreißende Open Air Show der US-amerikanischen Girl Group Sleater-Kinney. Sie sind zum ersten Mal in Norwegen, verwechseln in einer Ansage Norway mit Germany. Germanisch sehen die Leute hier in der Tat aus, merke ich an; als erstes sind mir ihre kaum ausgeprägten Nasen aufgefallen. Wir haben gehört, daß die Schlagzeugerin, Janet Weiss, eine praktizierende Heterosexuelle ist, Corin Tucker und Carrie Brownstein, die beiden Gitarristinnen respektive Sängerinnen des Trios, sollen lesbisch orientiert sein. Was Felix ja auch von Männern gern behauptet, sagt Kristina. Weil er männliche Sexualität am liebsten allein schwulen Männern zubilligen würde. Corin Tucker ist angezogen wie ihre Großmutter. Carrie Brownstein wirkt neben ihr, gegen sie, trotz ihres roten Glitzer-Tops, das sie zu Blue Jeans trägt, wir schätzen: aus einem Thrift Store, wie ein Wildfang. Ihre ausladenden, burschikos gemeinten Bewegungen haben allerdings etwas Graziöses an sich: Ein Tomboy, der auch eine Ballerina ist. Sie gäbe einen guten Peter Pan ab, stimmt mir Kristina zu. Dabei empfinden wir Carrie Brownstein als die femininere der beiden Frontfrauen. Für später haben uns Tove und Ranveig, unsere Gastgeberinnen seit bald einer Woche, die Schwestern von Kristinas geschiedenem Ehemann Jonas, zum Essen eingeladen. Es soll Wal geben. Norway and Japan are whaling again. Korsetts. Lebertran. Steaks. Tove: Du wirst überhaupt nicht merken, daß du ein Meerestier verspeist.

Georg Simmel über die Gleichgültigkeit der Mode gegen die sachlichen Normen unseres Lebens: Durch eine Schwägerin Ludwigs XIV., des Sonnenkönigs, Elisabeth Charlotte von der Pfalz, eine völlig maskuline Persönlichkeit, sei am französischen Hof die Mode aufgekommen, daß Frauen sich wie Männer benahmen und anreden ließen und Männer umgekehrt wie Frauen. Simmel: Es liegt auf der Hand, wie sehr etwas Derartiges schlechthin nur Mode sein kann, weil es sich von derjenigen unverlierbaren Substanz der menschlichen Verhältnisse entfernt, auf die schließlich die Form des Lebens immer wieder irgendwie zurückkommen muß. Angesichts des koketten Spiels der Mode um Vergänglichkeit und Wiederkehr hielt er fest: Sobald eine frühere Mode einigermaßen aus dem Gedächtnis geschwunden ist, liegt kein Grund vor, sie nicht wieder zu beleben und vielleicht den Reiz des Unterschiedes, von dem sie lebt, demjenigen Inhalt gegenüber fühlen zu lassen, der seinerseits bei seinem Auftreten ebendiesen Reiz aus seinem Gegensatz gegen die frühere und jetzt wieder belebte gezogen hat. Simmels Stücke schweifen um den kristallisierenden Gedanken, resümiert Jürgen Habermas in dem Vorwort der von Ursula ausgeliehenen Ausgabe, die ich seit einer Woche, seit Karol mit Kristina im Urlaub ist, studiere. Habermas verweist auf Verbindungen zu Rilke, George und Max Weber. Bloch und Lukács hätten Simmels Privatkolloquien besucht. Laut Umschlagtext ließen sich auch Benjamin, Adorno, Heidegger, Sartre, Foucault und Luhmann von seinen Werken anregen.

Liebe Kandis, Kristina und ich haben uns für einige Tage von Tove und Ranveig abgesetzt, den Zug in Richtung Bergen genommen und ihn oberhalb der Baumgrenze, auf Europas größter Hochebene, der Hardangervidda, in einem winzigen Ort namens Finse, 1222 Meter über dem Meer, eigentlich kaum mehr als ein Bahnarbeiternest, keine Straßen, drei, vier Autos, verlassen. Haben uns in dem alten Hotel, dem einzigen, gelegen zwischen dem Bahnkörper und dem Gletschersee, eingemietet und können uns gar nicht satt sehen an dem majestätischen Eis des Hardangerjøkulen und den archaischen Bergmassiven, den herumliegenden Felsbrocken, so groß wie Häuser, den zahllosen Wasserfällen und Sturzbächen. Nachts können wir die Schlittenhunde singen hören. Ich mußte Kristina erst klarmachen, daß es sich nicht einfach um Bellen handelt. Dabei hat sie hier oben ihre Flitterwochen verbracht. Nur zwei Monate im Jahr liegt kein Schnee. Die Bahnstrecke wurde allein der extremen Schneeverwehungen halber unter künstliche Tunnel, wie bei unseres Vaters Modelleisenbahn, nur unansehnlicher, aus Wellblech, gelegt. Auf der Piste zwischen den ehemaligen Baustellen hat sich in den letzten Jahren ein reger Fahrradtourismus entwickelt. Viele nehmen auch den Zug hierher und lassen sich dann mit gemieteten Mountain Bikes zu Tal rollen. Kristina und ich haben heute einen Tagesmarsch an den Blåisen, den gefährlich zerklüfteten, in geheimnisvollem Türkis schimmernden Ausläufer des Gletschers unternommen. Am Ziel sind wir verstummt, erschauert, und haben uns frierend aneinander geklammert. Wie ich den Nachrichten entnehme, leidet Deutschland noch immer unter enormer Hitze. Es ist später Abend, die Dämmerung fällt, und der Mond geht in Orange über dem ewigen Eis auf. Eine Italienerin ist zu uns auf die Veranda getreten. Ehrfürchtig rief sie aus: La luna. Weiblich, wie im Französischen. Wozu mir natürlich Dein nicht nur grammatikalisch ambiger Roi-Lune einfallen mußte.

Lieber Karol, das Firnrevier, notierte Georg Simmel in seinem Aufsatz zur Ästhetik der Alpen, ist sozusagen die absolut unhistorische Landschaft; hier, wo nicht einmal Sommer und Winter das Bild wandeln, sind die Assoziationen mit dem werdenden und vergehenden Menschenschicksal abgebrochen, die alle anderen Landschaften in irgendeinem Maße begleiten. Simmel setzt dies in absoluten Gegensatz zum Meer als dem Symbol des kontinuierlich bewegten Menschenloses. Das Meer sei aufs innigste in die Schicksale und Entwicklungen unserer Art hineingewachsen; es habe sich unzählige Male nicht, wie das Gebirge, dessen Höhe ja stets im Vergleich zum Meeresspiegel, der uns den Blick in die verschiedenen Unterwassertiefen nicht erlaubt, gemessen wird, als die Trennung, sondern als die

Verbindung der Länder erwiesen. Jedes Ding messe sich an seinem anderen, fährt Simmel fort, und so könne sich jede Wirklichkeit nur zu einem Eindruck in uns gestalten, indem dieser ein relativer sei. Durch ihre Relativität verknüpften sich die Teile der Berglandschaft zu einer Einheit des ästhetischen Bildes, die der organischen Gestalt, mit der vitalen Wechselwirkung ihrer Teile, verwandt sei. Und nun sei es das Wunderbare, daß das ganz Hohe und Erhabene der Alpen gerade erst fühlbar werde, wenn in der Firnlandschaft alle Täler, Vegetation, Wohnungen der Menschen verschwunden seien, wenn also kein Niederes mehr sichtbar sei, das doch den Eindruck des Hohen zu bedingen schien. Alle diese anderen Gebilde wiesen schon in sich nach unten, besonders die Vegetation, die immer das Gefühl der sich abwärts streckenden Wurzel mitklingen lasse; überall in der anderen Landschaft empfänden wir die Tiefen mit, auf denen alles ruhe. Hier aber sei die Landschaft vollkommen. Weil sie sozusagen beziehungslos sei und jeder Verschiebungsmöglichkeit mit einem zu ihr Korrelativen entbehre, verlange sie nach keiner Vollendung durch künstlerisches Sehen oder Geformtwerden. Hier gründe sich das Gefühl des Erlöstseins, das wir der Firnlandschaft in feierlichsten Augenblicken verdankten, am entschiedensten auf dem Gefühl ihres Gegenüber-vom-Leben. Denn das Leben sei die unaufhörliche Relativität der Gegensätze, die Bestimmung des einen durch das andere und des anderen durch das eine, die flutende Bewegtheit, in der jedes Sein nur als ein Bedingtsein bestehen könne. Aus dem Eindruck des Hochgebirges aber sehe uns eine Ahnung und ein Symbol entgegen, daß das Leben sich mit seiner höchsten Steigerung an dem erlöse, was in seine Form nicht mehr eingehe, sondern über ihm und ihm gegenüber sei.

Kandis, die ihren Geburtstag abermals in London verbrachte, ruft mich aus Wolfratshausen an, bedankt sich für den gefüllten Kühlschrank, berichtet von seltenen Schallplatten, die sie in Camden gesehen, teilweise auch mitgebracht hat. Gegen Ende unseres Telefonats kommt sie auf die neuesten Meldungen bezüglich Arnold Schwarzeneggers unlängst angekündigter Kandidatur für den Posten des Gouverneurs von Kalifornien zu sprechen. Ich habe heute, ehrlich gesagt, noch gar nicht in die Zeitung geschaut. Woraufhin mir meine Schwester von wieder aufgetauchten Interviews aus den 1970er Jahren erzählt, in denen sich Schwarzenegger über seinen Vater, den SA-Mann, seine Münchner Freundin, eine Stripperin, über wilde Orgien und den Konsum von Drogen, darunter jene Steroide, über die ich neulich mit Genoveva sprach, äußerte. Kandis kann mir dazu eine Stelle Sander Gilmans vorlesen: The feminizing side effect of bitch tits draws the constructed masculinity of the steroid user into question. His hypermasculinity, to use Theodor Adorno's term, is really a form of pseudo-masculinity that is represented by character traits such as determination, energy, industry, independence, decisiveness, and will power. This is undermined by the very body that the steroid user wishes to construct. The feminized body, seen in the maternal breasts, comes to represent the stereotypical antithesis of his hypermasculinity. Men with breasts are an oxymoron. Immer wieder: Wir haben unsere Körper, aber wir sind sie nicht. Beste aktuelle Stellungnahme Schwarzeneggers: Der Entschluß, für das Amt des Gouverneurs zu kandidieren, sei ihm so schwer gefallen wie zuletzt nur das Bikini Waxing im Jahr 1978. Woraufhin Kandis und ich darüber mutmaßen, welche Körperpartien, welche Zonen beim Bikini Waxing eigentlich enthaart werden. Ashley, die soeben, ohne anzuklopfen, hereingeplatzt ist, behauptet, daß sich Bikini Waxing um den Schritt, Kandis: die Lenden, ich: die unmittelbare

Umgebung des weiblichen Intimbereichs, Ashley: des Schambereichs, dreht. Logisch: Die Brüste seien bei Frauen ja nicht behaart.

Wenig später haben wir uns mit der Kaffeemaschine, einem der billigen Apparate, die hier auf jedem Zimmer stehen, zwei Pappbecher mit Pulverkaffee aufgebrüht und gemeinsam in die heutige Zeitung vertieft. Britney Spears und Christina Aguilera sangen zur Eröffnung der MTV Video Awards Madonnas alten Hit Like a Virgin. Exakt wie Madonna bei der MTV Gala 1984 trugen sie knappe, weiße Hochzeitskleider. Unmöglicher Achtziger-Look. Wie Prince, finden wir. Madonna sang danach ihren aktuellen Hit, Hollywood, in einem, wie es heißt, maskulinen schwarzen Outfit und steckte ihren jungen Kolleginnen vor laufenden Kameras die Zunge in den Hals. HipHop Video des Jahres: Missy Elliotts Work It. R&B Video des Jahres: Beyoncés Crazy in Love. Dürfen wir bereits von einer weiblichen Vorherrschaft in Pop reden? Lassen sich die in den Videos männlicher HipHop-Künstler massenhaft als Eye Candy vorgeführten weiblichen Schönheiten in ihren allerknappsten Bikinis, curvaceous women of color, meistens von LaShawnna Stanleys einschlägiger Agentur Ethnicity Models aus Miami, Florida, vermittelt, gar nicht mehr unbedingt als Objekte eines sexistischen männlichen Blicks deuten? Stanley entwickelt derzeit, laut Vibe, eine eigene Reality TV Show. Ashley und ich sind uns darüber einig, Reality TV als realistisch anzunehmen. Wie viele Tränen haben wir schon in unseren gesichtslosen Hotelzimmern angesichts dramatischer Zuspitzungen von Casting Shows vergossen. Wir debattieren über den Objekt- respektive Subjektcharakter der von Kameras, in Klammern: Objektiven, geliebten, Ashley bevorzugt: Kameras, in Klammern: Sucher, liebenden, HipHop- und R&B-Diven, im Gegensatz zu den in der Regel unsichtbar bleibenden genetisch weiblichen House-Diven, die ihre, ohne Picture-Sleeves, geschweige denn flankierende Videos, in anonymes 12-Zoll-Vinyl gepreßten Stimmen einem schwulen Kollektiv ausleihen, damit sich dieses auf der Tanzfläche, lippensynchron, in einer Art Sonic Drag ergehen kann. Ashley, deren sexueller Appetit sich seit Monaten auf die langwierige Bekehrung unseres Kollegen Felix beschränkt hat, würde gern singen können wie eine House Diva.

Felix habe übrigens damit begonnen, das Stricken zu erlernen. Ganz besonders fasziniere ihn der begleitende Diskurs, jene schier endlosen Gespräche über Strickmuster und deren Varianten. Flechten, Weben, Häkeln, Stricken, als weiblich, ja weibisch kodierte Kulturtechniken, sollten dich eigentlich nicht nur in politischer, sondern gerade in musikalischer Hinsicht interessieren, meint Ashley. Darüber hinaus hätten sich zwei der größten DJs aller Zeiten, Larry Levan, für Disco, und Frankie Knuckles, für House, als Teenager beim Nähen von Pailletten an die Abendrobe einer Drag Queen namens The Duchess, die, wie die Mothers in Jenny Livingstons Dokumentarfilm Paris is Burning, in ihrem eigenen House Hof hielt, kennengelernt. Echt? Steht so bei Mel Cheren. Dann guckt sich Ashley auf den Sportseiten der Frankfurter Allgemeinen an der Farbfotografie einer jungen russischen Tennisspielerin fest: Rosa Schläger, rosa Kleidchen, rosa Schlüpfer. Wonnig, sagt Ashley. Auf dem Flughafen haben wir eine deutsche Zeitschrift über japanische Niedlichkeitskultur namens Kawaii, Japanisch für süß, wonnig, erworben. Erst seit kurzem auf dem Markt; äußerst billig gemacht. Testfrage: Wie drückst du deinen Hang zur japanischen Popkultur aus? Mögliche Antworten: Ich trage eine japanische Schulmädchen-Uniform. Ich habe stets eine rosa Hello Kitty-Tasche umhängen. Ich habe mir die Haare rosa gefärbt und trage Katzenohren. Als Ashley, die ihr von Geburt an schwarzes Haar nie färben würde, wieder gegangen ist, hat sie einen rosa Hello Kitty-Bleistift auf meinem Kopfkissen hinterlassen. Er schimmert wie Perlmutt und ist mit den Floskeln bedruckt: The angel of friendship is watching over you. Give her a call. Hello Kitty Angel. Hello Kitty Angel. Give her a call and she'll come a-fluttering. Erwartet Ashley, daß ich sie anrufe? Hello Ashley Angel, du hast deinen Stift bei mir liegen lassen? Ich nehme den Hörer ab und wähle die entsprechende Nummer. Ashley ist nicht auf ihrem Zimmer. Wahrscheinlich ausgeflogen. Mit den anderen in die Stadt gefahren.

Silvia Bovenschen, 1976: Was ich gut finde, ist, daß die Künstlerinnen heute gar nicht daran denken, sich reduzieren zu lassen. Sie bearbeiten die Leinwand, sie filmen, sie machen Videotapes, sie schreiben, sie machen Plastiken, sie arbeiten mit Metall ebenso wie mit Stoff. Sehen wir uns also ihre Sachen an. Bovenschen 1983: Die Gestalt des Weiblichen erscheint in den Arbeiten Sarah Schumanns bereits als eine vielfältig in Rezeption übergegangene, als Zitat einer kunstgeschichtlichen Funktion, durch welche historisch das Bild der Frau seine über die Zufälligkeit des jeweiligen Modells, ja sogar über die Qualität des jeweiligen Kunstwerks hinausgehende Bedeutung erhielt, etwa in der Auratisierung einer Mona Lisa, die heutzutage, laut Ursula, bereits allgemein als von einem Jüngling dargestellt gilt, einer Maja, einer Olympia oder einer Nana, ohne daß es zu einer neuerlichen Ritualisierung des Weiblichen käme. Silvia Bovenschen als Modell, Fotomodell, auf den Collagen, den übermalten Farbfotografien ihrer Freundin Schumann, die, laut Peter Gorsen, gern mit weiblich kodierten Materialien wie Samt, Spitze, Satin, Chiffon, Brokat, getrockneten Blumen, gepreßten Blättern, Haaren, Fell, Spiegelsplittern, arbeitete. Immer wieder: Bovenschen in einem langen Kleid, offenbar aus Chiffon, mit langen, offenen, blonden Haaren, dunkel lackierten Fingernägeln, brennender Zigarette. Etwa: Silvia in Reykjavik, 1977. Eine Fee, findet Ursula. Zusammengebundene Haare: An der Johann-Wolfgang-Goethe-Universität, 1977.

Gorsen, 1983: Die etwas kantigen Gesten weiblicher Nachdenklichkeit und Bedeutendheit, Gleichmut und Verhaltenheit, ja Vernünftigkeit werden wichtiger als das strapazierte Image weiblicher Erregtheit und Instinktmäßigkeit, die Festlegung auf Anmut und Natürlichkeit, auf Emotionen und Affekte. Gleichwohl gibt es bei Sarah Schumann neben dem manchmal fast stoischen Pathos im Figürlichen eine positive Einstellung zum konvulsivisch Schönen der aufgewühlten Seele. Wir finden eine weibliche Ästhetik der leidenschaftlichen Metamorphosen und Turbulenzen im bewegten Beiwerk der Haarsträhnen und Gewänder, in den flatternden Stoffen und Tüchern, den verrutschten Decken und angesessenen Kissen, im vielfach Zerknitterten und Zerwühlten, im Tumult der Domizile. Interessanter Satz: Mit der Ausblendung des Mannes sind auch seine Weiblichkeitsfantasien von der Bildfläche verschwunden. Bovenschen: Das Weibliche kommt in diesen Bildern nicht zu sich selbst. Wenn einem ganzen Geschlecht, wie geschehen, die geschichtliche Bedeutung abgesprochen wird, dann muß die Spurensuche in anderen Bereichen stattfinden; dann ist das Bildzitat eines verlorenen Damenstiefelchens genauso bedeutsam wie das einer alten versunkenen Kultur.

Unser Flug wird wegen eines gigantischen, derzeit über der Küste von North Carolina und Virginia verheerenden Schaden anrichtenden Wirbelsturms gestrichen. Ich lockere den Knoten meiner Krawatte, schiebe meine Füße auf den gegenüberstehenden Stuhl. Candice legt ihre dazu. Sie hat ihre Pumps abgestreift. Die Farbe ihres Nagellacks ist hellblau. Im Fernsehen sehen wir einen Mann das Auge des Orkans schildern. Er befindet sich in Howard's Pub, dem einzigen geöffnet gebliebenen Lokal der Insel Ocracoke, einer Art besiedelten Sandbank, die ich vorletztes Frühjahr gemeinsam mit Heidi besucht habe. Eine Stunde lang herrscht Windstille, der Himmel hellt sich auf, sogar die Lufttemperatur steigt. Dann setzt der Sturm, in seitenverkehrter Richtung, von neuem ein und bringt abermals Regen, Kälte und Dunkelheit. Wir schalten zur laufenden Modewoche in Manhattans Bryant Park um: Donna Karans locker geschnittene Seiden-Trenchcoats lassen sich auch als Kleider anziehen. Etwas für Imogen: Oscar de la Rentas schwingende Ballon-Silhouetten. Befremdlich: Kimora Lee Simmons' extrem androgyne Models. Als trügen sie Toiletten-Vorleger als Stolen, ruft Franz aus. Was sollen denn diese tief in die Stirn gezogenen Perücken? Candice schüttelt den Kopf: Ob das wirklich Frauen sind? Im Publikum, in der vordersten Reihe, vermag Heidi Beyoncé und Jay-Z auszumachen.

The Face, London: Why do people like you do these gigantic ads? You with Pepsi and L'Oréal, Madonna and Missy with Gap. You certainly don't need the money. Beyoncé: It's an honour to do a Pepsi commercial. The Face: It seriously is? Beyoncé: Well, Michael Jackson, I mean, for one, it's a historical thing, especially Pepsi. Candice, Heidi und ich diskutieren über Missy Elliotts ursprünglich bereits auf Aaliyahs Beerdigung durch deren Mutter angeregte, aber erst nach dem mysteriösen Scheitern mit Studio-Größen wie Rodney Jerkins realisierte Produktionsarbeit für das bereits seit einem Jahr angekündigt gewesene aktuelle Album von Monica, die sich, auch in klanglicher Hinsicht, aus dem Dunstkreis ihrer zwielichtigen Liebhaber entfernen möchte. Der letzte, Jarvis Knot Weems, dem sie noch heute immerhin einen Song namens

I Wrote This Song widmet, hat sich vor ihren Augen eine Kugel durch den Kopf gejagt. Monica, 22, in der Zeitschrift Upscale: I respect Missy so much, and creatively she sees things in me that I don't even see in myself. Candice schätzt Missy Elliotts künstlerische Arbeit auch sehr, aber sie findet, daß sie unmöglich aussieht in ihren Trainingsanzügen. She looks just like my cousin, empört sich Candice, die außerdem für die Beibehaltung des Gattungsbegriffs R&B plädiert. Urban sei nichts als ein Euphemismus für Black, für die verarmten, von afrikanischen Amerikanern bewohnten Innenstädte der USA, während sich die weißen Schichten in den aufgeblähten Speckgürteln, den um diese schwarzen Löcher sozialer Antimaterie herum prosperierenden suburbanen Zonen, verschanzt hätten.

Wir vergleichen Missy Elliotts sonische Handschrift auf Monicas After the Storm Album mit Missy Elliotts sonischer Handschrift, Candice: dieselbe, Heidi und ich: eben nicht dieselbe, auf Moodring, dem neuen Album von Mya, 23, die bislang, auch visuell, sehr viel damenhafter in Erscheinung getreten ist. King Magazine, New York, Themenbereich: Women, Cars, Sports, HipHop, Xcess: Based on your videos, is it safe to say that you like playing dress-up for naughty men? Mya: Honestly, I'll play dress-up for my damn self. It's nothing new to me. I'm from Maryland, so I always rocked Timberlands and skirts and cheerleader clothes to school. King: What's the most daring outfit you ever rocked? Mya: I like to wear string thongs. Yeah, those are really nice. King: That's funny, cause I like to watch string thongs being worn. Now tell the truth, is the sexual energy you put out in your new videos a record-label mirage or your natural personality? Mya: The sexuality is just a part of my natural personality. I'm a very sexual person. It's appropriate for me to be sexual at my age. I should be having sex right now. I like sex. Wenngleich, wie sich im weiteren Verlauf dieses anzüglichen Interviews herausstellt, nicht mit allzu süßen, hübschen Männern. Begleitende Fotos: Drei ganzseitige Pin-ups. Außerdem das Titelbild. Zwei von vorn, zwei von hinten. She's street, not sweet, meint Candice. Leserbrief aus Brooklyn von einem Typ, der sich Radio nennt: In all my years of seeing music videos and watching dancers, models, groupies, video hoes, whatever, I've never once found myself thinking, I wonder what kind of cars she likes, or, I wonder what she likes to do on a first date. These women are there to be seen. Shake your ass, show off your best feature, and that's it. King makes a habit of writing articles about video hoes and, in turn, humanizing them. The more I know about these bubbleheads who think they're deep and unique, the less I like them. It's tough reading as a reporter struggles to find an interesting angle on the girl's life when it's painfully obvious that her story is typical. Wo sich primitiver männlicher Sexismus, bemerkt Heidi gereizt, mit den handelsüblichen abschätzigen Bemerkungen zumeist alternder, kulturpessimistisch gelaunter Feuilletonisten über die, wie dereinst Ziegfeld Girls, eisern trainierten Starlets deckt, die heutzutage serienmäßig aus Casting Shows hervorgehen.

Claudia Schiffer, 33, hat die in letzter Zeit verschiedentlich aufgetauchten Zeitungsberichte über eine, ihre, neue Schwangerschaft bestritten. Nein, da ist überhaupt nichts dran, ich bin nicht noch einmal schwanger, erklärte sie in London, wo sie die London Fashion Week in einem, wie betont wird, ihre Figur betonenden Outfit, besuchte. Ursula, seit gestern 34, steckte mir, als ich mich gegen Morgen, als ihre Party schon längst vorüber war, verabschiedete, Hans Jürgen Syberbergs schwarzes Parsifal-Buch von 1982 zu. Susan Sontag schreibt auf dem rückwärtigen Umschlag: Syberberg ist der größte Wagnerianer seit Thomas Mann. Ursula meint, ich solle mir einmal ansehen, wie sich in dieser High Camp-Verfilmung fast die gesamte Handlung auf Richard Wagners gigantisch vergrößerter Totenmaske abspielt; die dann noch ein zweites Mal en detail vergrößert wurde, damit ein See in einer Augenhöhle angelegt werden konnte. Syberberg schildere sehr anschaulich, wie seine Heldin Kundry diesem Tränensee entsteigt, sich vor des Komponisten Nase und Augenbraue schiebt, in einem schweren, nassen Mantel, den sie verliert wie eine Nachgeburt, und wie sie an einem in den Boden, Wagners versteinertes Antlitz, eingelassenen Fenster entlangkriecht, das dem seines venezianischen Sterbezimmers nachgebildet ist. Ein Wasserfall ergießt sich über den kalkigen Nasenrücken, welcher wellig in blumige Wiesen und einen mittelalterlichen Gewürzgarten übergeht. Dieter, heute 44, hätte als Statist mitgewirkt. Er liefe ein paarmal mit der verkleinerten Nachbildung eines reichsdeutschen Atlantikbunkers, der seinen Kopf wie ein Helm umhüllte, Schießscharte als Sehschlitz, durch das Bild. Am interessantesten aber findet Ursula, wie Syberberg den Parsifal, lippensynchron zu der Stimme eines unsichtbaren Opernsängers, sowohl von einem Jungen als auch einem Mädchen, beide gerade eben keine Kinder mehr, unmittelbar vor der Teilung in die bewußte, hetero- oder homosexuell orientierte Zweigeschlechtlichkeit stehend, verkörpern läßt. Zunächst von ihm, dann von ihr, schlußendlich von beiden zugleich.

Syberberg, der während der Dreharbeiten ein an Baudelaire oder Wilde denken lassendes Samtjackett trägt, betont, dadurch, daß Parsifal, infolge des mit Kundry getauschten Kusses der Erkenntnis, zur Frau werde, wörtlich: in seine weibliche Existenzmöglichkeit überwechsele, sei das Problem der verhängnisvollen Tradition: hier die böse Frau, dort der erlösende Mann, zugleich: hier die Synagoge, dort die Ekklesia, enthoben. Es gehe um eine Idee von Erlösung, die auch und gerade durch eine Frau geschehen könne. Und müsse. An anderer Stelle fragt sich der Regisseur: Ob Richard Wagner nicht seine Freude an einem weiblichen Bild des androgynen Parsifals gehabt hätte? Hatte er nicht anläßlich eines weiblichen Romeos von Wilhelmine Schröder-Devrient diese Idee gelobt und von den Tenören als Stöpseln auf der Bühne gesprochen? Wagner vermerkte über Schröder-Devrient: Sie hatte gar keine Stimme. Aber sie wußte so schön mit ihrem Atem umzugehen und eine wahrhaftig weibliche Seele durch ihn so wundervoll tönend ausströmen zu lassen, daß man dabei weder ans Singen noch an die Stimme dachte. Ursprünglich hatte Syberberg überlegt, die Allegorie des Todes mit dem Supermodel Veruschka von Lehndorff zu besetzen; wie schade, daß daraus nichts wurde. Dafür gibt es Szenen, die alle Körperinszenierungen Florenz Ziegfelds oder Busby Berkeleys hinter sich lassen: In einer komplizierten Fahrt bewegen sich Kamera und Darstellergruppe zwischen sogenannter Bogenmaschine und Geigenmädchen, Klammer auf: eine monumentale Violine von vier Metern Höhe im zerbrochenen Rahmen der Bogenmaschine, deren eine Seite zu einem Frauenkörper mit blumigem Haar geworden ist, aus dem die Saiten des Instruments sprießen, Klammer zu, und den Köpfen von Wagner bis Marx und Nietzsche sowie den Requisiten des Films hindurch, an der Rückseite der Nase, mit Blick auf das Venedigfenster, hinter dem nun die Wasserpumpe dieses Tränenfensters aus dem ersten und zweiten Akt sichtbar wird. Dahinter eine Projektion von Isoldes Liebestod aus Wagners und Ludwigs Zeit. Eventuell Leonard Bernsteins Worte einfügen: Richard Wagner, ich hasse dich. Aber ich hasse dich auf den Knien. Können Sie mir helfen, diesen Konflikt zu lösen, Doktor Freud? Auch: Wie der Vorsitzende der Vereinigung König Ludwig II., Deine Treuen, Günter Weinzierl, am Wochenende in einem Interview mit unserer Heimatzeitung bekannte: Ich liebe König Ludwig.

Er ist in meinen Augen ein Verrückter. Er paßt nicht ins normale Format. Normale Menschen gibt es viele, deswegen interessieren mich die wenigen Verrückten.

Ich kann gar nicht verstehen, was Ma Rainey da 1926 auf ihrem Sissy Blues singt, so lautstark fährt ihr andauernd ein ungenannter Musiker mit seiner singenden Säge in die Parade. Ich glaube allerdings zu vernehmen, daß ihr Liebhaber in diesem Song ein Sissy Man ist; was von daher pikant ist, als die legendäre Blues-Sängerin als Lesbe bekannt war. Synonyme für Sissy: Buttercup, Cream Puff, Cupcake, Fairy, Flamer, Flit, Fruit, Fruitcake, Gladiola, Homo, Lulu, Nancy Boy, Pansy, Quack-Quack, Swish. Etymologischer Anfall: Der Terminus heterosexuell geht auf die griechische Vokabel hetero für anders, verschieden, zurück. Was sich allerdings jahrtausendelang nicht auf die Verschiedenheit der Geschlechter bezog: Von den Anfängen der Christenheit bis zum neunzehnten Jahrhundert wurde Sexualität in der westlichen Welt keineswegs in hetero- und homosexuell unterteilt, sondern in einerseits normal, nämlich der Fortpflanzung dienend, andererseits heterosexuell, für all jene als degeneriert empfundenen Liebesspiele, auch zwischen Männern und Frauen, wir könnten sogar das Küssen und Streicheln dazurechnen, die nicht zur Fortpflanzung der menschlichen Art führten. Heterosexualität stand für abnorme Manifestationen des erotischen Appetits. Erst 1869 gesellte sich der Begriff Homosexualität für auf das gleiche Geschlecht gerichtetes erotisches Begehren hinzu. Auch er galt als Abart des normalen Sexualempfindens; von nun an waren nicht mehr allein die Heterosexuellen pervers. Wichtig: Die Attribute Hetero- respektive Homosexualität wurden Impulsen und Akten, nicht Personen, nicht Klassen zugeschrieben. Wie kam es dazu, daß Heterosexualität, wie wir sie heute erleben, als Norm gesetzt werden konnte und dabei, wodurch sie ironischerweise abermals mit der Homosexualität gleichziehen durfte, nicht mehr unbedingt zur Schwangerschaft, in Klammern: von Flappers, die das Petting salonfähig machten, It Girls, Chicks, führen mußte? Etwa mit dem Schwinden des gesellschaftlichen Einflusses der Kirche?

Aus der heimlich geführten, nachträglich ergänzten Chronik des katholischen Pfarrers von Wolfratshausen, Matthias Kern: Während der Nacht tat sich ein Demonstrationszug zusammen, drang ins Rathaus und hißte die Hakenkreuzfahne. Verhaftet wurde aus der Pfarrei nur Franz Geiger, radikaler Sozialist und Gemeindesekretär, der einflußreichste Mann in Wolfratshausen, Atheist. Später noch ein Kommunist. Aus der Umgebung der Bürgermeister von Degerndorf. Am 22. Januar 1934 traf Karl Schuster bei uns ein, ein gern gehörter, ruhig sprechender und dabei außerordentlich spitzer Prediger. Bei jeder Predigt warteten die Zuhörer auf irgendwelche Spitzen, und nie vergebens: Ein unnachgiebiger Gegner der Nationalsozialisten, deren Opfer er schließlich wurde. Im Laufe des Jahres sammelten sich eine Reihe von Anklagen gegen mich: Vom Bürgermeister, dem Bezirkstagsvorsitzenden, dem SA-Führer, dem HJ-Führer, der nationalsozialistischen Frauenschaft und schließlich noch zwei protestantischen sächsischen Jungfern mit Namen Hartenstein. Einigemal wurden katholische Jungen, die gemeinschaftlich wanderten und spielten, von Kameraden der Hitlerjugend überfallen, mit Riemen geschlagen, in einem Fall Bruder gegen Bruder. Am 15. August 1935 war Pointner nachmittags im Nebenzimmer des Löwenbräu mit dem Arbeiterverein. Plötzlich drangen etwa zehn SS-Männer, die aus München mit Lastwagen gekommen waren, ein, beschimpften und bedrohten die Anwesenden, schütteten einem ein Glas Bier ins Gesicht. Dann zog die Schar zum Meislbräu, wo Schuster und Michl mit Gesellenvereinsmitgliedern zusammensaßen. Zwei drangen ins Lokal, schlugen Radau. Schuster sagte: Da gehen wir besser heim. Und er ging. Vor der Türe, auf der Straße, wurde er umringt, mit Gummiknüppeln geschlagen, so daß sein Gesicht viele Tage hoch verschwollen war und in allen Farben schillerte. Man wollte ihn aufs Auto schleppen. Das konnte er verhindern. Der Theologe Winklmeier, der, um Hilfe rufend, den Markt herunterlief, wurde verfolgt, beim Ketterlgäßchen auf ihn geschossen. Winklmeier sprang in die Loisach und schwamm bis zum Reiser, wo er länger blieb. Die Polizei hatte gegenüber dem Meislbräu ihr Geschäftslokal. Aber keine Spur von Eingreifen. Die Bevölkerung von lähmendem Schrecken erfaßt. Acht Tage lang hatte die Partei einen größeren Aufmarsch geplant. Er erfolgte auch, allerdings unter vollständiger Abwesenheit der Wolfratshauser Bevölkerung. Nicht einmal Kinder liefen mit oder standen herum.

Schuster, dessen Haus bis zum ersten Stock mit Partei- und Wahlplakaten vollgeklebt ward, hatte diese Plakate weggerissen. Darob ward seine Schwester am 11. April 1938 mitten aus der Wäsche, vom vollen Waschzuber weg, ins Gefängnis geholt. Am 12. April ward auch Schuster hinübergebracht. Am Hause ein Plakat angeschlagen von der Gemeinde, abgefallenen Katholiken und Protestanten: Hier wohnt ein Volksfeind. Allerdings hat am gleichen Abend, auf meinen erregten Einspruch beim Bezirksamt hin, die Polizei das Plakat wieder entfernt. Die großen Werkbauten der Spreng-Chemie und Dynamit AG wurden im Spätherbst 1939 begonnen. Religiöse Beeinflussung oder gar Gottesdienste im Barackenlager waren undenkbar. Nur für Italiener gelegentlich möglich. Teilnahme am Gottesdienst in Wolfratshausen recht gering: Vorarbeiter, Mechaniker, Ingenieure, meist norddeutsche Protestanten, die in Wolfratshausen, Weidach, besonders in Gelting wohnten. Der Markt überfüllt. 1940 wurde mit dem Bau der Beamtenhäuser, 32 an der Zahl, begonnen, ebenso mit den Wohnbaracken aus Stein für 4500 ledige Arbeitskräfte. Vom Sommer 1941 an in wachsendem Maße belegt. Circa 100 deutsche und etwa 500 französische, oft gegen ihren Willen arbeitsverpflichtete Mädchen, kurz geschürzt, bunt bemalt, mit roten Lippen, fantastischem Haarputz, bevölkerten als erste die weibliche Abteilung des Lagers. An Wochenenden hörte man in den Straßen kaum mehr ein deutsches Wort. Kleidung, Benehmen, alles ohne Hemmungen. Nicht selten sah man auf der Marktstraße eng umschlungene Paare sich noch extra um den Hals fallen und abküssen. Kino, Zirkus, Karussell waren oft da und blühten. Die übertriebene Schminke der Französinnen ernüchterte die deutsche Frauenwelt, die gar nichts mehr davon gebrauchte. Aber langsam ließ es auch bei den Ausländerinnen nach, da sie nichts mehr erhielten. Ermordung der Geisteskranken, auch alter Leute. Etwa 250 katholische Geistliche im Konzentrationslager Dachau. Am 24. August 1942 mußte ich mich in München zur Vernehmung stellen. Inspektor Pfeifer von der Geheimen Staatspolizei: Sie verzichten auf die Pfarrei Wolfratshausen, oder ich werde Schutzhaft über Sie verhängen. Den Verzicht lehnte ich ab. Daraufhin ward ich abgeführt und mit zwei anderen, einem Sozialisten, einem Kommunisten, beide sehr rücksichtsvoll und anständig, in eine Zelle im Wittelsbacher Palais gesperrt. Heutige Gedenktafel: Hier stand das Wittelsbacher Palais, erbaut 1848 durch Friedrich von Gärtner, 1848 bis 1868 Alterssitz König Ludwigs I., 1887 bis 1918 Wohnstätte König Ludwigs III. 1919 Tagungsort des Aktionsausschusses der Räterepublik. In der Zeit der NS-Gewaltherrschaft Dienstgebäude der Geheimen Staatspolizei. Durch Bomben zerstört 1944.

Eine Wahlkampfveranstaltung in Kalifornien. Antriebslos lungere ich vor dem Fernseher, als das Telefon läutet. Tom ist dran, irgendwo zwischen Köln und Frankfurt. Er hat seinen Cousin, einen ehemaligen Angehörigen der Royal Air Force, in Münster besucht und möchte Kandis, die gerade unter der Dusche steht und lauthals in Larry Grahams aus der Boom Box dringendes Star Walk eingefallen ist, seine Ankunftszeit durchgeben. In Klammern: Des Funksters Disco Album von 1979. Engineers: Christopher Becker and Larry Graham. Sweetening Engineers: Bob Hughes and Don Murray. Mir fällt abermals auf, wie aufgeregt meine Schwester ist, wann immer ihr Liebhaber anreist. Wieviel weniger wird sie erregt sein, wenn er erst bei ihr ist. Könnte die Liebesbeziehung der beiden eine Chimäre sein? Jedenfalls ist sie extrem vergeistigt. Verkopft. Eine Art Sucht. Ein chemischer Prozeß: Daß wir, wenn wir verliebt sind, in erster Linie in die Liebe verliebt sind. Mit Terre Thaemlitz' Fagjazz konnte Tom nicht so viel anfangen. In seinem Discman zirkuliert das neue Album der Chicks on Speed. In London seien derzeit alle ganz verrückt nach den Chicks on Speed, die er ja noch aus ihrer Münchner Zeit kenne. Ob wir denn Acid Marias Stimme auf dem dritten Track herausgehört hätten. Klar, sage ich und nehme, während ich mich rücklings ausstrecke, den Hörer in die andere Hand.

Ein Streifen Haut oberhalb meines Gürtels hat sich entblößt und berührt den kalten Fußboden. Die Benediktenwand bereits in der ersten Oktoberhälfte tief eingeschneit. Auf den Schachen können Kandis und ich erst nächstes Jahr wieder gehen. Zahlreiche Transparente werden jetzt ins Bild gehalten. Sie sind mit dem Slogan bedruckt: Remarkable women join Arnold Schwarzenegger. Keine Ahnung, was die betreffenden Frauen bemerkenswert macht. Vielleicht die Tatsache, daß sie diese Transparente, die des Bodybuilders sexistische Ausfälle und Übergriffe gegen Frauen entschuldigen sollen, überhaupt tragen, meint

Tom, der aber auch gelesen haben will, daß Elfriede Jelinek Arnold Schwarzenegger als Gouverneur von Kalifornien ganz passabel fände. Womöglich eine antiamerikanische Invektive der Schriftstellerin, erwidere ich, dann reißt unsere Verbindung ab, Toms Zug ist anscheinend in einen Tunnel gefahren. Ich schalte einige Kanäle weiter und bleibe in einer Aufzeichnung aus dem Deutschen Bundestag hängen: Finstere Mienen auf den Rängen der Opposition, finstere Mienen auf den Bänken der Regierung, die mit der Opposition gemeinsame Sache macht. All dies sei nur noch eine Vorspiegelung dessen, was wir als Politik zu begreifen gelernt hätten, behaupteten Margarete und Dieter neulich; in Wahrheit würden wir längst von einer kapitalistischen Weltverschwörung regiert. Margarete: Laßt uns deshalb aber bitte nicht gleich vom Verschwinden des Politischen reden. Kandis: Befinde ich mich nicht auf der ständigen Suche nach dem geheimen Aufenthaltsort der Politik? Abgesehen davon: Der seitens der Wirtschaft eiskalt geforderte, durch die konservative sowie die liberale Opposition demagogisch forcierte und letzten Endes von der sozialdemokratisch-ökologischen Bundesregierung fatal realisierte Abbau fast sämtlicher Sozialleistungen hat auch mich diesem Staat entfremdet. Margarete sieht in ihm überhaupt nur noch eine Staatsruine. Dieter: Wenn mein Staat kein Sozialstaat mehr ist, möchte ich ihn lieber bekämpfen.

Norman Mailer befand 1971 in The Prisoner of Sex, seinen Ausführungen über D.H. Lawrence: Never had a male novelist written more intimately about women; never had a novelist loved them more, been so comfortable in the tides of their sentiment, and so ready to see them murdered. A man who had the soul of a beautiful, imperious, and passionate woman, yet he was locked in the body of a middling male physique. Sandra Gilbert fragte 1986 in ihrer Einführung zu The Newly Born Woman von Hélène

Cixous und Catherine Clément: Didn't Lawrence begin to outline something oddly comparable to Cixous's creed of woman before she did? Describing the cosmic mystery of Connie's jouissance, this often misogynistic English novelist defines an orgasm whose implications, paradoxically enough, appear to anticipate the fusion of the erotic, the mystical, and the political that sometimes seems to characterise Cixous's thought on this subject. Und Linda Ruth Williams schrieb 1997 in ihrer literaturwissenschaftlichen Untersuchung über Lawrence: It might be easier to read the characters who drift through Women in Love as agents of debate rather than as credible realist characters. Breakdown of the family unit as a unit of meaning is part of Lawrence's break with classic realism. It is the peer group, generally talking philosophy, culture, ideas, which comes to dominate Lawrence's narrative space, at the expense of the domestic hearth. Wobei Kultur nicht nur innerhalb des Romans diskutiert wird, sondern auch den Rahmen liefert, in dem der Roman über sich selbst und seine Rolle als kulturelles Artefakt nachdenken kann. Williams: Novels are open to messiness, contradiction, relativity, and because of this Lawrence is more committed to them than any other form. But it is not just the novels themselves which are moving away from the old stable ego of the character. For Lawrence writing can also move the reader away from her stability, into difference. For writer, reader and character, the cultural experience of the novel must be troubled, provocative, discomforting. The closer you read late Lawrence, the harder it becomes to separate inauthentic sex which takes place in bed, and inauthentic acts which characterise the culture as a whole. Ursula: Entfernt sich Theorie nicht manchmal doch sehr von der Wirklichkeit? Ich: Aber wo, sie nimmt die Wirklichkeit dabei ja stets mit. Linda Ruth Williams: I want to open up a Lawrence who is not post feminism, but within feminism.

Das innovative Rap Duo Outkast, down in Atlanta, ist in zwei Hälften zerfallen, eine weibliche und eine männliche, und also besteht das neue Outkast Album auch aus zwei CDs, einer, der femininen, von André 3000, Erykah Badus Ex-Mann, der auch ein Kind mit ihr zeugte und sich, wie in den Outkast Video Clips zu bewundern, immer schon gern queer gerierte, und einer virilen von seinem musikalischen Partner Big Boi. Die von André 3000 eröffnet überzuckert wie ein Musical, weiter hinten soll sogar, wie in Baz Luhrmanns postmodernem Spielfilm Moulin Rouge, auf The Sound of Music angespielt werden. Der Künstler singt fast nur noch. Wagemutig. Sehr Pop. Wenn du Rap suchst, sagt Heidi, die sich das dichotome Werk vor wenigen Tagen in Brüssel zugelegt hat, findest du ihn eher auf Big Bois CD, wo es auch sehr satte, südliche Bässe zu hören gibt. Jetzt singt aber erst einmal André 3000: Pretty pink, baby blue, why don't you teach me somethin' new? Inszeniert André 3000 seine Heterosexualität als eine von der Homosexualität abgeleitete? Heidi sagt: Er inszeniert seine Männlichkeit als eine von der Weiblichkeit abgeleitete. Ich zeige mich angetan, würde mir am liebsten auch den linken Ohrhörer, der aber in dem rechten Ohr meiner Kollegin steckt, aushändigen lassen. Vibe fragt gleich auf dem Titelblatt, ob sich die beiden zu trennen gedenken: A new double album with separate discs makes you wonder. Is it growth or alienation? Und kann diese Frage auch im Heft nicht beantworten. Nach dem folgenden Track machen wir uns mit Kristina und Kim, die gemeinsam zu Abend gegessen haben, auf den Weg zu unserer Maschine. Kim will gar nicht glauben, daß Dizzy Gillespie Kristina einmal, von der Bühne eines Jazz Clubs herunter, einen Heiratsantrag unterbreitet hat. Dizzy Gillespie und seine verbogene Trompete. Kim trägt einen Haarschnitt, der vorn kurz ist und hinten lang. Früher für unmöglich gehalten, doch in seiner Wiederkehr ernst zu nehmen. Die Kopie erhält die

Würde des Essentiellen. Der Fußballer David Beckham hätte diese Frisur wieder aufgegriffen, behauptet Sarah. Trägt der sein Haar, sein Schläfenhaar, nicht mittlerweile am Hinterkopf zusammengebunden wie Maria Shriver? Karol sammelt solche Fälle, merkt Heidi an. Am Gate ist das System ausgefallen; die Passagiere werden ihre Plätze in freier Wahl einnehmen müssen. Bevor sie an Bord gelassen und ein unseren Abflug verzögerndes Chaos auslösen werden, schwärme ich Kristina von DJ Minx und deren auf dem W.O.W. Label erschienener Airborne EP vor, heute bei Hardwax erstanden, während Kristina mit ihrem Neffen in die gläserne Kuppel des Reichstags stieg. Minx nennt ihre Musik Hard House, das Kürzel W.O.W. steht für women on wax. Im Gegensatz zu wax on women, kombiniert Kristina auf Anhieb. Women on Wax ist im Kern ein Detroiter Kollektiv weiblicher DJs. Wie bei uns Acid Marias Female Pressure. Wobei es in Detroit auch eine Plattenfirma namens Nymphosound geben soll.

Nachtflug. Vereinzelte Leselampen werfen ihre Lichtkegel auf die Lektüren wach gebliebener Passagiere. Titelthema sämtlicher Tageszeitungen: Die Wahl Schwarzeneggers zum Gouverneur von Kalifornien. Der Bodybuilder präsentiert sich unverhohlen als politischer Amateur: Die Bürger seien der professionellen Politiker überdrüssig. Wolf Lepenies legt dieses Wahlergebnis mit Max Weber aus: In der bürokratischen Erstarrung von Herrschaft schlage die Stunde der charismatischen Randfiguren. Die Verwandten von Candice fragten an, ob und, wenn ja, wie sich der Name Schwarzenegger ins Englische übersetzen ließe. Das Textverarbeitungssystem von Microsoft trennt das Wort, als handele es sich um eine Tautologie: schwarze Neger. Auf aktuellen Fotografien sehen wir stets die auf herbe Art attraktive, Ingrid sagt: aparte Maria Shriver an seiner Seite: John F. Kennedys Nichte, Arnold Schwarzeneggers Gattin.

Auf einem Bild der Agentur Reuters hat sie sein Gesicht zwischen ihre sehnigen Hände genommen und drückt ihm energisch einen Kuß auf den Mund. Ob sie auch katholisch ist? Alte Fotos wurden hervorgekramt, auf denen der steirische Bodybuilder, bis auf den Schopf enthaart, mit nichts als einem elastischen Slip bekleidet, unter dem sich sein senkrecht nach oben gerichteter Penis abzeichnet, von schaulustigen Passanten umringt, auf dem Münchner Karlsplatz posiert, auf der Rolltreppe zum unterirdischen Stachus-Einkaufszentrum, vor dem Eingang zum Hauptbahnhof. Der Fotograf sagt heute: Klar, der Mann ist kein Intellektueller, aber wenn es nur noch Intellektuelle gäbe, das wäre ja auch grauenhaft. Frage: Ihr Modell war nicht gerade üppig bekleidet. Sind Sie mit dem fast nackten Arnie so durch München gelaufen? Antwort: Sicher. Das war im Sommer, es war warm, und so ist er gegangen.

Die neuen Stoffe sollen an unseren Körpern hinabfließen. Crêpe de Chine, Crêpe chiffon, Crêpe Satin: Wahrscheinlich könnte ich sie nicht einmal voneinander unterscheiden. Ich besitze kein einziges an mir hinabfließendes Kleidungsstück, lege die Zeitung zum Altpapier, räume die Lebensmittel in den Kühlschrank, begebe mich zum ersten Mal seit der Buchmesse an meinen Computer und rufe Frieda von Richthofens Schwester Else auf, die sich am 10. November 1905 mit den folgenden Worten, maschinenschriftlich, an William Edward Burghardt Du Bois in Atlanta wandte: Sehr geehrter Herr Professor, auf Ihre letzte Mitteilung an Herrn Professor Weber, die Übersetzung Ihres Buches Souls of Black Folk betreffend, erlaube ich mir, Ihnen direkt zu antworten. Ich habe also, da seitens Ihres Verlegers der Sache nichts im Wege steht, die Absicht, der Anregung von Herrn Professor Weber zu folgen und die Übersetzung Ihres Buches zu versuchen. Ich sage: versuchen, da ich durch mancherlei Pflichten in Anspruch genommen bin und auch nicht immer auf meine Gesundheit rechnen kann. Vor allem wird sich aber während der Arbeit selbst herausstellen, ob es mir gelingen wird, Ihrem Werke gerecht zu werden. Es wird durchaus nicht leicht sein, dem deutschen Leser auch nur annähernd einen Eindruck von der Plastik und zugleich reizvollen Einfachheit Ihrer Sprache zu geben. Ich werde nach einiger Zeit Ihnen über die Fortschritte meiner Arbeit berichten. Zugleich teile ich Ihnen im Auftrag meines Mannes mit, daß Sie in einigen Tagen die Korrekturbogen der Übersetzung Ihres Artikels über die Negerfrage in den Vereinigten Staaten erhalten werden mit dem Originalmanuskript. Sie haben in Ihrem Aufsatz, soviel ich mich erinnere, zweimal den Ausdruck turpentine-farm gebraucht. Wir konnten nicht erfahren, was darunter zu verstehen ist, vielleicht haben Sie die Güte, durch eine kleine Anmerkung die deutschen Leser aufzuklären.

Rudolf Steiner, Begründer der Anthroposophie, schrieb: Neulich bin ich in Basel in eine Buchhandlung gekommen, da fand ich das neueste Programm dessen, was gedruckt wird: ein Negerroman, wie überhaupt jetzt Neger allmählich in die Zivilisation von Europa hereinkommen. Es werden überall Negertänze aufgeführt, Negertänze gehüpft. Aber wir haben ja sogar schon diesen Negerroman. Er ist urlangweilig, greulich langweilig, aber die Leute verschlingen ihn. Ja, ich bin meinerseits davon überzeugt, wenn wir noch eine Anzahl Negerromane kriegen und geben diese Negerromane den schwangeren Frauen zu lesen, in der ersten Zeit der Schwangerschaft namentlich, wo sie heute ja gerade solche Gelüste manchmal entwickeln können, wir geben diese Negerromane den schwangeren Frauen zu lesen, da braucht gar nicht dafür gesorgt zu werden, daß Neger nach Europa kommen, damit Mulatten entstehen; da entsteht durch rein geistiges Lesen von Negerromanen eine große Anzahl von Kindern in Europa, die ganz grau sind, Mulattenhaare haben, die mulattenähnlich aussehen werden.

The International Sweethearts of Rhythm besaßen ab 1943, als sie die Trompeterin Toby Butler aufnahmen, immer wieder auch vereinzelte weiße Musikerinnen im Lineup, was ihnen bei Tourneen durch den protestantischen Süden der USA, in dem sie beheimatet waren, regelmäßig zum Verhängnis wurde. Nicht nur seitens des Ku Klux Klan, sondern auch der Behörden, die ganz offiziell als Verbrechen verfolgten, wenn Weiße gemeinsam mit Schwarzen arbeiteten, reisten, essen gingen; sie durften sich nicht einmal gleichzeitig in die Betrachtung eines Schaufensters versenken. Also schminkten sich die weißen Musikerinnen, perfekter als einst die Männer in der Blackface Minstrelsy, dunkel und emulierten den sozialen Code ihrer Kolleginnen, damit sie nicht so leicht von auf strikte Rassentrennung abgerichteten Polizisten aus dem Bus gezogen oder live von der Bühne geholt und brutal ins Gefängnis geworfen werden konnten. Die schwarze Schlagzeugerin Mattie Watson sprach zu ihrer weißen Kollegin, der Trompeterin Maxine Fields: Isn't it a damn shame? Maxine: What's a damn shame? Mattie: Look at you. You're putting darker make-up on. And I'm sitting here putting lighter make-up on. You're curling your hair and I'm straightening mine. Auch der weiße Tenorsaxophonist Herbie Fields, den Lionel Hampton 1945 in seine Big Band aufnahm, hatte sich auf Tourneen durch den Süden zu schminken. Beunruhigendster Gedanke der rassistischen Fundamentalisten: Im Publikum sitzende Männer schwarzer Hautfarbe könnten ihr Augenmerk Frauen weißer Hautfarbe auf der Bühne widmen. Wobei schwarze Sängerinnen logisch in weißen Bands auftreten durften. Lena Horne und Billie Holiday konnten hierzu entsprechend unangenehme Erinnerungen beisteuern.

Fehler kamen dennoch vor: Etwa wenn die dunkel geschminkte weiße Musikerin in einer Raststätte versehentlich durch die Tür mit der Aufschrift Ladies, anstatt Colored Women, trat. Nicht selten stellte es einen Anlaß für irrtümliche Verhaftungen dar, wenn die engagierten Musikerinnen afrikanisch-amerikanischer Herkunft hellere Haut als die kosmetisch gebräunten Teints ihrer kaukasischen Kolleginnen besaßen. Bei der Schlagzeugerin Ruth Raymer kamen noch blaue Augen dazu. Sie erinnert sich: When we played the Birmingham Theater, the cop on the beat walked in and said: That's some nice gal band you got there, but what are you doing with that white girl on the drums? Which meant that the three white girls were made darker than I. Die hatten sich den Sweethearts angeschlossen, weil sie dort, anders als bei Phil Spitalny, dessen Musik sie als zickig, als Mickey Mouse, empfanden, wahren Jazz spielen konnten. Was die schwarze Community weiblichen Wesen auch sehr viel unbekümmerter gestattete, als es das weiße angelsächsisch-protestantische Establishment vermochte. Hier wurde also, abgesehen von dem zwar im Namen geführten, aber allein ideellen Internationalismus des Ensembles, eine ganze Reihe von Demarkationslinien überschritten.

Auf einer Tour durch den American Sector des besiegten Deutschen Reichs symbolisierten The International Sweethearts of Rhythm auch den Triumph der American Popular Music über den von deutschen Komponisten beherrschten Kanon der klassischen europäischen Konzertmusik. In Klammern: Während sich Duke Ellington in den USA zunehmend symphonischen Formen zuwandte, die vor allem von weißen Jazz Fans nicht als Jazz anerkannt wurden. Anmerkung: Diente Symphonik nicht seit dem späten neunzehnten Jahrhundert ganz stark dem Stiften nationaler Identität? Derlei war, auch im Jazz, nur Weißen

gestattet: Paul Whiteman, Stan Kenton. Die Black Nation wurde, nicht erst, aber explizit seit James Brown, durch Rhythmen angesteuert. P-Funk: One Nation Under a Groove. Wozu ich ein eigenes Kapitel unter der vorläufigen Überschrift Der politische Po geplant habe. P-Funk postulierte ja Anfang der 1970er Jahre: Free your mind, your ass will follow. Was ich gern mal an Sun Ra messen würde, der zu Zeiten des Wettrüstens der politischen Systeme, des Kalten Krieges, mit seinem afrodiasporischen Outer Space Arkestra in einem Free Jazz Chant namens Nuclear War konstatiert hatte: It's a motherfucker, don't you know, if they push that button, your ass got to go. If they push that button, you can kiss your ass good-bye. They're gonna blast your ass so high in the sky, you can kiss your ass good-bye. Um zu fragen: What're you gonna do without your ass? Felix glaubt ja irgendwo gelesen zu haben, daß das zölibatär geführte Arkestra ausschließlich mit schwulen Männern besetzt gewesen sei. Aber meine Fragen werden dadurch nicht beantwortet.

The Darlings of Rhythm waren, wenngleich unter der Leitung des als süß und romantisch geltenden Clarence Love, die weniger glamourösen, in derben, bisweilen als abgerissen beschriebenen Uniformen auftretenden, auf offiziellen Fotos nicht einmal lächelnden, in musikalischer Hinsicht dagegen aufsehenerregenderen, mit Hingabe spontan improvisierenden Konkurrentinnen der International Sweethearts of Rhythm. Wen wundert es, daß ihre Musik als maskulin wahrgenommen wurde? Frann Gaddison, die in beiden Formationen Saxophon spielte, schildert die Darlings of Rhythm: They'd come in there like they just got through washing dishes or something. Or washing clothes. And people liked them; they were swinging. But the Sweethearts were very lavish, you know, beautiful. They had hairdos and make-up. But they didn't swing. Unbedingt

aufnehmen sollte ich die Begebenheit, als Billie Holiday sich eines Abends im Juni 1944 von den Darlings of Rhythm begleiten ließ. Bereits auf der Probe beschwerte sich die Sängerin, daß sie viel zu ungeschliffen spielten. Beschimpfte die Darlings sogar als Bitches. Ob sie denn noch nie von Paul Whiteman gehört hätten, der den Jazz zu einer Lady umgemodelt hätte. Was einmal irre ist, da Billie Holiday von Lester Young, der mit seinem lasziv einfühlsamen Tenorsaxophonspiel wie eine lesbische Liebespartnerin auf sie einging, Lady Day gerufen wurde. Fußnote: Wo es in der herrschenden US-Kultur gar keine schwarzen Ladies gab. Und die Musikerinnen vor diesem Hintergrund, eigentlich: hinter diesem Vordergrund, überhaupt keine Lust hatten, ihren Stil damenhaft aufzutakeln, eigentlich: abzutakeln. Frann Gaddison erinnert sich: She kept saying: You all ever heard of Paul Whiteman? Because she recorded with Paul Whiteman. It was strange, you know, and la-di-da. In einer Konzertbesprechung des mit den Darlings sympathisierenden afrikanisch-amerikanischen Chicago Defender wurde denn auch durchaus ironisch auf Lady Day's magnificent chirping and her fashionable gowns hingewiesen.

Die Berliner Journalisten-Schule, ein Café, eine studierende Fotografin, ein studierender Interviewer, eine studierende Interviewerin, ein Belegexemplar. Frage: Aber ein gewisser Plan, wenn auch nicht im Sinn einer Handlung, liegt Ihren Büchern doch zu Grunde, oder? Antwort: Es gibt eine vage Vorstellung von einem Sound, einer Ästhetik, die sich beim Schreiben, das bei mir in erster Linie eine Mitschrift ist, entwickeln könnte. Aber einen Plan darüber, was passieren könnte, besitze ich nicht. Der analytische Schnitt, nennen wir ihn Querschnitt, den ich für meinen nächsten Roman angelegt habe, könnte auch von einer Suchmaschine vollzogen werden. An meinem dreiunddreißigsten Geburtstag erfuhr ich, mit mir zugleich hätten sowohl Ludwig I. als auch Ludwig II., Lola Montez, Clara Bow, Ruby Keeler, Leonard Bernstein und Claudia Schiffer Geburtstag. Friedrich Nietzsche und Aaliyah verloren an diesem Datum ihr Leben. Auch Alfred Kinsey, Stan Kenton, Truman Capote und Jack Nitzsche. Mich erfaßte das Gefühl, auf eine überaus signifikante, unter einem zufälligen Suchbegriff zusammengekommene Clique gestoßen zu sein, in der sich jederzeit auch noch Gestalten wie Iwan der Schreckliche, Louis Saint-Just, Erich Honecker, Ali Akbar Haschemi Rafsandschani oder Sönke Wortmann und Sandra Maischberger einfinden könnten. Und also schrieb ich los. Am Anfang stehen meine Leute, logisch, immer ein bißchen wie zu früh gekommene Partygäste im Text herum. Aber schon bald stellt sich, unter dem Eindruck der täglich von neuem andrängenden Gegenwart, die ich ja eigentlich protokollieren will und die ja stets alles absolut unvorhersehbar mit sich reißt, ein narrativer, sagen wir: Lufthauch ein, womöglich auch ein klärender Durchzug, der Türen aufstößt, andere zufallen läßt. Weitere, anfänglich weit entlegene Namen kommen, wie gerufen, hinzu. Und diese Figuren stolpern jetzt schon dreihundert Seiten lang durch mein Manuskript. Frage: Bei durch Suchmaschinen erzielten Resultaten muß das suchende Subjekt immer noch selbst die Verbindungen herstellen, um sich orientieren zu können. Wie schaffen Sie es, den Treffern Sinn zuzuschreiben? Antwort: Es ist vielleicht eher ein Problem von Journalisten, davon auszugehen, daß Sinn hergestellt werden müßte, um damit eine gewisse Legitimation im eigenen Text mit zu transportieren, warum dieses mit jenem verbunden wurde. Als Schriftstellerin fühle ich mich von dieser Beweislast befreit. Ich lasse es auch zu, wenn Dinge durch Mißverständnisse, und seien es, wie bei einer Suchmaschine, digitale, also abstrakte, auf produktive Weise zusammengeraten. Mit dem Stiften von Sinn hat das wenig zu tun. Sinn ist für mich, in diesem Sinn, ein negativ besetzter Begriff. Hélène Cixous fragte sich, ob sie je wirklich das Buch geschrieben hätte, das sie hatte schreiben wollen.

Nächstes Kapitel: Patriotic Pin-ups. Angeführt von Ada Leonard, The Sultry Siren of Swing, sweet and hot, der sowohl Gene Gifford als auch Lionel Hampton Arrangements anboten, ehedem prominente Striptease-Tänzerin, die sich mit ihrer Konkurrentin Ina Ray Hutton, in Klammern: and her Melodears, in einem sogenannten Gown War befand. Die Musikerinnen ihres All-American Girl Orchestra, allesamt weißer Hautfarbe, wurden als sixteen lovely Loreleis angepriesen. Sie spielten auf der Marinebasis von Norfolk, Virginia, während draußen vor der Tür der Kriegshafen von deutschen U-Booten vermint wurde. Ihre transparenten Strümpfe waren aus Fallschirmseide gewebt. Als Erkennungsmelodie hatten sie Sophisticated Lady von Duke Ellington erwählt. Während der Sound der Band immer härter, Jazz, wurde, gestalteten die Musikerinnen ihren Look zunehmend weicher, weiblicher. Sexuelle Übergriffe seitens der Männer gehörten zum Alltag. Die militärischen Radioansager schmolzen im Angesicht von, im Originalton: splendid little trumpet players with beautiful little lips dahin. Die Trompeterin Jane Sager erinnert sich an einen Zwischenfall, bei dem Ada Leonard mit einem Manager aneinandergeriet: Ada looked at him, and she had very, very long legs. The longest legs I've ever seen. And she swung one of those legs and hit him right in the balls. I mean, she kicked him so hard, he turned about five colors.

The Sharon Rogers All-Girl Band tritt, vom American Forces Network übertragen, vor GIs in Japan auf. Der Radioansager flötet: Fellas, it's too bad you can't be in the studio with the rest of the boys here and see a very lovely sight, twelve lovely looking girls sitting up there in the stand, and, fellas, they're American girls. But why say anything more about it? We have a very charming little vocalist, a very sweet girl who is going to do a sweet tune. She comes from a sweet city, Chicago. So here she is, Jackie Webber and Candy. Die Mitglieder der Sharon Rogers All-Girl Band interpretierten sowohl Clarence Williams' Sugar Blues als auch Duke Ellingtons Satin Doll. Als Erkennungsmelodie diente ihnen Irving Berlins A Pretty Girl Is Like a Melody. Sherrie Tucker notierte: The dilemma was to find a model for a type of woman who could enjoy herself as adventuresome and attractive on the road, who was available for some romantic encounters on her own terms, while resisting a bad girl reputation of guaranteed sexual availability. Berlin's song certainly seems to fit the bill. The woman in the song haunts you, runs around your brain, leaves you and then comes back again, but she is never forced to give up her respectability, her independence, or her sex appeal. She is an enigma, but an autonomous one.

Nietzsche, niedlich, maschinenschriftlich: Engelchen: So nennt man mich. Jetzt ein Schiff, dereinst ein Mädchen, ach noch immer sehr ein Mädchen, denn es dreht um Liebe sich stets mein kleines Steuerrädchen. Engelchen: So nennt man mich. Bin geschmückt mit hundert Fähnchen, und das schönste Kapitänchen bläht an meinem Steuer sich: Als das hunderterste Fähnchen. Engelchen: So nennt man mich. Überallhin, wo ein Flämmchen für mich glüht, lauf ich, ein Lämmchen, meinen Lauf sehnsüchtiglich: Immer war ich solch ein Lämmchen. Engelchen: So nennt man mich. Glaubt ihr wohl, daß wie ein Hündchen belln ich kann und daß mein Mündchen Dampf und Feuer wirft um sich? Ach des Teufels ist mein Mündchen. Engelchen: So nennt man mich. Sprach ein bitterböses Wörtchen einst, daß schnell zum letzten Örtchen mein geliebter Freund entwich. Ja er starb an diesem Wörtchen. Engelchen: So nennt man mich. Kaum gehört, sprang ich vom Klippchen in den Grund und brach ein Rippchen, daß die liebe Seele wich. Ja sie wich durch dieses Rippchen. Engelchen: So nennt man mich. Meine Seele wie ein Kätzchen tat eins zwei drei vier fünf Sätzchen, schwang dann in dies Schiffchen sich. Ja sie hat geschwinde Tätzchen. Karol: Hello Kitty-Mätzchen.

Felix, dessen Gepäck versehentlich in San Francisco zurückgeblieben ist, macht sich, während er mein teures Rasierwasser über sein Gesicht, seinen Hals und seinen Nacken schüttet, vor dem Toilettenspiegel Gedanken. Komisch, sagt er, eine blutende Stelle an seinem Adamsapfel abtupfend, Adams Nabel als der Titel einer von Kandis' frühesten Kurzgeschichten, daß das restlose Abrasieren der Barthaare in unserer Kultur als alltägliche Tätigkeit des Mannes gilt, das Abrasieren unerwünschter Behaarung an den Gliedmaßen, die ja ebenso als maskulin empfunden wird, dagegen nicht. Etwa weil sich Frauen dieser auch an ihren Körpern zu registrierenden Spurenelemente von Männlichkeit, Stichwort: Sexualisierung der Beine, regelmäßig zu entledigen pflegen? Interessant: Wo der Bartwuchs der am stärksten männlich kodierte Haarwuchs am Körper des Mannes sei, werde auch seine sorgfältige Beseitigung als besonders männlich empfunden. Felix, mein Spiegelbild fixierend, ich stehe, zum Aufbruch bereit, schräg hinter ihm: Und was ist mit der Behaarung unserer Achseln? Die betrifft ja alle Frauen und alle Männer. Sich die Achselhöhlen zu rasieren, galt bislang als ausgesprochen weiblicher Akt. Wenn sich nun, wie unser Kollege Franz, der sich durch eine Modezeitschrift darauf bringen ließ, auch die Männer unter den Armen zu rasieren beginnen, werden, fragt Felix, während er seine Lufthansa-

Krawatte bindet, die Frauen ihre Achselhaare, wie die Europäerinnen der Generation unserer Mütter, wieder wachsen lassen?

Süddeutsche Zeitung, 29. Oktober, Feuilleton: Herzog Franz von Bayern wird als erster europäischer Kunstsammler und Mäzen mit dem US-amerikanischen Duncan Phillips Award ausgezeichnet. Der Preis wird im Andenken an den Gründer des ersten Museums für Zeitgenössische Kunst in den USA, von daher einem Pendant zu der von Ludwig I. gegründeten Neuen Pinakothek, die vergangenes Wochenende ihr hundertfünfzigjähriges Bestehen feierte, jährlich an Personen vergeben, die sich durch ihre visionäre Sicht um die Kunst und durch außergewöhnliche kulturelle Leistungen verdient gemacht haben. Herzog Franz von Bayern habe bereits in den sechziger Jahren des vergangenen Jahrhunderts die damals kaum etablierten deutschen Künstler Arnulf Rainer, Blinky Palermo, Sigmar Polke, Georg Baselitz und Gerhard Richter für seine bemerkenswerte Sammlung entdeckt. Über den Bildschirm meines Fernsehers flimmern unterdessen Aufnahmen der Sonne, von der momentan galaktische Stürme gespenstische Plasmateilchenwolken bis zu unserer Erde schleudern, die zur prophylaktischen Stornierung meines morgigen Flugs nach London führen könnten.

Varianten der Effemination. Erstens: Die offensiv lesbische Sängerin K.D. Lang begann ihre Karriere als Hillbilly Tomboy, in Klammern: raunchy music, und wandte sich dann dem als zuckersüß diskreditierten Nashville Sound, in Klammern: lush music, zu. Später gab sie sogar House Remixes in Auftrag. Interessantes Dokument: Ihre EP mit verschiedenen Dance Mixes des Songs Sexuality. Zweitens und drittens: Während Ella in unserer romantischen, wie sie immer wieder betonte, verrückten Liebesbeziehung auf zärtliche, raffinierte, im klassischen Sinn heterosexuelle, weil nicht auf die Fortpflanzung gerichtete, heute eher als lesbisch bekannte erotische Techniken zurückgriff, sie war es, die mich lehrte, die Sensibilität meiner Fingerspitzen, die Sinnlichkeit meiner Lippen, die Verspieltheit meiner Zungenspitze zu kultivieren, ließ sie sich, was mich zutiefst kränkte, von dem sexuell aggressiven, auf ausgesprochen virile Weise effeminierten Jakob, einem eitlen Fußballer, dessen Kleidungsstil an Rock-Sänger wie Mick Jagger oder Rod Stewart erinnerte, entjungfern. Wahrscheinlich sogar brutal entjungfern. Und ließ mich als Jungfrau zurück. Und betrog Jakob, indem sie sich weiterhin ausschweifend mit mir vergnügte. Was Jakob, im Gegensatz zu den weniger schwerwiegenden unserer mädchenhaften Logik unterliegenden Geheimnisse, wiederholt herausfand. Worauf jedesmal dramatische Eifersuchtsszenen seinerseits folgten. Letztlich blieb aber auch ich im ungewissen, ob Ella nun Jakob mit mir betrog oder mich mit Jakob. Und welches von beidem eigentlich die größere Erniedrigung darstellte. Geblieben ist mir, noch zehn Jahre nach Ellas überstürztem Fortgang nach Portugal, eine Vorliebe für vergleichsweise kompliziert angelegte Affären und Amouren; auch für französische Spielfilme. Jules et Jim. Céline et Julie vont en bateau.

Prince Charles, der britische Thronfolger, äußerte sich zu den allseits forcierten Gerüchten, nach denen ein hochrangiges Mitglied der königlichen Familie mit einem männlichen Bediensteten im Bett ertappt worden sei. Der Prinz ließ durch seinen Privatsekretär erklären, diese Gerüchte bezögen sich zwar auf ihn, seien aber unwahr. Karol hört sich in Frankfurt auf einem Kongreß zum Thema Kommunismus einen Vortrag von Terre Thaemlitz über die Liebe an. Oder war es die Ehe? Auch Frigga Haug tritt dort auf; ich habe Karol gebeten, ein Foto von ihr zu machen.

Irritierend: Ihr Aufsatz Verteidigung der Frauenbewegung gegen den Feminismus, 1973. Ich habe mich heute, nach einem Spaziergang durch jenen Teil der Isarauen, in dem Luis Trenker 1936 Szenen seines Spielfilms Der Kaiser von Kalifornien drehte, eine abenteuerliche Flußdurchquerung mit Gespannen und Planwagen sowie eine pittoreske Goldwäscherszene, tief in die bayerische Geschichte gestürzt: Die Einweihung der Münchner Hauptsynagoge, 1887, der drittgrößten im Deutschen Reich, auf einem der begehrtesten Grundstücke der Stadt, unmittelbar gegenüber der Maxburg, auf das persönliche Betreiben König Ludwigs II. hin. München sei damit um eine köstliche Perle reicher, schrieb das Münchener Tagblatt. Oder: Am 7. November 1918 befindet sich Ludwig III. auf seinem gewohnten Nachmittagsspaziergang durch den Englischen Garten, als eine vierzig- bis sechzigtausend Untertanen umfassende Friedensdemonstration auf der Oktoberfestwiese in Aufruhr gerät. Ein circa zweitausend Köpfe zählender Zug unter der Leitung des jüdischen Sozialisten Kurt Eisner und des niederbayerischen Bauernführers Ludwig Gandorfer macht sich auf, eine Kaserne nach der anderen zu besetzen. Ihnen wird kein Widerstand entgegengebracht. Später versammeln sich die Revolutionäre im Mathäserbräu. Am 8. November notieren die Münchener Neuesten Nachrichten: Bayern ist fortan ein Freistaat. Auch der Terminus Volksstaat ist im Umlauf. Beide Begriffe wenden sich sowohl gegen den preußischen Zentralstaat als auch gegen die bayerische Monarchie. Ludwig III. flieht nach Österreich.

Der erste bayerische Ministerpräsident heißt Kurt Eisner. Erstmals auf deutschem Boden erhalten die Frauen das Wahlrecht. Als Adolf Hitler fünf Jahre später, am 8. November 1923, mit seinen Kameraden zum Marsch auf die Feldherrnhalle bläst, ist es ganz maßgeblich die feministische Aktivistin und Landtagsabgeordnete der Bayerischen Volkspartei Ellen Ammann, die den faschistischen Putsch zu stoppen vermag. Ammann ist auch die Begründerin des Katholischen Deutschen Frauenbundes. Zehn Jahre später greift Hitler nach der Macht, läßt die Münchner Hauptsynagoge 1938 bereits fünf Monate vor der alles verheerenden Reichskristallnacht abreißen. Ab 1946 versteht sich Bayern wieder offiziell als Freistaat, diesmal aus sozialdemokratischer und christlich-sozialer Sicht. Kurt Eisner soll vorerst keinen Platz in der von Ludwig I. eingerichteten bayerischen Ruhmeshalle, Walhalla, erhalten. Erst gestern kam es, auf Drängen des Bürgermeisters Christian Ude, SPD, zur Enthüllung einer Kurt-Eisner-Stele in dem als Kinokomplex neu erbauten Mathäserbräu. Morgen, am 9. November 2003, dem fünfundsechzigsten Jahrestag der Reichskristallnacht, wird die Grundsteinlegung für das neue jüdische Gemeindezentrum am Sankt Jakobsplatz, Stadtmitte, stattfinden.

Am I black or white? Am I straight or gay? Felix findet, ich solle meiner Abhandlung diese von Prince gesungenen Zeilen aus seinem 1981er Song Controversy, bevor alle ins kollektive Vaterunser verfallen, voranstellen. Ich hoffe, Felix findet es nicht unhöflich, daß ich mich trotz seiner Anwesenheit an den Computer gesetzt habe. Bereits als Jugendlicher habe ich gern vor den Augen meiner Besucher, oft beim gemeinsamen Musikhören, Tagebuch geführt. Leg auf, was immer du willst, rufe ich Felix zu, ohne meinen Blick vom Bildschirm zu nehmen, aber Felix möchte erst einmal das ganze Prince Album durchlaufen lassen. Er hat mir die LPs von Momus mitgebracht, über den Kris Kirk in der Gay Times befand: He is that fascinating thing, a Straight Queen. Ich habe einen Artikel Ken Emersons aus einem Sunday Review von 1977 aufgerufen, in dem steht: Disco is an integrated music, probably more so than any other, and many discotheques are meeting grounds for Blacks, Whites, and Hispanics. But have Blacks been sufficiently assimilated into White American society that they can afford, psychologically, to dispense with music that is uniquely and pridefully their own? Anthony Haden-Guest kolportiert dazu eine Anekdote von Nile Rodgers und Bernard Edwards, bekannt als Chic, elegantester Disco Act aller Zeiten, denen der Türsteher der High Society Discotheque Studio 54 den Einlaß verwehrte, obwohl sie von dem Star des Abends, der Disco Diva Grace Jones, persönlich eingeladen worden waren. Rodgers: That night both Bernard and I were in black ties. I had a Cerutti dinner jacket and Bernard had an Armani. I probably had a wing-collar shirt, with a decorative front, but not lacy. Pleated, with studs. The whole bit. Spectator shoes. You know, two-tone. Because that was our Chic outfit in those days. We had big afros. Really, really big afros. That was the thing: A big afro, and dance. Der Türsteher wollte aber, anstatt Chic, immer nur Shit verstehen. Schneetreiben hatte eingesetzt. Drinnen mochten sich, im hochglänzenden Schweiß ihrer Angesichter, Helmut Berger, Mick Jagger, Andy Warhol, Truman Capote, Rudolf Nureyev und Vladimir Horowitz tummeln. Niedergeschlagen machten sich die beiden Musiker auf den Heimweg, erwarben en passant Marihuana, Coca-Cola und Champagner, schnappten sich in Nile Rodgers' Wohnung Gitarre und Baß und improvisierten drauflos: Fuck Studio 54. Fuck 'em. Fuck off. Fuck those scumbags. Fuck them. Der Song begann ihnen zu gefallen. Sie nahmen eine Rohfassung auf, änderten Fuck off in Freak off und endlich in Freak out. Le Freak wurde die größte Hit Single nicht nur für Chic, sondern auch für Warner Brothers.

Keep On Dancing. My Life and the Paradise Garage. Mel Cheren, der, während Disco wieder in den sexuell andersdenkenden Underground abtauchte, als Begründer des innovativen Labels West End Records sowie als Teilhaber der legendären Paradise Garage auf den Plan der Geschichte trat, erkennt ein Vorspiel dieser Bewegung bereits in den Flappers der 1920er Jahre, die, wenngleich keine Männer, unmißverständlich queer, mit ihren ambigen Bubiköpfen, flachgedrückten Busen und kurzen Kleidchen, sehr ausgelassen zu anonymen Tonträgern, Grammophonplatten aus Schellack, sowie vor gesichtslosen Radioapparaten aus Bakelit zu tanzen pflegten. Wie verhalten sich eigentlich die Cyborg Pin-ups auf den Hüllen von Gregg Diamonds Bionic Boogie LPs dazu? Ist das retrofuturistische Top der einen, der mit der Wabenmuster reflektierenden Sonnenbrille und den qualmenden Kopfhörern, mit seinen metallischen, über den Brustwarzen aufgesetzten Drehknöpfen, nicht vielleicht auch aus Bakelit? Kautschuk, glaubt Felix, der sich hinter mir aufgebaut hat und ungefragt meine Schultern massiert. Er hat letztes Wochenende in Berlin eine ganz auf die 1920er Jahre zugeschnittene Party besucht. Alle Zimmerwände seien mit konstruktivistischen Graffiti verziert gewesen. Das Zitieren einstmals avantgardistischer Formen, die auch noch politische Versprechen transportierten, kann ja, egal, ob diese nun eingelöst wurden oder nicht, kaum fortschrittlich wirken, behaupte ich. Eben darum verwendet Camp lieber konservativ Kodiertes, sagt Felix. Um es progressiv zu rekontextualisieren. Er fühle das anstehende Revival der 1920er Jahre wie eine Erkältung in sich hochsteigen. Eigentlich seien ja langsam mal die 1990er Jahre dran. In denen Chicagos House-Produzenten allerdings gern Hot Jazz Samples einsetzten. Das abrupte Ende von Discos phänomenaler Wirkung an der Oberfläche unserer Kultur veranschlagt auch Cheren mit dem militant homophoben Disco Sucks Event im Comiskey Park. Tags darauf hätte ein lokaler Disco-Sender vierundzwanzig Stunden lang nichts als Donna Summers Last Dance gespielt, gefolgt von der einsilbigen Ansage: Disco is over, und ab da wurde nur noch stumpfer Top Forty Rock gesendet. Unglaublich. Nächstes Kapitel: Die großen Zeiten der Paradise Garage. Andy Warhol, Diana Ross und Grace Jones hatten ihren Weg auch dorthin gefunden. Selbst Beate war mehrfach drinnen. Ich kann aber einfach nicht aus ihr herausbekommen, ob es wirklich Larry Levan war, der da an den Plattenspielern stand.

Claudia Schiffer is over. Wer will, kann sie in dem britischen Spielfilm Love Actually für zwei Minuten als einen Fluggast namens Carol erleben. Ihre Gage soll stolze 290000 Euro betragen haben. Deutschlandpremiere ist morgen im Mathäser. Claudia Schiffer sei das letzte Supermodel gewesen, sagen alle, von nun an gebe es wieder namenlose Models. Die allerdings immer noch bemerkenswerte Namen tragen: Gisele Bündchen, Heidi Klum. In den Feuilletons virulent: Die wissenschaftliche Debatte über das sukzessive Verschwinden der Männlichkeit. Bryan Sykes schrieb in The Guardian: It is no secret that men are basically genetically modified women, the female being the fall-back developmental pathway for any fetus. Könnte sein, daß die Spezies der Männer bald überflüssig, ihre Spermen zur Fortpflanzung der Menschheit nicht mehr nötig sein werden. Der britische Musiker Genesis P. Orridge, ex Throbbing Gristle, und seine Frau ließen sich kürzlich, zu ihrem zehnten Hochzeitstag, identische Brustimplantate einsetzen. Arnold Schwarzenegger kündigte unterdessen an, er wolle in seiner Regierungsarbeit ganz ohne Politik auskommen. Seine berühmteste Rolle: Terminator. Die Kalifornier nennen ihn jetzt Governator. Karol und ich erinnern uns, wie Schwarzenegger vor einigen Jahren gerichtlich dagegen vorging, als Logo auf den Etiketten des Münchner Techno Labels Gigolo zu firmieren. Mit nacktem Oberkörper, seine Muskeln anspannend. Mittlerweile ist, in der gleichen Pose, ein weibliches Wesen an seine Stelle getreten. Über dessen aufgepumpte Brüste spannt sich ein schmaler Streifen Klebeband. Gigolo Records gehört Hell, der uns als DJ unvergeßliche Nächte im Ultraschall beschert, die exklusivsten Laufstege der Welt beschallt und sein neues, auf Munich Machine folgendes Album N.Y. Muscle getauft hat. Er hat es in Queens gemeinsam mit dem afrikanisch-amerikanischen Musiker Abe Duque produziert, der mit der österreichischen Musikerin Susanne Brokesch verheiratet ist, die ihr aktuelles Album wie folgt bewirbt: Guten Tag. Ich produziere New Age Jazz. Manchmal ist auch meine Stimme zu hören. Als Kind gab man mir ein Korsett zu tragen. Mein rosa Plastikpanzer war eine Klassenattraktion. Volleybälle prallten ganz einfach von mir ab.

In der Straßenbahn überfliege ich einen Artikel aus dem neuen Aufbau, ein Portrait der New Yorker Hellseherin Judi Hoffman. Es ist immer dasselbe, sagt sie, Ehebruch und versteckte Homosexualität, darum dreht es sich bei fast allen, die zu mir kommen. Die Frauen stehen auf verheiratete Männer, die Familienväter schauen heimlich schwulen Typen hinterher. Regula empfängt mich, sehr leicht, für uns eventuell beobachtende Nachbarn mangelhaft, nämlich nur halb bekleidet, mit den Worten: Dein neuer Mantel ist sehr Godard. Regula, die stets betont, ihr Leben sei ein nicht enden wollender französischer Spielfilm. Noch auf dem Treppenabsatz nimmt sie mir das neue Stück ab. Auch meine Stiefeletten könne ich ruhig ausziehen, sagt sie lasziv, nachdem die Wohnungstür hinter uns ins Schloß gefallen ist, der Club, den wir später besuchen wollen, mache erst gegen Mitternacht auf. Durch den offenen Türspalt zum Schlafzimmer kann ich erkennen, daß Regula ihre Bettdecke zurückgeschlagen hat, ordentlich, abgezirkelt wie eine Serviette. Der Raum ist in Kerzenlicht getaucht, leise Musik erklingt aus dem CD Player neben dem Bett, Slow Disco von Barry White oder Gene Page. Eigentlich alles wie immer, wenn sich Regula nicht vor zwei Wochen verheiratet hätte. Ich behalte meine Schuhe an, marschiere ins Wohnzimmer und lege eine auf dem Weg hierher antiquarisch erworbene LP der Fatback Band auf den Teller des historischen Dual-Plattenspielers. Angeblich hatte Elvis Presley dasselbe Modell in seinem Schlafzimmer stehen. Kaum zu glauben: ein Turntable aus dem Schwarzwald in Graceland, aber Annie Leibovitz hat ihn dort vor zwei Jahren fotografisch festgehalten; mit jener Langspielplatte darauf, die sich Elvis, The King, als letzte, am 16. August 1977, seinem mysteriösen Todestag, aufgelegt hatte.

Das duale Konzept der Fatback Band, eine Seite ihres 1977er Albums Vintage, in Klammern: House Party, zu benennen und die andere Tasty, in Klammern: Disco Party, geht nicht auf. Schließlich waren selbst die härtesten Funk Tracks dieser Band auch in Diskotheken erfolgreich. Regula besitzt ein Album der Fatback Band von 1979, das mit King Tim III, in Klammern: Personality Jock, den ersten Rap Track der Schallplattengeschichte enthalten soll, ansonsten aber mit Titeln wie You're My Candy Sweet, Disco Bass, Gimme That Sweet, Sweet Lovin' und Disco Queen bestückt ist. Süß, hypnotisch und wild: garantierte Floor Fillers. Nicht unlogisch, denn die ersten Rapper bedienten sich mit Vorliebe der glittering Disco Music als Unterlage für ihre alles andere als glitzernden politischen Botschaften. Regula zeigt mir einige Polaroids von ihrem Ehemann, einem Kapitän der Swiss, der sich momentan irgendwo im asiatischen Luftraum befindet. Ob er nicht blendend aussehe. Dann zieht Regula, die sich noch immer nicht für unser gemeinsames Ausgehen angezogen hat, ein soeben erschienenes Dreifachalbum mit Edits des New Yorker DJs Danny Krivit aus dem Regal. Krivit hat unzählige Underground Disco Classics zerstückelt, dekonstruiert, rekonstruiert, verlängert und als exklusive Acetat-Kopien pressen lassen, damit sie auf den Tanzflächen, sei es anfangs der Paradise Garage, später des Body & Soul, besser taugen, hat dabei durch raffinierte mechanische Tonbandschnitte aus mancher singulären Klimax gleich drei gemacht. Cut up and dance, ruft mir Regula zu, die jetzt, das füllige blonde Haar mit zahlreichen Klammern elegant hochgesteckt, in einem leuchtend roten Unterkleid aus Satin und schwarzer Strumpfhose, wie die umgedrehte Flagge Deutschlands, vor ihrem geöffneten Kleiderschrank steht. Ich bin abermals von ihren Beinen bezaubert. Mehrfach zieht sie sich wieder um; ihr will heute abend gar keines ihrer extravaganten Kleider gefallen. Schließlich entscheidet sie sich für einen eng anliegenden Rollkragenpullover in Dunkelgrün und einen schwarzen Kordrock. Schwarze Schaftstiefel.

Als wir den Club, der unmittelbar gegenüber der Kehrichtverbrennungsanlage 1 im Bogen 13 des alten Eisenbahnviadukts, welches das Zürcher Industriequartier überspannt, untergebracht ist, erreichen, legt Terre Thaemlitz drinnen bereits klassische Deep House Music auf; mancher Track dürfte noch aus den 1980ern stammen, einer ist direkt Acid. Die Trockeneismaschine pumpt ohne Unterlaß Nebel in das Gewölbe. Laserstrahlen, unter denen wir uns wegducken. Wir begeben uns an die Bar. Regula drückt ihren Busen gegen meinen Körper. Regula ist jetzt eine verheiratete Frau. Ihre Augen stehen im Halbdunkel ganz nah vor meinen; angeblich lassen sich bei diesem Licht meine Sommersprossen gar nicht mehr erkennen. Reden wir miteinander, berühren sich flüchtig, aber stimulierend, einzelne Teile unserer Gesichter, nie die gleichen: Lippen streifen

Ohrmuscheln, Nasenspitzen Wangenknochen. Eine Bekannte Regulas steuert auf uns zu und verkündet lauthals, daß Terre Thaemlitz seit einigen Jahren in Japan lebt, in einer Ortschaft namens Kawasaki; er fühle sich sehr viel sicherer dort. Seinen Nachnamen könnten nur Deutsche, Österreicher und Schweizer aussprechen, sein Vorname sei in den USA stets weiblich ausgelegt worden. Er wisse selbst nicht, was sich seine Eltern bei der Namengebung gedacht haben. To be called a name is one of the first forms of linguistic injury that one learns, schrieb Judith Butler. Es sei das erste Mal, daß sie Thaemlitz in Männerkleidern sehe, bekennt Regulas Bekannte, die selbst Männerkleidung trägt. Mir geht es genau umgekehrt: Ich habe ihn noch nie in seinen Frauenkleidern gesehen. Dann mischen wir uns unter die Tanzenden. Nachricht des Tages: Michael Jackson, King of Pop, wurde in Santa Barbara, Kalifornien, nach einem polizeilichen Durchkämmen der Neverland Ranch, pünktlich zur Veröffentlichung seiner neuen Single, auch eines neuen Albums, einer Zusammenstellung namens Number Ones, in Handschellen abgeführt. Der Haftbefehl stützt sich, wie vor zehn Jahren, auf den Tatverdacht unzüchtiger beziehungsweise lasziver Handlungen mit Minderjährigen.

In Nietzsches Notizheft N VII 3 finde ich den Entwurf eines Briefs an seine Schwester Elisabeth, verheiratete Förster, und transkribiere ihn in den Flüssigkristall meines elektronischen Notizbuchs. Nietzsche: Man hat mir inzwischen schwarz auf weiß bewiesen, daß Herr Dr. Förster auch jetzt noch nicht seine Verbindung mit der antisemitischen Bewegung aufgegeben hat. Ein Leipziger Tolpatsch und Biedermeyer, Fritsch, wenn ich mich recht erinnere, unterzog sich dieser Aufgabe, er übersandte mir bisher regelmäßig, trotz meines energischen Protestes, die antisemitische Correspondenz. Ich habe nichts Verächtlicheres bisher gelesen als diese Correspondenz. Seitdem habe ich Mühe, etwas von der alten Zärtlichkeit und Schonung, wie ich sie gegen Dich so lange gehabt habe, zu Deinen Gunsten geltend zu machen; die Trennung zwischen uns ist ja nachgerade damit in der absurdesten Weise festgestellt. Hast Du gar nichts begriffen, wozu ich in der Welt bin? Himmel, was mir das schwer wird. Ich habe, wie es billig ist, nie von Dir verlangt, daß Du Dich für die Stellung interessirtest, die ich als Philosoph zu meiner Zeit einnehme; trotzdem hättest Du, mit ein wenig Instinkt der Liebe, es vermeiden können, so geradewegs Dich bei meinen Antipoden anzusiedeln. Ich denke jetzt über Schwestern ungefähr so, wie Schopenhauer dachte; sie sind überflüssig, sie stiften Unsinn.

LeRoi Jones beschreibt 1963, wie Louis Armstrong 1924, aus King Oliver's Creole Jazz Band kommend, in Fletcher Henderson's Orchestra eintrat und vor der klanglichen Kulisse dieses im Vergleich zur komplexen, kommunalen, kollektiven Improvisation, die den New Orleans Jazz, auch noch in seinem Exil auf Chicagos South Side, ausgemacht hatte, süßlich anmutenden, an weißen Vorbildern ausgerichteten New Yorker Tanzorchesters die Heraufkunft des stilistisch hervorragenden, unverwechselbaren, individuellen Solisten markierte. In Hendersons Big Band saßen, als Armstrong eintraf, bereits einige Musiker dieser Couleur, denken wir nur an die Holzbläser Buster Bailey, Don Redman und Coleman Hawkins, daß, selbst wenn diese geradlinige Triosätze intonierten, die Dance Band als Jazz Band in Erscheinung trat. Diese fließenden, nur selten zickigen Klarinettentrios bildeten die Keimzelle für die späteren Saxophonsätze der Swing Music. Hawkins sollte zu einem der größten Solisten dieser Epoche heranwachsen, der dekonstruktivistischen Entwicklung des Be-Bop beiwohnen und noch in den 1960er Jahren voller Anteilnahme mit Musikern des Free Jazz improvisieren. In Klammern: Sun Ra, der große Extraterrestrische, auch Submarine, des Free Jazz, würde seine ersten musikalischen Erfahrungen in einer späten Formation Fletcher Hendersons sammeln. Und bis zu seinem Tod immer wieder auch dessen klassische Swing Arrangements aufführen.

Louis Armstrong, der von New Orleans über Chicago nach New York gelangt war, muß dort zunächst einen sehr ungeschliffenen Eindruck gemacht haben. In Don Redmans Worten: He was big and fat, and wore high top shoes with hooks in them, and long underwear down to his socks. When I got a load of that, I said to myself, who in hell is that guy? It can't be Louis Armstrong. But when he got on the bandstand, it was a different story. Manche der frühen Einspielungen Fletcher Hendersons erschienen auf Black Swan Records, der historisch ersten Schallplattenfirma in afrikanisch-amerikanischem Besitz. Sie bewarb ihre Tonträger mit dem Slogan: The Only Genuine Colored Record. Others Are Only Passing for Colored. Wie ich mich, den ganzen Tag schon, durch die zahlreichen CDs mit den Aufnahmen Fletcher Hendersons ab 1921 höre, finde ich, daß es unendlich lange gedauert hat, bis diese Band zu ihrer Fasson gelangte. Manchmal sind es allein Louis Armstrongs Soli, die, darin denen von Bix Beiderbecke in Jean Goldkettes und Paul Whitemans Orchestern gleich, aus der zähflüssigen Musik herausragen. Interessanterweise glänzten beide Solisten 1924 in Aufnahmen des Titels Copenhagen; Bix mit seinen Wolverines, Satchmo bei Fletcher Henderson. In Klammern: Saß nicht in dessen Reihen mit Joe Smith auch ein schwarzer Kornettist, der sich den lyrischen Stil Beiderbeckes zum Vorbild genommen hatte? Der Chicago Defender meldete im Februar 1926, als Henderson in der Stadt gastierte: Soft, sweet and perfect in dance rhythm is one of the artistic assets of the band, and his boys get hot, too, not the sloppy New Orleans hokum, but real peppy blue syncopation. LeRoi Jones: So an important evolution in Afro-American musical form had occurred again and in much the same manner that characterized the many other changes within the tradition of Negro music. The form can be called basically a Euro-American one, the large sweet dance band, changed by the contact with Afro-American musical tradition into another vehicle for that tradition. The music itself was broadened and extended even further, and even more complex expressions of older musical traditions were made possible. Was André 3000 total begriffen hat: Möchte sein derzeitiger Hit Hey Ya aber überhaupt noch als Black Music bezeichnet werden?

Frage: In mein Reich, lallte Ludwig, und es klang wie Triumphgeheul aus den Wellen, Weltennacht, Richard, schwarzer Schwan, Wasser, Wasser, oh, hinab, hinab. Woher stammt diese Passage? Antwort: Aus Klaus Manns Novelle Vergittertes Fenster. Frage: Welches Motto hat er dieser vorangestellt? Antwort: Zwei Zeilen aus Paul Verlaines À Louis II de Bavière. Frage: Wie weit ist die Stelle, wo Ludwig ertrank, von hier entfernt? Antwort: Mit dem Auto eine knappe Viertelstunde. Frage: Am heutigen 2. Dezember lassen sich draußen beinahe 20 Grad Celsius im Schatten messen. Leiden Sie unter dem Föhn? Antwort: Nein. Frage: Das Verhältnis zwischen Ludwig und Sissi wird immer wieder als eines wie zwischen Bruder und Schwester beschrieben. War es nicht doch eher ein Liebesverhältnis? Antwort: Das kann ich Ihnen nicht beantworten. Frage: Sie haben sich früher sehr häufig über Ihren Bruder ausgelassen. Antwort: Das stimmt. Unterdessen ist er selbst unter die Autoren gegangen. In seinem zur Zeit entstehenden ersten Buch beschäftigt er sich mit Rekontextualisierungen, Umkodierungen, Resignifizierungen in der Geschichte der US-amerikanischen Popmusik. Frage: Was

sollen wir uns darunter vorstellen? Antwort: Etwa den weißen Big Band Leader Paul Whiteman, der in den 1920er Jahren ganz stolz darauf war, den Jazz zu einer Lady gemacht zu haben. Sozusagen: Er durfte mit dieser Musik von nun an auch ins Bett gehen. Wenn sie aber zuvor keine Lady gewesen war, war sie dann ein unreifes Mädchen, ein ungezogenes Girl, ein Tomboy, gewesen? Womöglich ein Mann? Hatte Whiteman den schwarzen Jazz der weißen heterosexuellen Matrix unterworfen? Das sind so Fragen, die meinen Bruder beschäftigen. Er sagt, daß er, als jemand, der gern populäre Musik hört, und damit meint er auch: liest, um die Dichotomie straight versus queer einfach nicht herumkommt. Wie die schwule Disco Music die bürgerliche Swing Music ihrer Elterngeneration appropriierte, haben sich die Queer Studies längst auch der gesellschaftlichen Normalität angenommen. Anstatt sich immerzu der Andersartigkeit des Andersartigen zu vergewissern, werde endlich mal die Andersartigkeit des Normalen untersucht.

Als Be-Bop den Jazz als separate Kultur, als Subkultur, Metakultur, reinstallierte, vom Swing abzweigte und also den Gesellschaftsvertrag mit dem Mainstream wieder aufkündigte, fühlte sich das weiße, angelsächsische, protestantische Publikum der USA brüskiert. Gerade hatte es sich durchgerungen, Jazz als authentische Folklore zu akzeptieren, kulturell zu zentrieren, sogar großzügig, im liberalen Geist, zu fördern. Bei den Manifestationen Charlie Parkers, mochten sie auch auf den klassischen Blues zurückgehen, Thelonious Monks, in dessen Ansatz Echos des Harlem Stride Piano auszumachen waren, und Dizzy Gillespies, dessen Trompetenspiel auf den stilistischen Errungenschaften Louis Armstrongs basierte, ließ sich aber kaum noch von urtümlicher Folk Expression reden: Diese Künstler waren Performer. Sie mußten fehlgeleitet sein, galten als verlogen oder verrückt. Dadurch, daß kein sogenannter

purer musikalischer Ausdruck mehr erkennbar war, geriet Be-Bop ins Kreuzfeuer der professionellen Kritik, welche ihm sogleich eine zutiefst antihumanistische Natur attestierte. Weldon Kees verbreitete: I have found this music uniformly thin, at once dilapidated and overblown and exhibiting a poverty of thematic development and a richness of affectation, not only, apparently, intentional, but enormously self-satisfied. In Paris, where Erskine Caldwell, John Steinbeck, Henry Miller are best-sellers, and where intellectuals are more cynically Stalinized than in any other city of the world, Be-Bop is vastly admired. Und Rudi Blesh wetterte: A capricious and neurotically rhapsodic sequence of effects for their own sake, Be-Bop comes perilously close to complete nonsense as a musical expression. Far from a culmination of Jazz, Be-Bop is not Jazz at all. Dazu der Pianist Lennie Tristano: I'm not a historian. I'm not a sociologist. But I've been into Jazz from 1929. The Black people were doing their shit, whatever it was. The people who tried to analyze it, analyzed it wrong.

If Be-Bop was an extreme, resümierte LeRoi Jones, it was the only kind of idea that could have restored any amount of excitement and beauty to contemporary Jazz. But what it perpetrated might take one shudder. Be-Bop was the coup de grâce, the idea that abruptly lifted Jazz completely out of the middle-class Negro's life. He was no longer concerned with it. It was for him, as it was for any average American, deep or weird. You can't dance to it, was the constant harassment. Aber es gab ebensogut Beispiele wie Charlie Parkers Now's the Time, das unter dem Titel The Hucklebuck zum R&B Dance Floor Hit wurde. Charles Mingus durfte in Lionel Hamptons donnernder Big Band ausgefallene, an fortgeschrittene europäische Konzertmusik angelehnte Arrangements ausprobieren; dafür riffte er später mit seiner eigenen Combo immer wieder wie

Hamp in Harlem. Einzelne R&B-Musiker übernahmen die Baskenmütze vom Be-Bop, die mit Fensterglas ausgestattete Hornbrille und den Ziegenbart. Andere, wie Ornette Coleman, reiften zu Schlüsselfiguren des Free Jazz heran. Nichtsdestotrotz blieb Rhythm & Blues unter Be-Boppern weitgehend verpönt. Wenn die mal die Grenzen ihres Genres überschreiten wollten, ließen sie sich lieber von zuckersüßen Streichorchestern begleiten.

Sie und ich waren Freunde, formulierte D.H. Lawrence, liest mir Tom am Telefon vor, unsere Freundschaft war einfach, stark und wirklich. Und doch verkehrten wir nicht viel miteinander. Dann und wann frühstückten wir gemeinsam, gingen auch einmal in ein Theater oder fuhren in einem Wagen, der weder ihr noch mir gehörte, über Land. Jetzt fällt mir eigentlich erst auf, daß sie immer etwas traurig war, wenn wir zusammen waren. Vielleicht sah sie hin über Meere, die sie nie kreuzen würde. Uns verband ein seltsames Einvernehmen: Vielleicht ahnten wir beide den ungeborenen Körper des Lebens, der im Körper dieses Halbtodes, den wir Leben nennen, verborgen ist; und daher beseelte uns beide eine stumme Feindseligkeit gegen die alltägliche Welt und ihre toten Gesetze. Wir waren wie zwei Soldaten auf Patrouille in Feindesland. Unsere Freundschaft war seltsam abstrakt; sie war sehr tief und zeigte doch keinerlei deutliche Berührungspunkte. Vielleicht war ich der einzige Mensch auf der Welt, bei dem sich ihr unbefriedigtes Selbst zu Hause und in Frieden fühlte. Ich empfand sie stets als Menschen meiner innersten Wesensart, sie gehörte zu derselben Spezies wie ich.

Maceo teilte die Menge mit seinen Händen, dirigierte das Publikum von der Bühne aus, bis es eine Gasse bildete, an deren Ende ich in den sandfarbenen, wildledernen Hot Pants meiner Mutter und einem sehr freizügigen, rückenfreien, im Nacken verknoteten Top stand. Verstehe: Hot Pants als einer von James Browns größten Hits, The JBs als die ihn begleitende Band, Maceo Parker als deren Altsaxophonist, längst solo und selber Star. Er hatte meine Hot Pants zunächst ja gar nicht sehen können, sagt Kristina, es müssen meine Augen, mein Gesicht, meine Ausstrahlung, allenfalls noch meine Schultern gewesen sein, die ihn auf mich aufmerksam gemacht und seinen dringenden Wunsch geweckt hatten, mich auf der Stelle von Kopf bis Fuß betrachten zu wollen. Als ich, etwas spöttisch, nachfrage, ob Maceo ihr denn auch einen Heiratsantrag unterbreitet hätte, bricht meine Freundin ihre Erzählung, gespielt beleidigt, ab. Nicht gespielt: Kristinas Eifersucht, wann immer mich Regula anruft. Nicht überspielt: Meine Genugtuung anläßlich der eifersüchtigen Reaktion von Regulas Ehemann, als er sie, beziehungsweise uns, vor vierzehn Tagen, während wir uns im Bogen 13 amüsierten, auf ihrem Mobiltelefon erwischte. Ich gebe Kristina einen Kuß, wozu ich das Kopfkissen von ihrem Gesicht nehmen muß, erhebe mich und drehe Under Construction Part II auf die dritte Seite, Timbaland & Magoos neues Album, das den super Titel des letzten Albums von Missy Elliott wieder aufnimmt, die hier auch gastiert, deren eigenes neues, von Timbaland und ihr selbst produziertes Album aber This is Not a Test heißt und ein ganz merkwürdiges Cover aufweist: Missy in einem langen schwarzen Ledermantel, Kristina meinte: Kleid, schwarzen Schaftstiefeln, schwarzer Ledermütze auf dem Kopf, mit zwei Hunden, laut Kristina: Kampfhunden, vor einem Panzerwagen mit zwei altmodischen Lautsprechern drauf und drei Go-Go Girls, die Afro-Frisuren tragen, alle in kürzesten Kleidern. Falten wir das Einlegeblatt auf, präsentiert sich die Künstlerin ganz in Weiß: Stiefel, Mütze, Lederjacke, Minikleid. Hot Pants, verbesserte mich Kristina. Die Musik ist abermals sensationell, mit Bässen, die noch das

Wasser der Loisach da draußen, hinter dem übernächsten Grundstück, kräuseln lassen dürften.

Seit Tagen hängen dichte Nebelschwaden über der Landschaft, nun stürzt die Temperatur ab, laut Wetterbericht soll bereits heute abend anhaltender Schneefall einsetzen. Ich habe sämtliche Lichter eingeschaltet. Ursula sitzt mir in meinem grünen Trainingsanzug aus Camden gegenüber. Gustave Flaubert, liest sie vor, glaubte bereits 1853: Die Literatur wird mehr und mehr das Gebaren der Wissenschaft annehmen; sie wird insbesondere darlegend sein, was nicht heißen will didaktisch. Sozusagen Science Fiction, wörtlich genommen. 1872, in die Vorarbeiten zu seinem Roman Bouvard et Pécuchet vertieft, verriet Flaubert: Ich lese noch immer medizinische Schmöker, und meine Kerle zeichnen sich klarer ab. An seine Kollegin George Sand schrieb er: Ich arbeite wie ein Besessener. Ich befasse mich mit Medizin, Metaphysik, Politik, mit allem. Denn ich habe ein Werk von großen Ausmaßen unternommen, das mich sehr viel Zeit kosten wird, eine Aussicht, die mir gefällt. Um drei Jahre später zu notieren: Bouvard und Pécuchet waren zu schwierig, ich gebe es auf. Wobei es sich aber lediglich um eine, wenn auch fast zwei Jahre währende, Arbeitsunterbrechung handeln würde. 1877 schrieb Flaubert an Emile Zola: Dieser verflixte Schmöker läßt mich zittern. Er wird nur durch das Ganze Bedeutung haben. Kein Bravourstück, nichts Glänzendes, immer dieselbe Situation, deren Aspekte es zu variieren gilt. Wenn sein Umfang auch, mit all den noch herbeizitierten Natur- und Geisteswissenschaften, unglaublich anwachsen sollte, blieb dieser unvergleichliche Roman unvollendet. Ein unmögliches Buch. Aber nicht unveröffentlicht.

Die Romanfiguren lesen unentwegt. Wohl in keinem Buch der Literaturgeschichte werden dermaßen viele Bücher verschlungen wie in diesem. Nie zuvor war Lesen so sehr als Handlung geschildert worden. Zumal sich Bouvard und Pécuchet fast ausschließlich theoretische Traktate vorknöpfen. Dabei wird Wissen als Komik des Wissens zur Darstellung gebracht. Aus einem Brief an Madame des Genettes, 1877: Ich glaube, das Komische der Ideen ist noch nie versucht worden. Dabei mußte jedes abgehandelte Werk zugleich, respektive zuvor, gelesen werden. An Madame des Genettes, im Januar 1880: Wissen Sie, wie groß die Zahl der Bücher ist, die ich für meine braven Männer absolvieren mußte? Mehr als 1500. An Guy de Maupassant, im Februar 1880: Ich muß noch ein Dutzend Werke lesen, ehe ich mein letztes Kapitel anfange. Ich stecke zur Zeit in der Phrenologie und dem Verwaltungsrecht, abgesehen von De Officiis von Cicero und der Begattung der Pfauen. Hatte nicht Flauberts zeitlebens erste veröffentlichte Erzählung bereits den Titel Bibliomanie getragen? Klar, erwidert Ursula, und er verstarb im Mai 1880 über der Arbeit an Bouvard et Pécuchet. Eigentlich hatte er noch einen zweiten Band geplant gehabt, der ausschließlich aus Zitaten hätte bestehen sollen, die sich in seinem Nachlaß unter dem Stichwort Sottisier nachlesen lassen. Aus der eingestandenen Marotte war eine beunruhigende Wucherung geworden, behauptet Ursula. Mir geht auf, wie ähnlich die Namen Bouvard und Bovary klingen. Deren Name ursprünglich Bouvaret gewesen war, sagt Ursula. Hatte Flaubert nicht auch formuliert: Madame Bovary, c'est moi? Logisch, und die war absolut süchtig nach Lektüre; der Dichter verhehlt keineswegs, daß es sich beim Lesen um eine weibliche Kulturtechnik handelt. Fußnote: Worauf sich ja auch das Vorurteil vom effeminierten jüdischen Mann gründet. Bibliomanie, Bibliotherapie.

Demnächst in unseren Kinos: Honey, ein Tanzfilm mit Auftritten von Missy Elliott und Tweet, die ihren neuen Song

Thugman singen wird, den wir bereits auf Vinyl im Haus haben. Endlich draußen: Tasty, das neue Album von Kelis. Auf dem Faltblatt lutscht sie hingebungsvoll an einem dunkelroten Lollipop. Momentan läuft Sugar Honey Iced Tea, eine Produktion der Neptunes. Es gibt auch einen Song namens Milkshake. Der Verkäufer bei Müller, Wollmütze, Nasenring, verwickelte mich an der Kasse in ein ausführliches Gespräch über das Album. Wollte mir gleich noch The Outkast mitgeben, aber das hatte ich ja schon. Wollte nicht ganz verstehen, als ich mir dann noch die neue CD von Kylie Minogue einpacken ließ. Die Candyman-Spielfilme waren leider nicht vorrätig. Einerseits womöglich für Müllers Sortiment zu schockierend, Splatter, andererseits anspruchsvoll, Kunst. Der Soundtrack zur ersten Folge, 1993, stammt sogar von Philip Glass. Nach allem, was ich verstanden habe, verlassen Helen und Bernadette, zwei weiße Studentinnen der Kulturwissenschaften, das sichere Territorium ihrer Universität und durchstreifen Chicagos desolate Cabrini Green Projects, um dem Mythos des Candyman hinterherzuspüren. Graffito: Sweets to the Sweet. Candyman als der Geist eines 1890 zu Tode gemarterten Schwarzen, der sich an der Gesellschaft rächt, indem er Kindern Süßigkeiten anbietet, die mit Bruchstücken von Rasierklingen durchsetzt sind. Helen dringt in sein Reich ein, als sie in einer leerstehenden Sozialwohnung durch eine Öffnung hinter dem Badezimmerspiegel in eine benachbarte leerstehende Wohnung gerät, in deren Böden und Wänden ebenfalls Löcher klaffen. Die Kulturwissenschaftlerin findet sich in einem labyrinthischen System aus Räumen, Durchbrüchen und Gängen wieder. Endlich begegnet sie dem furchtbaren Candyman, der von ihrem Körper Besitz ergreift, um seinen Rachefeldzug in ihrem Fleisch und Blut fortzusetzen. Besitzen wir nicht auch einen Chicago House Track namens Candyman? Ich schlage unter www.urbandictionary.com nach und stoße zunächst auf neutrale Begrüßungs- und Verabschiedungsfloskeln: Yo, what up, Candyman. See ya later, Candyman. Damn, you such a Candyman. The Candyman kann aber auch der örtliche Drogenhändler sein. Oder ein mieser Weißer. Einer, der mit Kinderpornographie handelt. Nicht zuletzt: That Candyman loves to fuck his dog. A short fat black nigger and a homosexual.

Mit Karol, Margarete und Dieter vor der Baugrube des jüdischen Gemeindezentrums. Im Rücken das Filmmuseum. Dann wird uns kalt. Wir hatten Karol zum Geburtstag einen Gutschein für die nächste Vorführung der restaurierten deutschen Premierenfassung von Ophüls' Lola Montez geschenkt: 116 Minuten, frühes CinemaScope-Format, die originalen Eastmancolor-Farbgebungen wiederhergestellt, originale Schnitte wiedereingefügt, mehrkanaliger Ton, mehrsprachige Tonmischung. Damals nur für wenige Wochen so zu sehen, wird der Film jetzt in München zu jeder Jahreszeit einmal gezeigt. Unten im Kino nehme ich zwischen Margarete und Dieter Platz. Beide ergreifen sofort von ihrer mir zugewandten Armlehne Besitz. Dieters Rasierwasser: Adidas. Bevor das Licht erlischt, reden wir noch über Waltraude Schleyers empörte Einwände gegen die letzte Woche erlassene Begnadigung des vor vierundzwanzig Jahren gefangengenommenen RAF-Mitglieds Rolf Clemens Wagner. Ich habe einen Notizblock und einen Bleistift dabei, sehe den Film bereits zum dritten Mal. Mein Bruder hat ihn nie zuvor gesehen. Ich habe ihm von den Tumulten anläßlich der Uraufführung im Pariser Marignan sowie von Ophüls' Inspirationen durch Bruegel, Pirandello, Judy Garland und Zsa Zsa Gabor erzählt. Bereits während der, wie Syberbergs Parsifal, in den Bavaria-Studios in Geiselgasteig bei München gedrehten Eingangsszene, Ausgangspunkt aller folgenden, alles andere als chronologisch angeordneten Rückblenden, der ersten Sequenz in dem gigantischen, in gespenstisches, von Rauchschwaden aus unzähligen Karbidlampen milchig durchzogenes, bläuliches Zwielicht getauchten, irgendwo in New Orleans aufgeschlagenen Zirkuszelt, unter dessen Kuppel die in reizvoll gebrochener Schönheit alternde, von Herzschmerzen und Schwindelwellen befallene Lola ihre bewegte Laufbahn allabendlich in lebenden Bildern nachzustellen hat, sehe ich Tränen in Karols Augen treten. Kürzlich haben wir einmal zu erörtern versucht, ob es Jungen und Männern tatsächlich nicht zu weinen gestattet ist, oder ob sie in unserer Gesellschaft nicht einfach weniger zu weinen haben als Mädchen und Frauen. Augenblicklich interessant: Inwiefern sind Tränen der Rührung auch Tränen der Trauer?

Im Zirkus. Spielleiter: Skandal, Skandal, so kommt ihr Name ins Journal. In Ragusa ist sie aus der Kirche eliminiert, anscheinend war ihr Kleid zu tief dekolletiert. Lola tritt in dem bewußten Kleid auf. Spielleiters Kommentar: Originalkleid. Immer unwiderstehlicher wirkt sie auf die Männerwelt. In Budapest verliebt sich der stärkste Mann der Welt, der Meisterringer Bulgakow, in sie. Sie erhört ihn nicht, er nimmt keine Nahrung mehr zu sich, er schläft nicht mehr, er trinkt nicht mehr, er wird besiegt, kämpft nicht mehr. Er verläßt den Ring, wird zum verliebten Sonderling. Er folgt ihr überall hin und läßt sich den ganzen Körper mit Lola Montez tätowieren. Er bleibt bei ihr, wie das so ist, als ihr persönlicher Privatpolizist. Bulgakow tritt hinter einem Transparent hervor, spricht leise zu dem Spielleiter: Geht es ihr besser? Der Spielleiter, beiseite: Ja, ja, es geht schon. Wieder laut: Auf dem Rücken trägt er ihre größten Skandale. Tatsächlich können wir auf Bulgakows breitem Kreuz, wie auf einem Reisekoffer, Namen von Städten, Paris, München, Moskau, Nizza, ablesen. Spielleiter: Und hier, meine Damen und Herren, die Apotheose.

Lola erreicht den Gipfel. Lola kommt zur Macht. Die fantastischste Episode ihrer Karriere. Lola kommt nach Bayern.

André Bazin in Le Parisien libéré, Weihnachten 1955: Während Max Ophüls die Wahl zwischen zwanzig wichtigen Episoden hatte, von denen jede als Material für einen Film gereicht hätte, scheint der Filmemacher ihren paradoxen Teil gewählt zu haben, um die Episoden nur zu streifen und sie uns als Nebensache zu zeigen. Herausragende historisch getreue Nachbildungen, die eine enorme Anstrengung der Inszenierung voraussetzen, dienen so allein der Hervorhebung eines unbedeutenden Zwischenfalls, der dem wesentlichen Ereignis vorausgeht oder folgt. Über dieses merkwürdige Erzählsystem würde ich gern sagen, daß es synkopiert ist, wobei der Rhythmus auf dem unbetonten Takt liegt. Bazin bemängelt, Martine Carol, die in Frankreich populäre, für galante, pikante Rollen bekannte Darstellerin der Lola Montez, besitze überhaupt nichts von einer Femme fatale, obgleich es Ophüls gelungen sei, sie wenigstens in den Zirkusszenen erschütternd zu zeigen. War sie dem Regisseur vielleicht aufgenötigt worden? Jean-Pierre Vivet tags darauf in L'Express: Was für eine Überraschung, Martine Carol in einem CinemaScope-Film zu sehen, der 700 Millionen gekostet hat und dabei in einen hundertprozentigen Film der Avantgarde zu fallen, ganz wie die wahnwitzigsten deutschen Produktionen aus der Zeit des Expressionismus. Für Ophüls sind die Darsteller lediglich Objekte, wie seine Lüster, seine Treppen: Werkzeuge, mit denen er sich abmüht, uns in einen Zustand des grausamen Fremdseins zu versetzen. Und Lola Chérie wird längst vergessen sein, während man sich noch an das letzte und schreckliche Bild erinnern wird: Mitten in einer Tierschau, hinter den Gitterstäben eines goldenen Käfigs, streckt eine Frau der vorbeiziehenden Menge ihre Hand zum Kuß entgegen, für einen Dollar. Jean de Baroncelli einen Tag später in Le Monde: Die Zirkusszenen sind erstaunlich. Max Ophüls hat sie mit einem grausamen Raffinement inszeniert, mit teuflischer Maßlosigkeit. Dieser Zirkus ist tatsächlich die Hölle. Die Hölle für Lola Montez, die erniedrigt, verhöhnt und dazu verurteilt ist, sich der Menge zu verkaufen, weil sie das Vergnügen und den Reichtum zu sehr geliebt hat. Und dieser despotische Spielleiter, bewundernswert dargestellt von Peter Ustinov, der sie mit der Peitsche in der Hand dirigiert, ist kein anderer als der Teufel. Wenn wir bei den Sequenzen landen, die das eigentliche Leben der Heldin behandeln, läßt das Interesse nach, verkümmert hoffnungslos. François Truffaut am folgenden Tag in Arts: Es geht hier weniger darum, einer Geschichte zu folgen, als ein Frauenportrait zu betrachten; das Bild ist so voll, so reich, daß man nicht alles auf einmal sehen kann, doch so hat es der Autor gewollt, und unseren Ohren bietet er mehrere Unterhaltungen zugleich. Fazit: Lola Montez erscheint wie eine Schachtel feinster Schokoladen.

Szenen aus Ophüls' Drehbuch, die nicht realisiert respektive nicht verwendet wurden: Lola reißt aus, verläßt ihren Ehemann; sie stiehlt sich aus dessen schottischem Landhaus, besteigt im Morgengrauen einen Eisenbahnzug. Kommentar im Off: Erst wenn Frauen weglaufen, kommen sie an. Gestrichen: In einem exotisch mit Sultanen und Schlingpflanzen bemalten Aquarium schwebt Lola wie eine Wassernixe auf und ab. Lola hat ein Champagnerglas in der Hand, Husarenoffiziere entleeren Champagnerflaschen in das Aquarium. Ein Dialog zwischen Ludwig I. und Lola, der so explizit nur im Exposé steht: Es wird mir außerdem berichtet, von der Intendanz, daß man Zweifel hat ob Ihrer Figur. Lola, wütend: Weil ich mein schwarzes Kleid anhatte, und hochgeschlossen, ich trage immer hochgeschlossen. Weil ich dem alten, geilen Tanzmeister nicht meine Beine gezeigt habe und meine Brüste. Wollen Sie sehen, Majestät? Sie greift nach dem Papiermesser, das auf dem Schreibtisch liegt und beginnt ihr Kleid aufzuschneiden. Genauso schnell schneiden wir, noch ehe man etwas richtig sieht, zum Vorzimmer. Gedreht, aber nicht verwendet: Lola als Modell, im Korsett einer Kokotte, mit einem phallischen Zepter, in Klammern: dem bayerischen, in den Händen. Noch spärlicher bekleidet: als Schäferin. Als Griechin, in einer durchsichtigen Toga. Als Engel: Sie hat fast nur noch Flügel an. Gestrichen: Unter der Kuppel dreht sich eine große goldene, die bayerische Königskrone. In deren zu einem Bett hergerichteter Mitte wälzen sich der von einem Akrobaten dargestellte Ludwig und die echte Lola unter kalkweißem Scheinwerferlicht in den Kissen. Von dort, aus schwindelerregender Höhe, wird die kranke, glamouröse Lola, ohne Netz, nicht gestrichen, die vorletzte, die spannendste Szene des Films, herunterspringen.

Kandis schreibt von Sonnenaufgängen an einem Himmel, der rosa und hellblau zugleich ist. Von Stürmen, die nachts an ihren Fensterläden rütteln. Schneeverwehungen, die den Weg aus der Tür erschweren. Von einem Snowboard-Lehrer, der Ursula total an Tom erinnert. Vergnüglichen Stunden über der Partitur von Leonard Bernsteins Peter Pan. Unter dem Altpapier, das zum Anzünden des Feuers bereitliegt, haben die beiden eine Frauenzeitschrift gefunden, darin eine Anzeige der Firma L'Oréal für ein Präparat gegen Mimikfalten: Eine Art Kontaktbogen mit fünfzehn Fotos von Claudia Schiffer, auf denen sie unmögliche Grimassen schneidet. Kandis: Als ob sie eine schlechte Schauspielerin wäre. Slogan: Emotionen zeigen ohne Folgen. Nach dem Umblättern: Claudia, ganz schrecklich auf ungeschminkt geschminkt. Kandis: Es mußten extra die Worte Claudia Schiffer darunter gesetzt werden, damit sie wirklich als Claudia Schiffer erkennbar ist. Auch Ines hat jetzt, mit fünfunddreißig Jahren, begonnen, eine Creme gegen Mimikfalten aufzutragen. Marke: Helena Rubinstein. Name des Produkts: Expressionist.

Frage: Haben Sie eine Arbeitsmethode? Hélène Cixous: Methode ist ein Wort, das mir nichts bedeutet. Es kann gar keine geben, denn meine Arbeit entspricht einem Liebesverhältnis. Frage: Sie arbeiten an der Universität Vincennes über die weibliche Schreibweise. Was verstehen Sie darunter? Cixous: Ich versuche nicht, eine weibliche Schreibweise zu schaffen, sondern in die Schreibweise einfließen zu lassen, was bislang verboten gewesen ist, nämlich Wirkungen von Weiblichkeit. Was mich frappiert, wenn ich neuere von Frauen geschriebene Texte lese, ist ihre sehr extensive Entfaltung. Es ist, als hätten sie die Fähigkeit, in einem Tauchzustand zu verharren, aus dem sie nur in großen Intervallen an die Oberfläche kommen, um Luft zu holen. Das ergibt natürlich eine höchst atemberaubende Lektüre. Aber für mich steht es völlig in Beziehung zum weiblichen Lustempfinden, das ich als Verströmen erfahre, unaufhörlich und ohne Ursprungspunkt. Der Bezug zum Ursprung ist ein männlicher Mythos, der durch Ödipus dargestellt wird. Ein weiblicher Text beginnt auf sämtlichen Seiten gleichzeitig. Er erkennt sich, ausgehend von einer weiblichen libidinösen Ökonomie, auch darin wieder, daß er ohne Ende ist. Ein weiblicher textueller Körper hört nicht auf, er setzt sich fort, und wenn sich der Band schließt, geht die Schrift weiter und stürzt den Leser in den Abgrund.

So merkwürdig es sein mag, der Schriftsteller, der meines Wissens nach am weitesten in dieser fortlaufenden und kaum interpunktierten Form der Schreibweise gelangte, ist James Joyce. Möglich, daß er im Grunde eifersüchtig auf die Frau war und sich nicht enthalten konnte, unaufhörlich sein Ohr auf ihren Körper, ihren Bauch zu legen. Eines ist gewiß: Sein Text läßt auf sehr wirksame Weise Weiblichkeit durchdringen. Wer über Weiblichkeit in der Schrift arbeitet, sollte darauf achtgeben, sich nicht von Namen gefangennehmen zu lassen: Nicht alles, was mit dem Namen einer Frau unterzeichnet ist, ist deswegen gleich eine weibliche Schrift; es kann sehr gut eine männliche Schrift sein. Und umgekehrt bedeutet die Unterschrift eines Mannes nicht, daß Weiblichkeit ausgeschlossen wäre. Es ist zwar selten, aber es gibt Weiblichkeit in von Männern gezeichneten Schriften. Frage: Und wie entfaltet sich das Schreiben? Cixous: Wenn ich mich an ein Buch mache, umgebe ich mich mit einem Dutzend anderer Texte, die ich unaufhörlich, gewissermaßen in hautnaher Konfrontation, während meiner Arbeit befrage. Einiger, der Bibel in verschiedenen Fassungen, Shakespeares und Kafkas, bediene ich mich ständig, andere wechseln, dem Buch entsprechend, das ich gerade schreibe. Ein weiblicher Text ist nicht vorhersehbar. Und er sagt sich selbst nicht voraus. Frage: Möchten Sie die Änderungen in Cixous 1976 speichern? Antwort: Jawohl. Cixoux 1976 beenden. Der Computer wird heruntergefahren, eine Badewanne eingelassen, der wohlriechende Extrakt für ein Schaumbad dazugegeben. Mein Kleid wird auf einen Hocker gelegt, mein Haar notdürftig hochgesteckt. Was ist das eigentlich für eine Instanz, frage ich mich, nackt, beim Blick in den Badezimmerspiegel, die den Fluß meiner Gedanken ordnen will? Sich manchmal sogar herausnimmt, zu bestimmen: Hier wird jetzt nicht weitergedacht. Und das dann auch durchzusetzen vermag.

Schwarzenegger: Ich glaube, daß die Schwulen-Ehe etwas ist, das einem Mann und einer Frau vorbehalten sein sollte. Als ich Heidi aus ihrem Hotelzimmer abhole, läuft auf

MTV gerade ein Clip, in dem wir von Beyoncés sich rhythmisch durch das Bild bewegendem Po das Wort Virgo ablesen können. Im aktuellen Magazin der Süddeutschen Zeitung, Heidi hat es aus dem Flugzeug mitgenommen, Titelbild: Michael Jackson auf einem Königsthron, Titelgeschichte: die auffallenden Parallelen zwischen Michael Jackson und König Ludwig II., wird gleich eingangs hervorgehoben, daß beide Jungfrauen seien; und zwar in doppelter bis dreifacher Anspielung: Sternbild, Sexualität und Geschlecht. Abermals wird das Gerücht kolportiert, Michael Jacksons Schwester La Toya gebe es gar nicht, sie sei lediglich ein Fantasieprodukt und in Wirklichkeit Michael selbst. Zudem wird ein Dialog zwischen Martin Bashir und Michael Jackson zitiert. Heidi rekapituliert: Bashir erkundigt sich nach Jacksons erster Liebe. Der antwortet: Das war Tatum O'Neal. Bashir: Und? Habt ihr das gemacht, was ein Junge und ein Mädchen so tun? Jackson kichert verlegen, entschuldigt sich gegenüber der nicht anwesenden Betreffenden und führt aus: Tatum rief mich eines Abends an und sagte, ich solle zu ihr kommen. Ich ging zu ihr. Sie führte mich in ihr Schlafzimmer. Eine tolle Aussicht. All die Lichter von Los Angeles. Sie sagte, ich solle mich auf ihr Bett legen. Ich legte mich auf ihr Bett. Und dann fing sie an, mein Hemd aufzuknöpfen. Und ich sagte nur: Oh, nein, nein, nein. Zwei Fotos von Märchenschlössern, nebeneinandergestellt: Linderhof, Neverland. Heidi hat gehört, Jackson habe seine Ranch nach deren polizeilicher Durchsuchung verlassen, fühle sich dort jetzt nicht mehr zu Hause. Weitere angeführte Übereinstimmungen: Die Begeisterung für die Musik Richard Wagners sowie für Ludwig XIV., König von Frankreich, die bei beiden bis zur campy Anverwandlung reicht. Als der bayerische König gezwungen wird, seine Armee an der Seite Preußens in den Krieg gegen Frankreich zu schicken, verfaßt er die Anweisung zur Kriegsmobilmachung in französischer Sprache. Herrenchiemsee ist eine Kopie des Schlosses von Versailles. Ludwigs II. vergötterte Liebe: Elisabeth von Österreich. Michael Jacksons vergötterte Liebe: Elizabeth Taylor. Die in Elisabeth Bronfens und Barbara Straumanns Buch vertretene Auffassung von Ludwig II. als Vorläufer der großen Diven des zwanzigsten Jahrhunderts: Marlene Dietrich, Rita Hayworth, Marilyn Monroe, Maria Callas, Evita Perón. Er hätte seinen divaesken Gestus, hundert Jahre vor Elvis Presley und Andy Warhol, in einzigartiger Weise mit der Krise des modernen männlichen Subjekts verschränkt.

Einfügen: Weshalb Aaron Copland, der sich zur gleichgeschlechtlichen Liebe bekannte, Leonard Bernstein PH nannte, was für phony homosexual stand. Weil Bernstein immer wieder auch in romantische Affären mit Frauen geriet, die Schauspielerin Felicia Montealegre sogar heiraten würde? Ausführen: Die innige Verbindung zwischen Leonard und seiner Schwester Shirley, die sich erinnert: Natürlich hat es in meinem Leben einige Romanzen gegeben. Sie reichten aber nicht annähernd an meine Beziehung zu Lenny heran. Und das war eine Art Fluch, weil keiner der Jungen, wie intelligent oder süß er auch immer gewesen sein mochte, seine Geistesgaben oder seine Art, die Dinge zu sehen, besaß. Shirley Bernstein, die auch Sängerin war. Deren großes Vorbild Billie Holiday war. Die als erste Schallplattenaufnahme ihres Bruders Fancy Free einsang. Das Billie Holiday später mit dem Komponisten aufnehmen würde. Klären: Die ominöse Beziehung des jungen Leonard Bernstein zu dem älteren Dimitri Mitropoulos. Die exzessive Beziehung, als verheirateter Mann, zu dem Jazz-Pianisten John Mehegan, von dem die Musik zu Tennessee Williams' Endstation Sehnsucht stammt. Aufnehmen: Bernsteins berüchtigte, sowohl in der New York Post als auch in der Times abgedruckte Unterhaltung mit Donald Cox, Field Marshal der Black Panthers. Cox: Wenn die Wirtschaft keine Vollbeschäftigung garantiert, müssen wir die Produktionsmittel übernehmen. Bernstein: Ganz deiner Meinung. Cox: Ich kann dir aber keinen Plan für gesellschaftliche Veränderung liefern. Der Widerstand, den man uns entgegenbringt, erzwingt eine Strategie. Bernstein: Du meinst, wir sollten den Leuten Beine machen. Recherche: Stephen Spender und Leonard Bernstein besuchen Frieda Lawrence auf ihrer Ranch in Taos, New Mexico.

Die Fluggäste kommen an Bord. Ashley und Evelyn berichten aufgekratzt über den neuen Airbus A340-600. Vor dem Jungfernflug von Frankfurt nach Buenos Aires soll es argentinische Spezialitäten gegeben haben, Rosen für die Damen und eine kleine Tango Show zur Einstimmung auf das Flugziel. Der Weg ins Lower Deck führt über eine circa 80 Zentimeter breite Treppe. Unten befinden sich fünf Waschräume für die Economy Class, eine Galley sowie hinter dieser, in absolut ungestörter Lage, Ruheräume für die Crew. Stockbetten, berichtet Evelyn, mit Vorhängen dran. Auch die Sitze der neuen Business Class lassen sich im Handumdrehen zu Betten umbauen. Per Aufzug sind Galley und Servicestützpunkt miteinander verbunden. Die Aufzüge können je mit einem Full Size Trolley oder mit zwei Half Size Trolleys beladen werden; die Höhe wurde so bemessen, daß auf den Trolley noch ein voll aufgebauter Einschub mit Flaschen und Kaffeekannen gestellt werden kann. Wir selbst dürfen aber nicht mit dem Lift fahren. Die andere Bordküche für die Economy Class befindet sich, wie gewohnt, auf dem Main Deck im Heck der Maschine, wo auch die Waschräume der Business Class untergebracht sind. Zusätzlich gibt es einen Waschraum für Behinderte. Die Arbeitsabläufe seien grundsätzlich mit denen im Jumbo vergleichbar, behauptet Franz, der schon im November an einer Serviceübung in dem neuen Airbus, dem längsten Passagierjet der Welt, teilgenommen hat. Alle Fluggäste haben jetzt ihre Sitze eingenommen. Etwas verstohlen zieht Jutta ihre Strumpfhose in Position. Coco, die das ebenfalls beobachtet hat, lächelt mir zu und steckt sich eine Strähne hinter das rechte Ohr. Auf der Stelle habe ich mich in Coco verliebt. Ich verriegele die Tür, sehe, während der Rüssel zurückfährt, unter der linken Tragfläche eine Person auf dem Rollfeld liegen. Bodenpersonal. Offenbar bewußtlos. Hoffentlich nicht tot.